Brenda Clarke wurde in Bristol, England, geboren. Nach dem Schulabschluß war sie zwölf Jahre im Arbeitsministerium beschäftigt. 1969 begann sie zu schreiben. Seitdem hat Brenda Clarke eine stattliche Anzahl von Romanen geschaffen, die sie in England sehr bekannt gemacht haben.

Von Brenda Clarke sind außerdem erschienen:

Der ferne Morgen (Band 1414)
Zeit der Ginsterblüte Band 1415)
Wie Licht im Winter (Band 1642)
Wie eine Rose im Mai (Band 1643)
Insel aus Glas (Band 2083)
Eine Zeit für die Liebe (Band 2088)
Die vierte Erbin (Band 3082)

Dieses Buch wurde auf chlor- und säurefreiem Papier gedruckt.

Deutsche Erstausgabe Oktober 1993

Titel der Originalausgabe »Beyond the World«

Originalverlag Bantam, London
Umschlaggestaltung Adolf Bachmann, Reischach
Umschlagfoto Jerry Leff/N.Y.
Satz: Compusatz, München
Druck und Bindung: Elsnerdruck, Berlin
Printed in Germany 5 4 3 2 1
ISBN 3-426-60007-2

Brenda Clarke

Warten auf die Liebe

Roman

Aus dem Englischen von
Georgia Sommerfeld

Knaur

Jene, die wahrhaft lieben, kann auch der Tod nicht trennen – er ist wie eine Reise übers Meer, jenseits dessen sie sich wiederfinden. Und bis dahin leben sie ineinander weiter.

WILLIAM PENN (1644–1718)

ERSTER TEIL

1985

1

Die ersten Augenblicke des Tages waren die schlimmsten: allein aufzuwachen, wenn das frühe Licht der Sommertage durch die halb zugezogenen Vorhänge drang, und zu wissen, daß wieder einer dieser leeren Tage vor ihr lag. Nie mehr würde sie sein Gesicht sehen, seine Stimme hören. Rowland war tot, und sie mußte es irgendwie schaffen, das zu akzeptieren.

Christine Saxelby drehte sich auf den Rücken und starrte an die Decke mit den kunstvollen Stuckarbeiten und der Kehlung, an der eine Bordüre aus Tudorrosen und Lilien entlanglief. Das reich geschnitzte Bett, auf dessen Kopfteil das Wappen von James I. prangte, beherrschte das Zimmer – daran hatte sich seit 1812 nichts geändert. Eine Wand nahm fast ganz ein Eichenschrank aus dem siebzehnten Jahrhundert mit Einlegearbeiten aus Perlmutt ein. Abgesehen von diesen beiden Stükken bestand die Einrichtung hauptsächlich aus schweren Mahagonimöbeln der Viktorianischen Zeit.

Zwanzig Jahre zuvor – nach ihrer Heirat mit Rowland – hatte Christine dem maskulinen Raum einen femininen Touch verliehen, indem sie auf einem blaßrosa Teppich und Damastvorhängen in einem tieferen Rosé bestand. Neben Schminkutensilien und Parfumflakons lag eine Frisiergarnitur mit silbernem Rücken auf dem Toilettentisch – ein »Wiedergutmachungsgeschenk« von Rowland für eine seiner Affären –, und ein Satinmorgenrock hing, achtlos hingeworfen, über einer Stuhllehne. Die dazu passenden Pantöffelchen standen vor dem Bett. Und doch war es nach wie vor Rowlands Zimmer – wie es das seit seiner Kinderzeit gewesen war.

Selbst nach all diesen Jahren fühlte sich Christine gelegentlich wie ein Eindringling – ein Kuckuck im fremden Nest.
Sie mußte wieder eingedöst sein, denn das nächste, das sie wahrnahm, war ein Klopfen an der Tür. Ein Mädchen kam herein und brachte ihr eine Tasse Tee. Die weiblichen Hausangestellten trugen nicht mehr wie früher die typische Uniform – vormittags bedruckten Kattun mit Häubchen und Schürzchen, nachmittags schwarze Seide mit Häubchen und Schürzchen –, die Christine auf alten Familienfotografien gesehen hatte; jetzt hatten die Mädchen – die meisten kamen gegen acht Uhr früh aus dem Dorf herüber – fast nur Jeans und T-Shirts an. Als Christine in den sechziger Jahren nach »Mallerby« gekommen war, hatte es noch eine Art Uniform gegeben: Colette Saxelby war es durch Aufbietung ihres geballten französischen Charmes gelungen, ihre im Haus lebenden Angestellten dazu zu überreden, vormittags blaßgrüne Nylonoveralls zu tragen und am Nachmittag Kleider in einem etwas dunkleren Grün.
Männliches Personal gab es damals wie heute nur noch für den Park und die Gewächshäuser, im Gegensatz zu den feudalen Zeiten vor dem Ersten Weltkrieg, als ein Butler, zwei Lakaien und vier Unterlakaien auf der Lohnliste standen. Mitte der achtziger Jahre gebot Mrs. James als Köchin und Haushälterin über einen Stab von drei Dorfmädchen und einer Putzfrau, die alle täglich ins Haus kamen, und zwei im Haus wohnenden Au-pair-Mädchen. Letztere wechselten etwa alle zwei Jahre und kamen ausnahmslos aus Frankreich: Selbst nach achtundvierzig Jahren in England legte Colette Saxelby noch immer Wert darauf, Menschen um sich zu haben, mit denen sie sich in ihrer Muttersprache unterhalten konnte.
»Die Engländer«, behauptete sie verächtlich, »beherrschen nicht einmal ihre eigene barbarische Sprache richtig – ganz zu schweigen von einer zivilisierten Sprache wie Französisch!«
Christine lächelte schwach, als sie sich im Bett aufsetzte und an ihrem Tee nippte. Während ihrer Schulzeit war Französisch

nicht gerade ihr Lieblingsfach gewesen, und auch die zwanzig Jahre mit Rowland, der es ebenso perfekt sprach wie sein jüngerer Bruder, hatten nicht vermocht, ihren angeborenen Vorbehalt gegen fremde Sprachen auszuräumen: Wie dem größten Teil der englischsprachigen Menschen ging es ihr völlig gegen den Strich, die Lippen in der erforderlichen Weise zu verzerren.

Bei dem Gedanken an Rowland zog sich alles in ihr schmerzhaft zusammen. Seit seinem Tod waren etwas über zwei Monate vergangen, und die Wunde war noch frisch. Es war so völlig unerwartet gekommen. An jenem Aprilmorgen hatte nicht das geringste darauf hingedeutet, daß sie ihren Mann nicht lebend wiedersehen würde. Zwar war sein Vater mit einundvierzig an einem Herzinfarkt gestorben, aber bei Rowland mit seinen siebenundvierzig Jahren hatte es keinerlei Anzeichen einer solchen Gefährdung gegeben. Er hatte nie über Schmerzen in der Brust oder Kurzatmigkeit geklagt. Und vier Wochen zuvor hatte er sich noch durchchecken lassen – und war für kerngesund befunden worden!

Als sie jetzt zurückdachte, erinnerte Christine sich, daß er abgespannt gewirkt hatte, aber seine Position als Direktor der »Saxelby's Merchant Bank« verleitete dazu, Erschöpfungserscheinungen mit seinem hektischen Leben zu erklären. Sie war nie auf den Gedanken gekommen, er könne krank sein. Seine Sekretärin, Marcia Corby, erzählte ihr später, daß er kurz nach seiner Ankunft in der Bank um Aspirin gebeten habe, sie habe sich jedoch nichts dabei gedacht. »Leichte Kopfschmerzen«, sei seine Begründung gewesen, »ein kleiner Kater«, den er vor der Aufsichtsratssitzung um zehn noch loswerden wolle. Er sei in sein Büro gegangen, das im Parterre lag und auf die Gresham Street hinausging, und habe die Tür hinter sich geschlossen. Als sie mit einem Glas Wasser aus dem Bad gekommen sein, das an ihr Zimmer grenzte, habe sie ihn fallen hören. Nachdem sie dann

einen Krankenwagen gerufen und Mr. Julian alarmiert habe, sei Mr. Rowland schon tot gewesen.
An dieser Stelle brach Marcia in Tränen aus. Christine vermutete, daß sie in Rowe verliebt gewesen war. Hatte es zwischen den beiden etwas gegeben? Durchaus möglich; er hatte den Frauen nie widerstehen können – und sie ihm nicht.
»Ich kann nichts dafür, es liegt mir im Blut«, entschuldigte er sich immer wieder mit einem schiefen, halbverschämten Grinsen, das Christines Knie weich werden ließ.
Sie wußte natürlich, worauf er damit anspielte: Die Bérengers – die Familie seiner Mutter – behaupteten, auf eine uneheliche Tochter von Henri IV. – Heinrich von Navarra – zurückzugehen, einem der liebeshungrigsten Könige Frankreichs. Und so schrieben sie Rowlands ausgeprägte Schwäche für das weibliche Geschlecht scherzhaft diesem illustren Vorfahren zu – aber ein so guter Scherz war das gar nicht, und mit der Zeit wurde er immer mühsamer...
Mit einem Ruck stellte sie ihre halbleere Tasse auf den Nachttisch, stieg aus dem Bett und ging barfuß zu dem großen Erkerfenster, von dem aus man auf den Garten von Mallerby und die Parklandschaft dahinter sah, öffnete einen Flügel und atmete tief die würzige Landluft ein. Es war so still, daß sie schwach das Rauschen des frühmorgendlichen Pendlerverkehrs hörte: Viele nahmen die Abkürzung, um der vielbefahrenen A30 und A303 auszuweichen und fuhren auf dem Weg nach Yeovil, Shaftesbury, Salisbury oder – in entgegengesetzter Richtung – nach Ilminster mit hoher Geschwindigkeit auf der schmalen Hauptstraße durch das Dörfchen Hinton Malsherbes.
»*Malsherbes* wird bei uns *Mallerby* ausgesprochen«, hatte Rowland ihr damals in Devon erklärt.
Aber er hatte ihr nicht erzählt, daß er in »Mallerby House« lebte, einer der Sehenswürdigkeiten der Grafschaft. Das erfuhr sie von Russell Jennings – und auch, daß die Familie eine Bank

besaß und noch ein weiteres Haus, »Inglebatch House« in der Nähe von Hampstead Heath, und seiner Großmutter ein Schloß bei Poitou und eine Villa in Paris gehörten. Als Christine ihn kennenlernte, deutete nichts darauf hin, daß dieser hochgewachsene Typ mit den ausgebleichten, abgeschabten Jeans, dem schmuddeligen T-Shirt und dem zigeunerhaften Aussehen – dunkler Teint, fast schwarze Haare, tiefbraune Augen – aus einem solchen »Stall« stammte.
Sie war ihm vom ersten Moment an mit Haut und Haaren verfallen gewesen – wie die meisten Frauen. Die Achtung, die er dem weiblichen Geschlecht entgegenbrachte, unterschied ihn von allen anderen Männern, die sie je kennengelernt hatte – und ganz besonders von Russell, mit dem sie sich damals, 1960, in dem Campingurlaub in der Nähe von Slapton hatte verloben wollen. Russel mit seiner besitzergreifenden Art und der unerschütterlichen Überzeugung, daß Frauen ausschließlich in Küche und Schlafzimmer gehörten! Selbst ihr Vater, der sich voller Stolz als »richtiger Mann« bezeichnete, war kein so krasser Chauvinist wie Russell Jennings. Was in aller Welt hatte sie nur an ihm gefunden? Kein Wunder, daß Rowe eine Offenbarung für sie gewesen war.
Christine setzte sich auf das breite Fensterbrett und sah in den Park hinaus. Die Sonne löste den Dunst allmählich auf, nur noch wenige Schwaden waberten um die Bäume in der Ferne. Früher, vor vielen Jahren, hatten Rinder dort geweidet, doch als Colette nach Mallerby kam, zwang die frischgebackene Ehefrau ihren Mann, die Tiere abzuschaffen.
»Was, frage ich dich«, pflegte sie sich bei der oft wiederholten Geschichte an Christine zu wenden, wobei sie mit ausgebreiteten, feingliedrigen Händen ihre Verständnislosigkeit unterstrich, »haben Milchkühe an einem Ort verloren, der ›Hinton Malsherbes‹ heißt?« Sie sprach den zweiten Teil des Dorfnamens stets französisch aus. »Das ist doch der schiere Widersinn!«

Christine lachte jedesmal darüber – aber diese kleine Anekdote zeigte auch deutlich, mit welcher Entschiedenheit ihre Schwiegermutter ihren Willen durchzusetzen pflegte. Niemand konnte bestreiten, daß Colette eine überaus praktisch veranlagte Frau war – eine Eigenschaft, die ihr sehr zustatten kam, als sie mit zweiunddreißig nach nur zwölf Jahren Ehe Witwe wurde und mit zwei Jungen im Alter von elf und acht ganz auf sich allein gestellt war. Sie hatte es geschafft, in den Aufsichtsrat von Saxelby's berufen zu werden und in dieser Position Rowlands Interessen vertreten, bis er alt genug war, um den ihm zustehenden Platz als Direktor der Bank einzunehmen. Und ihre nüchterne Art zu denken hatte ihr auch dabei geholfen, sich mit den Ehen ihrer beiden Söhne abzufinden.

Christine seufzte, stand auf und ging ins Bad. Während die Wanne sich – dank Colettes Durchsetzung moderner Installationen – mit heißem Wasser füllte, musterte sie sich kritisch im Spiegel: blaue Augen, eine gerade Nase, schöngeschwungene Lippen machten ihre Züge ansprechend, hinterließen aber keinen tieferen Eindruck. Braune, glatte Haare, exzellent frisiert von einem der besten Hairstylisten Londons, umrahmten ein Gesicht, das noch kaum Falten aufwies. Gar nicht so übel für meine fünfundvierzig Jahre, dachte sie.

»Du wirst nie die Themse in Brand setzen«, sagte ihre Mutter einmal, »aber du siehst nicht schlecht aus.«

Von ihrem vierzehnten Lebensjahr an hatte Christine stets eine Menge Verehrer, was sie jedoch nur auf ihre früh entwickelten Formen zurückführte: Sie brauchte viel eher als alle ihre Freundinnen einen Büstenhalter. Während sie sich betrachtete, fragte sie sich, wen Rowland geheiratet hätte, wenn er sich nicht aus Anstand – was für ein altmodischer Begriff! – dazu entschlossen hätte, zu ihr zu stehen, als er von dem Baby erfuhr. Schließlich hatten die Frauen bei ihm Schlange gestanden.

Sie wandte sich abrupt vom Spiegel ab und drehte die Wasserhähne zu. Ihr Sohn wäre in diesem Monat dreiundzwanzig geworden. Sein Tod und ihre nachfolgende Unfähigkeit, noch ein Kind zu bekommen, hatten ihre Ehe mit Rowland zu einer Farçe gemacht. Und doch weigerte er sich hartnäckig, sich scheiden zu lassen, obwohl sie es ihm mehr als einmal angeboten hatte. Er widerstand allem Druck seiner Mutter, die ihn immer wieder aufforderte, eine andere Frau zu heiraten und einen Erben zu zeugen.

»Ich *habe* einen Sohn«, pflegte er mit einem Lächeln zu antworten. »Warum sollte ich noch einen haben wollen?«

»Einen Bastard«, konterte Colette dann, »der niemals die Bank erben kann.« Doch ihr verächtlicher Ton war nur gespielt; sie mochte ihren Enkel.

Christine zog ihr Nachthemd aus und stieg in die Wanne. Das duftende Wasser umschmeichelte ihre Haut, und sie ließ sich in die warme, tröstliche Umarmung sinken. Auch sie mochte Patrick – mit Einschränkungen.

Patrick Brennan – Lucy Brennans Sohn. Unstete, rebellische, unbekümmerte Lucy, die von Land zu Land wanderte – und von Mann zu Mann. Eine Zigeunerin, die an nichts und niemanden glaubte, außer an sich selbst. Ein lebhaftes Bild erstand vor Christines geistigem Auge: ein schmales Gesicht, umflutet von taillenlangen, stets zerzausten Locken, riesige, von dichten Wimpern umrahmte, irisch-blaue Augen, ein weicher Mund, der sie fälschlicherweise verwundbar erscheinen ließ. Damals auf dem Campingplatz in Devon hatte sie sie zum erstenmal gesehen.

Patrick wirkte ebenso verwundbar – und er bereitete Christine ein ebenso unbehagliches Gefühl wie seine Mutter. Sie fand, daß er etwas Verschlagenes an sich hatte, etwas, das sie daran hinderte, ihm zu vertrauen. Vierzehn Jahre kannte sie ihn jetzt – seit er in einem Pariser Hotel von seiner Mutter zurückgelassen worden war, und Rowland die Verantwortung für seinen zehnjährigen Sohn übernahm, von dessen Existenz er bis dahin nichts geahnt hatte. Und in all dieser Zeit war ihr Mißtrauen nicht geschwunden, und sie wußte, daß Colette es teilte.

»Ein Mensch mit so viel Charme ist gefährlich«, sagte ihre Schwiegermutter einmal. »Er kann andere Menschen leicht täuschen.«

Die gegenseitige Abneigung der beiden Frauen war im Lauf der Jahre schwächer geworden – ihre Liebe zu Rowland hatte sie einander nähergebracht –, trotzdem stichelte Christine: »Ich dachte, du hättest eine Schwäche für charmante Männer – denk nur an deinen Bruder Lucien und seinen Sohn, den jungen Giles.«

Als sie aus der Wanne stieg und sich in ein Handtuch hüllte, fiel ihr ein, daß der »junge Giles« inzwischen schon achtundzwanzig war und gerade die Leitung des Bankhauses Bérenger in Paris übernommen hatte, nachdem sein Vater in den Ruhestand getreten war.

»Andere Menschen werden auch älter«, sagte sie zu ihrem Spiegelbild. »Und mit fünfundvierzig ist man heutzutage längst nicht aus dem Rennen. Ich habe einen Großteil meines Lebens noch vor mir.«

Allerdings ein Leben ohne Rowland. Kälte kroch in ihr hoch. Vor fünfundzwanzig Jahren hatte sie ihn kennengelernt, und seitdem war er der Mittelpunkt ihres Lebens gewesen. Während all der Zeit hatte sie nie die Hoffnung aufgegeben, daß seine Zuneigung zu ihr sich irgendwann in Liebe verwandeln würde. Manchmal, in optimistischen Augenblicken, glaubte sie, daß er sie in Wahrheit liebte und es ihm nur nicht bewußt war. Sie hatten so vieles gemeinsam: den gleichen Humor, die Fähigkeit, über sich selbst zu lachen, die Leidenschaft für die Musik des siebzehnten Jahrhunderts und die tiefe Liebe zu den ländlichen Gegenden Englands und Frankreichs.

Du machst dir etwas vor! Zorn stieg in Christine hoch. Sie ging ins Schlafzimmer, um sich anzuziehen. Warum hatte sie Rowlands Affären geduldet? Warum hatte sie keine Szenen gemacht und auf einer Scheidung bestanden? Sie wußte, warum: Weil *sie* der Verlierer gewesen wäre – nicht er! Ihr Zorn verflog. Rowe hatte nie behauptet, in sie verliebt zu sein: Er heiratete sie wegen des Kindes – und weil er sie mochte. Das war alles. Wirklich? Mehr als zwanzig Jahre Zuneigung – konnte das tatsächlich alles gewesen sein? Sie warf sich aufs Bett, vergrub das Gesicht in den Kissen, um nicht zu schreien, und trommelte mit den Fäusten auf die Matratze. Rowe war tot – urplötzlich gestorben. Jetzt würde sie nie wissen… nie wissen… Die Worte kreisten in ihrem Kopf.

Keine Hysterie, bitte! Abrupt setzte sie sich auf. Du bist eine erwachsene Frau. Hör auf, dich derartig aufzuführen.

Entschlossen stand sie auf. Strahlender Sonnenschein flutete durch das Fenster herein. Es würde zur Abwechslung ein heißer Tag werden – bisher war der Sommer deprimierend verregnet gewesen. Sie trat zu dem großen, doppeltürigen Kleiderschrank, öffnete ihn – und erstarrte: Sie stand vor *Rowes* Schrank! Alle seine Sachen waren noch da. Schwach wehte ihr der vertraute Moschusduft seines Rasierwassers entgegen. Im nächsten Augenblick umklammerte sie den Ärmel eines Jacketts und weinte herzzerreißend.

Zwei Arme schlossen sich um sie: Nachdem niemand auf ihr Klopfen geantwortet hatte, war Colette unaufgefordert ins Zimmer gekommen.

»Psch, psch, Chérie«, flüsterte sie und wiegte Christine hin und her. »Rowland hätte nicht gewollt, daß du dich so grämst – er hätte gewollt, daß du glücklich bist! Erinnerst du dich wie er uns einmal ein paar Zeilen von Christina Rosetti zitiert hat: ›Es ist viel besser zu vergessen und zu lächeln, als sich zu erinnern und traurig zu sein‹? Dein Kummer wird vergehen, das verspreche ich dir. Ich weiß es. Ich habe nach dem Tod von Rowlands Vater das gleiche durchgemacht. Jetzt komm frühstücken, dann geht es dir gleich besser.«

2

Das Frühstückszimmer lag in einem der beiden Flügel des Hauses, die die Terrasse flankierten, von der aus eine Treppe in den Park hinunter führte. Nach drei Seiten gingen Fenster hinaus, darunter auch eines der Erkerfenster, die charakteristisch für Mallerby waren. Der Originalkamin, der Fries und die Wandtäfelung waren in dem Raum belassen worden, den Colette seit jeher besonders liebte und ganz nach ihrem Geschmack eingerichtet hatte. Im Lauf der Jahre waren nach und nach die schweren viktorianischen Möbel durch zierliche Stühle und einen Regency-Klapptisch ersetzt worden. Die blaßblaue Tapete, das kleine Sofa, über dem eine gestrickte Decke aus dem achtzehnten Jahrhundert lag, deren winzige, rotbraune Blümchen sich im Ton der Samtvorhänge wiederfanden, sowie die Tatsache, daß es der Morgensonne zugewandt war, machten das Zimmer zu einem der hübschesten des Hauses.
Christine spürte, wie sich ihre Stimmung hob, als sie den hellen Raum betrat. Sie lächelte Colette an, die vorausgegangen war und bereits ein Croissant mit Kirschmarmelade aß, während sie die Financial Times las. Sie hatte ihre Post schon durchgesehen; Briefe, Rechnungen und leere Kuverts lagen auf der weißen Baumwolltischdecke.
Christine setzte sich und wandte sich ihrer eigenen Post zu, die neben ihrem Teller aufgestapelt war. Colette schenkte ihr Kaffee ein. »Etwas Interessantes dabei?« fragte sie.
Christine schüttelte den Kopf. »Hauptsächlich Rundschreiben. Ich wundere mich, daß es noch Bäume auf der Welt gibt – bei dem vielen Papier, das man braucht, um diesen ganzen Mist zu

drucken. Halt mal – da ist ein Brief von Vivien!« Sie riß den Umschlag auf und zog mehrere weiße Blätter heraus, die mit einer akkuraten, kleinen Handschrift bedeckt waren, überflog sie flüchtig und fing dann noch einmal von vorne zu lesen an. »Sie schickt dir viele liebe Grüße. Giles arbeitet fast nur noch, seit er Direktor der Bank geworden ist, und sie sieht ihn kaum. Lucien und deine Schwägerin genießen ihren Ruhestand, und letzte Woche waren sie alle in Lussac-les-Châteaux – zum fünfundachtzigsten Geburtstag von Madame.«

»Schreibt sie, wie es meiner Mutter geht?« Colette seufzte. »Ich weiß, ich hätte eigentlich auch hinüberfliegen sollen – aber ich konnte nicht. Ich hoffe nur, die anderen hatten Verständnis dafür.«

»Ganz bestimmt«. Christine lächelte beruhigend. »Siehst du, Vivien schreibt hier: ›Wir haben an Euch gedacht und gewünscht, daß Ihr bei uns sein könntet – aber es war uns klar, daß Euch im Augenblick der Sinn nicht nach Feiern steht: Onkel Rowes Tod liegt noch zu kurz zurück.‹«

Vivien war Julian Saxelbys Tochter und hatte vor drei Jahren den Cousin ihres Vaters, Giles de Bérenger, geheiratet: Nach dem Eklat im Jahr 1980 hatte diese Verbindung allgemeines Aufatmen bewirkt, und das ehemals ausgesprochen schwierige Mädchen schien ihre Pflichten als Ehefrau und baldige Mutter erfreulich ernst zu nehmen. Das war zum großen Teil das Verdienst von Großmutter Bérenger, die von ihrem Schloß an der Vienne aus immer noch mit eisernem Szepter regierte.

Christine nahm ein Croissant, da die hellen Augen ihrer Schwiegermutter sie beobachteten, aber sie hatte keinen Hunger.

»Iß!« kam prompt das Kommando. »Oder möchtest du dich vielleicht in nichts auflösen? Glaubst du, Rowe hätte das gewollt?«

Christine biß ein Stückchen ab, doch dann legte sie das Hörn-

chen auf den Teller und griff nach ihrer Tasse: Kaffee war das einzige, worauf sie am Morgen wirklich Appetit hatte.
»War bei deiner Post etwas Interessantes?« fragte sie ablenkend.
Colette durchschaute das Manöver und lächelte traurig. Sie wußte, wie die Dinge zwischen ihrem Sohn und ihrer Schwiegertochter gelegen hatten, und hatte von Herzen gewünscht, daß es anders gewesen wäre. Um beider willen. Das war nicht immer so: Anfangs betrachtete sie Christine als berechnendes kleines Biest – als einen kleinen Niemand, der ihren Sohn zur Heirat gezwungen hatte. Doch das war so lange her, daß es ihr jetzt schien, als sei das damals eine andere Person gewesen. Wenn sie etwas in ihrer Vergangenheit bedauerte, dann die Tatsache, daß sie in jenen frühen Tagen so abweisend zu Rowlands Frau gewesen war.
In ihrer anderen Schwiegertochter, Sophie, hatte sie sich allerdings nicht getäuscht. Sie war die meiste Zeit betrunken und bestimmt mit ihrem gesamten männlichen Bekanntenkreis im Bett gewesen. Kein Wunder, daß ihre Tochter sich zunächst zu einem Problemkind entwickelte. Julian hatte zwar sein Bestes getan, aber er arbeitete ja den ganzen Tag – und außerdem war es nicht die Aufgabe eines Mannes, ein Kind zu erziehen. Es sprach für Viviens guten Kern, daß sie sich schließlich doch so positiv entwickelt hatte. Colettes Blick wurde weich: Sie hing sehr an ihrer einzigen Enkelin. Ein Jammer, daß Rowe und Christine keine Kinder mehr hatten bekommen können.
Plötzlich bemerkte sie die hochgezogenen Augenbrauen ihrer Schwiegertochter und erinnerte sich daran, daß diese ihr eine Frage gestellt hatte.
»Nein... nein«, sagte sie. »Auch nichts. Fast nur Rundschreiben – wie bei dir. Und eine Nachricht von Julian – auf einen Notizzettel gekritzelt –, in der er sich entschuldigt, weil er nicht angerufen hat: Er sei schrecklich beschäftigt, wie wir uns ja denken könnten.«

»Wie geht es denn in der Bank?« Christine trank noch einen Schluck Kaffee.
Colette strich sich eine Haarsträhne aus dem Gesicht. Mit ihren achtundsechzig Jahren war sie noch immer eine schöne Frau – ebenso zierlich und lebhaft wie am Tag ihrer Hochzeit mit Noel Saxelby im Jahr 1937. In den großen braunen Augen brannte noch immer ein jugendliches Feuer, und sie sprach nach wie vor Englisch mit einem reizvollen französischen Akzent, obwohl sie es natürlich längst perfekt beherrschte. (»Wenn man anfängt, in einer fremden Sprache zu denken, dann hat man es geschafft«, sagte sie einmal zu Christine.) Ihre Bewegungen hatten nichts von ihrer Flinkheit eingebüßt. Nur das schimmernde Schwarz ihres Haares war inzwischen einem eleganten Silbergrau gewichen.
»Ich weiß es nicht genau, ma chére«, beantwortete sie Christines Frage und tippte mit einem sorgfältig manikürten Fingernagel auf die FINANCIAL TIMES. »Seit Julian die Bank übernommen hat, ist eine gewisse Unsicherheit spürbar – aber das ist nur verständlich: Die erste Zeit nach dem Tod eines Mannes von Rowlands Position und Ruf muß sich ja auf den Aktienmarkt auswirken.«
Christine stellte ihre Tasse hin und brach ein Stückchen von ihrem Croissant ab, machte jedoch keine Anstalten, es zu essen. »Aber du glaubst, daß das nicht der einzige Grund ist, stimmt's?«
Ihre Schwiegermutter zögerte und zuckte dann mit den Schultern. »Julian hat immer im Schatten seines Bruders gestanden – das weißt du. Es war nicht Rowlands Schuld. Schon als die beiden noch klein waren, betete Julian ihn an wie einen Helden, und er verließ sich in den meisten Dingen auf den großen Bruder, weil es sein Leben so viel einfacher machte. Julian hatte nie etwas für harte Arbeit übrig. Er ließ es sich gern gutgehen und nahm alles leicht – und wenn immer jemand da ist, der den Karren für einen aus dem Dreck zieht und alle Fehler korri-

giert, sieht man keine Veranlassung, selbst Verantwortung zu übernehmen.«
»Und jetzt ist Rowland nicht mehr da.«
»Genau. Julian kann sich nicht mehr an ihn wenden – und das ausgerechnet jetzt, da er plötzlich an der Spitze der Bank steht. Es ist wohl unausbleiblich, daß Julian anfangs einige nicht ganz perfekte Entscheidungen treffen wird. Das ist auch entschuldbar. Er muß mit einem schweren Verlust fertigwerden – wie wir alle. Doch bei aller Langmut...« Colettes Blick wanderte zu dem Porträt von Sir John Saxelby, das über dem Kamin hing. Er hatte Mallerby House erbaut. »Was mir wirklich Sorgen macht, ist die Tatsache, daß er nicht Rowes Format hat. Rowland war ein sehr kluger Mann mit einem sicheren Instinkt fürs Geschäft, und ich fürchte, daß man in der Stadt daran zweifelt, daß Julians Urteilsvermögen ebenso verläßlich ist wie es das seine war. Die Bankaktien sind jedenfalls deutlich gefallen.«
»Und Sophies Verhalten ist sicher auch nicht gerade hilfreich.« Christine strich Marmelade auf ihr Croissant und biß entschlossen ab. Ihre Schwiegermutter hatte recht: Sie durfte sich nicht krank machen.
Colette schnitt eine Grimasse und verzog die Winkel ihres ausdrucksstarken Mundes, den Rowland von seiner Mutter geerbt hatte.
»Oh – ich glaube nicht, daß das einen Einfluß hat«, meinte sie. »Sophie und Julian leben schon seit so vielen Jahren getrennt. Sie sollten sich endlich scheiden lassen, es wäre für beide das beste.«
Christine war höchst verwundert, eine derart »ketzerische« Empfehlung aus dem Mund ihrer streng katholischen Schwiegermutter zu hören, doch sie ließ es sich nicht anmerken.
Colette fuhr fort: »Nein – was die Leute vor allem beunruhigt, ist der Übernahmeversuch durch Bérenger zu Jahresbeginn.« Ihre braunen Augen blitzten kriegerisch. »Ich werde Lucien

das nie verzeihen. Er wollte einen spektakulären Abgang – einen ruhmvollen Auszug aus den ›Heiligen Hallen‹ –, doch alles, was er vollbracht hat, war, seinen Neffen umzubringen: Ich bin sicher, daß nicht zuletzt diese Sorgen zu Rowes Tod geführt haben.«

Sie hörte sich sehr überzeugend an, aber Christine vermutete, daß Colette ihren Bruder trotz ihres gerechtfertigten Zorns insgeheim bewunderte, und der Plan des Hauses Bérenger, Saxelby's zu übernehmen, sie in Wahrheit mit Stolz erfüllte. Als Tochter eines Bankiers, Ehefrau eines Bankiers und Mutter, Schwester und Tante von Bankiers war sie zu sehr in der Welt der Hochfinanz verwurzelt, um ein solches Vorhaben als unethisch zu betrachten oder ihm den hohen Preis anzulasten, den dieses Leben von ihr gefordert hatte.

»Wird sich die Lage wieder normalisieren?« fragte Christine. »In der Bank, meine ich.«

»Wenn Julian keine ausgesprochene Dummheit begeht – und wenn nichts anderes geschieht, das das Boot ins Wanken bringt.«

»Wäre das vorstellbar?«

»Wer weiß? Jetzt, da Giles dort an der Spitze steht, ist nicht vorauszusehen, was Bérenger tun wird.«

»Könnten sie die Kontrolle gewinnen?« Christine brach den halbherzigen Versuch ab, etwas zu essen, und hielt ihrer Schwiegermutter die leere Kaffeetasse hin. Colette griff nach der Kanne.

»Nur, wenn du oder Patrick, Julian oder ich unsere Anteile verkaufen. Wir halten gemeinsam die Mehrheit – aber jeder von uns könnte den Karren in den Graben fahren.«

Christine nahm ihr die Tasse ab und rührte einen gehäuften Löffel Zucker hinein.

Ihre Schwiegermutter schüttelte mißbilligend den Kopf. »Auch brauner Zucker ist schlecht für dich«, rügte sie. »Und auf keinen Fall ein Nahrungsersatz. Ich erwarte, daß du beim

Lunch ordentlich zugreifst.« Dann kehrte sie zum Thema zurück: »Du weißt, daß Pat in dieser Hinsicht eine Gefahr darstellt. Rowe konnte ihn zwar durch eine Beförderung und eine beträchtliche Gehaltserhöhung davon abhalten, an Lucien zu verkaufen – aber dem Jungen ist nicht zu trauen.«

»Verdammt!« Christine stellte ihre Tasse mit einem solchen Ruck ab, daß der Kaffee in die Untertasse schwappte. »Ist das nicht verrückt? Obwohl ich Pats Charakter kenne, mag ich ihn.«

Colette nickte. »Mir geht es ebenso. Und ich kann ebensowenig dagegen an wie du. Vielleicht liegt es daran, daß er Rowland so ähnlich sieht.«

»Bei mir sicher nicht. Wenn ich ihn anschaue, sehe ich immer seine Mutter vor mir.«

»Nun – ich habe Lucy Brennan nie kennengelernt.« Colette runzelte die Stirn. »Sie muß demnach ein ähnlicher Typ wie Rowe sein.«

»Ja, was die Haarfarbe und den Teint betrifft, aber ihre Augen waren irisch-blau. Wie Pats. Ich glaube, deshalb erinnert er mich an sie.«

»Was hast du heute vor?« wechselte Colette abrupt das Thema. Christine hatte nie gern über Lucy gesprochen.

Die Jüngere zuckte mit den Schultern. »Eigentlich müßte ich mit der Beantwortung der Kondolenzschreiben weitermachen. Es war eine solche Flut, daß ich erst halb durch bin.«

»Ach was – das kann warten«, winkte Colette ab. »Die laufen dir nicht weg. An einem schönen Morgen wie diesem solltest du an die frische Luft gehen. Ich will ins Dorf, um einiges zu besorgen. Du kannst mich begleiten. Das wird dir viel besser bekommen, als dich hier im Haus einzuigeln.«

Christine zögerte einen Moment, doch dann stimmte sie lächelnd zu. »Du hast recht, ich komme mit.«

Als sie in ihr Schlafzimmer trat, um ihre Handtasche zu holen, war gerade eines der Dienstmädchen dabei, das Bett zu machen. Sie warf Christine einen unsicheren Blick zu. Offenbar wollte sie etwas sagen, traute sich jedoch nicht. Christine lächelte sie ermutigend an und versuchte, sich an ihren Namen zu erinnern.
»Sharon, nicht wahr?«
»Stimmt. Sharon Coombs. Meine Eltern haben den Zeitungsladen am Dorfplatz.«
»Natürlich. Wie dumm von mir – ich hätte es wissen müssen.«
»Ist schon okay«, antwortete das Mädchen. »Sie haben bestimmt anderes im Kopf. Ich wollte nur sagen ... das heißt ... also ... ich und die anderen Mädchen wollten Ihnen nur sagen, wie leid uns das mit Mr. Saxelby tut.« Tränen traten in ihre haselnußbraunen Augen. »Er war so ein netter Mensch. Das ganze Dorf war in Aufruhr, als wir hörten, daß er gestorben ist. Ma und Dad wollten ja eigentlich nach London zur Beerdigung fahren, aber sie konnten das Geschäft nicht allein lassen.«
»Das ist doch selbstverständlich«, sagte Christine mit erstickter Stimme. »Ich ... ich danke dir.«
»Nichts zu danken.« Die Tränen, die ihr übers Gesicht liefen, zogen Streifen schwarzer Wimperntusche nach sich. Sharon hob die Hand und wischte sie ungeduldig weg. »Er ... er war wirklich so ein ... so ein unheimlich lieber Mensch. Alle mochten ihn. Ich habe nie jemand was schlechtes über ihn sagen hören.«
Christine lächelte mühsam. Es fiel ihr schwer, ihrerseits die Tränen zurückzuhalten. »Ich danke dir«, sagte sie noch einmal. Das Mädchen nickte schniefend und wandte sich wieder dem Bettenmachen zu. Sie mochte Mrs. Saxelby. Die meisten Dorfbewohner taten das – obwohl sie einmal gehört hatte, wie ihre Mutter zu einer Nachbarin sagte: »Natürlich stellt sie nichts dar, wissen Sie: Vor ihrer Heirat war sie am Arbeitsamt angestellt.« Doch die Herkunft spielte heutzutage keine solche

Rolle mehr; die »Swinging Sixties« hatten viele Ansichten verändert.
Doch Rowland war es, den die Dorfbewohner ins Herz geschlossen hatten – vor allem die weiblichen.
»Er ist ein echter Charmeur«, hatte die alte Mrs. Pearson Christine Jahre zuvor errötend erklärt. »Ein echter Charmeur.« Ihre arthritische Hand tätschelte Christines Arm. »Er ist aufrichtig, wissen Sie. Er mag die Menschen – er tut nicht nur so. Wenn er einen fragt, wie es einem geht, dann interessiert ihn das wirklich. Bei Mr. Julian ist das anders. Der ist nur höflich. Seine Freundlichkeit ist oberflächlich.«
Christine hängte sich ihre Handtasche über die Schulter. Im Hinausgehen fiel ihr Blick in den hohen Wandspiegel. In ihrem blaßgrünen Kostüm wirkte sie sehr kühl und sehr vornehm. Bitterkeit stieg in ihr auf. Sie hatte Rowland mit so vielen Menschen teilen müssen. Sie hätte es besser ertragen, wenn er ihr nur einmal gesagt hätte, daß er sie von allen am meisten liebte – schließlich hatte sie nie erwartet, der Mittelpunkt seines Lebens zu sein. Aber er hatte es nicht gesagt. Er hatte ihr nie gesagt, daß er sie überhaupt liebte. Und jetzt konnte er es nicht mehr. Sie mußte endlich die Realität akzeptieren, wenn sie nicht den Rest ihres Lebens von Schmerz und Verbitterung gequält werden wollte.
Sie verabschiedete sich von Sharon und ging die Treppe hinunter. Colette erwartete sie bereits ungeduldig in der Halle.

3

Ursprünglich war Hinton nicht mehr als eine Ansammlung windschiefer Hütten gewesen, die sich im Schutz des Hügels duckten, der dem Dorf den ersten Namen gab: Hengist's Dun. Nach der Schlacht bei Hastings schenkte Wilhelm der Eroberer den Ort und das angrenzende Talstück Sieur Raoul d'Harcourt, einem ehrgeizigen jungen Mann, der im Lauf der Kampfhandlungen durch seinen beherzten Einsatz die Aufmerksamkeit seines Kriegsherrn erregt hatte. Raoul baute sich auf dem Hügel ein Schloß und ließ auf den umliegenden Wiesen sein Vieh grasen. Doch bald stellte er fest, daß die Weiden sauer waren. Enttäuscht kehrte er in die Normandie zurück, nachdem er seinen Diener, einen einfältigen, gutmütigen Mann, als Verwalter eingesetzt hatte. Und so lief das Leben der Bauern im großen und ganzen so weiter wie bisher. Bevor Raoul d'Harcourt abreiste, fügte er dem Dorfnamen Hinton noch die Ergänzung »Malsherbes« hinzu, doch so sehr sie sich auch bemühten – es gelang den Angelsachsen nie, dieses fremdartige Wort richtig auszusprechen: »Mallerby« war das äußerste, das sie an Ähnlichkeit zustande brachten. Und so wurde im Lauf der Jahrhunderte Hinton Malsherbes als »Hinton Mallerby« bekannt – eine der Diskrepanzen zwischen Schreib- und Sprechweise, die für Einheimische und Fremde gleichermaßen verwirrend sind.

Zu Beginn des vierzehnten Jahrhunderts machte ein Nachkomme von Raoul d'Harcourt das Land den Augustinern zum Geschenk – für die Gründung einer religiösen Gemeinschaft nach den Richtlinien der bereits bestehenden in Ashridge und

Edington, bekannt als »Order of the Bonhommes«. Das neue Kloster wurde im Tal erbaut – wobei die Steine des verfallenen Schlosses verwendet wurden. Als Heinrich VIII. hundertfünfzig Jahre später mit Rom brach, war es ein reiches, blühendes Haus – so reich und blühend, daß es eines der Hauptziele des Königs auf der Jagd nach kirchlichen Schätzen wurde.

John Saxelby, ein gewitzter junger Mann, war der Sohn eines Seifenhändlers aus Bristol. Im Alter von vierzig Jahren hatte er durch den Handel mit den neu entdeckten Westindischen Inseln ein Vermögen gemacht – indem er Mitglied einer Aktiengesellschaft wurde, die auf Überseespekulationen spezialisiert war – und gemeinsam mit Sebastian Cabot eine Nordost-Passage nach China gesucht. Und neben all diesen Aktivitäten fand er noch Zeit, sich in der Kontroverse wegen Heinrichs Scheidung und Wiederverheiratung für den König stark zu machen, was ihm die Ehre einbrachte, seinem Souverän mehrmals große Summen leihen zu dürfen, mit deren Rückzahlung nicht zu rechnen war. Zum Dank wurde er nicht nur 1540 zum Ritter geschlagen, sondern erhielt auch noch Hinton Malsherbes zum Geschenk.

Das Kloster wurde dem Erdboden gleichgemacht und an seiner Stelle Mallerby House errichtet. Weder Sir John noch einer seiner Erben hatte »Malsherbes« bewußt anglisiert – es geschah einfach. Mit der Zeit wurde der Besitz zu einem der beliebtesten Touristenziele der Grafschaft Somerset. Schon seit vielen Jahren stand er der Öffentlichkeit an Dienstagen und Donnerstagen offen. Am meisten faszinierte die Besucher die Tatsache, daß er seit mehr als vier Jahrhunderten in der Hand derselben Familie war – ein in der heute so schnelllebigen Zeit beeindruckendes Phänomen.

»Wir gehen zu Fuß«, erklärte Colette, als sie auf den gekiesten Vorplatz hinaustraten, in den die eichengesäumte Zufahrt mündete. Sonnenstrahlen bohrten sich zwischen den blaßgrünen Blättern hindurch und malten zitternde Lichtflekken auf den Boden.

»Bist du sicher?« Christine sah sie besorgt an. »Wollen wir nicht lieber den Mini nehmen?«

»Für einen Zehn-Minuten-Fußweg?« fragte ihre Schwiegermutter gereizt. »Hältst du mich für eine Invalidin?«

»Natürlich nicht – aber den Rückweg haben wir dann auch noch, und vorher den Rundgang durch die Geschäfte. Wird das nicht zuviel für dich?«

»Ich bin achtundsechzig, nicht neunzig!« Colette warnte ihre Schwiegertochter mit funkensprühenden Augen, das Wort Arthritis auszusprechen: Arthritis war etwas für Greise. Die Schmerzen, die sie dann und wann in der linken Hüfte spürte, und von denen sie dummerweise erzählt hatte, waren nur auf eine gelegentliche Erschöpfung zurückzuführen.

»In Ordnung.« Christine zuckte resigniert mit den Schultern. »Wenn du darauf bestehst...« Sie machte Anstalten, ins Haus zurückzugehen. »Dann hole ich dir aber wenigstens deinen Stock.«

Doch dieser Vorschlag erboste Colette noch mehr. Mit einem empörten Schnauben drehte sie sich auf dem Absatz um und marschierte so schnell die Einfahrt hinunter, daß Christine Mühe hatte, mit ihr Schritt zu halten.

»Es tut mir leid«, entschuldigte sie sich.

»Das sollte es auch!« Doch dann lächelte die alte Dame versöhnlich. »Du darfst mir deinen Arm reichen.«

Als sie aus der Harcourt Lane, die an Mallerby House vorbeiführte, in die High Street einbogen, hing Colette so schwer an ihrem Arm, daß Christine wünschte, sie hätte es durchgesetzt, mit dem Wagen zu fahren. Glücklicherweise waren sie nicht mehr weit vom Dorfplatz entfernt, an dem die Geschäfte lagen. Nachdem sie im Zeitungsladen und beim Metzger gewesen waren und Colette mit Geoff Polland eine lange Diskussion bezüglich der Frische seiner Tomaten geführt hatte, machte Christine den Vorschlag, eine Tasse Kaffee zu trinken.

»Im Café oder im Pub?« fragte sie.

»Im ›Feathers‹ natürlich«, antwortete Colette, ohne zu zögern. »Wenn wir ins ›Spinning Wheel‹ gehen, müssen wir nur weitere Beileidsbezeugungen über uns ergehen lassen. Du weißt ja, wie Miss Lathbury und ihre Schwester sind: Sie brechen bei jeder Gelegenheit in Tränen aus. Außerdem ist ihr Kaffee abscheulich.«

Das war zwar leicht übertrieben, aber das erste Argument überzeugte Christine. Auch ihr war nicht nach weiteren Beileidsbezeugungen zumute – wie gut gemeint und ehrlich sie auch sein mochten. Zu viele Menschen hatten sie in der letzten Stunde aufgehalten, um sie ihrer Teilnahme zu versichern. Sie fragte sich, ob es klug gewesen war, so kurz nach Rowlands Tod nach Mallerby zu kommen, aber London hatte sie deprimiert, und als Julian den Vorschlag machte, hatte er sich sehr vernünftig angehört. »Dort ist es viel ruhiger«, sagte er. In Inglebatch House riefen unentwegt besorgte Freunde an, was ebenso nett wie strapaziös war.

Also hatten sie sich telefonisch bei Mrs. James angekündigt, Marie und Françoise, die derzeitigen Au-pair-Mädchen, angewiesen, die Koffer zu packen und waren dann am letzten Wochenende zu viert nach Somerset gefahren. Doch heute waren sie zum erstenmal ins Dorf gegangen.

Das »Three Feathers« stand an einer Ecke des Dorfplatzes, dessen Zentrum eine rechteckige Wiese bildete und der auf drei Seiten von kleinen Häusern und Geschäften gesäumt war. Die vierte Seite, zur High Street hin, war unbebaut und gab den Blick auf ein Stück der in der Ferne liegenden Mauer frei, die Mallerby umgab. Hinter dem Parkplatz und Garten des Pubs ragte der kürzlich fertiggestellte Harcourt-Wohnkomplex auf, dessen Neubaugesicht einen starken Kontrast zu den alten Häuschen des Dorfes bildete.

Auf dem Gasthausschild, das über der Tür in der sanften Brise leicht hin und her schwang, prangten die drei Prince-of-Wales-Federn und das Motto »Ich dien« – beides, wie Colette immer wieder betonte, nach der Schlacht von Crécy dem toten Johann von Böhmen vom Schwarzen Prinzen gestohlen.
Der Besitzer des Lokals, ein großer, sympathischer Mann namens Colin Dando, blickte lächelnd von seiner Zeitung auf, als Colette und Christine hereinkamen. Sie waren die ersten Gäste. Er kam hinter dem Tresen hervor, schüttelte den beiden Frauen die Hand und sagte zu Christine: »Joan und ich waren sehr bestürzt, als wir vom Tod Ihres Mannes hörten. Was darf ich Ihnen bringen?«
»Nur Kaffee, bitte.« Sie war dankbar, daß er so schnell das Thema gewechselt hatte. »Und wir möchten gern einen Platz an dem man uns nicht gleich sieht.«
Colin Dando nickte verständnisvoll. »In der Kaminecke können Sie tagelang sitzen, ohne entdeckt zu werden.«
Sie ließen sich in der Nische nieder. Gleich darauf kam der Kaffee. Colette nippte. »Den kann man wenigstens trinken«, lobte sie und schränkte gleich ein: »Obwohl die Engländer nie lernen werden, wirklich guten Kaffee zu machen.«
»Wie geht es deiner Hüfte?« erkundigte sich Christine.
»Ausgezeichnet. Was sollte denn mit der sein?« Die alte Dame hob die Brauen und sah ihre Schwiegertochter drohend an.
Christine lachte. »Schon gut, schon gut – ich sage ja gar nichts mehr.« Sie trank einen Schluck und seufzte erleichtert. »Jetzt fühle ich mich schon fast wieder wie ein Mensch.«
Colette betrachtete sie nachdenklich. »Christine«, sagte sie schließlich, »was wirst du tun?«
»Tun? Was meinst du damit?«
»Mit deinem Leben. Da Rowland tot ist, gibt es für dich, was ihn betrifft, nichts mehr zu erwarten und zu hoffen.«
Christine errötete. »Ich bin nicht sicher, daß ich dir folgen kann«, schwindelte sie.

»Das kannst du durchaus.« Colette malte mit ihrem unbenutzten Kaffeelöffel unsichtbare Kreise auf die Tischplatte. »Du hast mehr als zwanzig Jahre damit verbracht, auf etwas zu warten, das, verzeih mir meine Offenheit, nie geschehen ist. Jetzt bist du frei – frei, dein eigenes Leben zu leben.«
Christine starrte schweigend vor sich hin. Die Zufriedenheit, die sie eben noch erfüllt hatte, war verflogen. Natürlich hatte Colette recht: Sie war nicht mehr durch eine hoffnungslose Liebe an ihren Mann gefesselt, sie konnte ganz von vorne anfangen – vielleicht sogar jemanden finden, der sie wirklich liebte. Doch nach all den Jahren, in denen ihr ganzes Sein ausschließlich um Rowland gekreist war, konnte sie sich überhaupt nicht vorstellen, jemals einen anderen Mann zu lieben.
Als habe Colette ihre Gedanken gelesen, sagte sie: »Rowe ist tot!« Sie legte eine zierliche, von blauen Adern durchgezogene Hand auf Christines Arm und drückte ihn. »Chérie – es ist Zeit, neu zu beginnen.«
Ihre Schwiegertochter schüttelte den Kopf. »Es ist noch zu früh.«
Das Lokal füllte sich allmählich, hauptsächlich mit älteren Leuten und Rentnern, die aus den Nachbarorten kamen, um Joan Dandos Kochkünste zu genießen.
»Rowland hat dich immer in allem gebremst. Aber du bist eine intelligente, gutaussehende Frau – und vergleichsweise jung.« Colette begeisterte sich sichtlich für das Thema. »Du kannst alles erreichen – wenn du nur willst!«
»Genau dasselbe habe ich mir in den vergangenen zwei Monaten auch immer wieder gesagt. Aber es ist, als . . . ach, ich weiß nicht – alles ist so sinnlos geworden.«
Colette faltete seufzend die Hände im Schoß. Warum hatte Rowland so früh sterben müssen? Vielleicht wären ihm ja doch noch eines Tages die Augen aufgegangen. Er war ein Narr, dachte sie zornig. Verschwendete seine Gefühle an andere, blind für die Vorzüge der eigenen Frau. Sicher, er hatte

Christine geschätzt und ihre Liebe und Ergebenheit sehr wohl registriert. Gefühle konnte man eben nicht erzwingen – und so hatte Christine als »Gegenleistung« nur Freundschaft bekommen.
Der Geräuschpegel im Gastraum erreichte ein Crescendo, und zu allem Überfluß hatte auch noch das Telefon zu läuten begonnen. Gleich darauf trat der Wirt an den Tisch der beiden Frauen: »Ihre Haushälterin hat angerufen. Sie sagt, sie versuche schon eine ganze Weile, Sie irgendwo zu erreichen. Sie möchten bitte sofort nach Hause kommen – Mr. Julian habe angerufen, und es sei sehr wichtig.«

»Julian? Tut mir leid, daß wir nicht da waren, als du angerufen hast. Christine und ich sind im Dorf gewesen. Ist etwas passiert?«
Colette telefonierte von ihrem Schlafzimmer aus, einem hellen Raum, der auf die Einfahrt hinausging. Teppich, Vorhänge und Bettüberwurf waren in ihrem Lieblingsblau gehalten. Auf dem Nachttisch standen mehrere silbergerahmte Fotografien: eine große von ihr und Noel Saxelby an ihrem Hochzeitstag 1937 und kleinere von Rowland und Julian als Kinder, Jugendliche und Erwachsene – und eine von Vivien und Patrick als Kinder. Christine, die mit untergeschlagenen Beinen in einem blumengemusterten Sessel saß, betrachtete nachdenklich das Foto von sich, das seit 1980 die gemeinsame Teenageraufnahme der beiden ersetzte. Was war das damals für eine Aufregung gewesen!
Die Erkerfenster standen offen, und die Vorhänge bewegten sich leicht in der erfrischenden Brise. Christine konnte zwar Julians erregte Stimme hören, aber nichts verstehen. Was immer auch der Anlaß für seinen Anruf war – es war offenbar nichts Angenehmes.
Schließlich unterbrach Colette ihn.
»Julian! Tais-toi! Tais-toi! Beruhige dich! Ich begreife über-

haupt nichts! Warum ist es notwendig, daß Christine und ich wieder nach London kommen? Wir sind gerade erst vier Tage hier und haben einen Berg Post zu erledigen – und jetzt sollen wir alles stehen- und liegenlassen und zurückfahren? Weshalb?«
Wieder ergoß sich ein Wortschwall in den Hörer, und erneut bremste Colette. »Warum kannst du das nicht am Telefon erklären? Geht es um die Bank? Ja und nein? Was soll das heißen?« Sie hörte eine Weile zu und sagte dann in scharfem Ton: »Es hat mit Patrick zu tun? Ja, in welcher Hinsicht denn, um Himmels willen? Julian – du strapazierst wirklich meine Geduld!«
Bei der Erwähnung ihres Stiefsohnes hatte Christine den Kopf gehoben und ihre Schwiegermutter fragend angesehen, die daraufhin eine Grimasse schnitt und in einer Verzweiflungsgeste die freie Hand hob, bevor sie den Hörer auf die Gabel knallte.
»Worum ging es denn?« Christine stellte die Füße auf den Boden und beugte sich, die Hände auf den Armlehnen, gespannt vor.
»Ich wünschte, ich wüßte es!« Colette starrte wütend das Telefon an. »Abgesehen von der Tatsache, das Julian verlangt, daß wir unverzüglich nach London kommen, weiß ich nichts! Es dreht sich anscheinend um Patrick – und du kennst Julian ja. Er gerät immer gleich in Panik.«
»Vielleicht ist Bérenger wieder an Pat herangetreten, um ihm seine Anteile abzukaufen«, meinte Christine.
»Könnte sein. Ja – wahrscheinlich. Aber wie dem auch sei«, fuhr Colette ärgerlich fort, »Julian sollte in der Lage sein, Schwierigkeiten zu bewältigen, ohne zu mir gelaufen zu kommen, damit ich ihm helfe. Immerhin ist er jetzt Chef der Bank. Er hat darauf bestanden, daß du mitkommst – er sagte, es beträfe dich ebenso wie uns.«
»Mich?« Christine dachte nach. »Nun ja – das wäre der Fall,

wenn deine Familie die Kontrolle über Saxelby's gewinnen würde.«

»Jaaa«, meinte ihre Schwiegermutter gedehnt. Sie sah Christine besorgt an. »Aber ich glaube eigentlich nicht, daß das das Problem ist.«

»Also – fahren wir nach London oder nicht?«

Colette zögerte und nickte dann. »Ja. Mit dem Peugeot. Wenn wir gleich nach dem Mittagessen starten, müßten wir zur Teezeit dort sein. Marie und Françoise können ja morgen mit dem Mini nachkommen, falls nötig. Wenn Marie nicht vergißt, daß man in England auf der linken Straßenseite fährt, sehe ich keine Gefahr. Würdest du bitte Mrs. James sagen, daß sie den Lunch eine halbe Stunde früher servieren soll als sonst? Ich packe inzwischen.«

4

Inglebatch House war eines von mehreren Regency-Häusern in der Nähe des Parks. Vom Dachboden aus konnte man Hampstead Ponds und den Parliament Hill sehen. Jahre zuvor war der Speicher ausgebaut worden und zunächst von verschiedenen Familienmitgliedern als Übergangsquartier genutzt worden. Seit der Trennung von seiner Frau Sophie wohnte Julian dort – aber er war nicht zu Hause, als Colette und Christine am späten Nachmittag nach der langen Fahrt mit steifen Beinen aus dem Auto stiegen.

Mrs. Johnson, die Haushälterin, kam ihnen in der Halle entgegen. Sie war offensichtlich gerade dabei zu gehen. Überrascht blieb sie stehen.

»Hat Mr. Julian Ihnen nicht gesagt, daß wir kommen?« fragte Colette erstaunt.

Die Frau schüttelte den Kopf. »Keinen Ton.«

»Also haben Sie ihn heute früh gesehen?«

»Natürlich – ich habe ihm doch Frühstück gemacht.« Diese Aussage wurde von einem heftigen Nicken begleitet, wodurch der Vogel auf ihrem Hut, den sie bei jedem Wetter trug, auf und nieder wippte.

»Was für einen Eindruck machte er?« Christine stellte ihre Reisetasche ab. »Wirkte er beunruhigt?«

»Na ja – jetzt wo Sie's sagen: Großen Appetit hatte er nicht gerade. Aber er hat ja auch 'ne Menge zu tun, und ich dachte, er ist vielleicht überarbeitet. Es fehlt ihm doch hoffentlich nichts?«

»Nein, nein, keine Sorge.« Colette lächelte beruhigend. »Lassen Sie sich nicht aufhalten.«

Mrs. Johnson zog mit einem energischen Ruck ihre Strickjakke zurecht und steuerte auf die Haustür zu. Als sie sie öffnete, fragte Christine: »Haben Sie Mr. Brennan in letzter Zeit gesehen?«

»Nein. Kann ich auch nicht, oder? Er arbeitet in der Bank, und ich arbeite hier.« Mrs. Johnson hielt inne, die Hand auf der Klinke, und ihr rundes Gesicht legte sich plötzlich in Dackelfalten. Draußen lag die Straße still in der Nachmittagssonne. »Aber er muß gestern abend da gewesen sein. Heute früh lagen nämlich zwei Kippen von seiner Zigarettenmarke im Aschenbecher. Na ja, ich muß gehen: Mein Mann wartet auf sein Abendessen.«

Als sich die Tür hinter der Haushälterin geschlossen hatte, sah Christine ihre Schwiegermutter mit hochgezogenen Brauen an. »Merkwürdig, findest du nicht? Ein Freundschaftsbesuch ist das sicher nicht gewesen. Aber wir werden es ja bald erfahren. Ich bringe das Gepäck nach oben. Machst du inzwischen Kaffee? Auspacken können wir später immer noch.«

Sie stieg in den Lift, den Noel Saxelby gleich nach dem Krieg hatte einbauen lassen. Das Zimmer im vorderen Teil des zweiten Stockwerks, das sie mit ihrem Mann bewohnt hatte, sah noch genauso aus, wie sie es Ende der letzten Woche verlassen hatte. Sie lächelte traurig. Was hatte sie denn erwartet, um Himmels willen? Daß es sich in diesen paar Tagen verändert hätte? Natürlich wußte sie, warum sie das gehofft hatte: weil es voller Erinnerungen an Rowland war und sie ihre Einsamkeit noch stärker fühlen ließ.

Sie stellte ihre Reisetasche aufs Bett und ließ den Blick über die William Morris-Tapete zu dem Morgan & Saunders-Schrank mit den Schubladenattrappen wandern, die herausgezogen zu einer Tischplatte wurden, und weiter zu der Sheraton-Frisierkommode, dem Waschtisch und dem Regency-Spiegel. Einer der Kleiderschränke enthielt immer noch Rowlands Sachen – wie auf Mallerby. Christine wußte, daß sie ihn

ausräumen sollte, aber sie konnte sich nicht dazu überwinden. Noch nicht.
Auf dem Weg hinunter stellte sie Colettes Reisetasche im ersten Stock in deren Wohnzimmer, das auf den von einer niedrigen Mauer umgebenen Garten hinausging, und machte sich dann auf den Weg ins Souterrain, wo ihre Schwiegermutter bereits den Tisch gedeckt hatte. Es duftete nach Kaffee. Im Gegensatz zum übrigen Haus war das Untergeschoß, in dem Küche und Waschküche lagen, hochmodern ausgestattet und Mrs. Johnsons Stolz und Freude: Fünf Tage pro Woche schaltete und waltete sie hier.
»Ist Julian noch nicht da?« Christine ließ sich auf einen Stuhl sinken. Die Fahrt hatte sie erschöpft – und dabei war der Verkehr bei weitem nicht so schlimm gewesen, wie er es bald sein würde, wenn die Sommerurlauber den Westen des Landes überschwemmten.
Colette schenkte ihrer Schwiegertochter und sich Kaffee ein und tadelte: »Wie oft soll ich dir noch sagen, daß du keinen Zucker nehmen sollst? Er ist schlecht fürs Herz.« Erschrocken hielt sie inne – doch dann zuckte sie mit den Schultern. Sie konnte nicht für den Rest ihres Lebens jedes Wort auf etwaige Erinnerungsträchtigkeit prüfen, bevor sie es aussprach. »Ich habe vorhin in der Bank angerufen, während du oben warst«, berichtete sie. »Julian sagte, er käme gleich.«
Christine fröstelte. Das spärliche Sonnenlicht, das durch die hoch oben sitzenden Fenster hereinfiel, brachte wenig Wärme. Sie war froh, daß sie ihre Jacke anbehalten hatte. In der Nacht vor seinem Tod hatte sie mit Rowland hier gesessen und heiße Milch mit Rum mit ihm getrunken. Er hatte nicht schlafen können – vielleicht ging es ihm da schon nicht gut – und war in die Küche hinuntergegangen, um etwas Eßbares zu suchen. Christine, die ihm gefolgt war, überredete ihn, statt dessen warme Milch zu trinken. Der Rum dazu war seine Idee. Sie wußte nicht mehr, worüber sie gesprochen hatten – jedenfalls

über nichts Wichtiges. Schließlich, um ein Uhr, stand er auf, streckte sich gähnend, und sie trug die Becher zum Spülbecken, um sie abzuwaschen. An der Tür hielt er plötzlich inne, kam zurück und küßte sie.

»Ich muß noch einen Brief schreiben«, sagte er. »Geh du schon vor – ich komme auch bald.«

Gerührt von dieser unerwarteten liebevollen Geste, versuchte Christine wach zu bleiben, doch der Rum tat seine Wirkung. Und am nächsten Morgen verschlief sie und kam erst zum Frühstück, als Rowland gerade den letzten Bissen Eier mit Speck in den Mund schob. Auch Colette und Julian saßen am Tisch, und deshalb hatte Christine Hemmungen, die vergangene Nacht zu erwähnen. Weniger als eine Stunde später war er tot.

Christine erwachte aus ihren Erinnerungen, schaute über den Tisch hinweg ihre Schwiegermutter an und sagte mit rauher Stimme: »Habe ich dir schon erzählt, daß an Rowlands Todestag ein Anruf von ›Garrard's‹ kam? Sie teilten mir mit, daß die Brosche fertig sei, die er bestellt hatte: ein Liebesknoten mit Saphiren und Diamanten.«

Eine Weile herrschte Stille in der Küche. Draußen fuhr ein Wagen vor. Colette fragte: »Für wen war der Schmuck? Weißt du das?«

Christine lächelte freudlos. »Was glaubst *du*, für wen?«

»Faith Malyon?«

»Wahrscheinlich. Für wen sonst? Der Brief, den er in seiner letzten Nacht noch unbedingt schreiben wollte, war sicher auch an sie.«

Oben im Parterre wurde die Haustür aufgerissen, und Julians Stimme schallte durchs Haus: »Maman? Chris? Wo seid ihr?« Doch bevor sie antworten konnten, entdeckte er offenbar die geöffnete Tür zum Souterrain, denn gleich darauf waren seine Schritte auf der Treppe zu hören.

»Was meinst du damit – er behauptet, Rowlands legitimer Sohn zu sein? Was soll das heißen?«

Seit Julians Ankunft war eine Viertelstunde vergangen, und auf seine Bitte hin waren sie in den Salon im ersten Stock »umgezogen«; Julian betrachtete die Küche offenbar nicht als geeigneten Rahmen für die Eröffnung, die er den beiden zu machen hatte.

Colette und Christine saßen nebeneinander auf einem Sofa, das fast ebenso lang war wie die Wand, vor der es stand. Gegen den leuchtendroten Bezugsstoff wirkte Christines blaßgrünes Kostüm seltsam farblos. Julian stand vor dem kalten Kamin und beantwortete mit unglücklichem Gesicht die Frage seiner Mutter: »Pat behauptet, eine Urkunde gesehen zu haben, die besagt, daß Rowe und Lucy Brennan verheiratet sind – und damit sei er der rechtmäßige Erbe von Mallerby und Rowes gesamtem Besitz.«

Colette und Christine sahen ihn einige Augenblicke lang an wie vom Donner gerührt. Dann sprachen beide gleichzeitig.

»Was für ein haarsträubender Unsinn!«

»Wie kann er so etwas inszenieren!«

»Was für eine Ungeheuerlichkeit!«

»Für wie dumm hält er uns?«

»Einen solchen Schwachsinn habe ich in meinem ganzen Leben noch nicht gehört!«

Die Stimmen verebbten, und Julian sagte unbehaglich: »Er schien es todernst zu meinen.«

»Das ist doch ganz unmöglich!« rief Christine. »Rowe hätte unsere Ehe doch niemals auf einer Lüge aufgebaut! Und außerdem«, fuhr sie fort und räumte damit, ohne es zu merken, die Möglichkeiten genau dieser Tatsache ein, »hat Pat seine Mutter das letzte Mal gesehen, als er zehn Jahre alt war.«

Ihr Schwager wischte geistesabwesend seine feuchten Handflächen an seinen Hosenbeinen ab. »Oh – er gibt zu, daß es

sehr lange her ist. Er sei damals sechs oder sieben gewesen und habe die Urkunde gefunden, als seine Mutter ihm ihre Tasche zum Spielen gab, um ihn ruhigzuhalten. Er fragte sie, was das sei – und er schwört, daß sie ihm erklärte, das Papier sei der Beweis für ihre Heirat mit seinem Vater.«
Colette setzte sich kerzengerade hin. »Und wo«, fragte sie herrisch, »befindet sich dieses kostbare Dokument?«
Ihr Sohn zuckte mit den Schultern. »Ich nehme an, Lucy Brennan hat es noch immer – wo sie auch sein mag.«
»Heißt das, daß er für diese hanebüchene Geschichte nicht den geringsten Beweis hat?« Christine zitterte vor Zorn. »Das Ganze steht und fällt mit Pats Wort? Oh, komm, Julian – das ist doch Betrug! Es *muß* Betrug sein! Warum gerätst du wegen nichts und wieder nichts dermaßen in Panik?«
»Genau!« Ihre Schwiegermutter nickte heftig. »Natürlich ist es Betrug! Wie konntest du ihm nur glauben? Was für eine Infamie! Wie sollte sich Patrick an etwas so genau erinnern können, das er als kleiner Junge sah oder hörte? Das läge inzwischen mindestens siebzehn Jahre zurück!«
Julian war wütend, daß die beiden ihn nicht für voll nahmen. »*Ich* kann mich an Dinge erinnern, die ich in dem Alter erlebt habe – und sogar früher! Und so geht es allen Menschen – das Ereignis muß nur einprägsam genug sein.»
Schweigen senkte sich über den Raum. Vor Christines geistigem Auge erschien plötzlich ein lebhaftes Bild: Sie saß in einem Klinikbett. Man hatte ihr die Mandeln herausgenommen, und sie tat sich schrecklich leid und jammerte nach ihrer Mutter. Eine überarbeitete Lernschwester beugte sich zu ihr herunter und fuhr sie an: »Gib Ruhe! Du bist nicht das einzige Sandkorn am Strand, weißt du!« Es war das erste Mal, daß Christine diese Redewendung hörte. Sie hatte ihr gefallen – und deshalb erinnerte sie sich auch ganz genau an die dazugehörige Situation. Wie alt mochte sie damals sein? Fünf? Sicher nicht älter als sechs. Sie hatte sogar den Geruch des Desinfek-

tionsmittels in der Nase, als sie jetzt daran dachte – und diese Episode lag weit mehr als siebzehn Jahre zurück!

»Aber wenn Pat keinen Beweis für seine Behauptung in der Hand hat – weshalb unterhalten wir uns dann überhaupt darüber?« fragte Colette gereizt.

»Weil ich«, antwortete Julian grimmig, »falls es doch wahr sein sollte, keinen Anspruch auf Mallerby habe – es steht dem männlichen Erben zu –, und weil es, wenn es stimmt, auch eine entscheidende Rolle für Christine spielt: Sie war dann nämlich nicht Rowlands Frau, sondern nur eine von vielen.«

Drückende Stille folgte seinen Worten. Christine spürte wie die Grundfesten ihres Lebens ins Wanken gerieten. Nur eine von vielen! Oh, bitte, lieber Gott – nur das nicht! Seine Frau zu sein, war das einzige, woran sie sich in all den Jahren hatte klammern können.

Colette sprang auf und starrte ihren Sohn zornig an. »Wenn Pat keine Beweise hat, dann hat er auch keine Rechte, um Himmels willen! Und komm mir jetzt bloß nicht mit diesem britischen Fairplay-Quatsch! Wir spielen hier nicht Kricket. Sag ihm, er soll seine Behauptung beweisen oder den Mund halten – alles andere ist indiskutabel!«

»Hat er eine Ahnung, wo Lucy steckt?« fragte Christine ihren Schwager mit mühsam beherrschter Stimme.

Julian schüttelte den Kopf. »Soviel ich weiß, nicht die geringste. Du hast recht: Er hat sie zum letztenmal gesehen, als sie ihn damals als Zehnjährigen in dem Pariser Hotelzimmer zurückließ und verschwand.«

»Sie war immer rastlos. Eine Getriebene.« Christine legte eine Hand auf die Stirn, als könne sie damit die beginnenden Kopfschmerzen bannen. »Sie haßte es, an etwas oder jemanden gebunden zu sein. Ich kann nicht glauben, daß sie jemals geheiratet hat – unter welchen Umständen auch immer.«

»Da hast du's!« Colette hob theatralisch die Arme. »Die Geschichte ist nichts als ein abenteuerliches Hirngespinst, ein

übler Scherz – um dich fertigzumachen, Julian. Du warst schon in seiner Kindheit immer die Zielscheibe für seine bösartigen Späße! Morgen wird er es zugeben, du wirst sehen. Aber *ich* werde nicht lachen!«
»Hast du die heutigen Morgenzeitungen gelesen?« fragte ihr Sohn frostig.
»Nur die FINANCIAL TIMES – die und Mrs. James' SUN sind die einzigen, die wir auf Mallerby abonniert haben.«
Julian ging zu einem kleinen Tisch, nahm den dort liegenden DAILY TELEGRAPH, schlug ihn auf, faltete die Zeitung ordentlich, gab sie seiner Mutter und deutete auf einen Artikel auf der unteren Hälfte der Seite. »Pat hat keine Zeit verloren, die Sache an die Öffentlichkeit zu bringen. Warte nur, bis die Regenbogenpresse sie aufgreift – deren Berichte werden nicht so kurz und zurückhaltend sein.«
Christine stand auf und las über die Schulter ihrer Schwiegermutter mit:

Es geht das Gerücht um, daß Patrick Brennan – der Sohn des kürzlich verstorbenen Leiters des Bankhauses Saxelby's Rowland Saxelby – behauptet, Mr. Saxelbys legitimer Nachkomme zu sein. Wenn seine Angabe zutrifft, würde er damit zum Alleinerben des gesamten Besitzes. Bisher scheint Mr. Brennan jedoch keinen Beweis für seine Aussage erbracht zu haben, deren Bestätigung sich für den Rest der Familie als fatal erweisen könnte.

»Fatal!« Colette warf die Zeitung angewidert auf den Tisch. »Eine typisch englische Untertreibung!«
Christine setzte sich wieder hin. Trotz der Wärme im Raum war ihr plötzlich eiskalt. Wie immer die Geschichte ausgehen mochte – ein Skandal schien unvermeidlich. Es war genau die Art von Story, die die Revolverblätter liebten – und wenn es etwas gab, das Saxelby's im Augenblick nicht brauchen konnte, dann war es negative Publicity! Wenn Pat auf seinem An-

spruch bestand, mußte versucht werden, Lucy Brennan ausfindig zu machen – und das konnte Monate, wenn nicht Jahre dauern. Gott allein wußte, wo sie sich augenblicklich aufhielt. Sie konnte ebensogut in einem tibetanischen Dorf wie in einer Dschungelsiedlung am oberen Kongo stecken. Und dann kam ihr ein noch schlimmerer Gedanke: Vielleicht lebte Lucy ja gar nicht mehr!

Natürlich war Patricks Behauptung vollkommen absurd. Rowland hätte sie nie geheiratet, wenn er schon verheiratet gewesen wäre; er war einfach nicht der Typ für Bigamie. Aber wie sah der Typ dafür denn aus? Wie gut hatte sie Rowland in all den Jahren wirklich kennengelernt?

Jetzt fang nicht an durchzudrehen, schalt sie sich selbst. Er hat andere Frauen gehabt, ja – aber er war weder ein Idiot noch ein Krimineller. Du hättest es gewußt, wenn es so gewesen wäre – und du hättest ihn nicht lieben können. Lieber Himmel – das war natürlich ein albernes Argument: Seit Menschengedenken waren Frauen auf Gauner hereingefallen. Also gut, also gut! Aber ihre Intuition sagte ihr, daß Rowe ein anständiger Mensch gewesen war.

Und wie viele Frauen waren von ihrer Intuition schon in die Irre geführt worden? Wie viele vor Liebe blind gewesen? Für und Wider fochten einen erbitterten Kampf in ihrem Kopf aus, der inzwischen schmerzte, als stecke er in einem Schraubstock. Sie fühlte sich miserabel, versuchte jedoch die aufsteigende Übelkeit niederzukämpfen.

Es war ein langer Tag gewesen. Das Frühstück auf Mallerby, der Kaffee im Dorf – all das schien Wochen zurückzuliegen und nicht erst Stunden. Doch sie durfte ihrer Erschöpfung noch nicht nachgeben.

Colette sah todmüde aus. Christine stand auf und legte den Arm um die schmalen Schultern ihrer Schwiegermutter. »Du bleibst hier«, sagte sie. »Julian – hol deiner Mutter einen Brandy und sorg dafür, daß sie sich hinlegt.«

»Wo willst du denn jetzt hin?« Für einen kurzen Augenblick lehnte Colette sich an sie – ein ungewöhnliches Eingeständnis von Schwäche.
»In die Half Moon Street, zu Patrick.« Christine sah ihren Schwager an. »Er müßte doch jetzt zu Hause sein, oder?«
Julian warf einen Blick auf die Standuhr in der Ecke. »Es ist halb sechs. Doch – ich denke schon. Ich wüßte nicht, weshalb er länger in der Bank geblieben sein sollte.«
»Wenn er nicht da ist, warte ich eben im Wagen.« Sie nahm ihre Handtasche. »Ich komme zurück, so schnell es geht.«

5

Christine fand ganz in der Nähe einen Parkplatz. Als sie auf Pats Klingel drückte, kam fast augenblicklich seine Stimme durch die Sprechanlage: »Wer ist da?«
»Christine. Kann ich raufkommen?«
Ein kaum merkliches Zögern – dann die Antwort: »Ja – natürlich. Ich habe mir schon gedacht, daß du kommen würdest.«
Darauf möchte ich wetten, dachte sie grimmig und stieß die schwere Haustür auf.
Patricks Wohnung lag im zweiten Stock – ein Geschenk seines Vaters zum einundzwanzigsten Geburtstag. Unnötiger Luxus, hatte Colette geschimpft, aber ihr Sohn hatte ihr widersprochen: »Der Junge braucht sein eigenes Reich – er muß sich entfalten können. Es ist nicht gut, wenn die Familie so aufeinanderhockt.«
Patrick empfing sie oben an der Treppe. Er sah noch besser aus als bei ihrem letzten Zusammentreffen. Die blaßolivgetönte Haut schimmerte seidig, und an dem geschmeidigen Körper war nirgendwo ein Gramm überflüssiges Fett. Mit seinen fast schwarzen Haaren hätte man ihn für einen Südländer halten können – wenn die irisch-blauen Augen nicht gewesen wären. Er war immer sehr selbstbewußt gewesen, aber heute strahlte er eine Überlegenheit aus, die Christine mit Unbehagen registrierte. Er beugte sich herunter, um sie zu küssen – Christine schien es wie ein Judaskuß. Er ging voraus zu seiner Wohnung und trat dann höflich beiseite, um ihr den Vortritt zu lassen.
»Ich hatte mir zwar gedacht, daß du kommen würdest – aber

nicht so bald. Du warst doch auf Mallerby, oder? Entschuldige – es sieht hier ziemlich wüst aus.« Er deutete auf das Stilleben aus Frühstücksgeschirr auf dem Couchtisch, Squashschläger, Sporttasche und Illustrierte auf dem Sofa und einem schief über einer Stuhllehne hängenden Jackett. »Setz dich doch. Ich hole dir einen Drink und räume dann schnell ein bißchen auf.«

Sie ließ sich in einen der beiden Ledersessel sinken und sagte: »Whisky mit Wasser bitte – und dann möchte ich mit dir reden. Die Unordnung stört mich nicht.«

Patrick musterte sie kurz von der Seite und ging dann zu dem Barschrank in einer Ecke des Zimmers. Er brachte ihr den Whisky in einem geschliffenen Kristallglas – und das Wasser in einem angeschlagenen Krug. Es war die gleiche Lässigkeit, die auch Rowe an sich gehabt hatte; eine arrogante Mißachtung von Äußerlichkeiten. Es gab keinen Zweifel, daß Pat viel von seinem Vater geerbt hatte.

»Trinkst du nicht?« fragte sie, als er sich einen Platz auf dem Sofa freischaufelte.

»Nein – ich habe später noch eine Verabredung und möchte einen klaren Kopf behalten.«

»Du weißt natürlich, weshalb ich hier bin. Also lassen wir die Einleitungen und kommen zur Sache.« Sie goß reichlich Wasser auf ihren Whisky und nippte nur an dem Drink, denn es war ihr plötzlich bewußt geworden, daß sie seit dem Lunch nichts mehr gegessen hatte. Eigentlich hätte sie hungrig sein müssen, aber sie war es nicht.

Patrick beugte sich vor und faltete locker die Hände zwischen den Knien. »Wann hast du es erfahren?«

»Julian rief heute vormittag auf Mallerby an und bat uns, nach London zurückzukommen. Wir sind nach dem Mittagessen losgefahren. Also, Pat – was soll diese unsinnige Geschichte von der Heirat deines Vaters mit Lucy?«

»Das ist kein Unsinn. Ich erinnere mich ganz genau, eine

Heiratsurkunde gesehen zu haben. Und es war eine englische Heiratsurkunde – sie war in englischer Sprache ausgestellt.«
»In Australien, Kanada, Neuseeland und den Vereinigten Staaten spricht und schreibt man auch Englisch.«
Patrick schüttelte den Kopf. »Oben drüber war das Wappen des englischen Königshauses – und wenn man genau hinschaute, konnte man die Worte ›Honi soit qui mal y pense‹ entziffern. Ich erinnere mich, daß Ma mir erklärte, was sie bedeuten und mir die Geschichte von Edward III. und Joan von Kent erzählte. Das hat sich in mein Gedächtnis eingegraben.«
Christines Hand verkrampfte sich um ihr Glas. »Woran erinnerst du dich sonst noch?«
»Nur daran, daß ich Ma fragte, was für ein Papier das sei – und an ihre Antwort: ›Das ist der Beweis für meine Heirat mit deinem Vater.‹ Wir saßen im Zug – irgendwo in Osteuropa, glaube ich. Das Abteil war vollgestopft mit übelriechenden Leuten, die auf Holzbänken saßen. Es war auch eine Ziege da – ein bösartig aussehendes Untier mit gelben Augen und gebogenen Hörnern. Wir fuhren bereits seit einer Ewigkeit mit dem Zug – jedenfalls kam es mir so vor –, und ich fing an, mich zu langweilen, und wurde quengelig. Deshalb gab Ma mir ihre Handtasche, damit ich etwas zu spielen hatte. Nein – es war eigentlich keine Handtasche, sondern einer dieser Schulranzen, wie sie Kinder früher hatten.«
Christine sah den ramponierten Ranzen deutlich vor sich: Lucy hatte ihn immer bei sich gehabt. Eines Tages schüttete sie ihn aus, weil sie etwas suchte. Ihr Paß, Papierschnipsel, alte Eintrittskarten und Tickets, Geldscheine, Modeschmuck und eine Brosche, die aussah, als sei sie mit Diamanten besetzt – sie konnte aber genausogut aus einem Kaugummiautomaten stammen –, lagen im Gras verstreut. Hatte sich in dem Tohuwabohu auch eine Heiratsurkunde befunden? Christine nahm einen Schluck von ihrem Whisky, verschluckte sich prompt

und bekam einen Hustenanfall. Sofort war Patrick bei ihr und klopfte ihr auf den Rücken.
»Danke«, keuchte sie, zornig darüber, daß sie ihm für etwas dankbar sein mußte. »Es geht schon wieder. Wirklich.«
Er kehrte zu seinem Platz zurück und lächelte sie mitfühlend an. Sie hätte ihm am liebsten den Hals umgedreht.
»Hast du deinen Vater jemals mit dieser Behauptung konfrontiert?« fragte sie unvermittelt.
»Nein, natürlich nicht!« Er sah sie schockiert an – als habe sie ihn einer ungeheuerlichen Taktlosigkeit bezichtigt.
»Und warum nicht? Deinen Worten nach war er immerhin... war er ein...« Sie konnte sich nicht dazu überwinden, das Wort »Bigamist« auszusprechen – nicht in Verbindung mit dem Mann, den sie so viele Jahre vergöttert hatte.
Patrick maß sie mit einem gekränkten Blick. »Ich wollte ihn nicht in Verlegenheit bringen – das ist doch wohl klar. Ich habe ihn geliebt.«
Es fließt viel irisches Blut in den Adern meines Stiefsohnes, dachte Christine: Die Offenheit, mit der er seine Gefühle äußerte, war völlig unenglisch.
»Aber du bist doch offenbar überzeugt davon, daß er dich um deine Rechte betrog.«
»Ich war sicher, daß er früher oder später die Verhältnisse klären würde – wenigstens teilweise. Offen konnte er sich nicht dazu bekennen, das habe ich eingesehen, denn es hätte ihn ins Gefängnis gebracht. Ich rechnete damit, daß er mich eines Tages doch noch zum legitimen Erben machen würde – durch eine Adoption vielleicht. Schließlich wußten alle, daß ich sein Sohn war – es hätte niemanden gewundert. Aber er hatte keine Zeit mehr dafür.«
Christine nippte wieder an ihrem Drink und blickte starr auf den Stich aus dem achtzehnten Jahrhundert, der an der gegenüberliegenden Wand hing. Auch er war, wie fast alles in dieser Wohnung, ein Geschenk von Rowland. Hatte sein schlechtes

Gewissen ihn zu seiner übertriebenen Großzügigkeit veranlaßt? Lächerlich! Sie wandte sich wieder Patrick zu und sah ihm direkt in die Augen. »Nehmen wir einmal an, daß stimmt, was du sagst – aber ich möchte betonen, daß es von mir aus gesehen wirklich nur eine Hypothese ist –, warum hat Rowe dich dann nicht vor vierzehn Jahren adoptiert, als er dich aus Paris nach Hause holte? Wie du richtig sagst, hätte es niemand gewundert. Ich konnte keine Kinder mehr bekommen, und plötzlich stellte er fest, daß er einen Sohn hatte – und so erwartete ich natürlich, daß er dich zu seinem rechtmäßigen Erben machen würde. Auch deine Großmutter und Onkel Julian dachten das. Aber er tat es nicht. Er hat dir nicht einmal seinen Namen gegeben.«

Sie bemerkte mit einiger Genugtuung, daß sie Pats Selbstsicherheit erschüttert hatte. Entgegen seiner vorherigen Aussage stand er auf, ging zum Barschrank und kehrte mit einem Wodka-Tonic zum Sofa zurück, den er in drei großen Schlukken hinunterkippte. Dann stellte er das Glas ab und fuhr sich mit dem Handrücken über den Mund; er hatte sich Zeit zum Nachdenken verschafft.

»Ich kann das verstehen«, sagte er. »Damals war die Erkenntnis, einen Sohn zu haben, erst mal ein Schock für ihn. Bis dahin hatte sein Betrug niemanden betroffen außer meiner Mutter – und der war es offenbar gleichgültig, sonst hätte sie längst etwas unternommen. Doch dann erschien aus heiterem Himmel ein Sohn, der seiner ersten Ehe entstammte – sein rechtmäßiger Erbe! Er hatte sich in Sicherheit gewiegt, und jetzt sah er seine Existenz bedroht. Also mußte ich weiterhin den Namen meiner Mutter tragen.«

Seine Argumentation war so einleuchtend, daß Christine der Schweiß ausbrach – und sie hatte den Eindruck, daß Pat, ob seine Geschichte nun stimmte oder nicht, von ihrer Richtigkeit überzeugt war. Seine Augen sahen sie ernsthaft und aufrichtig an. Er war ein sehr begabter Lügner, das wußte sie – doch in diesem Augenblick akzeptierte sie, daß er vor vielen Jahren wirklich etwas gesehen hatte, das Lucy als Heiratsurkunde ausgab. Aber warum hatte sie es getan? Vielleicht vorsorglich – falls Patrick sich eines Tages als Klotz an ihrem Bein erweisen würde. Wie die Entwicklung zeigte, war genau das eingetreten.

»Bist du wirklich sicher, daß das Papier, das du gesehen hast, eine Heiratsurkunde war?« fragte sie schließlich. »Du warst doch noch so klein.«

Das triumphierende Blitzen in seinen Augen bewies, daß er begriffen hatte. »Du glaubst mir also!« rief er.

»Ich glaube dir, daß deine Mutter dir – aus welchem Grund auch immer – gesagt hat, daß es sich um eine Heiratsurkunde handle. Aber ich glaube keinen Augenblick, daß das den Tatsachen entsprach.«

»Weshalb hätte sie mich anlügen sollen?«

Christine stand abrupt auf und trat an das gekippte Fenster. Sie brauchte Luft.

»Das weiß ich nicht – warum sollte ausgerechnet ich mich in sie hineinversetzen können?«

»Es *war* eine Heiratsurkunde! Ich habe inzwischen schon so viele gesehen, daß ich absolut sicher bin. Mein Gedächtnis spielt mir keinen Streich, falls du das denken solltest.«

»Du warst doch noch so klein«, wiederholte sie lahm.

Sie drehten sich im Kreis – so kamen sie nicht weiter. Christine kehrte zu ihrem Sessel zurück und setzte sich wieder. Sie trank ihren Whisky aus und stellte das Glas auf dem Beistelltisch ab.

»Kommen wir zum Kern der Sache, Pat: Womit kannst du deine Geschichte beweisen? Hast du im ›St. Catherine's House‹ nachgeforscht?«

Seine Miene verdüsterte sich. »Jaaa«, sagte er nach einer Pause gedehnt. »Sie konnten nichts finden. Aber«, fügte er trotzig hinzu, »Urkunden können auch mal falsch abgelegt werden. Ich weiß jedenfalls, was ich gesehen habe – ich muß nur noch meine Mutter finden, damit sie es bestätigt.«

So sicher war er seiner Sache! »Hast du eine Ahnung, wo sie sich aufhält?«
Er schüttelte den Kopf. »Sie hat sich in den letzten vierzehn Jahren kein einziges Mal bei mir gemeldet – und nach dem Brief, den sie in Paris für ihn hinterließ, hat auch Dad nie mehr ein Lebenszeichen von ihr bekommen. Sie kann überall sein. Sie aufzuspüren, wird wahrscheinlich unheimlich teuer.«
»Gehe ich recht in der Annahme, daß das ein Wink mit dem Zaunpfahl ist?« fragte Christine spöttisch. »Du hoffst, daß Julian oder ich die Suche finanzieren.«
»Na ja – es ist doch schließlich auch in eurem Interesse, herauszufinden, ob ich lüge oder nicht.«
»Und in der Zwischenzeit«, versetzte sie scharf, »trittst du die Sache überall breit. Einer deiner Journalistenfreunde hat ja schon einen kleinen Artikel im TELEGRAPH plaziert.«
»Ich finde, das ist mein gutes Recht.«
»Ganz egal, welche Auswirkungen das auf den Rest der Familie haben kann? Du hast offenbar keine Skrupel, uns auch nach außen hin in größte Schwierigkeiten zu bringen.«
»Tut mir ja leid – aber ich muß sehen, wo ich bleibe.«
»Beinhaltet das auch Unter-der-Hand-Geschäfte mit Bérenger – oder hast du nur damit gedroht, um eine Gehaltserhöhung, ein größeres Büro und eine bessere Position von Rowland zu erpressen?« Sie blitzte ihren Stiefsohn wütend an. »Die Bankkunden sind seit seinem Tod ohnehin verunsichert – wenn du jetzt verkaufst, könnte das das Ende von Saxelby's bedeuten. Hat Giles dir inzwischen einen Direktorenposten versprochen, falls er uns schluckt?«
Patrick sprang auf. Die Zornesröte ließ seine olivgetönte Haut noch dunkler erscheinen. »Das ist nicht wahr! Ich hatte nie die Absicht, zu verkaufen. Okay – ich habe es gesagt, weil ich damit etwas erreichen wollte. Daran kann ich nichts Schreckliches finden. So geht es in der Geschäftswelt nun mal zu. Ich bin ehrgeizig. Dad hat das verstanden. Er war auch nicht ernsthaft

böse auf mich. Aber du wirst doch nicht im Ernst annehmen, daß ich mich um mein Erbe bringe, indem ich Saxelby's Bérenger in die Hand spiele.«
Christine fühlte sich völlig leer. Für Patrick stand zweifelsfrei fest, Rowes legitimer Nachkomme zu sein – eine Fortsetzung dieses Gesprächs war reine Zeitverschwendung. Dieser Tag war der längste in ihrem bisherigen Leben gewesen – sie wollte nur noch weg, sich in ihr Bett verkriechen und im Schlaf alles vergessen.
»Ich muß gehen«, murmelte sie. Es war schon fast acht Uhr, und Patrick hatte gesagt, er wolle noch ausgehen. Sie fragte sich voller Unbehagen, mit wem er sich wohl traf.
Er lächelte sie an. Es war das gleiche Lächeln, das er als Junge eingesetzt hatte, wenn er den Eindruck erwecken wollte, zerknirscht zu sein. »Du verstehst doch, daß ich die Sache nicht auf sich beruhen lassen kann, Christine? Solange Dad am Leben war, hätte ich niemals etwas unternommen, und wenn er nicht so plötzlich gestorben wäre, hätte ich die Geschichte irgendwann mit ihm unter vier Augen geklärt – aber jetzt ist er tot, und ich bin nicht bereit, auf mein Erbe zu verzichten.«
»Wenn es dein Erbe *ist*«, erwiderte sie müde. Sie ging zur Tür.
Patrick folgte ihr. »Mir ist natürlich klar, was das für dich bedeutet – es tut mir wirklich leid, daß du den Betrug meines Vaters büßen mußt.«
Sie glaubte ihm kein Wort, aber sie war zu erschöpft, um die Auseinandersetzung fortzuführen. »Bevor ich die Wahrheit kenne, mache ich mir keinerlei Gedanken«, log sie. »Und wie die Dinge liegen, kann es durchaus sein, daß wir sie nie erfahren. Das einzig Wichtige für mich ist, daß ich mich als Rowes Frau fühle und immer fühlen werde. Du brauchst nicht mitzukommen – ich finde allein hinaus.«
Mit schleppenden Schritten ging sie zu ihrem Wagen. Am Horizont ballten sich Wolken zusammen – das schöne Wetter war offenbar wieder nur ein Intermezzo in diesem verregneten

Sommer. Trotz des Sonnenscheins waren nur wenige Menschen auf der Straße. Die Stille lastete auf Christine. Sie fühlte sich unsagbar einsam.
Die Luft im Auto war heiß und stickig. Christine kurbelte das Fenster herunter. Eine Politesse schlenderte vorbei, warf einen Blick auf die Parkuhr, nickte sichtlich enttäuscht und ging weiter.
Christine schloß die Augen und lehnte sich zurück. Ihr Körper war fast taub vor Müdigkeit, doch ihr Verstand arbeitete auf Hochtouren. Ihre Gedanken schossen in alle Richtungen, endeten jedoch immer in Sackgassen. Schließlich gab sie sich einen Ruck, öffnete die Augen, setzte sich zurecht und ließ den Motor an.

6

Als Christine Inglebatch House erreichte, war der Himmel völlig bedeckt, und ein paar Regentropfen klatschten gegen die Windschutzscheibe. Grau und verlassen lagen die Straßen in der plötzlichen Düsternis – nichts erinnerte mehr daran, wie schön der Tag gewesen war. Sie fuhr den Wagen in die Garage, die in einer Gasse hinter dem Haus lag. Wie bei so vielen Häusern aus dem achtzehnten Jahrhundert war auch hier nur die Fassade schön.

»Wir sind unten!« rief ihr Schwager, als sie die Haustür hinter sich schloß.

Colette und Julian waren in der Zwischenzeit wieder in die Küche gegangen, und Colette hatte Kaffee gekocht und Omeletts gebacken. Die beiden lehnten mit ihren Tellern in der Hand an einem Schrank, doch als Christine eintrat, stellte ihre Schwiegermutter sofort ihren Teller weg, schlug Eier in eine Schüssel und schaltete die Kochplatte wieder ein.

»Setz dich«, befahl sie. »Du mußt ja völlig fertig sein – und du hast seit dem Lunch nichts in den Magen bekommen. Du sagst kein Wort, bevor du gegessen hast. Julian – gieß ihr Kaffee ein.«

Julian hatte seinen Geschäftsanzug mit einem Seidenpyjama vertauscht, über dem er einen gelbseidenen Morgenrock trug. In dieser Aufmachung wirkte er wie eine Figur aus einem Theaterstück von Noël Coward aus den dreißiger Jahren, und trotz ihrer Müdigkeit und der nagenden Sorge, die sie erfüllte, konnte Christine sich kaum ein Lächeln verbeißen.

Gelb war Julians Lieblingsfarbe. Er fuhr einen kanariengelben

Porsche und besaß eine ganze Anzahl von Krawatten, Hemden und Pullovern in den verschiedensten Gelbtönen. Christine erinnerte sich, irgendwo gelesen zu haben, daß die Farbe Gelb im Mittelalter als Symbol für Feindseligkeit galt. Blau stand für Treue. Sie hatte sich oft gefragt, wieviel Aggression wohl hinter Julians ausgeglichener, fast langweiliger Fassade schwelen mochte.

Er war kein so südländischer Typ wie Rowland. Seine Haarfarbe erinnerte an Milchschokolade, und auch die Augen waren von einem helleren Braun – und es fehlte ihnen der samtige Glanz. Sein Teint war zwar an englischen Maßstäben gemessen dunkel, doch dem Wesen nach war er eindeutig Angelsachse. Keine Spur von Colettes Temperament oder Rowlands Neigung zu Wutausbrüchen, die so schnell vorübergingen wie Sommergewitter – er wirkte umgänglich, ohne emotionalen Tiefgang, doch Christine hatte den Verdacht, daß die so unterschiedlichen Erbanlagen ebenso wie in Rowe auch in ihm einen erbitterten Kampf gegeneinander fochten. Die französische Seite seines Charakters zugunsten der englischen völlig zu unterdrücken, mußte in seinem Inneren zu Spannungen führen. Wie würde er sie auf Dauer bewältigen? Schließlich war er keine so starke Persönlichkeit wie sein Bruder.

Christine aß das Omelett, das Colette ihr hingestellt hatte – blaßgolden, mit einem bernsteinfarbenen Rand – und trank dazu eine Tasse des exzellenten Kaffees ihrer Schwiegermutter.

Julian wanderte ruhelos in der Küche herum, nahm hier einen Gegenstand auf und stellte ihn woanders wieder hin – aber er drängte Christine nicht.

Schließlich lehnte sie sich mit einem genießerischen Seufzer zurück. »Danke«, sagte sie zu Colette. »Das war köstlich.«

»Bist du jetzt in der Lage, zu erzählen, was sich bei Pat abgespielt hat?« Julian setzte sich ihr gegenüber und sah sie gespannt an.

»Es ist wirklich sein Ernst. Nach seiner Aussage gibt es im ›St. Catherine's House‹ keine Unterlagen über die Heirat, aber er meint, recht zu haben – und er hat vor, seine Mutter suchen zu lassen.«

Julian starrte sie düster an. »Die Gerüchte und Spekulationen würden nie enden. Wir müssen selbst versuchen, Lucy zu finden.«

Colette sah ihn entgeistert an. »Warum denn? Wir kennen die Wahrheit doch. Wir wissen, daß Rowland Christine niemals geheiratet hätte, wenn er schon verheiratet gewesen wäre! Warum sollten *wir* Nachforschungen anstellen?«

»Wir nehmen an, daß es so ist«, berichtigte Julian. »Aber wir müssen uns Gewißheit verschaffen.«

Die Verständnislosigkeit auf Colettes Gesicht wich heller Empörung. »So einen Unsinn habe ich noch nie gehört! Pat hat eine Behauptung aufgestellt – es ist seine Aufgabe, sie zu beweisen! Das ist ja wohl auch in England Gesetz, oder?«

Die Dämmerung brach herein. Christine stand auf und machte das Licht an. Sofort war die Außenwelt wie ausgelöscht, die Fenster spiegelten jetzt die weißblauen Küchenschränke wieder. Sie kehrte auf ihren Platz zurück und sagte zu Colette: »Ich muß die Wahrheit erfahren – sonst werde ich nie wissen, wer ich wirklich bin. Gestern um diese Zeit war ich Rowlands Frau. Seine Witwe. Christine Saxelby. Und heute? Wenn Pat recht hat, bin ich immer noch Christine Chandos.«

»Und ich«, Julian drehte nervös den Siegelring am kleinen Finger seiner linken Hand, »komme mir vor wie auf einem Schleudersitz, den Patrick jederzeit auslösen kann. Chris hat recht, Maman. Sie und ich sind die Betroffenen in dieser Angelegenheit – für dich spielt das Ganze eigentlich doch gar keine Rolle.«

Colette explodierte. »Keine Rolle?« Sie sprang auf. Die abrupte Bewegung rief einen stechenden Schmerz in ihrer Hüfte hervor, doch sie kümmerte sich nicht darum. »Wie kannst du so

etwas Dummes sagen. Es geht hier um die Ehre meines Sohnes! Als ob es für eine Mutter keine Rolle spielt, wenn sie sich plötzlich mit der Möglichkeit konfrontiert sieht, daß sie ihr Kind sein Leben lang falsch eingeschätzt hat!« Sie schlug rhythmisch auf den Küchentisch, und jedesmal knallten ihr Ehe- und Verlobungsring hart auf die Holzplatte. Dieses »Schlagzeugsolo« war zuviel für Julians strapazierte Nerven.
»Bitte, Maman!« Er gab sich große Mühe, ruhig zu bleiben, sprach jedoch mit zusammengebissenen Zähnen. »Setz dich und hör dir an, was Christine uns zu erzählen hat.« Er wandte sich an seine Schwägerin. »Ich möchte alles wissen, was Pat zu dir gesagt hat. Versuche, dich genau zu erinnern.«
Christine stand noch einmal auf und goß sich Kaffee nach. »Ich werde mein Bestes tun.« Sie strich sich eine Haarsträhne aus der Stirn. Auf dem Rückweg zum Tisch kickte sie ihre Schuhe weg.
Sie gab die Unterhaltung mit Patrick so exakt wie möglich wieder. Gelegentlich gelang es ihr sogar, ganze Sätze wörtlich zu zitieren. Als sie zu dem Punkt kam, wo sie ihren Stiefsohn bezichtigt hatte, mit Giles de Bérenger gemeinsame Sache zu machen, klatschte Colette aufgeregt in die Hände.
»Natürlich – Giles hat die Sache ausgeheckt!«
Julian schüttelte den Kopf. »Wie hätte er denn auf eine so abenteuerliche Idee kommen sollen?«
»Giles hat damit nichts zu tun«, sagte Christine. »Diese Geschichte hat Pat ganz allein angezettelt. Er will Mallerby und den Posten des Aufsichtsratsvorsitzenden und Generaldirektors von Saxelby's. Er ist immer sehr ehrgeizig gewesen – und jetzt verstehe ich auch, weshalb: Er glaubt, daß ihm das alles von Rechts wegen zusteht.«
»Tatsächlich?« Colette hielt Christines Augen mit einem zornigen Blick fest. »Du denkst wirklich und wahrhaftig, daß Patrick überzeugt ist von dieser Räuberpistole?!«
Christine nippte an ihrem Kaffee. »Ich bin fast sicher. Er wäre

nicht so selbstgefällig, wenn er nicht fest damit rechnen würde, die Geschichte beweisen zu können. Ich wünschte, ich könnte euch etwas anderes sagen, aber so sieht es nun mal aus.«

»Du sagst, du bist *fast* sicher«, hakte Colette ein. »Das bedeutet, daß du nicht ganz sicher bist. Weshalb nicht?«

Christine seufzte. »Wie kann ich in einem solchen Fall hundertprozentig sicher sein? Ich bin mir ja nicht einmal mehr sicher, was Rowland betrifft.« Tränen stiegen ihr in die Augen. Sie blinzelte sie weg. »Also schön – ich wage es: Ich bin überzeugt, daß Patrick als Kind etwas gesehen hat, das seine Mutter ihm gegenüber als ihre und Rowes Heiratsurkunde ausgab – mag sie es nun gewesen sein oder nicht. Er erinnerte sich an Details, die die Szene echt erscheinen lassen.« Sie stellte ihre Tasse ab und schaute hilflos von Julian zu Colette. »Was ich meine, ist: Ich halte Patrick diesmal für ehrlich – es sieht nicht so aus, als ob er uns wissentlich belügt.«

Julian schnitt eine Grimasse. »Dann müssen wir uns also auf Ärger gefaßt machen?«

»Pat hat einen großen Freudenkreis – er wollte heute abend auch noch ausgehen –, und einige seiner Freunde sind Journalisten. Zumindest einer ist Reporter für die Regenbogenpresse.«

Colette kochte vor Wut. Julian fluchte unterdrückt. »Was tun wir also?« fragte er, beantwortete die Frage jedoch gleich selbst: »Wir müssen Lucy Brennan finden – koste es, was es wolle.«

Christine nickte zustimmend.

»Ihr seid beide verrückt!« rief Colette zornig. »Kennt ihr nicht das Sprichwort: Schlafende Hunde soll man nicht wecken? Ohne Beweis erreicht Patrick gar nichts. Und Lucy Brennan zu suchen, würde sicherlich ein Vermögen verschlingen.«

Julian stand auf, legte den Arm um seine Mutter und beugte sich hinunter, um sie auf die Wange zu küssen. »Es geht nicht anders, Maman. Ich verstehe dich ja, aber wir können uns deiner Ansicht nicht anschließen.«

Christine lächelte ihn an. Sie hatte ihren Schwager nie sonderlich gemocht, doch im Augenblick hatte er ihre volle Unterstützung. Und er besaß auch ihr Mitgefühl – jedenfalls so viel sie von dem abzweigen konnte, das sie für sich selbst brauchte.

Julian richtete sich wieder auf und fuhr fort: »Lucy Brennan wird bestimmt ebenso schwer aufzuspüren sein wie die berühmte Nadel im Heuhaufen, aber wir müssen es versuchen. Ich werde mich morgen früh an die Detektei Barrett wenden. Die haben früher schon für mich gearbeitet – zuverlässig und diskret. Sie verfügen über Verbindungsleute in vielen Ländern. Ich spreche mit Seamus Barrett persönlich – der wird wissen, wie man die Sache am besten aufzieht.«

Colette gab sich geschlagen. »Ich rufe auf Mallerby an«, sagte sie, stand auf und stellte die schmutzigen Teller zusammen. »Marie und Françoise können mit dem Mini herkommen und uns unsere restlichen Sachen bringen.«

»Nein, mach das nicht«, hörte Christine sich zu ihrer eigenen Überraschung widersprechen. Bis zu diesem Augenblick hatte sie ganz selbstverständlich angenommen, sie würden in London bleiben. »Ich fahre so bald wie möglich nach Mallerby zurück.« Sie blickte in die fragenden Gesichter und suchte nach einer Erklärung. »Ich möchte... ich brauche Ruhe. Zum Nachdenken. Ich will... ich will...« Was wollte sie eigentlich?

Sie wollte die letzten fünfundzwanzig Jahre Revue passieren lassen – vor allem den Sommer 1960, als sie Rowland und Lucy Brennan auf dem Campingplatz in Devon zum ersten Mal gesehen hatte. Waren die beiden verheiratet gewesen? Unmöglich! Aber nichts war unmöglich. Sie hatte den dringenden Wunsch, alles noch einmal zu durchleben, bevor ihr irgend jemand erklärte, daß sie nach all diesen Jahren eben nicht Rowlands Frau gewesen sei, sondern nur eine von vielen.

Colette fragte: »Möchtest du, daß ich mitkomme?«

Christine lächelte sie an. »Ja. Bitte.« Und diesmal fügte sie nicht hinzu: »Aber nur, wenn es dir nichts ausmacht.« Sie brauchte ihre Schwiegermutter, damit sie ihr half, wenn die Erinnerungen zu schmerzlich wurden.

Colettes Augen leuchteten auf. »Bon. Ich freue mich.« Dann wandte sie sich an Julian. »Wir werden jeden Abend anrufen«. Sie ließ heißes Wasser ins Spülbecken laufen und streifte leuchtendblaue Gummihandschuhe über ihre zierlichen Hände. Ihre Omelettpfanne, die niemand außer ihr anfassen durfte, hatte sie bereits ausgewischt und weggeräumt.

»Wenn du uns brauchen solltest, kommen wir natürlich sofort.« Christine legte beruhigend die Hand auf den Arm ihres Schwagers. »Ich muß mir nur ein wenig Zeit dafür nehmen, die Vergangenheit zu durchforsten. Vielleicht stoße ich ja auf etwas, das uns weiterhilft.«

Julian nickte. »Eine gute Idee. Und ich sehe Rowes private Unterlagen durch – möglicherweise findet sich da ein Hinweis.«

»Das kannst du dir sparen.« Christine nahm ein Küchentuch und begann, die Teller abzutrocknen, die ihre Schwiegermutter abgewaschen hatte. »Ich habe es bereits kurz nach der Beerdigung getan. Bei den Sachen ist nichts, was damit in Zusammenhang steht.«

»Was Patrick betrifft«, sagte Colette zu ihrem Sohn, »so vermittle ihm den Eindruck, daß du seine Geschichte nicht ernst nimmst. Du mußt ihm souverän gegenübertreten – als nachsichtiger Onkel. Komm ja nicht etwa auf die Idee, ihn zu entlassen.«

Julian sah sie mürrisch an. Im kalten Neonlicht der Küche wirkte er älter als vierundvierzig. »Ich weiß noch nicht, was ich tun werde«, antwortete er.

Es regnete wieder. Der kunstvoll angelegte Garten von Mallerby schien sich unter dem bleischweren Himmel zu ducken, und nicht einmal die kurzgeschorenen Rasenflächen konnten sich mit ihrem Grün gegen das Grau des Tages durchsetzen. Hinter der Mauer aus honigfarbenem Gestein des Ham Hill erstreckte sich der Park in Richtung der A30, und die Bäume darin – Eichen, Buchen, Kastanien und Eschen, deren vereinzelt abgestorbene Äste wie Totenfinger in die Luft ragten – wirkten im Dunst wie Inseln. Die zurechtgestutzten irischen Eiben standen wie Wachposten zwischen den niedrigen Rosenbüschen beim Haus.

Der Salon ging auf die Terrasse hinaus und war eher nach Gesichtspunkten der Bequemlichkeit eingerichtet als nach denen des Stils. Die beiden tiefen Chintz-Sofas und die vier Lehnsessel waren in den fünfziger Jahren bei Harrods gekauft und seitdem mehrmals neu bezogen worden. Aber es gab auch mehrere Schaustücke, darunter einen George I.-Kartentisch aus Walnußholz, ein Paar Hepplewhite-Stühle, einen Mahagonibücherschrank mit durchbrochener Front, ein Paar goldgefaßte Beistelltische und zwei chinesische Porzellanhunde. Diese Raritäten und noch einige andere waren der Grund dafür, daß auch der Salon dienstags und donnerstags der Öffentlichkeit zugänglich gemacht wurde. Doch die Tatsache, daß eine Wand von einer Stereoanlage und Regalen mit Schallplatten eingenommen wurde, machte deutlich, daß es sich hier um keinen Museumsraum, sondern um ein bewohntes Zimmer handelte.

Am Samstag fuhr Colette gleich nach dem Frühstück mit Françoise und Marie ins Dorf. Die beiden waren tief enttäuscht, nicht nach London beordert worden zu sein. Christine setzte sich im Salon ans Fenster und sah in den Regen hinaus. Nach einer Weile gab sie sich einen Ruck, wandte sich von der trostlosen Aussicht ab und ging zum Plattenregal. Ihr Blick streifte Mozart, Beethoven und Haydn nur flüchtig, bevor er ganz automatisch bei Rameau hängenblieb. Bevor Rowland ihr damals von ihm erzählte, hatte sie nie von Jean-Philippe

Rameau gehört, doch im Lauf der Jahre entwickelte sie eine ebensolche Begeisterung für seine Werke wie ihr Mann. Einen Moment schwankte sie zwischen »La Princesse de Navarre« und »Les Indes Galantes« – dann entschied sie sich für »Hippolyte et Aricie«. Kurz darauf war der Raum von herrlichen Klängen erfüllt.
Sie kehrte zu ihrem Platz am Fenster zurück, legte den Kopf an die Rückenlehne des großen Ohrensessels und ließ sich von der Musik überfluten, die wie nichts anderes vermochte, ihr Rowland nahezubringen. Und plötzlich sah sie ihn deutlich vor sich, wie er damals war, in jenem weit zurückliegenden Sommer in Devon: ein hochaufgeschossener junger Mann mit der Unbefangenheit, die aus gesundem Selbstbewußtsein erwächst, und mit dem Aussehen eines Zigeuners ...

ZWEITER TEIL

1960

7

Der Campingplatz ging auf die Start Bay hinaus. Das grasbewachsene Areal, in dieser frühen Augustwoche mit Hahnenfuß, Ehrenpreis und Gänseblümchen gesprenkelt, lag hoch oben auf einer Klippe, nicht weit von der steilen Straße entfernt, die nach Slapton und Torcross hinunterführte.

Christine streckte einen Arm aus ihrem Schlafsack und griff nach der kleinen goldenen Uhr an dem schwarzen Seidenband, die ihre Eltern ihr vor zwei Jahren zu ihrem achtzehnten Geburtstag geschenkt hatten. Die Zeiger bildeten eine senkrechte Linie. Die Morgensonne ließ das Innere des orangefarbenen Zeltes in einem warmen Goldton leuchten. Die Luft in dem engen Raum war stickig, und Christine entschloß sich aufzustehen. Sie zog ihren zweilagigen Nylonschlafanzug aus und schlüpfte in blaue Baumwollshorts und eine passende Bluse. Fünf Minuten später kroch sie aus dem Zelt, richtete sich auf und atmete tief die würzige Seeluft ein.

Um sie herum schimmerten fette Wiesen, der Himmel war wolkenlos, und tief unten glitzerte das Meer im Sonnenlicht. Aus dem Sumpfgebiet jenseits der Küstenstraße, das in den Sommermonaten von allen möglichen Vögeln bevölkert war, stieg eine Möwe auf und steuerte pfeilschnell und mit lautem Kreischen auf das Meer zu. Der meilenlange Sandstrand von Slapton, der von hier oben wie eine goldene Sichel aussah, war um diese frühe Stunde fast noch menschenleer – nur ein paar Frühaufsteher spazierten am Wasser entlang. Alles sah so friedlich aus – es war unmöglich, sich vorzustellen, daß sich in dieser Umgebung eine Tragödie ereignen könnte. Und doch

war es erst sechzehn Jahre her, daß die amerikanischen Truppen hier die Invasion geprobt hatten und in einer Nacht Hunderte von ihnen bei einem schrecklichen Unwetter ertrunken waren. Und das war nicht die einzige Verbindung dieses Gebietes mit den Greueln des Krieges. Eine Meile landeinwärts, in Slapton, stand die Ruine der Gedänkstätte für Sir Guy de Brian, der bei Crécy die englische Flagge getragen hatte.
Christine warf einen Blick auf das etwas größere Zelt neben ihrem. Nichts deutete darauf hin, daß Russell bereits auf war, und als sie genauer hinhörte, nahm sie gedämpftes Schnarchen wahr. Sie überlegte, ob sie ihn wecken sollte, entschied sich dann jedoch dagegen: Russell war ein Morgenmuffel. Sie tauchte wieder in ihr Zelt, schlüpfte in Leinenschuhe, nahm ihre Waschzeugtasche mit den karmesinroten Rosen auf blaßrosa Grund und steuerte auf den nahegelegenen Wohnwagenparkplatz zu, an dessen Rand sich die Waschräume befanden.
Sie und Russell waren jetzt zwei Tage hier – die ersten zwei Tage eines vierzehntägigen Urlaubs – und gestern abend hatte Russell ihr einen Antrag gemacht. Sie hatte natürlich gewußt, daß er das irgendwann tun würde. Ihre Eltern, die ihn für einen zuverlässigen, anständigen jungen Mann hielten, dem eine schnelle Karriere im Staatsdienst bevorstand, rechneten ebenfalls fest damit – sonst hätten sie ihr niemals erlaubt, mit ihm wegzufahren. Allerdings hatten sie darauf bestanden, daß die jungen Leute in getrennten Zelten schliefen. Christines Vater kaufte also ein Ein-Mann-Zelt für sie.
»Wir vertrauen dir«, hatte er gesagt und sie unter seinen buschigen Brauen hervor streng gemustert.
»Wir vertrauen dir und Russell«, hatte ihre Mutter ergänzt.
Das Gras war noch naß und durchweichte schnell ihre Stoffschuhe. Würde sie Russell Jennings heiraten? Bisher hatte sie das als sicher angenommen – doch als er dann »mit der Sprache herausrückte«, wie ihre Mutter es formuliert hätte, waren plötzlich Zweifel in ihr erwacht. Sie mochte Russ – jedenfalls

mehr als alle anderen Jungen, mit denen sie ausgegangen war –, aber genügte das als Basis für eine Ehe? Die meisten ihrer Freundinnen hätten das bejaht: Sie vertraten die Ansicht, Leidenschaft und romantische Gefühle gehörten in die Welt der Romane und Filme. Das Erstrebenswerteste, meinte ihre beste Freundin, Lois Hartman, sei ein reicher, großzügiger Mann, der nicht unbedingt auf Treue poche. Doch die ein Jahr ältere Lois war zugegebenermaßen eine Zynikerin und – wie Gwen Chandos es ausdrückte – »hartgesotten«.

»Ich wünschte, du würdest eine nettere Freundin finden«, wiederholte ihre Mutter seit fünfzehn Jahren in regelmäßigen Abständen, seit die beiden Mädchen an ihrem ersten Schultag im Klassenzimmer nebeneinander saßen.

Obwohl sie es selbst nicht verstand, hatte Christine Russ damit überrascht, daß sie ihn um Bedenkzeit bat.

»Nur ein, zwei Tage – ich war nicht darauf vorbereitet«, schwindelte sie.

Ihre Zurückweisung kränkte ihn tief, und sie begriff, daß er sich ihrer Zustimmung ebenso sicher gewesen war wie sie selbst – und das ärgerte sie. Die Idee, als selbstverständlich hingenommen zu werden, mißfiel ihr ganz entschieden. Aber was erhoffte sie sich von ein paar Tagen Aufschub? Was sollte sich bis zum Wochenende ändern? An diesem strahlenden Augustmorgen schien ihre Zukunft ebenso klar umrissen wie die vergangenen beiden Jahre seit ihrem respektablen Schulabschluß.

»Der Staatsdienst«, hatte ihr Vater, selbst Beamter, ihr erklärt, »bietet dir angenehme Arbeitszeit, viel Urlaub und – was noch wichtiger ist – eine sichere Stellung.« Also war sie zu den notwendigen Vorstellungsgesprächen gegangen und hatte in ihrer Heimatstadt Weston-super-Mare eine Anstellung im Arbeitsamt bekommen – gleichzeitig mit Russell Jennings. Russ war äußerst ehrgeizig, und es galt als sicher, daß er am nächsten Stichtag befördert würde.

Er war ein gutaussehender Bursche, knapp unter einsachtzig und drahtig, mit blauen Augen und dunkelbraunen Haaren, die einen krassen Gegensatz zu seiner blassen Haut bildeten. Er mußte sich zweimal am Tag rasieren, um nicht ungepflegt zu wirken. Im Arbeitsamt im besonderen und in Weston im allgemeinen gab es eine Menge Mädchen, die gern mit ihm ausgegangen wären und sich noch lieber als seine Freundin bezeichnet hätten, doch diese Ehre war Christine zuteil geworden, was ihre neidischen Geschlechtsgenossinnen als unverständlich bezeichneten.

»Sie ist ganz in Ordnung, finde ich. Sieht gar nicht mal so schlecht aus«, hörte Christine einmal eine von ihnen zu ihrer Freundin sagen. »Aber eine Sophia Loren ist sie nicht gerade.«

»Immerhin hat sie dieselbe Oberweite«, warf ein drittes Mädchen ein.

Christine war sich durchaus bewußt, daß ihre schönen vollen Brüste seit jeher die Hauptattraktion für das andere Geschlecht darstellten. Wie Lois es einmal ausdrückte: »Verstand ist nicht gefragt, Chris – sie sind nur hinter deinen Titten her.«

Sie hatte das ziemlich deprimierend gefunden.

Als sie die Waschräume erreichte, waren sie gerade von einem Angestellten der Gesellschaft aufgesperrt worden, der Camping- und Wohnwagenplatz gehörten. Christine warf dem mißmutig dreinblickenden Mann ein fröhliches »Guten Morgen!« zu, erhielt jedoch lediglich ein Grunzen als Antwort.

Der Frauenwaschraum war – ebenso wie der danebenliegende Männerwaschraum – ein scheußlicher Betonklotz, aber im Innern gab es neben einer Reihe von Waschbecken sogar drei Duschen, die überraschenderweise alle funktionierten. Christine, die noch nie geduscht hatte – diese amerikanische Neuerung gab es bisher erst in wenigen englischen Haushalten –, fand es sehr erfrischend. Danach putzte sie sich an einem der Waschbecken die Zähne und legte mit Hilfe des gesprungenen

und mit Fliegendreck übersäten Spiegels ein wenig Make-up auf.
Draußen wurde es von Minute zu Minute heißer. Es versprach, ein herrlicher Tag zu werden. Auf den Asphalt vor dem Waschraum hatte sich auf unerklärliche Weise ein Stein von der niedrigen Umgrenzungsmauer verirrt. Christine sah ihn nicht, trat darauf, knickte um und wäre hingefallen, hätte sie nicht ein Mann, der gerade aus dem Waschraum nebenan kam, am Arm gepackt und gestützt.
»Kannst du dir das vorstellen?« sagte sie später zu Lois Hartman. »Kannst du dir eine so idiotische Situation vorstellen?«
»Nicht gerade übermäßig romantisch«, urteilte Lois mit spöttisch gerümpfter Nase.
»Sind Sie in Ordnung?« erkundigte sich ihr Retter besorgt. »Ist der Knöchel okay?« Er bückte sich, hob den Stein auf und warf ihn ins Gebüsch. »Lassen Sie sich von mir zu Ihrem Zelt tragen – es steht ja gleich neben unserem.«
Er war hochgewachsen und sehr schlank und sah aus wie ein Zigeuner. Das lag nicht an seiner Kleidung, Jeans und T-Shirt, die beide längst in die Wäsche gehörten – die wenigen Zigeuner, die Christine kennengelernt hatte, waren untadelig sauber gewesen –, es lag an seiner Erscheinung: schwarze Haare, tiefbraune, samtig glänzende Augen, dunkle Haut. Offenbar hatte er sich gerade rasiert: An seinem Kinn blutete ein kleiner Schnitt. Seltsamerweise erinnerte der junge Mann sie stark an Russell, obwohl der bei weitem nicht so eindrucksvoll aussah und nicht dieses lässige Selbstvertrauen ausstrahlte.
»Es geht mir gut, danke«, versicherte sie. »Ich bin durchaus in der Lage zu laufen.«
Die meisten Männer, die sie kannte, hätten jetzt etwas über Emanzipation geäußert oder darauf bestanden, ihr zu helfen – doch er tat nichts von beidem. Er akzeptierte sofort und beschränkte sich darauf, sie zu begleiten.

»Ich liebe den frühen Morgen«, sagte er. »Ich finde, er ist die schönste Tageszeit.«
Sie musterte ihn neugierig. »Ich weiß gar nicht, wann Sie angekommen sind.«
»Das wundert mich nicht. Sie und Ihr Freund waren gerade dabei, Abendessen zu machen, als wir unser Zelt aufstellten.«
Jetzt erinnerte sie sich. Ein Morris Minor war über die Wiese geholpert, und dann hatte jemand Gepäck ausgeladen. Sie nahm nicht weiter Notiz davon, weil sie aufpassen mußte, daß die Bratwürste und der Speck nicht anbrannten. Russell verabscheute angebranntes Essen. Er hatte verächtlich bemerkt, die Ankömmlinge seien keine »richtigen Camper«. »Die Ausrüstung gehört nicht ihnen. Das ist alles Zeug, das man in dem Laden neben dem Wohnwagenplatz leihen kann.«
Christine hatte nicht darauf geantwortet. Sie selbst fühlte sich auch nicht als »richtiger Camper«.
Jetzt sagte sie: »Ich konnte nicht mehr einschlafen, nachdem ich aufgewacht war – im Grunde bin ich kein Frühaufsteher. Die Hitze hat mich rausgetrieben.« Dabei fiel ihr ein, daß Russell, falls sie ihn heiraten würde, mit Sicherheit vorhatte, jeden Urlaub auf einem Campingplatz zu verbringen – kein besonders reizvoller Gedanke für einen Menschen, der sich als Kind mit Klauen und Zähnen dagegen gewehrt hatte, Pfadfinderin zu werden.
Es war noch ganz still auf dem Campingplatz, und weder aus Russells Zelt noch aus dem daneben kamen irgendwelche Lebenszeichen. Christine fragte sich, wie das Mädchen wohl sein mochte, mit dem der junge Mann hier war. Sie erinnerte sich nur dunkel an einen langen Rock und lange Haare. Natürlich war er mit einem Mädchen unterwegs; er besaß eine intensiv-sinnliche Ausstrahlung, die sie jedoch weder störte noch beunruhigte. Im Augenblick konnte sie es nicht genau definieren, aber später erkannte sie, daß sie auf seiner echten, herzlichen Sympathie für Frauen beruhte, die sich nicht auf

Sexualität beschränkte, was bei Männern nicht häufig zu finden war.
»Lassen Sie uns den Klippenweg entlanggehen«, schlug er vor. »Lucy und Ihr Freund scheinen noch zu schlafen.«
Weder musterte er sie interessiert, noch fragte er sie scheinheilig, ob es ihren Freund nicht stören würde. Sie wunderte sich, daß er ganz selbstverständlich annahm, daß sie nicht verheiratet waren. Doch gleich darauf fiel ihr ein, daß sie ja in getrennten Zelten schliefen. Es lag ihr schon auf der Zunge, mit der Begründung abzulehnen, daß Russell etwas dagegen hätte, doch dann fand sie, daß das albern wäre. So wie sie ihn einschätzte, würde er mit einem leicht spöttischen Lächeln reagieren.
»Einverstanden.« Sie nickte. »Ich will nur schnell das hier ins Zelt legen.« Sie deutete auf ihr Waschzeug.
Der Klippenweg war ein schmaler Trampelpfad, gesäumt von hartem Gras und Meerfenchel, dessen grünlich-weiße Blüten blaß zwischen den weichen, fleischigen Blättern schimmerten. Die Blüten der wuchernden Roten Miere, des »Barometers des armen Mannes«, öffneten sich bereits – ein sicheres Zeichen dafür, daß der Tag schön und heiß werden würde –, und eine Dünendistel mit kräftigem, kerzengeradem Stamm spreizte ihre bläulichen Stacheln, um die schmalblättrigen Blüten in der Mitte zu schützen.
Nach ein paar Metern verließ Christines Begleiter den Pfad, drehte sich um, reichte ihr die Hand und half ihr zu einer natürlichen Sitzbank aus grasüberwachsenem Felsen hinunter. Nachdem sie sich niedergelassen hatten, zog er Zigaretten aus der Tasche und bot ihr eine an.
Christine schüttelte den Kopf. »Danke – ich rauche nicht.« Sie kam sich irgendwie provinziell vor. Jeder rauchte. Alle ihre Freundinnen hatten spätestens mit achtzehn damit angefangen. Es schuf eine gewisse Art der Kameraderie. Es half einem über Verlegenheit hinweg. Es war eine weitverbreitete Ange-

wohnheit, und Nichtraucher wurden allgemein als Spielverderber und Spießer betrachtet. Christine wünschte, sie hätte es genießen können, aber sie haßte den Geschmack des Tabaks und den Geruch von kaltem Rauch. Um abzulenken, fragte sie unvermittelt: »Wie heißen Sie eigentlich?«

»Rowe. Rowe Saxelby.«

»Rowe?«

»R-O-W-E. Die Kurzform von Rowland.«

»Ein ausgefallener Name.« Jedenfalls zwischen den Leslies, Peters, Bobs und Mikes aus ihrem Bekanntenkreis. Auch ausgefallener als Russell – ein Name, der sich großer Beliebtheit erfreute, seit der Pianist Russ Conway in der »Billy Cotton Band Show« zum Fernsehstar geworden war. Russel legte großen Wert auf die Feststellung, daß er seinen Namen mehr als zwanzig Jahre vor diesem Ereignis bekommen hatte. »Sind Sie verheiratet?« fragte sie weiter.

Rowland zündete sich eine Zigarette an und schnippte das Streichholz in die Tiefe. Ein dünner Rauchfaden stieg zwischen seinen Fingern auf. Er schüttelte lächelnd den Kopf. »Nein. Ich studiere noch. Ist mein zweites Jahr. In Oxford.«

Christine runzelte die Stirn. Sie hatte ihn für zwei-, dreiundzwanzig gehalten. Doch dann kam ihr die Erleuchtung: »Sie haben vorher Ihren Wehrdienst abgeleistet.«

Er wandte sich ihr zu und sah sie bewundernd an. »Woher wissen Sie das? Die meisten Leute kommen nicht auf diese Idee.«

Sie fühlte sich unverhältnismäßig geschmeichelt von dem indirekten Kompliment, mußte jedoch zugeben: »Ich fürchte, ich kann diese Lorbeeren nicht annehmen. Ich arbeite in einem Amt, wo ich auch mit Einberufungen und Zurückstellungen zu tun hatte: Ich saß eine ganze Weile in dem zuständigen Büro des Arbeitsamtes von Weston. Weston-super-Mare«, fügte sie erklärend hinzu. »In Somerset.«

»Oh, ich kenne es«, antwortete er mit einem Grinsen. »Als ich

klein war, erzählte mir meine Nanny, daß man bei Ebbe von dort nach South Wales laufen könne. Natürlich hat sie mir da einen Bären aufgebunden.«
Christine kam keine Sekunde auf den Gedanken, daß mit »Nanny« eine Kinderfrau gemeint sein könnte. Sie nahm an, er spräche von seiner Großmutter – so wie sie die Mutter ihrer Mutter »Nanna« genannt hatte, um sie von der Mutter ihres Vaters zu unterscheiden. »Sie leben in Weston?« fragte sie – doch sie war sicher, daß sie es gewußt hätte, wenn es so wäre: Trotz seines schlampigen Äußeren hatte er etwas an sich, das ihn auffallen ließ.
Wieder schüttelte er den Kopf. »Nein, aber in Somerset, und ich bin in Bristol zur Schule gegangen: aufs Clifton College.«
Sie zog die Augenbrauen hoch. »Ich habe mich oft gefragt, wie es da drin an heißen Sommertagen sein mag – direkt neben dem Zoo.«
Er lachte laut auf. »Ich muß gestehen, wenn der Wind aus der falschen Ecke kam – aus der Gegend der Affen beispielsweise –, roch es ein bißchen streng.«
Jetzt lachte auch Christine. Hinter ihr fragte eine Mädchenstimme mit irischem Akzent: »Worüber lacht ihr? Himmel, Rowe! Wie kannst du zu dieser nachtschlafenden Zeit nur so hellwach sein?«

8

Das war das erste Mal, daß Christine Lucy Brennan sah. Lucy kletterte vorsichtig zu ihnen hinunter, ließ sich neben ihnen auf dem Boden nieder, streckte die schlanken braunen Beine aus und hob ihr Gesicht der Sonne entgegen. Sie trug einen langen, schwarzen Baumwollrock, eine schwarze Baumwollbluse, hochgeschnürte Ledersandalen und ein mit Fransen versehenes Stirnband, um die Masse der taillenlangen dunklen Locken aus ihrem Gesicht zu halten. Am Ende dieses Jahrzehnts würde das die »Uniform« der Jugendlichen sein, doch im Jahr 1960 hob sich Lucy damit von der Allgemeinheit ab und veranlaßte die Leute auf der Straße, sich nach ihr umzudrehen und sie anzustarren, als sei sie eine Landstreicherin, die höchstwahrscheinlich Läuse oder eine andere ansteckende Krankheit hatte.

Wenn Rowland schon wie ein Zigeuner aussah – obwohl ihn gleichzeitig ein unerklärlicher Eindruck von Seriosität begleitete –, vollendete Lucy dieses Bild noch. Große goldene Ringe baumelten an ihren wohlgeformten kleinen Ohren, und auch der blaß-olivgetönte Teint paßte dazu. Nur eines störte: In dem spitzen Gesicht strahlten statt samtig dunkler Augen leuchtend blaue!

»Habe ich dich geweckt, als ich aufgestanden bin?« fragte Rowland und lächelte sie an. »Das wollte ich nicht – tut mir leid.«

»Oh – mach dir deswegen keine Gedanken. Ab und zu ist es ganz schön, früh aufzustehen.« Sie warf Christine einen Blick zu, offenbar nicht im mindesten irritiert, Rowland um halb

sieben Uhr morgens mit einem fremden Mädchen vorzufinden, dessen Gesellschaft er sichtlich genoß. »Hallo«, sagte sie mit ihrem starken Akzent, der Christine nicht so geläufig war, daß sie hätte beurteilen könne, ob er aus dem Norden oder dem Süden Irlands stammte. »Ich heiße Lucy Brennan – und du?« Sie hielt sich nicht mit dem förmlichen »Sie« auf.
»Richtig – ich kenne deinen Namen ja auch noch nicht«, fiel Rowland auf. Er duzte sie jetzt ebenfalls.
»Christine. Christine Chandos.«
»Ach, wirklich?« Kleine Lichter tanzten in seinen Augen, als er verkündete: »Ich kenne deinen Vorfahren – Sir John.«
Sie sah ihn verständnislos an. »Ich verstehe nicht«, gestand sie verlegen.
Lucy lachte schallend. »Da bist du nicht die einzige. Er liebt es, rätselhafte Bemerkungen zu machen und die Leute damit völlig zu verwirren. Komm schon«, sie piekste ihn mit einem spitzen Finger in die Seite, »sag dem armen Mädchen, was du meinst.«
»Sir John Chandos«, erklärte er, »war im vierzehnten Jahrhundert Seneschall von Poitou. Er fiel am Neujahrstag 1370 bei einem Scharmützel mit den Truppen des Dauphin. Obwohl er ein Feind war – er kämpfte in der Schlacht von Crécy und in Poitiers –, bewunderten ihn die Franzosen ungeheuer. Und an der Stelle, wo er den Tod fand, errichteten sie ihm ein Denkmal – in der Nähe von Lussac-les-Châteaux.«
»Das ist kein Vorfahr von mir«, widersprach Christine. »Im Stammbaum meines Vaters findet sich keine einzige Berühmtheit.«
Rowland sah sie an, und sein Blick drückte eine Mischung aus Belustigung und leichter Verwunderung aus.
»Woher sollen wir wissen, wie unsere Vorfahren wirklich waren?« sagte Lucy. »Auch die berühmtesten Leute in einem Stammbaum können in Wahrheit Gauner oder Perverslinge gewesen sein.«
Es war das erste Mal, daß Christine jemanden in dieser unver-

blümten Weise sprechen hörte. In ihrem Bekanntenkreis achtete man sehr auf eine »ordentliche« Ausdrucksweise, und Russ wäre wahrscheinlich in Ohnmacht gefallen, wenn er jetzt hier gewesen wäre – aber Rowland schien nicht das geringste dabei zu finden.

Lucy fuhr verächtlich fort: »Und deshalb finde ich diesen Ahnenkult so blöde. Was bringt es einem denn schon, wenn man behauptet, von einem bestimmten Sandkorn am Strand abzustammen?«

Rowland grinste. »Ich habe verstanden.« Er erklärte Christine nicht, was das heißen sollte, und sie fühlte sich plötzlich ausgeschlossen.

»Und worüber habt ihr nun gelacht?« kam Lucy zum Thema zurück, doch ihr Tonfall vermittelte nicht den Eindruck, daß sie glaubte, einen Anspruch darauf zu haben, es zu erfahren.

Rowland erzählte es ihr, und sie warf den Kopf zurück, dabei tanzten ihre Locken wie die Schlangen um das Haupt der Medusa. »Laßt mich bloß mit Schulen zufrieden!« rief sie. »Ich habe sie alle gehabt – und bin aus jeder weggelaufen, in die man mich geschickt hat.«

»Waren es viele?« fragte Christine neugierig.

Lucy zuckte mit den Schultern. »Fünf – vielleicht auch sechs. Nach einer Weile habe ich aufgehört, zu zählen. Am Schluß wurde es schwierig, in Irland noch eine Schule zu finden, die bereit war, mich zu nehmen. Als ich achtzehn wurde, schoben meine alten Herrschaften mich ab. Mein Vater arrangierte es, daß ich die zwanzigtausend Pfund bekam, die meine Großmutter hinterlassen hatte, und sagte nur ein Wort: ›Verschwinde!‹ Und das tat ich dann auch. Wir trennten uns ohne Groll und mit beiderseitiger Erleichterung vor zwei Jahren und haben uns seither nicht wiedergesehen.«

Christines Bild von Lucy Brennan fiel in sich zusammen. Zwanzigtausend Pfund! Sie holte tief Luft. »Und was... was tust du?«

Lucy sah sie verblüfft an. »Was ich tue?« Die Idee, sie könne einer geregelten Arbeit nachgehen, schien ihr wohl ziemlich abwegig. »Ich reise.« Sie wedelte vage durch die Luft.
»Die ganze Zeit?« Christine gab sich redlich Mühe, sich nicht allzu fassungslos anzuhören. »Und wohin?«
»Überall hin.«
Das half Christine nicht weiter. »Durch Europa?«
»Europa, Nordafrika, die Vereinigten Staaten – wonach mir grade ist. Rowe und ich haben uns vor sechs Wochen in Algier kennengelernt.«
Dann kannten sie sich ja noch gar nicht lange. »Aber wie kommst du an Geld?« fragte Christine.
Sie wußte, daß sie sich aufdringlich und indiskret benahm, aber der Gedanke, daß jemand einfach so durch die Welt zog, war ihr völlig fremd. Die Menschen, die sie kannte – die Tanten ihrer Mutter und einige ihrer Freundinnen –, wagten sich nicht weiter als bis in die Schweiz oder nach Frankreich. Doch der größte Teil blieb in der Sicherheit der britischen Inseln: Die alljährliche »Völkerwanderung« in Richtung Sonne gab es noch nicht. Christine war noch nie aus England herausgekommen.
Lucy sah sie erstaunt an. »Ich rufe meine Bank in Rom an und sage Bescheid, wo ich gerade bin – und dann schicken sie mir welches.« Sie sagte das, als sei es etwas ganz Selbstverständliches, von irgendeiner Ecke der Welt seine Hausbank anzurufen, und Christine mußte ihr Bild erneut revidieren: Lucy war offenbar von Geburt an daran gewöhnt, daß Geld da war – viel Geld. Sie wurde nicht schlau aus ihr. Zehn Jahre später hätte man sie als »Aussteigerin« bezeichnet, doch diesen Ausdruck gab es 1960 noch nicht.
Rowland stand auf und streckte sich, bis seine Gelenke knackten. Dann reichte er jedem Mädchen eine Hand und zog sie auf die Füße. »Ich habe Hunger«, verkündete er. »Zeit fürs Frühstück.«

»Ich frühstücke nicht«, erklärte Lucy. »Und ich werde auch nicht für dich kochen. Du mußt dich schon selbst versorgen.«
»Du kannst bei uns mitessen«, bot Christine eilig an und fügte – mehr um sich selbst als die anderen zu überzeugen – hinzu: »Mein Freund hat bestimmt nichts dagegen.«

Wie sich zeigte, hatte Russell zu Anfang tatsächlich nichts dagegen: Er kam gar nicht auf den Gedanken, daß dieser schmuddelige Bursche sich als Bedrohung für Christines Beziehung zu ihm erweisen könnte – und sie erkannte sehr schnell, daß Lucy ihm gefiel: Ein Mädchen wie sie hatte er noch nie getroffen, und es reizte ihn, sie zu erobern. Christine hörte schon, wie er seinen Freunden gegenüber angeben würde: »Da unten in Devon haben wir einen seltsamen Vogel kennengelernt. Sah aus wie eine Zigeunerin – und sie lag mir zu Füßen.« Doch es lief nicht so, wie er es sich vorstellte. Vom ersten Morgen an hatte sie ihn an der Angel – aber er war auch eine leichte Beute für sie: Er war einfach zu eingebildet. Sein Selbstbewußtsein unterschied sich von Rowlands wie Tag und Nacht. Christine wäre früher nie auf die Idee gekommen, daß es verschiedene Arten von Selbstvertrauen geben könne, doch die Bekanntschaft mit Rowland Saxelby gab ihr viele Denkanstöße und veränderte ihr Leben – das erkannte sie schon nach wenigen Tagen. Um sich einzugestehen, daß sie in ihn verliebt war, brauchte sie etwas länger – aber sie wußte bereits nach vierundzwanzig Stunden, daß sie Russell Jennings niemals heiraten würde.
Die vier schlossen sich zusammen, lagen gemeinsam am Strand von Slapton in der Sonne, schwammen in der Bucht und aßen miteinander, wobei die meisten Mahlzeiten von Christine auf dem Primuskocher zubereitet wurden – manchmal half ihr Rowland. Lucy konnte nicht kochen und hatte auch keine Lust, es zu lernen – und Russell wäre es nicht im Traum eingefallen, Christine zur Hand zu gehen. Für ihn waren die Aufgabenbe-

reiche von Männern und Frauen seit jeher klar umrissen und streng getrennt.
Christine vermutete, daß hauptsächlich das Essen Rowland und Lucy bei der Stange hielt: sättigende, nahrhafte Mahlzeiten, die sie nichts kosteten. Keiner von beiden schien Geld zu haben. Wie auch immer es sich mit Lucys Bank-Arrangement verhalten mochte – im Augenblick schien es nicht zu funktionieren.
Eines Morgens, als sie auf der Klippe saßen, versuchten sie, das Geld für Benzin zusammenzubekommen, um mit dem gemieteten Morris Minor nach Plymouth fahren zu können. Russell hätte ihnen natürlich anbieten können, seinen Wagen zu nehmen, aber er tat es nicht. Allmählich bemerkte er Christines Interesse an Rowland Saxelby und spürte den ersten Anflug von Eifersucht. Also sagte er nichts und starrte aufs Meer hinaus, als höre er gar nicht, worum die Debatte ging.
Lucy hatte ihre Handtasche ausgeleert. Es war keine richtige Handtasche, sondern ein alter brauner Schulranzen, den sie immer über der Schulter trug. Der Inhalt lag verstreut im Gras: ihr Paß, zwei goldene Ringe, einige Papiere, alte Zug- und Busfahrkarten, eine glitzernde Brosche, die entweder mit echten Diamanten besetzt oder eine gute Woolworth-Imitation war – das konnte man bei Lucy nicht sagen –, einige Banknoten, anscheinend französische, aber nichts, was wie englisches Geld aussah.
»Na schön«, sie zuckte gleichgültig mit den Schultern, »dann nicht. Fahren wir eben per Anhalter.« Sie sammelte ihre Habseligkeiten wieder ein, um sie in den Ranzen zu stopfen. Ein Blatt Papier wurde von einem Windstoß erfaßt und über das Gras davongetragen.
Rowland sprang auf und holte es zurück. »Das solltest du vielleicht aufheben«, meinte er. »Es ist der Mietvertrag für den Wagen.«

Lucy warf einen Blick darauf, lachte und steckte ihn ebenfalls in die Tasche.
Rowland streckte sich ausgiebig. »Mir ist heute nicht nach Autostop. Ich gehe lieber spazieren. Kommt jemand mit?«
Lucy schüttelte den Kopf. »Nein – ich bleibe hier und lege mich in die Sonne.« Sie schien nicht im mindesten verärgert über seinen plötzlichen Sinneswandel.
»Okay.« Rowland sah die beiden anderen an. »Sonst jemand?«
»Nein, danke.« Russell legte sich ins Gras und verschränkte die Hände hinter dem Kopf. »Wenn es so heiß bleibt, gehe ich später schwimmen.«
»Christine?« Rowland lächelte sie in seiner offenen Art an. Wenn sie mitkäme, würde er sich freuen, wenn nicht, würde er genauso gern allein gehen. Sie konnte sich keine Sekunde vormachen, daß sein Interesse an ihr über Freundschaft hinausging – über eine vorübergehende Ferien-Freundschaft.
Sie hatte sich vorgenommen, abzulehnen, wenn er sie fragen sollte: Es hatte keinen Sinn, sich unnötig selbst zu quälen, indem sie öfter mit ihm zusammen war als unbedingt nötig, denn damit rieb sie nur Salz in die Wunde. Sie sagte sich, daß man sich im Urlaub schnell verliebte, wenn der Alltag von einem abfiel und alles ein wenig unwirklich wurde. Sie redete sich ein, daß sie Rowland Saxelby schon eine Woche nach ihrer Heimkehr vergessen haben würde, und versuchte, die penetrante Stimme in ihrem Hinterkopf zu ignorieren, die ihr immer wieder sagte, daß sie sich irrte. Sie öffnete den Mund – aber Russell kam ihr zuvor. Er packte ihr Handgelenk und erklärte: »Chris bleibt hier.«
Sie befreite sich aus seinem Griff und stand auf. »Ja, ich komme gern mit, Rowland. Wo wollen wir hin?«
Russell setzte sich auf. »Du sagtest doch vorhin, du hättest vor, schwimmen zu gehen!«
»Ich habe es mir anders überlegt. Ein Spaziergang ist jetzt genau das richtige. Warum kommst du nicht auch mit?«

Röte überzog sein blasses Gesicht, und er wischte sich mit einer wütenden Bewegung eine Haarsträhne aus den Augen. »Ich habe bereits gesagt, daß ich nicht will. Ich ziehe es vor, mich an einmal gefaßte Vorsätze zu halten. Ich dachte, du siehst das ebenso.«

Christine versuchte die wachsende Spannung mit einem Lachen zu lockern. »Aber nicht so stur – ich habe keine so ausgeprägte Beamtenmentalität.«

Sie hatte das Wort kaum ausgesprochen, als ihr klar wurde, daß sie ihn mit nichts hätte mehr auf die Palme bringen können. Seine Lippen wurden schmal. »Es ist absolut nichts gegen eine Beamtenmentalität zu sagen, und du solltest wenigstens so viel Loyalität aufbringen, nicht in Gegenwart Außenstehender zu versuchen, mich herunterzumachen. Und jetzt setz dich zu mir und sei ein braves Mädchen.«

Rowland gab ein kaum hörbares, schmatzendes Geräusch von sich und starrte in die Ferne, als müsse er sich krampfhaft bemühen, nicht laut loszulachen. Lucy betrachtete die beiden mit dem interessierten Blick einer Biologin, die eine unbekannte Spezies vor sich hat.

»Ich bin soweit«, sagte Christine zu Rowland. »Wir können gehen.«

Russells Gesicht spiegelte eine ganze Palette von Gefühlen wider: Wut, Überraschung und Verständnislosigkeit. »Ich verbiete dir zu gehen!« sagte er mit unsicherer Stimme.

Sie drehte sich wortlos um und kletterte die Klippe hinauf. Rowland folgte ihr schweigend – er sprach erst wieder, als sie den Campingplatz hinter sich gelassen und die Hauptstraße erreicht hatten.

»Renn nicht so.« Er legte ihr eine Hand auf die Schulter. »Er ist nicht hinter uns her. Es ist viel zu warm für ein solches Tempo.«

Sie blieb stehen. Schweißtropfen glänzten auf ihrer Haut. Sie fuhr sich mit einem Taschentuch über das Gesicht. »Tut mir leid«, entschuldigte sie sich. »Und auch die Szene von vorhin. Es war meine Schuld – aber es gibt Momente, da macht Russell mich wahnsinnig.«

»Hör auf, dich immer für alles verantwortlich zu fühlen«, erwiderte er sanft. »Du darfst dir nicht pausenlos Schuldgefühle von ihm einimpfen lassen.« Er lächelte. »Die Tatsache, daß du eine Frau bist, setzt dich doch nicht automatisch ins Unrecht.«

Sie entspannte sich ein wenig. »Nein – wahrscheinlich nicht.«

»So ist es schon besser«, lobte er. »Laß uns nach Torcross laufen. Auf dem Weg können wir ja nach Slapton reinschauen und nachsehen, was von Sir Guys Gedenkstätte übrig ist.«

»Interessierst du dich für Geschichte?« fragte sie.

Sie folgten der Küstenstraße, die zu dem langgestreckten Strand von Slapton führte und an dessen Ende landeinwärts nach Torcross.

»Man kann das Thema schlecht ignorieren«, antwortete er leichthin.

»Du weißt genau über Sir John Chandos Bescheid«, insistierte sie.

»Ach, das ist es. Nun, das ist einfach zu erklären: Meine Großmutter – meine französische Großmutter – lebt in der Nähe von Lussac-les-Châteaux. Ich habe das Monument und die Inschrift oft gesehen.«

»Du bist zur Hälfte Franzose?« rief Christine überrascht. Das erklärt die schwarzen Haare, die dunklen Augen und die olivgetönte Haut.

»Meine Mutter ist Französin. Eine großartige Frau.« Er ging nicht weiter darauf ein.

»Hast du Geschwister?«

»Einen jüngeren Bruder. Julian. Er ist neunzehn und hat gerade sein erstes Jahr Uni hinter sich. Im Gegensatz zu mir hatte er es nicht so eilig, seinen Wehrdienst abzuleisten. Und inzwischen gibt es Gerüchte, daß er abgeschafft wird – der

Wehrdienst, meine ich. Es sieht so aus, als würde Julian ganz drum herumkommen.« Er sah sie fragend an, als müsse sie das wissen.

»Wahrscheinlich hast du recht«, antwortete sie. »Sie fangen schon an, die zuständigen Abteilungen zu verkleinern. Die Wehrpflicht ist in unserem Land nie besonders beliebt gewesen. Bei welchem Truppenteil warst du denn?«

»Luftwaffe.« Und nach einer Pause fügte er hinzu: »Ich fand es gräßlich. Padgate muß Gott im Zorn erschaffen haben.«

Sie lachte. Die Unterhaltung versiegte. Sie hatten inzwischen die Ebene erreicht. Links von ihnen erstreckte sich die glitzernde See bis zum Horizont. Über ihnen zogen kreischende Möwen ihre Kreise. Christines Gedanken wanderten zu Russell. Schuldgefühle plagten sie. »Ich hoffe, Russ ist okay.«

Ihr Begleiter lachte auf. »Mach dir keine Sorgen – Lucy wird sich schon um ihn kümmern: Es ist nicht ihre Art, einen gutaussehenden Mann seinem Schicksal zu überlassen.«

9

»Dann kennst du Lucy also noch gar nicht lange«, sagte Christine. Sie waren nach Torcross gegangen und hatten dort Eiscreme mit sattgelber Devonshire-Schlagsahne gegessen und sich später in Slapton die Ruine der Gedenkstätte angesehen. Jetzt saßen sie am Strand. Christine hatte die Beine angezogen und die Arme um die Knie geschlungen. Rowland lag auf einen Ellbogen gestützt auf der Seite und ließ Sand durch seine gespreizten Finger rinnen. Das Sonnenlicht tanzte auf dem Wasser. Hinter ihnen lagen die South Hams, frei von Dunst. Kleine Wellen leckten mit leisem Schmatzen an den Strand. Es war eine Idylle wie aus dem Bilderbuch – einer der seltenen vollkommenen Tage, die man sich während des langen dunklen Winters zum Trost ins Gedächtnis rufen konnte.

Einen Augenblick dachte sie, er würde nicht antworten – oder sie irgendwie abspeisen. Sie hatte festgestellt, daß er über alle Dinge frei und offen sprach – außer über seine Beziehung zu Lucy Brennan. Christine, die für gewöhnlich äußerst taktvoll war, brachte es in diesem Fall nicht fertig, das Thema fallenzulassen. Sie wappnete sich für eine Zurückweisung, doch diesmal zeigte Rowland sich mitteilsam.

»Nein – nicht lange. Wir lernten uns vor ungefähr sechs Wochen in Algier kennen.«

»Natürlich – ich erinnere mich jetzt, daß Lucy das erwähnt hat.« In Wahrheit hatte sie es nicht vergessen, und sie fragte sich, ob Rowland das wohl wußte. »Ist Algerien heutzutage nicht ein ziemlich gefährliches Pflaster?«

Er zuckte mit den Schultern. »Seit de Gaulle mit Ben Bella im

Gespräch ist, hat sich die Lage etwas beruhigt. Den französischen Siedlern paßt das absolut nicht. Sie machen immer noch Ärger.«

»Warum bist du hingefahren?« Sie hatte sich ihm zugewandt – und plötzlich wurde ihr ganz schwindlig vor Liebe. Ihre Hände begannen zu zittern, und sie umfaßte ihre Knie noch fester.

»Eine Tante meiner Mutter lebt dort. Ich war mit Freunden quer durch Europa getrampt, und als wir in Gibraltar ankamen, hatte ich ihre Gesellschaft satt und beschloß, allein weiterzuziehen. Und dann fiel mir ein, daß ich rüberfahren und Tante Eloise besuchen könnte.«

»Und drüben hast du Lucy getroffen?« Die Geschichte ließ ihr keine Ruhe.

»Genau.«

»Dann bist du nicht lange bei deiner Großtante geblieben.« Hör endlich auf! versuchte sie sich zu stoppen. Gib Ruhe, um Himmels willen. Was war nur mit ihr los? Eifersucht war ein ganz neues Gefühl für sie: Mit giftgrünen, stechenden Augen kam es auf sie zu.

»Nein. Ich bekam ziemlich schnell genug von ihren unentwegten Schmähreden über den ›ungeheuerlichen Verrat Algeriens durch de Gaulle‹. Französisches Algerien! Also verabschiedete ich mich nach einer Woche und zog weiter.«

»Mit Lucy.«

»Ja.« Er setzte sich auf, wischte sich den Sand von den Händen und musterte sie lächelnd. »Die Farbe dieses Kleides steht dir gut. Du solltest sie öfter tragen.«

Christine drehte hastig den Kopf zur Seite, denn sie spürte, wie ihr die Röte ins Gesicht schoß. Sie war sich bewußt, daß das blasse Orange des Baumwollhängers sehr vorteilhaft für sie war, und es schmeichelte ihr, daß ihm das aufgefallen war – obwohl sie genau wußte, daß seine Bemerkung keine Einleitung für den Versuch darstellte, sie zu küssen oder ihre Hand zu halten, wie das bei einigen der Männer, die sie kannte, der

Fall gewesen wäre: Seine Äußerung drückte lediglich freundschaftliches Interesse aus.
Rowland stand auf und half ihr hoch. »Danke, daß du mitgekommen bist«, sagte er. »Ich habe unseren Ausflug wirklich genossen.«
Den Rückweg zum Campingplatz legten sie größtenteils schweigend zurück – als hätten sie sich nichts mehr zu sagen. Was macht das schon? dachte sie. Nach Ablauf dieser Woche werde ich ihn sowieso nie wiedersehen. Ich kann mir nicht vorstellen, daß sich unsere Wege irgendwann noch einmal kreuzen.
Russell lag mit Badehose vor seinem Zelt. Seine empfindliche Haut hatte sich beängstigend gerötet. Lucy Brennan war nicht zu sehen. Christine warf einen Blick auf ihre Uhr und stellte schuldbewußt fest, daß es bereits eins war: Ihr Spaziergang hatte drei Stunden gedauert. Sie erwartete einen bissigen Kommentar von Russell, aber er sagte nur: »War's schön?«
»Ja. Sehr. Danke.« Sie ließ sich neben ihn ins Gras fallen.
Rowland war in dem Zelt verschwunden, das er mit Lucy teilte. Nach ein paar Sekunden kam er wieder heraus und fragte ohne erkennbare Befremdung: »Weißt du, wo sie ist?«
Russell öffnete ein Auge und blinzelte zu ihm hinauf. »Leute vom Wohnwagenparkplatz haben sie vor einer Viertelstunde nach Plymouth mitgenommen. Sie sagte, sie wolle Geld holen.«
Rowland nickte. Er schien mit Lucys Finanztransaktionen vertraut zu sein. Als er wieder ins Zelt wollte, rief Christine hinüber: »Willst du was essen? Es gibt allerdings nur Käse- und Salatsandwichs: Es ist zu heiß zum Kochen.«
Er zögerte einen Moment und schüttelte dann den Kopf. »Wenn es dir nichts ausmacht, möchte ich lieber ein bißchen schlafen.«
Sie zwang sich zu einem Lächeln. »Tu das – um so mehr bleibt für Russell und mich.« Aber es *machte* ihr etwas aus! Sehr viel

sogar. Jede Stunde, in der ihr seine Gesellschaft entzogen wurde, war verlorene Zeit für sie – kostbare Augenblicke, die unwiederbringlich verstrichen.

Russell und sie nahmen die Sandwichs, Obst und eine Thermosflasche mit Tee und ließen sich an Christines Lieblingsplatz nieder, dem kleinen natürlichen »Amphitheater«, wo sie am ersten Morgen mit Rowland gesessen hatte. Es war erst etwas länger als eine Woche her, doch ihr schien es, als sei er schon immer ein Teil ihres Lebens gewesen. Der wichtigste.

Russell war stiller als sonst, und sie fragte sich, ob er vielleicht doch gekränkt war. Er hatte ein altes weißes Hemd angezogen, aus dessen Ärmeln seine knochigen Handgelenke wie die eines zu groß geratenen Schuljungen herausragten. Plötzlich wirkte er verletzlich. Sie fühlte sich schuldig, als sie daran dachte, welchen Schmerz sie ihm zufügen würde, wenn sie ihm am Ende der Ferien mitteilte, daß es »aus« sei. War es überhaupt fair, so lange damit zu warten? Mißbrauchte sie ihn nicht für ihre eigene Bequemlichkeit – weil sie, wenn sie ihn jetzt verließe, nicht nur sehen müßte, wie sie nach Hause zurückkäme, sondern sich auch noch um die letzten Tage mit Rowland brächte?

Sie aßen schweigend. Das Felsplateau lag vor ihnen wie eine grasbewachsene Terrasse. Es war nicht mehr so heiß wie am Morgen. Immer wieder verdunkelten kleine Wolken die Sonne, und das tiefe Blau des Wassers war zu einem Zartbleu verblaßt. Eine schwache Brise spielte mit den goldfarbenen Blütenblättern des gelben Hornmohns, der aus einer Spalte wuchs.

Christine versuchte sich vorzustellen, wie ihr Leben weitergehen würde, wenn sie sich von Russell getrennt hatte. Ihre Zukunftspläne hatten sich nun schon eine ganze Weile um ihn gedreht – warum tat sie das jetzt: ihn für einen Traum verlassen? Lag es daran, daß Rowland ihr bewußt gemacht hatte, wie wenig sie sich aus Russ machte, daß eine Ehe mit ihm ein Fehler wäre – oder daran, daß sie schon nach so kurzer Bekanntschaft wußte, daß sie niemals jemand anderen lieben könnte als Rowe, daß sie lieber ihr Leben lang allein bleiben als sich mit der »zweiten Wahl« begnügen würde?

Es war schon von so vielen Menschen so vieles über das Thema Liebe geschrieben worden, aber einige Zeilen von William Penn hatten sich besonders in Christines Gedächtnis eingegraben: »Jene, die wahrhaft lieben, kann auch der Tod nicht trennen – es ist wie eine Reise über's Meer, jenseits dessen sie sich wiederfinden. Und bis dahin leben sie ineinander weiter.«

Sie wußte, daß sie Rowland Saxelby lieben würde. So lange sie lebte. Und darüber hinaus. Immer.

Ihre Mutter würde solche Gefühle als »Kitschkram« abwerten. Lois würde sagen, sie habe zu viele Liebesromane gelesen. Niemand würde versuchen, ihre Empfindungen zu verstehen oder zu entschuldigen. Und sie konnte ihnen keinen Vorwurf machen: Sie verstand ja selbst nicht, was in den letzten Tagen geschehen war. Gleichzeitig war sie wütend auf sich: Warum war ihre Einstellung so negativ? Rowland mochte sie – vielleicht würde ja doch Liebe daraus. Es gab keinen Grund für sie, die Verbindung abreißen zu lassen. Schließlich war er nicht Lucy Brennans Eigentum, er kannte sie ja erst seit sechs Wochen. Wahrscheinlich würden sich die beiden ebenso undramatisch trennen wie sie sich zusammengetan hatten, wenn Rowland für das nächste Semester nach Oxford zurückkehrte. Und er lebte in Somerset – warum sollte sie sich nicht mit ihm in Verbindung setzen? Sie nahm sich vor, herauszufinden, wo er wohnte.

Als habe Russell ihre Gedanken gelesen, wandte er sich ihr zu und sagte: »Lucy Brennan hat mir eine Menge über Rowland Saxelby erzählt. Recht interessant, kann ich dir sagen.«

»Ach wirklich?« Der gleichgültige Ton war ihr ganz gut gelungen. Sie griff nach der Thermosflasche und goß Tee in zwei rote Bakelittassen. »Trink, bevor er kalt wird.«

»Ja – wirklich.« Er nippte an der dampfenden Flüssigkeit und stellte die Tasse dann neben sich auf den Boden. »Hat er dir gegenüber erwähnt, daß seine Mutter Französin ist?«

»Hat er. Daran ist doch nichts Schlimmes, oder? Viele Menschen haben einen ausländischen Elternteil, vor allem seit dem Krieg.«

Russell lächelte, doch es war kein angenehmes Lächeln. »Aber hat er dir auch erzählt, daß die Familie seiner Mutter sehr vermögend ist? Sie haben ein Schloß in Poitou und ein Haus in Paris und stammen angeblich von irgendeinem französischen König ab. Frag mich nicht, von welchem – Geschichte hat mich immer gelangweilt. Und«, endete er mit einer großen Geste, »es gehört ihnen auch eine der bedeutendsten Banken Frankreichs.«

Christine hatte das Gefühl, von einem Sandsack getroffen worden zu sein – und dieses Gefühl mußte sich auf ihrem Gesicht widerspiegeln, denn Russell fügte triumphierend hinzu: »Aber damit nicht genug: Die Familie seines Vaters ist im selben Geschäft! Saxelby's Merchant Bank in London. Und weißt du, wo sie in Somerset wohnen? In Mallerby House bei Hinton Mallerby. Das hättest du nicht gedacht, was – so wie Rowe rumläuft. Er sieht eher aus wie ein Landstreicher.«

Trotz der Wärme des Tages war Christine plötzlich eiskalt. Im kalten Licht der Wirklichkeit löste ihr Traum sich in Nichts auf. Sie spürte, daß Russell auf eine Äußerung von ihr wartete, und brachte mühsam hervor: »Du meinst, Rowes Vater ist Direktor einer Bank?«

»Nein. Er ist tot. Anscheinend schon vor dem Krieg gestorben – noch ziemlich jung. Sobald Rowland seinen Uniabschluß hat, wird *er* die Bank leiten. Bis dahin führen seine Mutter und der Aufsichtsrat oder wer immer die Geschäfte für ihn.«

»Dann muß er ja sehr reich sein«, sagte sie tonlos, verzweifelt bemüht, sich auf diese Tatsache einzustellen.

Russell nickte. »Und nicht nur das: Er hat beste Verbindungen

– sowohl in diesem Land als auch in Frankreich. Das ist eine völlig andere Welt als unsere.«

Das war ihr klar – und auch, wie Russell es genoß, sie zu quälen. Dinge, die sie irritiert hatten, bekamen plötzlich einen Sinn. Clifton College, Oxford, die »Nanny«, die – vor diesem Hintergrund betrachtet – ganz sicher nicht seine Großmutter war, und die Verbindung Lucy–Rowland: Sie waren aus dem gleichen Holz geschnitzt: zwei junge Menschen, hineingeboren in ein Leben mit Geld und gesellschaftlichem Status, die sich – in Rowlands Fall vorübergehend, in Lucys Fall auf Dauer – den Spaß leisteten, unter primitiven Bedingungen durch die Lande zu ziehen. Der gemietete Kleinwagen, die schmuddelige Kleidung und der vergebliche Versuch, das Geld für Benzin zusammenzukratzen – all das war nur Teil ihres Spiels. Sie hatten ein Vermögen im Rücken und wußten, daß immer jemand sie herausboxen würde, wenn sie mal in Schwierigkeiten gerieten.

»Ihr scheint euch ja recht gut unterhalten zu haben«, bemerkte Christine.

Russell sah äußerst selbstzufrieden aus. »Ich glaube, ich gefalle ihr. Nein – ich bin sicher.« Christine hatte zwar keine Anzeichen dafür feststellen können, doch sie ließ die Behauptung unkommentiert. Er fuhr fort: »Wir kamen ins Gespräch, nachdem ihr beide weg wart. Sie erzählte mir von sich und Rowe – und da verstand ich, warum sie sich keine Sorgen machte.«

»Weshalb hätte sie sich Sorgen machen sollen?« stellte Christine sich dumm.

»Weil du mit Rowe losgezogen bist. Sie weiß, daß du niemals eine Bedrohung darstellen könntest.«

»Großer Gott!« Christine lächelte dünn. »Ein Spaziergang ist wohl kaum etwas Verfängliches. Außerdem hat Rowe nicht die Art von Gefühlen für mich.«

»Natürlich nicht.«

Das saß! Sie stopfte die Tassen, die Thermoskanne und den Abfall in die Strandtasche, die Essensreste streute sie den Möwen hin.
»Was möchtest du jetzt machen?« fragte Russell liebenswürdig. »Schwimmen gehen? Wir könnten auch nach Blackpole Cove oder weiter landeinwärts fahren – nach Dartmouth oder Todnes.«
»Nein, danke.« Sie rappelte sich auf. Das einzige, was sie jetzt wollte, war allein sein, um die Informationen zu verarbeiten, die aus heiterem Himmel auf sie heruntergedonnert waren. »Nach dem langen Fußmarsch heute vormittag bin ich müde – und außerdem habe ich Kopfschmerzen von der Sonne. Ich werde mich eine Weile hinlegen.«
Und damit verließ sie ihn. Er schaute aufs Meer hinaus, und sein Gesicht spiegelte seine Genugtuung wider. Christine ging zwischen Zelten hindurch, vor denen Leute auf Campingkochern ihr Mittagessen zubereiteten – und dann sah sie Rowland aus seinem Zelt kommen. Er streckte sich ausgiebig und schaute um sich. Als sie auf ihn zukam, lächelte er. »Hallo, Chris.«
»Lucy hat Russell erzählt, daß du von einem französischen König abstammst«, antwortete sie beißend und fügte in spöttischem Ton hinzu: »Wenn ich das gewußt hätte, wäre ich dir mit größerer Ehrerbietung begegnet.«
Nicht im mindesten gekränkt, erwiderte er leichthin: »Oh, das! Die Familie meiner Mutter behauptet, von Henri von Navarra abzustammen. Ich habe es Lucy erzählt, weil ich dachte, es würde sie amüsieren – aber aus einem unerfindlichen Grund scheint es sie geärgert zu haben. Du hast ja gehört, was sie neulich über die Sandkörner am Strand sagte.«
Christine erinnerte sich an die Unterhaltung und versetzte bissig: »Ich kann ihr nur recht geben.« Dann verschwand sie in Russells Zelt, um die Picknicksachen hineinzubringen. Abwaschen würde sie später, wenn Russell vom Waschraum Wasser

geholt hätte. Als sie wieder herauskam, wollte sie in ihr eigenes Zelt, doch Rowland stellte sich ihr in den Weg.
»Was ist los, Chris? Habe ich dich verärgert?«
»Aber überhaupt nicht!« gab sie zurück, ging um ihn herum und kroch in ihr niedriges Zelt.
Sie wünschte sehnlichst, daß er ihr nachkommen, eine Erklärung verlangen würde, aber sie hätte wissen müssen, daß das nicht seine Art war. Als sie sich auf ihre Luftmatratze warf, sah sie durch die Plane seinen Schatten: Er entfernte sich.
Das war's also, dachte sie. Die Idee, sich später mit ihm in Verbindung zu setzen und ihre Freundschaft fortzuführen, würde ein Wunschtraum bleiben. Sobald sie in ihr normales Leben zurückkehrten, würde er außer Reichweite sein. Sie wußte, welcher Platz ihr im sozialen Gefüge zustand. Geld oder eine illustre Abstammung – oder in diesem Fall beides – stellten Barrieren dar, die so unüberwindlich waren wie die, durch die die Königsloge in Ascot abgetrennt war. Doch ihre neuen Erkenntnisse veränderten ihre Gefühle nicht.
Sie konnte nicht einmal weinen – es überfiel sie nur eine bleierne Müdigkeit. Und plötzlich fiel ihr ein Kinderreim ein, den sie im Französischunterricht gelernt hatten. Wie ging das doch gleich? Irgendwas mit Henri IV., Henri von Navarra... Sie schlief ein.
Als Lucy aus Plymouth zurückkam, war Christine nicht da: Sie hatte schließlich doch Russells Angebot angenommen, mit ihr nach Dartmouth zu fahren, und sie waren zum Abendessen dort geblieben. Es war schon spät, als sie auf dem Campingplatz ankamen, und im Nebenzelt war alles still.
Als Christine am nächsten Morgen um neun aufwachte und den Kopf aus dem Zelt steckte, sah sie, daß der Grasfleck daneben leer war: Lucy Brennan und Rowland Saxelby waren weg! Wie betäubt starrte sie auf den freien Platz.
»Sie sind so gegen sieben abgezogen«, beantwortete einer der Nachbarn, der gerade mit zwei großen Eimern voll Wasser vom

Waschraum kam, ihre stumme Frage. Er stellte die Eimer ab. »Ich habe gesehen, wie sie den Wagen vollpackten.« Und mißbilligend fuhr er fort: »Machten sich nicht mal die Mühe, das Zelt abzubauen oder die Ausrüstung zurückzubringen. Der Verwalter und ein Angestellter mußten das tun, nachdem die beiden weg waren. Manche Leute wissen einfach nicht, was sich gehört.«

»Typisch für diese Sorte«, fügte seine Frau bissig hinzu, die gerade aus dem Zelt gekommen war. »Sahen ja aus wie Zigeuner. Ein Wunder, daß sie überhaupt auf den Platz gelassen worden sind.«

Russell tauchte auf. Er hatte sich die Haare gewaschen und war dabei, sie trockenzurubbeln. »Ja – es ist schon erstaunlich, was für Gesindel man heutzutage auf Campingplätzen antrifft«, bestätigte er mit todernster Miene.

Christine reagierte überhaupt nicht. Sie konnte es noch immer nicht fassen, daß Rowland verschwunden war, ohne ihr auch nur auf Wiedersehen zu sagen.

10

Wie zu erwarten, waren ihre Eltern bestürzt über die Neuigkeit, daß Russell und Christine nicht mehr vorhatten, zu heiraten – genauer gesagt, daß *sie* nicht mehr vorhatte, ihn zu heiraten.

»Aber ich dachte, du wolltest das in diesen Ferien klären«, sagte ihre Mutter mit einem deutlichen Anflug von Verärgerung.

»Das habe ich ja getan«, erwiderte Christine.

»Ich verstehe dich nicht.« Jetzt schien ihre Mutter in Tränen ausbrechen zu wollen. »Er ist so ein netter Junge. Ich begreife nicht, warum du seinen Antrag abgelehnt hast.«

Christine und ihre Eltern saßen beim Tee – im Erker ihrer Wohnung im ersten Stock, die auf den Clarence Park hinausging. In den Sommermonaten nahmen sie die Mahlzeiten häufig in dem hellen, sonnigen Salon ein statt in dem rückwärtig gelegenen, düsteren Speisezimmer. Das Haus war ein solider viktorianischer Giebelbau, den sich ein Kaufmann aus Bristol gegen Ende des letzten Jahrhunderts hingestellt hatte, der ein Vermögen gemacht und sich dann an die See zurückgezogen hatte, um es zu genießen. Die Räume, ursprünglich für eine vielköpfige Familie und zahlreiche Bedienstete vorgesehen, waren jetzt in drei Wohnungen aufgeteilt – in vier, wenn man das Souterrain mitzählte.

Robert Chandos hatte die mittlere vor zehn Jahren gekauft – kurz nach seiner Beförderung zum Gebietsleiter der Versicherungsgesellschaft, für die er arbeitete: Die Gehaltserhöhung erlaubte es der Familie, aus der Häuserzeile, in der Christine geboren worden war, in diese geräumige Wohnung in Meernä-

he umzuziehen. Daß sie keinen Garten hatte, störte überhaupt nicht, da der Park gegenüber lag.
Die Rückfahrt von Devon in Russells Triumph Herald an diesem Vormittag war in fast völligem Schweigen verlaufen, nur unterbrochen von gelegentlichen Ansätzen gestelzter Konversation. Am Abend zuvor hatte Russell bei einem Strandspaziergang – allen Versuchen Christines zum Trotz, ihn daran zu hindern – erneut um ihre Hand angehalten. Er war wohl von einer positiven Antwort überzeugt und sicher, daß Rowlands grußloses Verschwinden alle etwaigen Gefühle für diesen Schmuddeltypen in Christine abgetötet hatte. Ernst genommen hatte er die Konkurrenz ohnehin nicht – obwohl er zugeben mußte, daß er ein paar unangenehme Momente erlebt hatte. Aber schließlich hatte ihm Lucy ja auch gefallen. Er machte jedoch nicht den Fehler, das für Liebe oder auch nur etwas annähernd Ähnliches zu halten. Solche Dinge kamen im Urlaub schon mal vor – und er erwies Christine die Ehre, sie für vernünftig genug zu halten, diese Tatsache zu akzeptieren. Und deshalb war ihre zweite Ablehnung ein noch größerer Schock für ihn als die erste – denn diesmal sagte sie ganz entschieden nein, ohne ihn um einen neuerlichen Aufschub zu bitten. Er hörte den endgültigen Unterton in ihrer Stimme, und sein Stolz verbot ihm jeden Versuch, sie umzustimmen. So fragte er sie nur kühl nach dem Grund und erhielt im großen und ganzen die gleiche Erklärung, die sie jetzt ihrer Mutter gab.
»Ich liebe ihn nicht, Ma – und ich kann nicht jemanden heiraten, den ich nicht liebe.«
»Nun ja – wahrscheinlich nicht.« Gwen Chandos nickte unglücklich und schenkte ihrem Mann eine zweite Tasse Tee ein. »Aber Liebe ist nicht alles, Chris. Ich meine«, setzte sie nach einem schnellen Blick zu ihrem Mann, der jedoch offenbar nichts Unrechtes an dieser Aussage fand, hastig hinzu, »man muß auch noch andere Dinge in die Waagschale werfen.

Zuverlässigkeit. Ein geregeltes Einkommen. Einen sicheren Job. Man muß gut versorgt sein.«

»Russ ist ein braver Kerl«, sagte Robert Chandos. »Es gibt nicht viele wie ihn. Ich finde, du solltest es dir noch mal überlegen.«

»Das würde nichts nützen«, erwiderte Christine. »Er nähme mich jetzt nicht einmal mehr, wenn ich ihn anflehte – aber das habe ich sowieso nicht vor. Ich habe es genau so gemeint. Dieser Urlaub hat mich überzeugt, daß wir nicht zusammenpassen. Vielleicht heirate ich überhaupt nicht.«

Ihre Mutter sah sie entsetzt an. »Was sind denn das für Töne? Du wirst wohl keine alte Jungfer werden wollen wie meine Schwester Hilde – jederzeit bereit, wenn eines der Familienmitglieder ihre Dienste benötigt.«

Christine sah ihre Eltern mit einer Mischung aus Verärgerung und Zuneigung an. Sie meinten es gut. Sie wollten nur das beste für sie, aber ihre Ansichten waren überholt und allzu konventionell: Frauen heiraten, um Kinder zu bekommen und versorgt zu sein – Männer, damit ihnen jemand den Haushalt führt. Sie fragte sich unwillkürlich, ob Liebe in der Ehe ihrer Eltern je eine Rolle gespielt hatte. Gwen Chandos stand mit ihrer zurückhaltenden Art und ihrer farblosen Erscheinung – bleiche Haut, blaßblaue Augen und mausbraunes Haar – seit jeher im Schatten ihres lebhaften Mannes mit seiner positiven Ausstrahlung und den ausdrucksstarken Zügen.

Christine fühlte sich plötzlich zu müde, um sich weiterer Mißbilligung auszusetzen – obwohl Mißbilligung vielleicht ein zu starkes Wort war. Die beiden wollten ihr Glück – aber nach ihren Maßstäben. Sie hatte ihnen nichts von Lucy Brennan und Rowland Saxelby erzählt. Was hätte sie auch sagen sollen? Ich habe mich mit Haut und Haaren und für alle Zeit in einen Mann verliebt, den es nicht kümmert, ob es mich gibt oder nicht? Sie konnte sich die Reaktion ihrer Eltern auf eine solche Eröffnung lebhaft vorstellen.

»Ich glaube, ich gehe jetzt auspacken«, sagte sie und lächelte ihre Mutter entschuldigend an. »Ich fürchte, ich habe dir viel Wäsche mitgebracht.«

Gwen Chandos zuckte mit den Schultern. »Das dachte ich mir schon. Wirf alles in den Korb – ich stecke es dann später in die Maschine.« Es lag leichte Ablehnung in ihrem Ton – als betrachte sie die Arbeit, die sie sonst aus Liebe zu ihrer Tochter tat, jetzt als Zumutung. Na schön, dachte Christine; sie konnte es nicht ändern.

Ihr Zimmer ging nach hinten auf einen von einer Ziegelmauer umgebenen Garten hinaus. Über dem Bett mit der weißen Steppdecke, das den Raum beherrschte, hing ein lebensgroßes Poster von Elvis Presley. Aus einem Grund, den sie selbst nicht verstand, störte es sie plötzlich. Sie stellte sich auf den Hocker, der zu ihrer Frisierkommode gehörte, und nahm es vorsichtig herunter, um die grüne Blumentapete nicht zu beschädigen. Dann knüllte sie es zusammen und stopfte es in den Papierkorb, schob das schwere Fenster hoch und beugte sich, die Hände auf den Sims gestützt, hinaus.

Keiner der anderen Hausbewohner war zu sehen. Der kleine Garten mit dem riesigen Betonweg und den wild wuchernden Rosensträuchern lag still in der Nachmittagshitze. Aus der Ferne klang das Donnern der Brandung herüber – und das Rauschen des Verkehrs auf der Beach Road.

Christine erinnerte sich daran, wie optimistisch sie vor zwei Wochen die Tür dieses Zimmers hinter sich zugezogen hatte. Jetzt fühlte sie sich wie zerschlagen und restlos deprimiert, als sei sie schwer krank. Wo mochte Rowland jetzt sein? War er noch mit Lucy zusammen? Aber was spielte das für eine Rolle. Sie würden sich sowieso nie wiedersehen. Sie war dazu verdammt, den Rest ihres Lebens ohne ihn zu verbringen. Sie spürte, wie ihr die Tränen in die Augen stiegen, drehte sich unwillig um und fing an auszupacken.

Colette Saxelby warf einen letzten prüfenden Blick in den dreiteiligen Spiegel, der in der Nähe des Schlafzimmerfensters hing, weil er dort das Tageslicht einfing, und war mit ihrer Erscheinung zufrieden. Das gerade geschnittene Kleid von Dior war zwar schon ein Jahr alt, aber es ließ sie größer wirken, Farbe und Stoff – blaßblaue Seide – paßten exzellent zu ihrer zarten, fast schon ätherischen Gestalt. Allerdings handelte es sich diesmal nicht um eine wichtige Dinnerparty: Es würden nur Julian, Cecil Lennox mit Tochter Sophie und Matthew und Lisle Ingram kommen. Letztere verbrachten vor ihrem Flug nach Paris gerade ein paar Tage in London.
Bei dem Gedanken an Matthew Ingram fragte sich Colette noch einmal kritisch, ob sie auch wirklich optimal aussah. Dann schnitt sie sich selbst eine Grimasse und lachte. Mein Gott, mahnte sie sich – sei keine solche Närrin: Er ist nur zwei Jahre älter als Rowland und hat gerade eine Neunzehnjährige geheiratet – und du, meine Liebe, bist dreiundvierzig! Und damit nicht genug: Es gibt an den Rennstrecken der Welt nicht eine einzige Frau, die nicht bereitwilligst mit ihm ins Bett gehen würde, wenn er mit dem kleinen Finger winkte.
Sie ging hinunter in den ersten Stock, wo im Salon Aperitifs bereitstanden. Julian war schon da – äußerst mißmutig; er hatte sich für diesen Abend mit Freunden verabredet, was jedoch in letzter Minute von seiner Mutter durchkreuzt worden war, die ihn als Tischherrn für Sophie Lennox bestimmte. Er hatte Sophie noch nie gesehen, aber er kannte ihren Vater, den Chefbuchhalter der Bank, einen langweiligen, farblosen Mann mit Hängebacken, der mit Sicherheit eine langweilige, farblose, puddinggesichtige Tochter hatte. Er wünschte, seine Mutter würde sich nicht verpflichtet fühlen, die höheren Angestellten von Zeit zu Zeit einzuladen – oder aber er brächte den Mut auf, sich zu wehren, wenn sie über ihn verfügte. Aber wegen der beträchtlichen Summe, die er während seines Studiums von ihr erhielt, war er abhängig von Colette und wagte

es einfach nicht, einen Temperamentsausbruch seiner herrschsüchtigen Mutter zu provozieren.
Sie schenkte ihm ein strahlendes Lächeln und nahm ihm mit sanfter Gewalt das Whiskyglas aus der Hand. »Ich möchte nicht, daß du betrunken bist, wenn unsere Gäste kommen, Julian – und ich wünsche, daß du nett zu Sophie bist.«
Sie sprach Französisch, wie sie es häufig tat, wenn sie mit ihren Söhnen allein war. Julian antwortete wie stets in Englisch, und sein Ton war trotzig. »Ich kenne Cecils Tochter nicht, und ich habe auch nicht die geringste Lust, sie kennenzulernen. Wir wollten uns ›Die Mausefalle‹ ansehen, und jetzt verfällt meine Eintrittskarte.«
»Läuft das tatsächlich immer noch? Nun – ich bin sicher, deine Freunde haben einen Ersatz für dich gefunden.«
Julian antwortete nicht. Er ließ sich auf das Sofa fallen und starrte düster aus dem Fenster. Colette dachte wieder einmal, wieviel einfacher es doch war, mit Rowland zurechtzukommen – trotz all seiner Fehler. Julian sah ohnehin jünger aus als neunzehn, und jetzt hatte er das Gesicht verzogen wie ein schmollender Schuljunge. Sie hatte gehofft, daß er auf der Universität erwachsener würde, doch das erste Jahr hatte bisher keine Veränderung bewirkt. Manchmal wünschte sie sich, er würde mehr Interesse am anderen Geschlecht zeigen – obwohl Rowland ihr auf diesem Gebiet weiß Gott schon genug Sorgen bereitet hatte. *Sein* Interesse für die Weiblichkeit war im zarten Alter von zehn Jahren erwacht: Damals ertappte sie ihn dabei, daß er versuchte, einem der Dienstmädchen auf Mallerby unter den Rock zu schauen! Seit seinem dreizehnten Lebensjahr hatte sie ihn nie ohne ein Mädchen im Schlepptau gesehen. Julian hingegen, darauf hätte sie jeden Eid geschworen, war noch nie mit einem Mädchen intim gewesen – eine nicht ungefährliche Tatsache bei einem jungen Mann von fast zwanzig – wenn er sich irgendwann verliebte, würde er sich aller Wahrscheinlichkeit zum Narren machen.

Seufzend mixte Colette sich einen Gin-Tonic. Es war nicht leicht gewesen, zwei Söhne allein großzuziehen. Sie dachte an Noel, dessen Porträt hier in Inglebatch House im Speisezimmer hing. Sie war schrecklich verliebt in ihn gewesen, als sie ihn vor dreiundzwanzig Jahren heiratete. Viele Leute hielten es für eine reine Zweckverbindung zwischen zwei Bankhäusern, doch sie irrten sich. Nachdem sie Noel während des Studiums an der Sorbonne kennengelernt hatte, gab es nie mehr einen anderen für sie: Mit seinen höflichen, englischen Manieren und dem gutgeschnittenen Gesicht hatte er jegliche Konkurrenz hinweggefegt. Wer hätte gedacht, daß ein Mann mit einem so durchtrainierten Körper – Rudermeister von Oxford und Star des englischen Rugby-Teams – mit einundvierzig einem Herzinfarkt erliegen würde? Danach hatte die neun Jahre jüngere Colette ihr Leben und das ihrer Söhne selbst in die Hand nehmen müssen.
Habe ich meine Aufgabe gut gemeistert? fragte sie sich, als sie jetzt den rebellischen Julian betrachtete. Und was dachte sich Rowland dabei, den ganzen Sommer quer durch Europa zu trampen wie ein Landstreicher, ohne sie auch nur mit einer Zeile wissen zu lassen, wie es ihm ging?
»Hast du etwas von Rowland gehört?« wandte sie sich an ihren Sohn. In diesem Augenblick kündigte die Klingel die Ankunft der Gäste an.
Julian schüttelte den Kopf und kam widerwillig auf die Füße, als sich die Tür des Salons öffnete und das Stubenmädchen verkündete: »Mr. Lennox. Miss Lennox.«
Seine Mutter schritt bereits mit ausgestreckten Händen durch den Raum und sagte in liebenswürdigstem Ton: »Cecil – ich freue mich so, daß Sie und Sophie kommen konnten.«
Hinter ihm trat eine hinreißende, hochgewachsene, langbeinige Blondine ein. Von diesem Moment an hatte Julian nur noch Augen für sie – nicht einmal die bildschöne Lisle Ingram, deren Gesicht schon so gut wie jedes Modemagazin beiderseits des

Atlantik geziert hatte und die zusätzlich dadurch interessant war, daß sie einen berühmten Rennfahrer geheiratet hatte, konnte seine Aufmerksamkeit von seiner Tischdame ablenken. Ein Segen, dachte er inbrünstig, daß ich nicht in »Die Mausefalle« gegangen bin – sonst hätte ich dieses herrliche Wesen nie kennengelernt.

Sophie Lennox war drei Jahre älter als Julian – also zweiundzwanzig –, sehr groß, sehr blond, sehr blauäugig, mit zarter, heller Haut und einem großen, sinnlichen Mund. Es ist der Mund, entschied Colette, die das Mädchen über den Tisch hinweg musterte: Der Mund verhindert, daß sie wie eine dieser ausdruckslosen Porzellanpuppen aussieht, die es in den Spielzeugabteilungen von Häusern wie Harrods zu kaufen gibt. Und die Augen, ergänzte sie im Lauf des zweiten Ganges, als sie Gelegenheit hatte, ihr Gegenüber eingehender zu betrachten. Diese Augen, umrahmt von sorgfältig schwarzgetuschten, langen Wimpern, waren nicht so leer, wie es im ersten Moment schien – es lag etwas Berechnendes darin, ein »Was-ist-für-mich-drin«-Ausdruck, der Colette entschieden mißfiel. Und sie stellte fest, daß Sophie fast ausschließlich über sich sprach.

Lisle Ingram hingegen war nicht nur schön, sondern auch intelligent. Sie trug Kluges zu einer kurzen Diskussion über Gary Powers und das U2-Unglück vom vergangenen Mai bei – und zu einem längeren Gespräch über die Rassenkrawalle und Sitzstreiks, die derzeit Amerika erschütterten. Colette hielt sie für bedeutend gescheiter als ihren Mann, dessen Wissen sich auf sein Metier beschränkte. Matthew Ingram war sichtlich stolz auf seine Frau und hing an ihren Lippen, wenn sie sprach. Wahrscheinlich, überlegte Colette während des Desserts, liebt er sie mehr als sie ihn. Sie wird ihn wegen seines Namens und seines Geldes geheiratet haben.

Nach dem Essen, als die Herren sich zum Kaffee zu den Damen in den Salon gesellten, schoß Julian quer durch den Raum und setzte sich neben Sophie Lennox auf das Sofa. Sie schenkte ihm

einen verführerischen Blick und lehnte sich dann dekorativ zurück.
»Möchten Sie einen Drink?« fragte er eifrig.
»Wodka-Bitterlemon«, antwortete sie mit ihrer überraschend hohen dünnen Stimme – als er ihr vorgestellt worden war, hatte er erwartet, sie sei tief und heiser.
Er brachte ihr das Glas und setzte sich wieder zu ihr, ohne seine Mutter oder die anderen Gäste auch nur eines Blickes zu würdigen. »Sind Sie... sind Sie morgen schon zum Lunch verabredet?« stammelte er.
Sie lächelte ihn träge an. »Nicht daß ich wüßte. Warum?«
»Ich... ich dachte, Sie würden vielleicht mit mir essen«, brachte er mühsam hervor. Er war sich fast sicher, daß sie ablehnen würde, aber er mußte es versuchen. »Bei ›Simpson's‹? Um eins?«
Sie lachte, wodurch zwei Reihen makelloser kleiner Zähne sichtbar wurden. »Woher wissen Sie, daß ich rohes Fleisch mag? Okay. Bei ›Simpson's‹ – aber um halb eins: Ich bin ein hart arbeitendes Mädchen, und meine Mittagspause geht von halb eins bis halb zwei.«
Er war nicht auf die Idee gekommen, daß sie ihren Lebensunterhalt verdienen mußte. »Was tun Sie denn?« fragte er.
»Ich bin Sekretärin bei einer Börsenmaklerfirma. Die Büros liegen gleich hinter dem Strand – da habe ich es nicht weit zu ›Simpson's‹«
»Gut. Ich bin noch in Oxford«, erklärte er zusammenhanglos. »Aber ich werde in der Bank arbeiten, wenn ich den Abschluß habe.«
»Ja, ich weiß.« Sie nickte anmutig. Bevor sie weitersprechen konnte, wurde die Salontür geöffnet, und eine ungekämmte Gestalt in ramponierten Jeans und einem schmuddeligen T-Shirt kam herein und ließ einen Rucksack auf den Boden fallen. Mit einem Aufschrei sprang Colette hoch und stürzte auf den jungen Mann zu. »Rowland! Chéri! Wo bist du nur so lange

gewesen? Warum hast du mich nicht benachrichtigt, daß du kommst?« Sie stellte sich auf die Zehenspitzen, um ihn küssen zu können, und rümpfte die Nase.
Er lachte. »Ich weiß, daß ich dringend ein Bad brauche. Ladies und Gentlemen – verzeihen Sie mir. Ich werde Ihnen meine Ungepflegtheit nicht länger zumuten. Ich komme herunter, sobald ich mich in einen präsentablen Zustand versetzt habe.« Über den Kopf seiner Mutter hinweg trafen sich seine Augen mit denen von Lisle Ingram. Er war sicher, noch nie eine so schöne Frau gesehen zu haben. Sie lächelten einander quer durch den Raum an, und sie zwinkerte ihm zu. Er zwinkerte zurück, hob seinen Rucksack auf und verließ den Salon. Auf dem Weg in den zweiten Stock fing er an zu pfeifen.

11

Da sie im selben Gebäude arbeiteten, ließ es sich nicht vermeiden, daß Christine immer wieder mit Russell zusammentraf. Erst an diesem Vormittag hatte er Beihilfegelder ausbezahlt und sie dabei die Buchführung übernommen. Aber abgesehen von Dienstlichem sprachen sie kein Wort miteinander – nicht einmal, als ein abgewiesener Antragsteller einen Stuhl durch eines der Schalterfenster schleuderte und die Polizei gerufen wurde.

»Du hast seinen Stolz verletzt«, konstatierte Lois Hartman, als sie am Abend zu den Chandos zu Besuch kam. »Und das wird er dir nicht so bald verzeihen. Weißt du«, sie setzte sich auf Christines Bett und begutachtete die neueste Roy-Orbison-Single ihrer Freundin, »er war so unklug, vielen Leuten zu erzählen, daß ihr euch in den Ferien verloben würdet – und als nach eurer Rückkehr deutlich wurde, daß es aus ist, kam er sich logischerweise ziemlich albern vor.« Sie drehte die Schallplatte hin und her. »Ich finde, ›Only the Lonely‹ ist Roy Orbisons beste.«

Christine saß in einem Korbsessel neben dem Fenster, dessen zugezogene blaßrosa Vorhänge den Blick auf die Oktoberdämmerung verwehrten. Schwere Wolken zogen über den dunkelgrauen Himmel, und hin und wieder peitschte ein Windstoß den Regen gegen die Scheiben. Die Sommerwärme war herbstlicher Kühle gewichen, und dieser Tag brachte einen Vorgeschmack auf den nahen Winter.

Christine trank einen Schluck Instant-Kaffee und runzelte die Stirn. »Der Urlaub ist jetzt schon zwei Monate her. Ich dachte,

Russ wäre inzwischen darüber hinweg. Schließlich gibt es genügend Mädchen, die sich um ihn reißen.« Sie stellte ihren Becher auf den Korbtisch, auf dem die Muschelsammlung aus ihrer Kinderzeit lag, und streckte die Hand nach der Platte aus. »Willst du sie hören?«
»Gerne«, Lois nickte. »Wenn es deine Eltern nicht stört.«
Christine schüttelte den Kopf. »Diese alten Häuser haben dicke Wände – und außerdem müssen wir ja nicht voll aufdrehen.« Sie stand auf und ging zum Plattenspieler hinüber. Gleich darauf füllte die Stimme Roy Orbisons den Raum. Christine ging wieder zu ihrem Sessel.
Lois kickte ihre Schuhe weg, streckte sich auf dem Bett aus und stopfte sich ein paar Zierkissen unter den Kopf. Es war eine Weile her, daß sie einen solchen »Weiberabend« miteinander verbracht hatten, und beide hatten nach Christines Verlobungsankündigung nicht damit gerechnet, noch einmal einen zu erleben. Doch jetzt gab es keine Verlobung – und wenn man Christines Aussage Glauben schenkte, würde es nie eine geben.
»Ich habe heute mit Russ zu Mittag gegessen«, berichtete Lois. »Er erzählte, er würde nächsten Monat noch mal vierzehn Tage von seinem Jahresurlaub nehmen und zum Lake District rauffahren.«
»Im November?«
»Genauso entgeistert habe ich auch geschaut. Aber er sagte, er brauche Tapetenwechsel.« Lois kicherte. »Das ist wohl Russels Version von Großwildjagd oder Fremdenlegion. Er trägt sein gebrochenes Herz wie einen Orden.«
Sie lachten schallend, sahen einander schuldbewußt an und verfielen in Schweigen. »Er wird dort oben wahrscheinlich wie ein einsamer Wolf durch das Moor streifen« meinte Christine schließlich. Diese Vorstellung machte es ihnen unmöglich, ernst zu bleiben.
Der Song war zu Ende, und Stille senkte sich über den Raum. Christine stand auf, nahm die Platte vorsichtig vom Teller und

legte »Apache« auf, eine Melodie, die im August auf Platz eins der Hitparade gestanden hatte. »Noch Kaffee?« fragte sie.
Lois schüttelte den Kopf. »Nein, danke. Hör mal, Chris – du hast doch wohl nur Spaß gemacht, als du sagtest, daß du nie heiraten würdest, wenn du Rowland Saxelby nicht bekommen könntest, oder? Ich meine... na ja, es hört sich ein bißchen an wie...«
»Georgette Heyer?«
Lois schnaubte. »Was für eine Beleidigung für eine so hervorragende, vernünftige Schriftstellerin! Nein – ich dachte an Denise Robins. Wie die Dinge liegen, könntest du genausogut hinter Prinz Charles her sein!«
»Ein wunderbarer Vergleich!« Christine lachte. »Charles ist gerade mal zwölf Jahre alt.«
»Keine Haarspaltereien bitte.« Lois setzte sich auf, zog die Beine an und schlang die Arme um die Knie. »Ist es dir wirklich ernst?«
»Ja.« Christine zog den Vorhang ein Stückchen beiseite und spähte hinaus. Tiefhängende Wolken jagten über den Himmel. Dann und wann erschien für einen kurzen Moment der Mond. Hier und dort durchbrach Licht aus Fenstern anderer Häuser die Dunkelheit. »Zumindest im Augenblick«, fügte sie hinzu. »Ich glaube, mit zwanzig kann man keine Entscheidungen für die Ewigkeit fällen.«
»Gott sei Dank denkst du wenigstens noch klar genug, um das zu erkennen«, stellte Lois trocken fest. »Es zeigt, daß du immerhin nicht total übergeschnappt bist. Aber daß du dich aus einem solchen Grund von Russ getrennt hast, kommt mir ziemlich traumtänzerisch vor.«
Christine setzte sich und trank ihren inzwischen lauwarmen Kaffee aus. In letzter Zeit war sie ständig müde – eine Reaktion auf die Mißbilligung, die sie von allen Seiten spürte. Nichts konnte sie dazu bringen, ihre Meinung zu ändern, aber sie hatte begriffen, daß es keinen Sinn hatte, sich in Diskussionen

einzulassen. Sie konnte ihre Liebe zu Rowland ja nicht einmal sich selbst erklären – wie hätte sie sie dann anderen Menschen verständlich machen sollen? Es war ein Rätsel, für das es keine Lösung gab.

Andererseits... Sie zitierte: »Wer sich nie auf den ersten Blick verliebt hat, weiß nicht, was Liebe ist.«

»Schon möglich.« Lois rutschte vom Bett und sah sich nach ihrer Handtasche um. »Allerdings habe ich so meine Zweifel, ob man Marlowe auf dem Gebiet der heterosexuellen Liebe als Autorität ansehen sollte. Meinst du, ich darf meinen Vater anrufen, damit er mich abholt? Es reizt mich nicht besonders, durch diese scheußliche Nacht zu wandern.«

Christine ging zu ihren Eltern hinüber, während Lois im Flur telefonierte. Gleich darauf kam ihre Freundin auch ins Wohnzimmer.

»Dad ist schon unterwegs«, erklärte sie. »Er wird in ein paar Minuten hier sein.« Und zu Christine gewandt: »Ich fand es prima, daß wir es uns mal wieder miteinander gemütlich gemacht haben.«

»Hast du Christine zur Vernunft bringen können?« fragte Gwen Chandos hoffnungsvoll und hielt ihr einen Beutel Marshmallows hin.

Lois nahm einen. »Sieht nicht so aus – aber versucht hab' ich's.«

Gwen blickte resigniert drein, doch ihr Mann sagte fröhlich: »Mach dir keine Sorgen, meine Liebe: Eines Tages findet sie schon noch den Richtigen – nicht wahr, Chris?«

»Ich *habe* ihn gefunden«, antwortete sie ruhig. »Aber ihr nehmt mich ja alle nicht ernst.« Es klingelte. »Das wird Mr. Hartman sein. Ich bringe Lois zu Tür.«

Es war fast neun Uhr. Rowland hatte sein Zimmer endlich von allen ungebetenen Gästen räumen können, und es trat Stille in seiner College-Bude ein. Mit einem Seufzer kehrte er zu der

Abhandlung zurück, die er bis zum nächsten Nachmittag fertig haben mußte. Er starrte auf das linierte weiße Blatt, das zur Hälfte mit seiner schwungvollen Schrift bedeckt war, und versuchte, sich auf die finanziellen Umbrüche zu konzentrieren, die die Nahostkrise von 1871 in Europa bewirkt hatte. Doch es wollte ihm nicht gelingen: Immer wieder schob sich das Gesicht von Lisle Ingram dazwischen. Nach ihrem ersten Zusammentreffen in Ingelbatch House im August hatte er keine Zeit verloren, um diese Bekanntschaft zu intensivieren. Ein paar Tage nach ihrem Kennenlernen gingen sie miteinander ins Bett, und sie war darauf ebenso begierig wie er. Es hatte ihr offenbar keinerlei Schwierigkeiten bereitet, sich aus der Verpflichtung zu befreien, ihren Mann nach Paris zu begleiten. »Oh – Matthew und ich kleben nicht aufeinander«, erklärte sie unbekümmert, als Rowland sich darüber wunderte. »Ich mische mich nicht in seine Angelegenheiten – warum sollte er sich also in meine mischen?«

Rowland nahm sie für die letzten Augusttage mit nach Mallerby. Sie verbrachten die meiste Zeit im Bett, erschienen nur zu den Mahlzeiten unten – und das Personal hatte Gesprächsstoff.

»Hattest du schon viele Affären?« fragte Rowland leichthin, stützte sich auf einen Ellbogen und griff nach seinen Zigaretten.

Sie sah ihn unter halbgeschlossenen Lidern an – mit Augen, die, obwohl immer wieder als blau beschrieben, eindeutig grün waren. Lisle mußte nur ein grünes Kleid tragen, um diese Tatsache zu unterstreichen. Im Augenblick trug sie allerdings lediglich ein Armband in das ihr Name graviert war. »Eine oder zwei«, antwortete sie vage. »Und du?«

»Ebenfalls.« Er zündete sich eine Zigarette an. »Aber ich bin immerhin drei Jahre älter als du.«

»Und du bist ein Mann«, ergänzte sie spöttisch. Sie rollte sich auf den Bauch und zeichnete unsichtbare Muster auf seine Brust. »War was Ernstes dabei?«

Er zögerte den Bruchteil einer Sekunde, bevor er erwiderte: »Nein. Nichts. Und bei dir?«
Sie lachte auf. »Das fragst du *mich* – eine verheiratete Frau?« Wenn sie lachte, war sie noch schöner, das hatten die Fotografen in der ganzen Welt längst festgestellt.
Er grinste. Seiner Meinung nach hatte Lisle Ingram nie jemanden geliebt und würde auch nie jemanden lieben – außer sich selbst. Nichtsdestoweniger ließ sich nicht leugnen, daß sie eine höchst erfreuliche Geliebte und Gefährtin war.
Seine Gedanken lösten sich von ihr, und als er auf seine begonnene Abhandlung hinunterschaute, bemerkte er, daß er ihren Vornamen hingeschrieben hatte anstatt den von Bismarck. Verärgert korrigierte er den Fehler. Es klopfte. Er versuchte, diese erneute Unterbrechung zu ignorieren, aber es klopfte wieder – diesmal drängender. Und dann drang Julians Stimme durch die Tür: »Rowe – laß mich rein! Ich muß mit dir reden. Es ist wichtig!«
Rowland schraubte seinen Füller zu und sagte resigniert: »Okay – komm schon.« Er hätte es nie fertiggebracht, seinen Bruder abzuweisen. Er hatte ihm immer aus der Klemme geholfen und sich zwischen ihn und ihre aufbrausende Mutter gestellt, seit »der Kleine« aus den Windeln heraus war. Er hatte dabei allerdings übersehen, daß dieses Verhalten Julian daran hinderte, Eigenverantwortlichkeit zu entwickeln.
Als er ins Zimmer trat, bemerkte Rowland einen wohlbekannten Ausdruck auf seinem Gesicht: eine Mischung aus Schuldbewußtsein, Hilflosigkeit und Triumph – und er begriff augenblicklich, daß sein kleiner Bruder etwas getan hatte, das ihre Mutter ganz sicher nicht billigen würde. Sie war der einzige Mensch, dessen Zorn Julian fürchtete. Sogar die gestrenge Großmutter Bérenger hatte eine Schwäche für ihn. Sie mochte versuchen, während der Familienferien Rowland ihren Willen aufzuzwingen, aber Julian konnte sie um den Finger wickeln, und es gelang ihm, die meisten ihrer Vorschriften zu umgehen.

Rowland deutete auf einen Stuhl und schob mit einem Seufzer seine Arbeit beiseite. »Kaffee?« fragte er.

Julian schüttelte den Kopf. »Ich muß mit dir reden.«

»Das sagtest du schon. Was hast du angestellt?«

Das Schuldbewußtsein in Julians Miene hatte jetzt den Triumph verdrängt. Und dann platzte er heraus: »Sophie Lennox und ich haben heute nachmittag geheiratet.«

Tiefes Schweigen senkte sich über den Raum, und eine Weile saß Rowland regungslos da. Dann sagte er langsam: »Du blöder Idiot.«

Trotzig reckte Julian das Kinn vor. »Ich liebe sie – und sie liebt mich!«

Rowland hob die Augenbrauen. »Und warum diese Heimlichtuerei?«

»Du weiß verdammt gut, warum!» Julian war dunkelrot geworden. »Weil Maman uns bestimmt nicht ihren Segen gegeben hätte.«

»Den wird sie euch jetzt auch nicht geben.«

Julian sah ihn mit entsetzt aufgerissenen Augen an. »Glaubst du, sie wird mir das Geld sperren?«

»Wäre gar nicht schlecht – dann würde sich sehr schnell herausstellen, ob dein kleines Frauchen dich wirklich liebt.«

»Wie kannst du so gemein sein?« empörte sich sein Bruder.

»Ist ja gut – reg dich nicht auf. Und was deine Finanzen betrifft, kannst du ganz beruhigt sein: Selbst wenn sie wollte, könnte Maman nicht gegen Dads Letzten Willen handeln – aber ich bin überzeugt, sie würde es auch sonst nicht tun.«

»Nein – wahrscheinlich nicht. Aber wenn sie gewußt hätte, was wir vorhatten, hätte sie alle Hebel in Bewegung gesetzt, um uns auseinanderzubringen – und dabei noch die Unterstützung von Cecil Lennox gehabt: Dem paßt es nämlich auch nicht, daß Sophie und ich zusammen sind. Er hat ziemlich antiquierte Ansichten – er sagt, er kenne seinen Platz in der Rangordnung, Personal und Chefs sollen sich voneinander fernhalten und solchen Mist. Vorsintflutlich, wirklich. Er hat Sophie getriezt, seit wir im August zum ersten Mal miteinander ausgegangen sind. Und Maman hat mir nur Ruhe gelassen, weil sie nicht glaubte, daß es mir ernst ist: Sophie als meine Geliebte – dagegen hatte sie nichts. Aber wenn ich angedeutet hätte, daß ich mich mit ihr verloben wolle, hätte sie durchgedreht.«

Rowland runzelte die Stirn. »Aber was hast du jetzt gewonnen? Der Krach, den du bekommst, wenn sie erfährt, daß du sie hintergangen hast, wird apokalyptisch sein.«

»Naja... ich... weißt du...« Julian setzte sein So-kann-mir-keiner-widerstehen-Lächeln auf. »Ich dachte, denn *du* es ihr vielleicht beibringen könntest – sie darauf vorbereiten würdest, ehe wir zu ihr gehen... das wäre für alle Beteiligten am besten.«

Rowland hatte genau gewußt, daß das kommen würde, doch er tat, als wäre er überrascht. »Der Ansicht bin ich nicht«, widersprach er. »Für mich wäre es ganz bestimmt nicht das beste – und daß es für euch das beste sein würde, möchte ich stark bezweifeln.«

»Aber verstehst du denn nicht?« Julian beugte sich mit ernstem Gesicht vor. »Jetzt, wo wir verheiratet sind, wird Maman sich damit abfinden müssen. Du weißt, wie sie über Scheidungen denkt. Natürlich wird sie Theater machen und erst mal ekelhaft zu Sophie sein – aber Sophie sagt, daß ihr das nichts ausmacht.«

Rowland betrachtete seinen Bruder nachdenklich. Sicher würde Sophie Lennox, nachdem sie ihr Ziel erreicht hatte, eine Saxelby zu werden, jeden Ärger in Kauf nehmen. Er mußte zugeben, voreingenommen zu sein: Er hatte dieses Mädchen vom ersten Moment an – damals, als er im August aus den Sommerferien zurückkam – nicht gemocht. Sie hatte zu viel getrunken, zu viel und zu laut geredet und Lisle Ingram mit Verachtung gestraft. Ein verwöhntes Gör, das immer im Mittelpunkt stehen wollte. Sie hatte ihm Avancen gemacht, als er gewaschen und umgezogen in den Salon zurückkam, doch er gab ihr deutlich zu verstehen, daß sie sich umsonst bemühte; sein Interesse galt allein Lisle Ingram. Daraufhin widmete sie sich für den Rest des Abends ausschließlich Julian.

»Ich wünschte, du wärst zu mir gekommen, *bevor* du diesen Blödsinn gemacht hast«, sagte Rowland. »Ich hätte dich auf ein paar Gefahren aufmerksam machen können. Außerdem kennst du dieses Mädchen kaum.«

»Zwei Monate!« erwiderte Julian heftig. »Lange genug für mich, um zu wissen, daß sie die Frau ist, mit der ich den Rest meines Lebens verbringen will.«

Ein kurzes Schweigen folgte. Der Gasofen, den Rowland vor einiger Zeit eingeschaltet hatte, zischte und blubberte. Unvermittelt fragte er: »War sie deine Geliebte?«

»Nein!« Julian brachte es fertig, gleichzeitig empört und einfältig dreinzuschauen. »Sophie ist kein solches Mädchen. Sie wollte bis nach der Hochzeit warten.«

Rowland lächelte spöttisch. Damit hatte sie ihn also geködert! So ein raffiniertes kleines Biest: Sie wußte genau, wo sie den Hebel ansetzen mußte. Und jetzt kam der kleine Julian wie üblich zu seinem großen Bruder und bat ihn, ihm aus der Patsche zu helfen, in die seine Leichtgläubigkeit und Naivität ihn befördert hatten.

»Du bist ein Trottel, Julian«, sagte Rowland trocken. »Das weißt du hoffentlich.«

»Wenn du es so siehst«, der Jüngere stand auf, »dann gehe ich sofort.«

Rowland verdrehte die Augen. »Setz dich wieder hin, um Himmels willen. Also schön – ich werde es tun.« Er grinste müde. »Allerdings glaube ich nicht, daß ich dir oder mir oder Sophie damit einen Gefallen tue.«

Julian strahlte ihn an. »Danke, Rowe – ich wußte, daß ich mich auf dich verlassen kann. Ich muß sofort Sophie anrufen und ihr erzählen, daß es klappt. Sie sagte, wenn irgend jemand Maman besänftigen könnte, dann wärst du das.«

Nachdem Julian gegangen war, starrte Rowland noch eine ganze Weile auf die geschlossene Tür, bevor er sich zwang, zu seiner Arbeit zurückzukehren.

12

Im November in den Lake District zu fahren, war ein Fehler gewesen. Seit Russells Ankunft in einem kleinen Familienhotel in Windermere waren die Tage grau und kalt, die Berggipfel von Nebelschwaden umwabert. Es war kalt und regnete fast ununterbrochen. Doch als er am Freitagmorgen, am Ende seiner ersten Woche hier, die Augen aufschlug, sah es zunächst aus, als würde das Wetter schön.

Nach dem Frühstück spazierte er nach Bowness und schlenderte dort die Promenade entlang, von der aus man die Belle Isle sehen konnte, über der ein Schwarm Vögel hing, deren Flügel zitterten wie Blütenblätter im Wind. Als sie kreischend in Richtung Claife Heights abdrehten, ließ das blasse Sonnenlicht ihre Flügelspitzen wie Metall glitzern. Die Bäume beiderseits des Sees leuchteten in verschiedenen Gelb- und Rottönen, und im Moor verblühte der Adlerfarn. Ein Dampfer mit Zielort Ambleside löste sich von der Anlegestelle. Russell stülpte die Kapuze seines Dufflecoats über. Er fror – und er fühlte sich sehr allein und sehr elend.

Nach einer Weile kehrte er um und ging in ein Café am Seeufer, wo er einen Fensterplatz fand und Kaffee und Gebäck bestellte. Das Lokal war fast leer. Zu dieser Jahreszeit kamen kaum Touristen in die Gegend. Russell rührte geistesabwesend Zucker in seinen Kaffee und nahm, ohne hinzusehen, ein Plätzchen. Ein Mädchen eilte draußen vorbei. Sie trug einen blauen Gabardinemantel, und der Wind wehte ihr die braunen Haare ins Gesicht. Die Art, wie sie sich bewegte, das plötzliche, ungeduldige Schütteln des Kopfes, erinnerte ihn lebhaft an

Christine und den Grund seines Hierseins: Er wollte vergessen.
Jedenfalls machte er sich das vor. In Wahrheit war er wütend und verbittert darüber, daß er sich hatte zum Narren machen lassen, und dieses Gefühl überwog bei weitem seinen Schmerz. Die Reise in den Lake District im November war als dramatische Geste gedacht gewesen, mit der er seine Bekannten beeindrucken wollte, und entsprang nicht etwa dem Bedürfnis, ein gebrochenes Herz heilen zu wollen. Westmoreland oder Cumberland lagen ihm überhaupt nicht – er fühlte sich viel wohler im Süden mit seinen sanften Hügeln, den saftigen Rieselwiesen und den träge dahinziehenden Flüssen. Aber er hatte einmal mit seinen Eltern Urlaub im Lake District gemacht und sich erinnert, daß die Region düster genug war, um zu dem Eindruck tiefer Niedergeschlagenheit zu passen, den er vermitteln wollte – und Christines und Lois' Vorstellung, daß er einsam und deprimiert durch die Moorlandschaft streifte, zeigte, daß es ihm gelungen war.
In Wahrheit war er nicht viel gelaufen, außer an einem Vormittag bis Waterhead. Ansonsten hatte er sich in der Pension aufgehalten, war einmal mit dem Bus nach Keswick gefahren und ein anderes Mal nach Kendal, und verbrachte die Abende mit den wenigen anderen Gästen an der Bar des kleinen Hotels. Er langweilte sich, hätte das aber nie zugegeben. Seine Familie, die ihn anbetete, und seine Fangemeinde stellten sich vor, daß er sich von einer unglücklichen Liebe erholte. Das machte ihn interessant, und darauf legte er großen Wert.
Er stand auf und ging zur Kasse, um zu zahlen. Wie sollte er es bloß noch eine Woche hier aushalten? Ich wäre gar nicht hier, dachte er zornig, wenn Christine mir keinen Korb gegeben hätte. Es fiel ihm immer noch schwer, es zu glauben. Auch Wochen nach ihrer Rückkehr aus Devon hatte er noch fest damit gerechnet, daß sie anrufen und ihm sagen würde, daß sie einen schrecklichen Fehler gemacht habe, und ob er ihr wohl

verzeihen könne. Im Geiste legte er sich seine Reaktion zurecht: Kühl und reserviert würde er sie zunächst hinhalten, während er mit anderen ausging, und sie dann irgendwann in seiner unendlichen Großmut wieder aufnehmen, ihr jedoch klarmachen, daß sie sich so etwas nicht noch einmal erlauben dürfe.

Leider war es nicht dazu gekommen; Christine zeigte unverständlicherweise nicht die geringste Neigung, ihre Beziehung wieder aufzunehmen – und darüber konnten ihn auch die Mädchen nicht hinwegtrösten, die sich als Ersatz anboten. Inzwischen waren seine Gefühle für Christine durchaus zwiespältig – und auf Rowland Saxelby empfand er tiefen Haß.

Als er das Café verließ, türmten sich schon wieder Regenwolken über dem See. Als die Sonne verschwand, verloren die bunten Blätter ihre Leuchtkraft, die Welt ertrank in tristem Grau. Wind kam auf. Sekunden später fielen die ersten Tropfen. Groß und rund platschten sie auf den Boden und verdichteten sich schnell zu einem prasselnden Wolkenbruch. Nirgendwo sonst hatte Russell je solchen Regen erlebt. Wenn er nicht schnellstens Deckung suchte, würde er im Handumdrehen bis auf die Haut durchnäßt sein. Er flüchtete in den zurückgesetzten Eingang eines Souvenirladens und streifte seine Kapuze ab. Die vom Himmel herabströmenden Wassermassen machten jeden Versuch, ins Hotel zurückzukehren, unmöglich.

Russell drehte sich um und betrat den Laden, der jetzt in der Nachsaison einen ziemlich trostlosen Eindruck machte. Die Aschenbecher, Vasen und Porzellanvögel – alle mit der Aufschrift »Lake Windermere« – verstaubten in den Regalen. Abgesehen von dem Besitzer, der hinter dem Tresen saß und in einer Taschenbuchausgabe von Graves' gesammelten Gedichten las, befand sich nur noch eine Person im Raum: Ein Mädchen, das mit dem Rücken zu Russell die Auslagen betrachtete.

Obwohl er ihr Gesicht nicht sehen konnte, kam sie ihm irgendwie bekannt vor. Zuerst wußte er nicht, woran das lag, doch dann erkannte er den langen Baumwollrock, der jetzt regennaß schlapp herunterhing – jedenfalls der kurze Teil, der unter dem Army-Wintermantel hervorlugte, der seiner Trägerin mehrere Nummern zu groß war. Sie hatte sich nach Bäuerinnenart einen Wollschal um den Kopf gewunden, und über der Schulter trug sie eine alte braune Schultasche aus Leder.

Russell trat hinter sie und tippte sie vorsichtig an. »Lucy?« fragte er ungläubig.

Sie drehte sich um und sah ohne erkennbare Überraschung zu ihm auf. »Hallo, Russell«, begrüßte Lucy Brennan ihn mit einem Lächeln.

»Wie lange«, fragte Colette mit bewundernswert beherrschter Stimme, »weißt du schon von dieser Heirat?«

»Zwei, drei Wochen vielleicht.« Rowland schämte sich, seine Mutter derart zu belügen; in Wahrheit war Julian bereits vor fünf Wochen zu ihm gekommen und hatte ihn um Hilfe gebeten – und Rowland hatte es immer wieder hinausgeschoben, bis er dann vor zwei Tagen, da ihn sein Gewissen plagte und Julian seinen Druck verstärkte, Colette anrief und sie bat, ihn in Oxford zu besuchen.

Und so hatte er sie an diesem Morgen vom Bahnhof abgeholt, wozu er zwei Vorlesungen schwänzen mußte, und war mit ihr ins »Mitre« zum Mittagessen gegangen. Danach gingen sie auf seine Bude, und er versuchte, ihr Julians Heirat so schonend wie möglich beizubringen. Er mußte allerdings feststellen, daß das alles andere als einfach war. Sein Taktgefühl und seine diplomatischen Fähigkeiten schienen ihn verlassen zu haben. Schließlich war er ganz plump mit der Wahrheit herausgeplatzt.

Seine Mutter hielt einen elegant beschuhten Fuß in Richtung

des Feuers, das er ihr zu Ehren in dem winzigen Kamin angezündet hatte. Wie immer war sie exquisit gekleidet. Die Revers des dunkelblauen Diorkostüms aus feinem Wollstoff waren rot und blau paspeliert. An ihren Ohrläppchen schimmerten Rubine. Die große Schleife, mit der die graue Seidenbluse am Hals geschlossen war, milderte die Strenge der Jacke etwas.

Colette saß so gelassen da, daß Rowland, hätte er sie nicht so gut gekannt, angenommen hätte, seine Eröffnung ließe sie völlig kalt. Doch er sah die verräterischen Zeichen: die zu einem Strich zusammengepreßten Lippen, die weiß hervortretenden Knöchel der Finger, die die Sessellehnen umkrampften. Nach einem kurzen Schweigen zwang sie sich zu einem Lachen und zuckte mit den Schultern. »Er wird es bereuen«, sagte sie.

Rowland sah sie alarmiert an. »Maman – du würdest... du hast doch nicht etwa vor...«

Sie lächelte spöttisch. »Oh – mach dir keine Sorgen – ich habe nicht vor, ihn zu enterben oder ihm und... seiner Frau«, die Verachtung, mit der sie dieses Wort aussprach, war vernichtend, »das Haus zu verbieten oder etwas ähnlich Dramatisches. Nein – ich meinte nur, daß jeder Idiot sehen kann, zu welcher Sorte Mädchen Sophie Lennox gehört.« Bisher hatte sie Französisch gesprochen, doch jetzt wechselte sie ins Englische. »Sie ist eine geldgierige kleine Schlampe.«

Rowland unterdrückte ein Grinsen und ging ebenfalls zu Englisch über. »Sei nicht so hart, Maman – ich glaube, du beurteilst sie ein wenig zu streng. Wir wissen doch kaum etwas über sie. Vielleicht liebt sie Julian ja tatsächlich.«

Colette vergaß ihre vornehme Beherrschung und sprang schnaubend auf. Als sie sprach, war ihre Stimme beunruhigend hoch, und Rowland spürte, daß seine Mutter kurz vor einem hysterischen Ausbruch stand. »Ich scheine ein einzigartiges Pech mit meinen Söhnen zu haben! Der eine ist ein

Schwachkopf und der andere ein Wüstling.« Sie wandte ihm den Rücken zu und starrte auf den verlassen daliegenden Campus hinunter. Morgens war das Gras noch weiß von Reif gewesen, doch die Sonne hatte ihn aufgesogen. Das Rasenquadrat inmitten der umliegenden Gebäude war durch die herbstlichen Regenfälle gelb und aufgeweicht.

Rowland stand auf und trat zu Colette ans Fenster. Er legte einen Arm um ihre Schulter, um die Atmosphäre zu entschärfen. »Gehe ich recht in der Annahme, daß der ›Wüstling‹ sich auf mich bezieht?«

Sie zog ihre schmalen Schultern zusammen, um seiner Berührung zu entkommen. Dann entspannte sie sich und lachte auf. »Du und deine Frauen. Ich wünschte, du würdest wenigstens von den verheirateten die Finger lassen.«

»Damit meinst du Lisle Ingram, stimmt's? Du weißt, Maman – ich dränge mich keiner Frau auf. Sie sind allesamt sehr entgegenkommend.«

»Allesamt?« Sie sah zu ihm auf. Wieder einmal fragte sie sich, wie es möglich war, daß zwei so kleine Menschen wie Noel und sie zwei so große Söhne hatten ›produzieren‹ können. »Das hört sich ja phantastisch an.«

Er drückte sie leicht an sich. »Maman – ich habe zwei Jahre bei der Royal Air Force gedient, und keiner von uns hat wie ein Mönch gelebt. Schließlich mußten wir uns irgendwie die Zeit vertreiben.«

Diesmal lag echte Heiterkeit in ihrem Lachen. Sie kehrte zu ihrem Sessel am Feuer zurück. »Ich weiß ja – du bist erblich belastet.«

»Sehr richtig.« Rowland nickte mit einem amüsierten Blitzen in den dunklen Augen. »Henri Quatre ist schuld. Man fragt sich, wie er noch Zeit zum Regieren fand.«

»Spotte du nur«, erwiderte Colette kühl. »Er war einer der großartigsten Könige, die Frankreich hatte. Du solltest stolz darauf sein, ihn in deiner Ahnenreihe zu haben.«

»Aber das bin ich ja«, versicherte Rowland mit gespielter Ernsthaftigkeit. »Er ist mein Lieblingssandkorn.«
Sie sah ihn verdutzt an. »Was meinst du damit?«
»Ach – gar nichts.« Plötzlich war seine gute Laune wie weggeblasen, und er begann, nervös auf und ab zu gehen. »Es ist nur etwas, das jemand mal zu mir gesagt hat, ein alberner Scherz – nicht wert, erklärt zu werden.«
Seine Mutter zuckte mit den Schultern und ließ die Sache auf sich beruhen. Unvermittelt kam sie auf Julian zurück. »Warum um alles in der Welt hat er das getan? Warum mußte er sie denn heiraten? Hätte er sie denn nicht zu seiner Geliebten machen können?«
Rowlands Mißstimmung ging in Belustigung über. Er setzte sich wieder zu seiner Mutter. »Ich muß sagen, deine Logik verblüfft mich, Maman: Mich beschimpfst du als Wüstling, weil ich mit Frauen zusammen bin und nicht heiraten will – und Julian verurteilst du dafür, daß er das einzige Anständige getan hat.«
»Du weißt ganz genau, was ich meine«, protestierte Colette heftig. »Du willst mich nur durcheinanderbringen. Freundinnen zu haben – Verhältnisse, wenn dir das besser gefällt – ist völlig comme il faut, aber nicht, wenn sie verheiratet sind.«
»Das siehst du ganz falsch.« Rowland lachte. »Alle berühmten Mätressen der Weltgeschichte waren verheiratet.«
Sie musterte ihren Sohn neugierig. »Bist du nie mit einer alleinstehenden Frau ausgegangen?«
»Aber natürlich. Mit Dutzenden. Das Mädchen, das ich kennenlernte, als ich Tante Eloise besuchte, hatte zum Beispiel keinen Ehemann. Aber bei Ledigen kann die Sache schnell kompliziert werden: Die wollen meist geheiratet werden. Womit ich nicht behaupten will, daß Lucy Brennan auch zu dieser Kategorie gehörte«, fügte er hastig hinzu.
»Aber eine andere offenbar, ja?« Seine Mutter sah ihn scharf an.

»Was? Nein, nein. Es war ja keine andere da.« Während er das sagte, erschien vor seinem geistigen Auge das Bild Christines, und er sah deutlich den Ausdruck, mit dem sie ihn angesehen hatte. Er kannte diesen Blick. Ein nettes Mädchen, auf eine etwas herbe englische Art sogar hübsch – aber nicht sein Typ. Ihn zog das Exotische an, wie Lucy Brennan, oder das Kapriziöse, wie Lisle Ingram. Und beides war bei Christine absolut nicht zu finden.

Plötzlich wurde ihm bewußt, daß Colette mit ihm sprach. »Du solltest wirklich ans Heiraten denken, Darling. Du bist schon über zweiundzwanzig.«

»Ich empfinde mich noch nicht als Veteranen, Maman«, versicherte er grinsend. »Kein Grund zur Eile.«

»Ich habe keine Lust, schließlich so tatterig zu sein, daß ich mich nicht mehr an meinen Enkeln freuen kann«, erwiderte sie. »Und außerdem ist auch noch der Fortbestand des Namens Saxelby zu sichern.«

»Na – da erweist sich Julians Heirat doch geradezu als Segen. Ich bin sicher, die beiden werden deinen Wunsch mit Freuden erfüllen.«

»Ich habe kein Interesse an Sophie Lennox' Kindern«, erklärte seine Mutter kategorisch und warf einen Blick auf die Kaminuhr. Sie stand auf. »Wenn ich jetzt nicht gehe, verpasse ich den Zug. Claud hat mich für heute abend ins Kino eingeladen: Wir sehen uns den ›Entertainer‹ an – mit Laurence Olivier.«

»Du solltest Claud endlich heiraten, Maman«, meinte Rowland, als er ihr in den Mantel half. »Er hat es weiß Gott verdient nach all diesen Jahren – und außerdem würde es dich von Dingen wie Julians Ehe und meiner Ablehnung dieses Status ablenken.«

Seine Mutter ließ diese Bemerkung unbeantwortet. Sorgfältig rückte sie vor dem Spiegel, der über dem Kamin hing, ihren eleganten, mit einer grauen Feder geschmückten Hut zurecht. Claud Laing wurde von ihren beiden Söhnen nicht recht ernstgenommen. Er war so alt wie Noel und einer seiner besten Freunde gewesen – und vom ersten Augenblick, da er Colette nach ihrer Ankunft in England sah, in sie verliebt! Jetzt, mit zweiundfünfzig, war er immer noch unverheiratet – eine Tatsache, die allgemein seiner Leidenschaft für sie zugeschrieben wurde. Soweit man bei einem so disziplinierten, prosaischen Menschen von Leidenschaft sprechen konnte. Er war ein archetypischer Engländer – die Inkarnation von Colonel Blimp –, ehemaliger Offizier der Garde und später »etwas in der Stadt«, klein, gedrungen, mit noch immer zackig-militärischer Haltung, das Haar sehr kurz, der Schnurrbart schmal, galant und von der Überzeugung durchdrungen, daß alle Frauen zerbrechliche Wesen seien, die ständig männlichen Schutzes bedurften.

»Ein steifer Langweiler«, fand Rowland, doch obwohl er diese Meinung nach wie vor vertrat, hatte er im Lauf der Jahre die charakterlichen Qualitäten des Mannes schätzen gelernt. Und Claud störte es nicht, daß Colette auch elf Jahre nach dem Tod Noels diesen noch ebenso liebte wie zu Lebzeiten. Er trug es mit Würde und stand jederzeit bereit, wenn sie eine Begleitung brauchte.

Colette gab Rowland einen Kuß, und er bemerkte, daß unter ihren Augen dunkle Schatten lagen, die am Morgen noch nicht da gewesen waren.

»Mach dir keine Gedanken, Maman«, bat er und drückte sie so fest an sich, daß die zarte Colette kaum Luft bekam. »Es wird sich schon alles gut entwickeln. Schließlich muß er doch über seinen Schritt nachgedacht haben.«

»Meinst du?« Sie sah in zweifelnd an. »Das wäre mal was Neues.« Sie tätschelte seine Wange. »Du solltest dich nicht immer dazu hergeben, die Kastanien für ihn aus dem Feuer zu holen. Er muß endlich lernen, auf seinen eigenen Füßen zu stehen. Wenn du ihm alles abnimmst, wird er nie die Notwendigkeit einsehen, Verantwortung zu übernehmen.«

Rowland seufzte. »Das weiß ich ja – aber ich habe es mir angewöhnt, als wir noch Kinder waren, und es fällt mir schwer, mich umzustellen. Wahrscheinlich habe ich mich früher geschmeichelt gefühlt, als er mir auf Schritt und Tritt folgte und alles wundervoll fand, was ich tat und sagte – und ich habe es nie übers Herz gebracht, ihm diese Illusion zu rauben.«

»Falls er glauben sollte, daß du ihm meinen Zorn ersparst, wird er sich wundern«, antwortete Colette grimmig. »Du brauchst mir gar nicht zu sagen, warum er dich vorgeschickt hat: Er hat sehr richtig vermutet, daß ich alles versucht hätte, um diese Heirat zu verhindern. Ich darf gar nicht daran denken, was Cecil dazu sagen wird!«

Rowland nickte. »Er wird es wahrscheinlich noch schlechter verkraften als du.«

Er begleitete seine Mutter zum Bahnhof und brachte sie in ein Erster-Klasse-Abteil des Zuges nach London. »Auf bald.« Er küßte sie. »Auf Mallerby – zu Weihnachten.«

»Ich fürchte, dann werden wir diese Sophie dort ertragen müssen«, bemerkte Colette bissig. »Aber ich werde mich nicht von ihr unterkriegen lassen – sie wird sich die Zähne an mir ausbeißen.«

Rowland lachte. »Da wäre sie nicht die erste, Maman.« Er trat auf den Gang hinaus, da der Stationsvorsteher bereits die Waggontüren zuknallte. »Nur Großmutter wird mit dir fertig – und sogar sie muß sich anstrengen.«

Er sprang auf den Bahnsteig hinunter, bevor sie antworten konnte, und sah dem davonfahrenden Zug nach, bis er außer Sicht war. Dann drehte er sich um und verließ mit langsamen Schritten den Bahnhof.

13

»Wie ging es denn mit Rowland und dir weiter, nachdem ihr den Campingplatz verlassen hattet?«

Russell und Lucy saßen in dem Café, wo er gefrühstückt hatte – am selben Tisch. Sie aßen Spiegeleier und Würstchen und Chips, die in Fett und Ketchup schwammen. Zum Nachtisch hatte Lucy sich ein »Knickerbocker Glory« bestellt. Das Wetter war besser geworden, und von ihrem Platz aus konnten sie die sonnenbeschienene Mole sehen.

Lucy antwortete nicht gleich – sie war zu sehr mit Essen beschäftigt. Nachdem sie heruntergeschluckt hatte, sagte sie: »Wir fuhren nach London zurück, um den Mietwagen zurückzugeben. Ein, zwei Tage gammelten wir noch herum und übernachteten in Unterkünften der Heilsarmee. Dann beschloß ich, per Anhalter nach Schottland zu fahren. Rowe meinte, er habe genug – es sei Zeit, sich mal wieder zu Hause sehen zu lassen. Die Saxelbys haben ein Haus in London.«

Russell nickte. »Diese Art von Leute haben überall Häuser rumstehen. Na, dann seid ihr ja nicht mehr lange zusammengeblieben. Welchen Grund hatte eigentlich euer überstürztes Verschwinden aus Devon?«

»Das war doch nicht überstürzt.« Lucy goß sich noch etwas Sauce über ihre Chips. »Wir hatten einfach die Nase voll. Mich hält es nie lange an einem Ort.«

Russell legte Messer und Gabel nebeneinander auf seinen leeren Teller und sah zu, wie Lucy den letzten Rest Fett mit einem Stück Brot aufstippte. »Und wo ist Rowland jetzt?« fragte er.

»Wieder in Oxford, nehme ich an«, antwortete sie gleichgültig.

Eine Kellnerin kam, um das schmutzige Geschirr abzuräumen, und brachte anschließend Russells Kaffee und Lucys Eisbecher. Das Café füllte sich allmählich, aber es gab immer noch mehrere freie Tische. Auch hier merkte man, daß die Saison vorüber war.

Russell war gekränkt, daß Lucy bisher weder an ihm selbst noch an seinen Erlebnissen seit ihrer letzten Begegnung das geringste Interesse gezeigt, ja nicht einmal gefragt hatte, was ihn in den Lake District verschlagen habe. Er löffelte Zucker in seinen Kaffee und sagte: »Chris und ich haben uns getrennt – wir hatten erkannt, daß wir nicht zusammenpassen.«

Ohne von ihrem Eis aufzusehen, murmelte Lucy: »So ist das nun mal mit Rowe.«

Russell spürte, wie ihm die Röte ins Gesicht schoß. Er hatte es so klingen lassen wollen, als habe die Trennung mit nichts anderem außer ihnen beiden zu tun, doch es war ihm nicht gelungen, Lucy zu täuschen. »Dich hat er aber offenbar nicht so tief beeindruckt«, versetzte er steif.

»Mich?« Sie lachte. »Ich bin anders.«

»Inwiefern?«

Sie zuckte mit den Schultern und kratzte den letzten Rest Eis aus dem hohen Glas. Dann legte sie den Löffel mit einem zufriedenen Seufzer auf den Unterteller. »Ich langweile mich schnell – deshalb führe ich dieses unruhige Leben. Mich hält nichts auf Dauer.«

»Und wie kommst du ausgerechnet hierher nach Windermere?«

»Ich bin durch Schottland getrampt, habe das Hochland und die Inseln gesehen, und jetzt bin ich wieder auf dem Weg nach Süden. Ich arbeite mich nach Plymouth durch, und von da geht's wahrscheinlich rüber in die Bretagne. Anschließend nehme ich mir vielleicht Spanien oder Osteuropa vor. Ich

möchte einige der Länder hinter dem Eisernen Vorhang besuchen. Rußland hat mich schon immer gereizt.«
»Du spinnst«, stellte Russell voller Überzeugung fest. »Wie lange soll das denn noch so weitergehen?«
»Keine Ahnung – ich lasse die Dinge auf mich zukommen.«
An der Kasse mußte Russell feststellen, daß Lucy keine Anstalten machte, ihren Teil der Rechnung zu bezahlen. »Willst du nicht irgendwann mal seßhaft werden?« fragte er, als sie auf die Straße hinaustraten.
Wieder ein gleichgültiges Schulterzucken. »Vielleicht wenn ich alt bin. Oder morgen – wenn mir danach ist. Ich weiß es nicht. Kommt darauf an, wie sich alles entwickelt.«
Sie gingen, fest in ihre Mäntel gewickelt, die Promenade entlang. Die Sonne schien zwar, aber es war sehr kalt geworden. Lucy erzählte Russell, daß sie für ein paar Tage in Ambleside bleiben wolle – bei einer Schulfreundin, die kürzlich einen Engländer geheiratet hatte und jetzt in Westmoreland lebte. Er fragte sich, wie sie es bei ihrer unsteten Lebensweise schaffte, Kontakte aufrechtzuerhalten. Wahrscheinlich auf die gleiche Weise, wie sie sich immer und überall mit Geld versorgte.
»Ich bin noch eine Woche hier«, sagte er. »Sehen wir uns wieder?«
»Warum nicht? Bridget meint, ich kann so lange bleiben, wie ich will – aber ich glaube nicht, daß ihr Mann diese Einstellung teilt. Manchmal schaut er mich an, als frage er sich, was diese seltsame irische Streunerin in seinem schönen, gepflegten Haus zu suchen habe. Ich bin sicher, er wird drei Kreuze machen, wenn ich gehe – aber das tue ich erst, wenn es mir paßt.« Plötzlich nahm sie seinen Arm und drückte ihn. »Komm – laß uns irgendwo eine Tasse Tee trinken. Ich weiß, daß wir gerade erst gegessen haben, aber ich muß ins Warme.« Sie schaute zu ihm auf. Dunkle Locken kringelten sich unter dem gestrickten Schal, das kleine Gesicht war sehr spitz, die Augen

wirkten sehr groß und sehr blau. »Ich möchte dir was erzählen. Ich hatte eigentlich vor, es niemandem zu sagen, aber ich kann es nicht mehr für mich behalten.«

Es war kurz nach vier und bereits dunkel. Die Regent Street erstrahlte in weihnachtlichem Glanz. Girlanden spannten sich wie Diamantketten über die Straße. An dem Christbaum im Schaufenster von Swan und Edgars blitzte der Schmuck wie eine Kaskade von Kristalltropfen, und bei Dickins und Jones saß ein Nikolaus rotgesichtig und freundlich in seinem Schlitten, die Zügel der Rentiere in den Händen.

Es war fast noch eine Woche bis zum Fest, aber auf den Bürgersteigen herrschte bereits dichtes Gedränge. Christine und Lois, die sich in Richtung Oxford Circus durchkämpften, wurden beinahe umgerissen. Sie waren für einen Einkaufstag nach London gekommen und hatten dazu den Frühzug genommen. Jetzt waren sie erschöpft und beschlossen, es für heute genug sein zu lassen. Sie steuerten auf den Paddington-Bahnhof zu, um nach Weston-super-Mare zurückzufahren.

»Ich gäbe was für eine Tasse Tee«, stöhnte Lois, doch Christine ließ sich nicht erweichen. Sie wollte nur noch aus dem Gewühl heraus. »Keine Umwege«, erklärte sie. »Tee bekommen wir auch am Bahnhof. Ich weigere mich, mit all diesen Paketen ein Lokal zu suchen. Ich hoffe bloß, daß die Leute die Geschenke auch zu würdigen wissen – nach all den Strapazen.«

Lois schnaubte und packte den Griff einer Tragtüte fester, der ihr zu entgleiten drohte. »Das bezweifle ich. Keiner wird annehmen, daß du zum Einkaufen extra in der Großstadt warst.«

Die Büros schlossen, Menschen strömten heraus und das Durchkommen wurde noch schwerer. Plötzlich blieb Lois mit einem Entzückensschrei vor dem Schaufenster eines Juweliers stehen, in dem Rubine, Smaragde und Diamanten schimmer-

ten und funkelten, die sie sich niemals würde leisten können. »Schau dir diese Kette an«, seufzte sie ehrfürchtig. »Und den Ring! Und das Armband!«
»Jetzt komm endlich«, rief Christine ungeduldig. »Meine Füße tun höllisch weh. Ich will mich hinsetzen.« Sie zwängte sich zwischen den Leuten hindurch, und Lois riß sich blutenden Herzens los. Doch dann blieb plötzlich Christine stehen. »Es tut mir leid«, sagte sie. »Ich bin nur so erledigt. Das legt sich auf meine Stimmung.«
Ihre Entschuldigung verpuffte ungehört, denn etwas anderes hatte Lois' Aufmerksamkeit gefesselt. »Hast du gesehen, wer das war?« fragte sie aufgeregt.
»Wer was war? Wo denn?«
Lois schubste sie in den vor ihnen liegenden Geschäftseingang, da die Passanten bereits zu schimpfen begannen, weil die beiden den Weg blockierten. »Der Mann, der gerade über die Straße gegangen ist! Hast du ihn nicht bemerkt? Ich bin sicher, es war Russ!«
»Russ Jennings?«
»Natürlich Russ Jennings! Was für einen Russ kennen wir denn sonst noch?«
Christine zuckte mit den Schultern. »Wir sind in London – was sollte Russ denn hier?«
»Das gleiche wie wir, nehme ich an: Weihnachtseinkäufe machen.«
Christine war nicht überzeugt. »Das kann ich mir nicht vorstellen.«
»Aber er war es.«
»Hat er dir denn gesagt, daß er diesen Samstag nach London wollte?«
Lois schüttelte den Kopf. »Er spricht kein privates Wort mehr mit mir. Ich bin deine Freundin – schon vergessen? Er ist sehr schweigsam geworden. Im Amt haben schon einige Leute Bemerkungen darüber gemacht. Miss Linley sagte, der Urlaub

im Lake District habe ihm gar nicht gutgetan. Sie findet, man sollte dich in siedendes Öl tauchen.«

Christine lächelte bitter. »Ich weiß, daß sie mit dieser Meinung nicht allein dasteht. Ich gewöhne mich langsam daran, von allen verurteilt zu werden.« Sie verrenkte sich fast den Arm, um auf ihre Uhr schauen zu können. »Es ist ja schon Viertel vor fünf. Der Zug fährt um halb sieben – also sollten wir uns beeilen, wenn wir vorher noch Tee trinken wollen.«

»Wir könnten ja auch noch den späteren Zug nehmen«, meinte Lois.

»Willst du tatsächlich noch mehr Einkäufe machen? Dann würde ich...«

Ein Mann trat aus dem Geschäft hinter ihnen und sagte höflich: »Entschuldigung – könnten Sie vielleicht Ihre Pakete ein bißchen zur Seite nehmen? Ich habe Angst, etwas kaputt zu machen, wenn ich mich einfach durchdrängele.«

Christine und Lois wichen zurück und preßten ihre Schätze an sich. Der junge Mann lächelte dankbar. Seine Augen trafen sich mit Christines.

»Lieber Gott!« rief Rowland Saxelby. »Das ist doch... du bist es«, endete er lahm.

»Christine Chandos«, half sie seiner Erinnerung auf die Sprünge – mit einer Stimme, die ihr völlig fremd vorkam.

»Natürlich – wie konnte ich das vergessen! Sir John und die Schlacht von Lussac-les-Châteaux.« Er lachte. »Wie nett, dich wiederzusehen. Ich brauche nicht zu fragen, was du in der Stadt machst – es ist offensichtlich.«

Christine sah auf den Berg von Einkäufen hinunter, die sie in den Armen hielt. »Ja – wir sind für einen Tag reingekommen. Das ist meine Freundin, Lois Hartman. Lois – das ist Rowland Saxelby, der junge Mann, den ich in den Ferien in Devon kennengelernt habe.« Die Worte erschienen ihr gespreizt und albern – und sie drückten nicht im entferntesten aus, was sie empfand. Sie konnte es nicht fassen, daß er ihren Namen

vergessen hatte. Vier kurze Monate, und er wußte nicht mehr, wie sie hieß! Das ließ tief blicken. Sie fragte sich, was Lois wohl denken mochte.
Lois schüttelte Rowland die Hand – ein nicht gerade einfaches Unterfangen angesichts all der Pakete, die sie gleichzeitig festhalten mußte. »Christine hat mir viel von Ihnen erzählt.«
Er zog amüsiert die Augenbrauen hoch, gab jedoch keinerlei Kommentar von sich. Statt dessen fragte er: »Seid ihr in Eile oder darf ich euch zu einer Tasse Tee einladen?«
»Danke – das wäre sehr nett«, antwortete Christine hastig, wobei sie sorgfältig vermied, Lois anzusehen. »Unser Zug fährt erst um halb acht.« Sie bemerkte, daß ihre Stimme atemlos klang, und fluchte innerlich.
»Dann wartet hier – ich besorge ein Taxi«, sagte er lächelnd.
Keine besonders erfolgversprechende Idee, dachte Christine. Doch in dem Augenblick, als er an den Straßenrand trat und den Arm hob, erschien wie aus dem Nichts ein großes schwarzes Taxi und hielt an. Es war natürlich reines Glück, aber Christine sah, daß Lois beeindruckt war.
Er ging mit ihnen in Brown's Hotel in der Dover Street. Die sanfte Beleuchtung, die gedämpften Stimmen, die dicken Teppiche und die tiefen Polstersessel und Sofas verliehen ihm die Atmosphäre eines exklusiven Clubs. Rowland bestellte: Toast, frische Hörnchen, Brötchen und Butter und eine Kuchenauswahl – eine Katastrophe für Lois, die immer wieder Versuche unternahm, ihre Eßlust zu bändigen, um nicht zu dick zu werden.
Anfangs war die Unterhaltung etwas gezwungen, doch Rowland und Lois sorgten dafür, daß es nicht lange so blieb. Beide waren unbefangene, extrovertierte Menschen – wenn Christine auch vermutete, daß Rowlands Offenheit ihre Grenzen hatte: Sicher gab es bei ihm Tiefen, zu denen er niemanden vorstoßen ließ.
Während Lois und er sich unterhielten, musterte Christine ihn

verstohlen. Seine Erscheinung unterschied sich frappierend von der auf dem Campingplatz: Er trug einen dunklen Anzug unter dem eleganten Mantel und ein Hemd mit Krawatte, und sah eher aus wie ein Geschäftsmann als wie ein Student. Ihr fiel ein, daß er durchaus alt genug war, um seinen Lebensunterhalt zu verdienen – er hatte ja bereits seinen Militärdienst hinter sich.

Rowland wandte sich ihr lächelnd zu. »Du bist ja so schweigsam, Chris – habe ich dich irgendwie gekränkt?«

Es lag ihr auf der Zunge, sein Verschwinden vom Campingplatz zu erwähnen, aber sie tat es nicht. Warum sollte sie ihm verraten, daß es ihr etwas ausgemacht hatte? Statt dessen fragte sie: »Was ist denn aus Lucy Brennan geworden?«

»Wir haben uns kurz nach der Rückkehr nach London getrennt. Seitdem habe ich sie nicht mehr gesehen. Wir sind als gute Freunde auseinandergegangen. Sie ist keine Frau, die es lange mit einem Mann aushält. Lucy ist der ruheloseste Mensch, den ich kenne. Eine geborene Nomadin. Sie wird nie seßhaft werden. Als wir uns kennenlernten, meinte sie, es würde vielleicht Spaß machen, es auszuprobieren, aber ich habe schon nach sehr kurzer Zeit gemerkt, daß man ebensogut versuchen könnte, einen Adler in einen Käfig zu sperren.« Er grinste selbstironisch. »Habe ich das nicht schön gesagt?«

»Dann sind Sie also frei und ungebunden«, stellte Lois vielsagend fest.

Christine spürte, wie ihr die Röte ins Gesicht stieg und verwünschte die anzügliche Direktheit ihrer Freundin. Sie bemerkte den wachsamen Ausdruck, der in Rowlands Augen getreten war, und wollte irgend etwas Unverbindliches, Nüchternes sagen, um zu zeigen, daß seine persönliche Situation sie nicht interessierte, doch ihr Kopf war völlig leer, und so wartete sie ergeben auf eine seiner gefürchteten, spöttischen Antworten.

Er überging Lois' Bemerkung jedoch und bat einen vorbeikommenden Kellner um eine zweite Kanne Tee. Das reichliche Essen hatte sie alle durstig gemacht.

Christine sah, wie Lois den Mund öffnete, um nachzuhaken, fing in letzter Sekunde ihren Blick auf und schüttelte kaum merklich den Kopf. Lois schnitt enttäuscht eine kleine Grimasse und schloß den Mund wieder. Christine atmete erleichtert durch und sah auf ihre Uhr. »Es ist schon nach sechs. Wir müssen los. Bei dem Trubel wird es eine Weile dauern, bis wir zum Bahnhof kommen, und ich habe keine Lust, im letzten Moment auf den Zug aufzuspringen.«

»Ich bestelle euch ein Taxi«, erbot sich Rowland und stand auf. Die Freundinnen wechselten einen erschrockenen Blick. Beide hatten ihre Finanzlage vor Augen, wollten jedoch nicht zugeben, daß ein Taxi für sie kein alltägliches Beförderungsmittel war.

Ein hochgewachsenes Mädchen, teuer gekleidet in einen blaßgrünen Mantel mit Nerzkragen und -manschetten, das Gesicht teilweise hinter einem Vorhang roter Haare verborgen, wurde an einen der Nachbartische geführt. Als sie sich hinsetzte, fiel ihr Blick auf Rowland. »Darling!« rief sie entzückt, sprang auf und kam herüber, um ihn zu küssen. »Darling!« wiederholte sie. »Das ist aber eine Überraschung. Was tust du hier? Ich dachte, ich würde dich erst heute abend sehen.«

Christine erkannte sie sofort. Schon oft hatte sie ihr Bild auf den Hochglanztitelseiten von Modemagazinen gesehen. Lisle Ingram, das Ex-Model, die den Rennfahrer Matthew Ingram geheiratet hatte. Es war eindeutig, welche Art von Beziehung zwischen ihr und Rowland bestand. Lois sah ihre Freundin voller Mitgefühl an.

»Lisle!« Rowland freute sich ebenso, sie zu sehen und war nicht im mindesten verlegen, weil sie ihn mit zwei anderen weiblichen Wesen antraf. Christine dachte voller Bitterkeit, daß nur ein Schwachkopf sie beide als Konkurrenz für Lisle Ingram betrachten konnte.

Rowland übernahm die Vorstellung, wobei er Christine als »ein Mädchen, das ich auf einem Campingplatz in Devon kennengelernt habe« bezeichnete – womit wohl auch alles über sie gesagt war, konstatierte Christine deprimiert. Lisle Ingram streckte ihr graziös die Hand entgegen.
»Ich bin gleich zurück«, versicherte Rowland ihr. »Ich bringe – äh – Christine und ihre Freundin nur schnell zu einem Taxi. Ich komme sofort wieder – geh nicht weg!«
Etwa eine Stunde später verließ der Zug den Bahnhof. Christine lehnte sich in ihrem Sitz des Dritter-Klasse-Abteils zurück und schloß die Augen. Sie hatte zu viel gegessen und fühlte sich überhaupt nicht wohl. Ihr Kopf schmerzte, und ihre Kehle war wie zugeschnürt. Das Zusammentreffen mit Rowland hatte sie nicht von ihrem romantischen Traum geheilt, im Gegenteil. Sie fand bestätigt, was sie schon gewußt hatte – daß sie diesen Mann liebte und immer lieben würde, daß es für sie immer nur ihn geben würde. Eine Ehe oder ein Verhältnis mit einem anderen Mann konnte nur eine Notlösung darstellen, ein Sich-Bescheiden mit dem Zweitbesten. Eines Tages würde es wohl dazu kommen, nahm sie an – niemand konnte ewig einem unerfüllbaren Traum nachjagen, aber noch nicht, noch lange nicht...
Lois saß in der gegenüberliegenden Ecke. Jetzt beugte sie sich vor und legte ihre Hände auf die ihrer Freundin. Draußen blitzten die Lichter der Häuser auf, an denen sie vorbeikamen, und verschwanden in der Dunkelheit. »Er ist ein sehr netter Kerl«, sagte sie. »Es stimmt alles, was du mir über ihn erzählt hast. Er hat diesen gewissen Charme...« Sie brach ab.
Christine hatte die Augen geöffnet und lächelte müde. »Schon gut, Lois – du brauchst nicht weiterzureden. Es ist mir klar, daß ich für ihn gar nicht existiere. Er konnte sich ja nicht mal an meinen Namen erinnern – aber das hat meine Gefühle für ihn nicht verändert.«
Lois sah aus, als wollte sie noch etwas sagen, doch dann tat sie

es nicht. Merkwürdig, dachte sie, wie ähnlich sich Russ Jennings und Rowland Saxelby sahen. Beide waren groß, schlank und dunkel – aber Rowland hatte eine Ausstrahlung, die Russ völlig fehlte. Sie konnte verstehen, warum Christine in ihn verliebt war – auch sie hätte keine Schwierigkeiten, sich in ihn zu verlieben. Mit einem Seufzer setzte sie sich bequem zurecht und schlug die mitgebrachte Illustrierte auf.

DRITTER TEIL

1964-1965

14

Es war einer der längsten, heißesten Sommer, an die die Leute sich erinnern konnten, und zum Bankfeiertag, Anfang August, sah es so aus, als würde das schöne Wetter bis in den Herbst hinein andauern.

Lois' kleiner dreirädriger Bond ratterte mit einem solchen Lärm die Straße von Sherborne nach Shaftesbury entlang, daß Christine schreien mußte, um sich verständlich zu machen. »Nächstes Mal brauchst du dir nicht die Mühe zu machen, mich abzuholen – dann komme ich mit dem Bus.«

Lois grinste. »Diese Dinger haben Motorradmaschinen, deshalb machen sie einen solchen Krawall. Ich habe dich gewarnt, – aber du meintest ja, es mache dir nichts aus.«

»Da wußte ich auch noch nicht, was auf mich zukommen würde. Nein, im Ernst«, Christines Stimme sank auf normale Lautstärke herab, als das Vehikel außerhalb der Stadt vor einem modernen Bungalow mit rotem Ziegeldach zum Stehen kam, »ich bin dir sehr dankbar. Von Weston nach Shaftesbury zu kommen, ist nicht gerade einfach – obwohl beides nur sechzig Meilen auseinander liegt.«

»Ich weiß«, Lois nickte. »Und da schließlich ich dich eingeladen habe, fand ich es angebracht, dich abzuholen. Außerdem konnte ich auf diese Weise mal wieder meine Eltern besuchen. Barry ist immer eifersüchtig, wenn ich hinfahre. Du weißt ja, wie Ehemänner sind.«

»Nur vom Hörensagen«, antwortete Christine leise.

Lois stieg aus. »Komm«, sagte sie. »Laß uns dein Gepäck aus dieser Blechbüchse räumen. Barry läßt mich nicht mehr mit dem Austin fahren – dabei hat er bei dem Unfall nur eine ganz kleine Schramme abgekriegt. Aber ich brauchte ein Fahrzeug – immerhin wohnen wir ein ganzes Ende von der Stadt weg, und ich habe keine Lust, mich nach dem Busfahrplan zu richten, wenn ich in die High Street will – und deshalb stellte mein Göttergatte mir eines Tages dieses Ungetüm vors Haus.«

Sie hob Christines Reisetasche von der Rückbank und trug sie zur Haustür. Sie nickte zu dem Wagen hinüber. »Ich muß das Ding auf der Straße stehen lassen – die Garage ist natürlich für Barrys Liebling reserviert. Meine Schaukel ist bei jeder Witterung draußen, ich muß es ihr hoch anrechnen, daß sie nie streikt.«

Lois schloß die Tür auf und ging voran in die Halle. Dort stellte sie die Tasche auf den Boden und wandte sich ihrer Freundin zu. »Ich freu' mich, daß du kommen konntest, Chris. Es ist großartig, dich wiederzusehen. Unser Weibertratsch fehlt mir richtig. Briefe und Telefonate sind eben nicht dasselbe.«

»Ich finde es auch schön, hier zu sein. Ein Glück, daß ich heute und Dienstag freibekommen habe: mit morgen, Sonntag und dem Montags-Bankfeiertag ist das fast ein kleiner Urlaub.« Sie musterte Lois liebevoll: Das Eheleben schien ihr gut zu bekommen – zumindest wenn man ihre Gewichtszunahme als Anzeichen dafür wertete. »Ich kann gar nicht glauben, daß deine Hochzeit schon vier Monate zurückliegt.«

»Ich auch nicht – kommt mir eher vor wie vierzig. Nein«, Lois lachte, »ich darf nicht solche Sachen sagen. Wenn Barry das hörte, würde er glauben, ich meine es ernst. Der arme Schatz hat keinen Humor.«

»Bist du glücklich?« fragte Christine.

»Wir haben unsere schönen Augenblicke«, erwiderte Lois leichthin. »Jetzt komm in die Küche, dann trinken wir Tee. Ich wette, den kannst du brauchen – nach *der* Fahrt.«

»Da hast du recht«, gab Christine zu.

Die Küche ging nach hinten auf einen steil ansteigenden Hang

hinaus. Sie war modern eingerichtet, mit blauen Arbeitsflächen, blauweißkarierten Vorhängen und einem großen Werbeplakat für Colman's Senf aus dem Jahr 1930 an der Wand und einem Kieferntisch und zwei Kiefernhockern in der Mitte des Raumes, der mit Linoleum ausgelegt war.
Lois zog für Christine einen Hocker unter dem Tisch hervor und füllte dann den elektrischen Wasserkocher. Von einem Regalbrett angelte sie eine Keksdose herunter und begann, die Plätzchen auf einem dunkelroten Plastikteller zu arrangieren. Danach holte sie kaltes Brathuhn und eine Schüssel mit vorbereitetem Salat aus dem Kühlschrank. Sie wirkte selbstsicher und entspannt – eine Frau, die sich in ihrem Heim wohl fühlte. Im Lauf der vergangenen vier Monate hatte sie sich völlig auf ihr Eheleben eingestellt.
Es war knapp zwei Jahre her, daß sie Barry Aylward kennengelernt hatte, der damals seine Ferien in Weston verbrachte. Er war klein und stämmig, hatte ein rundes frisches Gesicht mit Sommersprossen und ingwerrotes Haar. Christine hatte ihn keinen Augenblick für »Lois' Typ« gehalten – aber als sie ihre Freundin darauf ansprach, zuckte diese nur mit den Schultern. »Wie sieht mein Typ denn aus? *Ich* habe keine Lust, mein Leben lang einem unerfüllbaren Traum hinterherzuhängen. Barry ist ein netter Kerl, hat einen prima Job« – er arbeitete in Shaftesbury in einer Apotheke –, »und wir kommen gut miteinander aus. Was kann ich mehr verlangen?«
»Vielleicht Liebe?«
Aber diese Vorstellung tat Lois als unwesentlich ab. Als sie sie jetzt beobachtete, erkannte Christine, daß Lois der hausfrauliche Aspekt der Ehe viel wichtiger war als der romantische oder körperliche. Sie war schon immer sehr prosaisch gewesen.
Lois goß den Tee auf, deckte den Tisch und setzte sich. »Jetzt erzähl mal – wie stehen die Dinge denn so?« Sie reichte ihrer Freundin den Keksteller. »Was macht Russ? Er ist doch nicht

etwa verheiratet? Nein – er trauert dir bestimmt noch immer nach«.

Christine lachte und nahm sich ein Schokoladenplätzchen. »Du bist unverbesserlich. Du hoffst immer noch, daß Russ und ich wieder zusammenkommen, stimmt's? Du bist genauso schlimm wie meine Eltern. Aber es wird nichts daraus. Es ist viel zu spät – sowohl für mich als auch für ihn.«

»Trägst du nach wie vor die Fackel?«

Christine bemühte sich um einen leichten Ton: »Ich werde das verdammte Ding nicht los – wie die Freiheitsstatue.«

Lois goß Tee ein und schob ihr eine Tasse hin. »Wenn das so ist, werde ich es mir verkneifen, dir an diesem Wochenende potentielle Heiratskandidaten vorzustellen.«

Das Frühstück auf Mallerby war, vor allem in den Ferien, eine Angelegenheit, die sich bis nach elf Uhr hinziehen konnte – sehr zum Mißfallen der Haushälterin, Mrs. Renshaw. »Die mögen das ja in Ordnung finden«, lud sie ihren Ärger bei dem neuen Dienstmädchen Rose James ab, »aber ich bin dazu erzogen worden, das Frühstücksgeschirr bereits wieder sauber im Schrank zu haben, wenn ich mich an die Vorbereitung des Mittagessens mache. Aber hier kommen sie ganz allmählich nacheinander angekleckert, und jeder will natürlich frischen Toast und Kaffee. Mr. Julian ist der schlimmste – der findet einfach nicht aus dem Bett.«

Rose, ein spitzmausgesichtiges Mädchen aus dem Dorf, mit einer scharfen Nase und wachen, hellen Augen, schälte am Spülbecken Kartoffeln. Sie war erst drei Wochen in Mallerby House, doch schon jetzt hatte sie den Ehrgeiz, hier eines Tages Haushälterin zu sein. Ihre Eltern hätten sich etwas Besseres für sie gewünscht als Hausarbeit – sie war eine gute Schülerin gewesen, und der Berufsberater versuchte sie zu überreden, in einer Kanzlei in Yeovil eine Ausbildung als Rechtsanwaltsgehilfin zu absolvieren –, aber sie hatte schon immer davon geträumt, »in das große Haus« zu kommen, und ließ sich nicht davon abbringen. »Mrs. Julian ist schon aufgetaucht«, berichtete sie. »Sie wollte Tee statt Kaffee. Als ich ihn reinbrachte, kam Mrs. Saxelby dazu. Ansonsten hat sich noch keiner sehen lassen.«

Mrs. Renshaw schniefte mißbilligend. »Wird auch keiner – wenigstens nicht in den nächsten ein, zwei Stunden. Diese Freundin«, deutliche Verachtung lag in ihrer Stimme, »von Mr. Rowland, diese Lisle, oder wie sie sich nennt – ein idiotischer Name für eine Frau, wenn du mich fragst –, rührt sich nicht vor Mittag. Gestern erschien sie glücklich um eins.« Sie runzelte die Stirn. »Ich möchte mal wissen, wo ihr Mann ist. Muß ein merkwürdiger Kerl sein, der so was duldet. Über drei Jahre geht das nun schon mit der und Mr. Rowland. Es wundert mich, daß Madam dem noch kein Ende bereitet hat.«

Rose kicherte. »Wie soll sie denn – Mr. Rowland ist doch schon sechsundzwanzig.«

»Das mag ja sein«, raunzte Mrs. Renshaw, »aber Mallerby ist immer noch das Heim von Madam – auch wenn es gesetzlich ihm gehört. Er sollte mehr Rücksicht auf seine Mutter nehmen. Daß er so ungeniert eine verheiratete Frau ins Haus bringt ... Jedenfalls wird die kleine Schlampe am Montag mal früher aus den Federn müssen – wie alle anderen auch.«

»Warum? Was ist denn am Montag los?«

Mrs. Renshaw stellte sich die Zutaten für den Nachmittagskuchen auf dem blankgescheuerten Arbeitstisch zurecht. »Bankfeiertag. Und wenn der am Montag ist, dann wird das Haus für Besucher geöffnet. Normalerweise ist es nur dienstags und donnerstags zu besichtigen. Du bist doch aus dem Dorf – du müßtest das eigentlich wissen.«

»Ich hatte es vergessen«, sagte Rose. »Heißt das, daß ich zur Arbeit kommen muß?«

»Nein, du nicht – aber ich werde natürlich hier sein. Für die Führungen werden extra Leute verpflichtet.«

Das Haustelefon summte. Die Reihe von Glöckchen mit den altmodischen Zimmeranzeigen darunter war schon lange nicht mehr in Betrieb – ein Relikt aus vergangenen Tagen. Mrs. Renshaw nahm den Hörer ab. »Im Frühstückszimmer wird Kaffee gewünscht«, teilte sie Rose mit. »Es geschehen noch Wunder: Mr. Julian ist grade runtergekommen.«

Als das Mädchen den Raum betrat, hatte Colette ihre Croissants mit Marmelade bereits gegessen und war verschwunden. Nur Julian und Sophie saßen noch am Tisch. Rose stellte die gefüllte Kaffeekanne hin und nahm die leere mit. Es würde bald neuer Kaffee bestellt werden.

Nachdem die Tür sich hinter ihr geschlossen hatte, fragte Julian mürrisch: »Und warum mußt du heute früh schon wieder in die Stadt zurück?«

Sophie schenkte sich Tee nach und umschloß die zarte Porzellantasse mit ihren Händen, deren Fingernägel grellrot leuchteten. »Weil ich mich langweile, Schätzchen. Ich langweile mich zu Tode. Du weißt, wie ich alte Mausoleen hasse. Sie machen mich depressiv.«

»Maman wird gekränkt sein – und außerdem ist Mallerby kein Mausoleum.«

Sophie gähnte. »Deine Mutter schert sich einen Dreck darum, wenn ich fahre – vorausgesetzt, ich lasse dich und Vivien hier: ihren geliebten Sohn und ihre heißgeliebte Enkelin. Sie hat mich vom ersten Moment an nicht ausstehen können.«

»Sie hat dich immer anständig behandelt«, protestierte er lahm. »Du kannst nichts anderes behaupten.«

»Wenn du mit ›anständig‹ meinst, daß sie mich nicht direkt als geldgierige Schlampe beschimpft oder mir vorgehalten hat, ihr unschuldiges Kind verführt zu haben, dann hast du recht – aber sie hat mir nie das Gefühl gegeben, zur Familie zu gehören. Ich möchte bloß wissen, warum ich mich habe breitschlagen lassen, dieses Wochenende mit herzukommen.

Ein Tag hier, und ich habe das Gefühl, ich drehe durch. Vivien ist bei Mrs. Trim bestens aufgehoben.«

»Viv ist erst zweieinhalb«, wandte Julian ein. »Ein so kleines Kind braucht seine Mutter.«

»Blödsinn.« Sophie stand auf und betrachtete sich prüfend in dem Spiegel über dem Kamin. Ihre blonden, früher langen Haare waren jetzt zu einer Kappe gestutzt, die schimmernd ihren Kopf umschloß. Der Saum ihres eleganten Kleides aus bedruckter Seide endete eine Handbreit über dem Knie, und sie trug sehr spitze Schuhe mit niedrigen Absätzen. »Und tu bloß nicht so, als würdest du mich vermissen«, fuhr sie fort. »Du weißt selbst verdammt gut, daß du viel glücklicher bist, wenn ich weg bin.«

»Das ist nicht wahr«, widersprach er ohne Überzeugung.

»Ist es wohl. Unsere Heirat war ein Fehler – zumindest für dich. Ich habe ja bekommen, was ich wollte: den Namen Saxelby und das dazugehörende Geld. Also bitte mich nicht um die Scheidung, Schätzchen – du würdest sie nicht kriegen. Und versuche nicht, mich wegen Ehebruchs dazu zu zwingen, denn dann kämpfe ich bis zum letzten um das Sorgerecht für Vivien. Im übrigen kannst du tun, was du willst – ich werde mich nicht in deine Freizeitgestaltung einmischen.«

»Du bist ein verkommenes Miststück!« rief Julian wütend. »Was habe ich nur an dir gefunden? Ich muß total verrückt gewesen sein!«

Sophie lachte, trat zu ihm und drückte ihm spöttisch einen Kuß auf den Scheitel. »Du hast mich geheiratet, um deine Mami zu ärgern – Verzeihung: Maman. Um deine Unabhängigkeit von ihren Schürzenbändern zu dokumentieren. Armer kleiner Julian! Du hast nicht grade viel Selbstvertrauen, nicht wahr? Rennst immer noch zu deinem großen Bruder, wenn irgendwas schiefläuft.«

»Halt den Mund!« schrie Julian und sprang abrupt auf. »Halt den Mund, du verdammtes Miststück! Halt den Mund!«

Die Tür ging auf, und Rowland kam herein. Im selben Augenblick schlug die Standuhr in der Ecke elf. »Um Himmels willen – streitet doch etwas leiser, ihr beide. Außer natürlich, es gefällt euch, eure schmutzige Wäsche vor aller Ohren zu waschen.«

Sophie befreite sich aus dem Griff ihres Mannes, der sie an den Schultern gepackt und geschüttelt hatte. »Wenn wir schon bei schmutziger Wäsche sind«, sagte sie beißend, »dann können wir auch gleich noch die kleine Nutte erwähnen, die du immer wieder hierherbringst. Wenigstens begehen Julian und ich nicht in aller Öffentlichkeit Ehebruch.«

Rowland Mund wurde zu einem schmalen Strich. Er setzte sich an den Tisch und schenkte sich Kaffee ein. Als Sophie sah, daß sie ihn zu keiner Reaktion provozieren konnte, wandte sie sich an Julian: »Ich gehe packen. Ich nehme den Wagen – Rowland kann dich ja in die Stadt mitnehmen. Ich denke, deine Mutter möchte Vivien und Mrs. Trim nach dem Bankfeiertag noch eine Weile hierbehalten.« Die Tür fiel krachend hinter ihr ins Schloß.

Rowland sah seinen Bruder mit hochgezogenen Brauen an. »Es geht mich ja nichts an – aber glaubst du nicht, du wärst ohne sie besser dran?«

»Ach, kümmer dich um deinen eigenen Kram«, schnauzte Julian und stürmte aus dem Zimmer, wobei er fast Lisle Ingram umrannte, die gerade hereinkam.

»Was war denn los?« fragte sie, als sie sich zu Rowland an den Tisch setzte.

»Ein weiteres Scharmützel in ihrem Ehekrieg.« Er lächelte sie an. »Hast du gut geschlafen?«

»Nachdem ich um fünf Uhr früh in mein eigenes Bett kam, meinst du? Wie ein Bär.« In ihren Augen stand ein Leuchten. »Was hast du denn gedacht – nach so einer aktiven Nacht?«

Rowland war sich mit Unbehagen bewußt, daß eine Antwort von ihm erwartet wurde – vorzugsweise in Form einer galanten

Bemerkung über die Freuden der letzten Nacht oder kommender –, doch er hatte allmählich genug von Lisle. Ihr Verhältnis dauerte nun schon vier Jahre und wies Verschleißerscheinungen auf. Vielleicht würde es ihm gelingen, die Beziehung zu beenden, wenn er zu dem alljährlichen Familienurlaub nach Frankreich fuhr. In das Haus seiner Großmutter bei Poitou hatte er Lisle nie mitbringen dürfen. Marie de Bérenger wäre außer sich gewesen, wenn er es gewagt hätte, sie mit einer verheirateten Freundin zu konfrontieren – und dann wäre wieder ein Vortrag darüber erfolgt, daß er endlich selbst heiraten solle.

Er nahm Lisles Hand und küßte sie, doch es war eine leere Geste. »Der Toast ist kalt.« Er stand auf und ging zum Haustelefon hinüber. Als er den Hörer abnahm, schnitt er eine Grimasse. »Mrs. Renshaw wird nicht begeistert sein – sie steckt bestimmt schon mitten in den Vorbereitungen fürs Mittagessen. Macht nichts. Lebe gefährlich, ist mein Motto.«

15

Christine und Lois traten aus der Ruine der Shaftesbury-Abtei auf die breite Promenade, den Park Walk, hinaus. Tief unter ihnen lagen die Häuser, die am Fuß des Gold Hill kauerten, in der Morgensonne. In der Ferne schimmerte das grüne Hochland von Dorset im sommerlichen Dunst.

»Gehen wir Kaffee trinken«, schlug Lois vor. »Meine Füße brauchen dringend eine Pause. Ich hätte nicht die neuen Sandalen anziehen dürfen.«

Ihre Freundin sah sie schuldbewußt an. Nachdem sie Lois zum Wochenendeinkauf in die Stadt begleitet hatte, war sie auf die Idee gekommen, die spärlichen Überreste des einst so berühmten, von König Edward gegründeten Nonnenklosters zu besichtigen. Edward der Märtyrer war im Jahr 979 neben dem Hochaltar bestattet worden, König Cnut 1035 dort gestorben. Christine hatte in ihrem unstillbaren Hunger nach Sehenswürdigkeiten nicht bedacht, daß Lois für eine solche Exkursion nicht die richtigen Schuhe anhatte.

In der High Street fanden sie ein kleines Café und ließen sich an einem polierten Eichentisch nieder, der Teil der nostalgischen Einrichtung war. Eine Bedienung in blauweißkariertem Kleid und Häubchen nahm ihre Bestellung von Kaffee und Gebäck entgegen.

Lois streifte unauffällig ihre quälenden Schuhe ab. »Ah – herrlich!« seufzte sie. »Du und deine Leidenschaft für alte Gemäuer!«

»Tut mir leid«, entschuldigte sich Christine. »Ich werde versuchen, in Zukunft rücksichtsvoller zu sein.«

»Die Botschaft hör' ich wohl... Hier, schau dir das mal an.« Lois kramte in ihrer riesigen Schultertasche herum und brachte schließlich ein rosafarbenes Blatt Papier zum Vorschein, das sie ihrer Freundin hinschob. »Ich habe es in der Eingangshalle auf einem Tisch entdeckt.«
Den Kopf des Blattes zierte die Federzeichnung eines großen Tudor-Gebäudes. Darunter stand »*Südansicht von Mallerby House, Hinton Malsherbes, Somerset*«, und weiter unten, in Maschinenschrift: »*Geöffnet am Bankfeiertags-Montag August, von vierzehn bis sechzehn Uhr. Erwachsene zwei Pfund sechs, Kinder die Hälfte. Mitbringen von Hunden nicht gestattet.*«
»Na?« fragte Lois, als Christine sich nicht äußerte. Die Bedienung brachte das Bestellte, und als sie wieder gegangen war, wiederholte Lois gespannt: »Na?«
Christine hob langsam den Blick. »Ich würde es mir sehr gern ansehen – aber du und Barry könnt euch für den Bankfeiertag sicher etwas Schöneres vorstellen, als durch Mallerby House zu wandern.«
»Barry tut, was ich ihm sage«, erklärte seine Frau resolut, zerstörte das Image eines herrschsüchtigen Weibes jedoch sofort, indem sie hinzufügte: »Er spielt sowieso Kricket – und so hätte ich einen guten Grund, nicht mitgehen und zuschauen zu müssen. Ich weiß, das Spiel ist ein Teil unserer Kultur, aber es gibt nichts, was mich mehr langweilt. Was sagst du, wollen wir hinfahren? Vielleicht kann ich Barry überreden, uns den Austin zu geben – wenn ich verspreche, nicht schneller als dreißig zu fahren. Dann würden wir uns den Horrortrip mit dem Bond ersparen.«
»Na ja...« Christine zögerte und lächelte dann: »Ich möchte schon. Ist es weit weg?«
»Etwa zwanzig Minuten hinter der Grenze von Somerset. Wir können mit Barry zu Mittag essen und trotzdem lässig um halb drei dort sein. Dann haben wir viel Zeit, uns in aller Ruhe

umzuschauen. Die Gartenanlage soll wirklich sehenswert sein. Wenn das Wetter so bleibt, haben wir bestimmt einen schönen Nachmittag.« Lois nahm sich einen Keks. »Wäre es nicht eine Schau, wenn wir Rowland über den Weg liefen?«

Christine spürte einen Stich. »Ich halte es für äußerst unwahrscheinlich, daß die Familie im Augenblick dort ist – dann würden sie das Haus doch wohl nicht zur Besichtigung freigeben.«

Lois leckte sich Schokoladenglasur von den Fingern und griff automatisch nach einer cremegefüllten Waffel. »Das Haus ist von Anfang April bis Ende Oktober zweimal wöchentlich geöffnet – irgendwann in diesen Monaten sind sie bestimmt da.«

Christine rührte gedankenverloren in ihrem Kaffee. Sie wußte nicht genau, ob sie sich wünschen sollte, Rowland zu begegnen. Die Jahre hatten ihre Erinnerung höchstens noch verklärt – würde sie enttäuscht sein, wenn sie ihn wiedersah? Das wäre natürlich das beste, war ihr passieren könnte. Doch die Chancen, daß er Montag auf Mallerby war, waren verschwindend gering. Sie sah auf und blickte geradewegs in Lois' Augen, die sie durchgehend musterten. »Ich werde nicht schlau aus dir – du hast doch immer versucht, mir Rowe auszureden.«

»Wer sagt denn, daß ich meine Meinung geändert habe?« lautete die rätselhafte Antwort.

Christine sah sie fragend an, erhielt jedoch keine Erklärung. »Jetzt verstehe ich. Du meinst, wenn er sich wieder nicht an meinen Namen erinnert, habe ich endgültig genug, ja?«

»Was du mir unterstellst!« protestierte Lois in gespielter Entrüstung.

»Hör auf!« bremste Christine sie, als sie sich ein weiteres Gebäckstück nehmen wollte. »Du wolltest doch noch was einkaufen. Wenn wir hier sitzen bleiben, machen die Geschäfte zu. Laß dein Geld stecken – diesmal bin ich dran.« Sie winkte der Bedienung.

»Um wieviel Uhr«, fragte Colette, »öffnen wir die Tore für die Kanaille?«
Rowland hob die Hand und beeilte sich, herunterzuschlucken. »Maman – ich habe dich schon so oft gebeten, nicht so etwas zu sagen. Eines Tages wirst du dich vergessen und in der Öffentlichkeit aus der Rolle fallen – und das würde unsere Eintrittseinnahmen drastisch senken.«
Seine Mutter lächelte spöttisch. »Ich bezweifle, daß der englische Plebs weiß, was ›Kanaille‹ bedeutet.«
»Mußt du es auch noch wiederholen!« rief ihr Sohn ärgerlich. »Ich möchte dich wirklich bitten, dich zu beherrschen.«
Nachdem Colette es geschafft hatte, im Mittelpunkt des Interesses zu stehen, wandte sie sich wieder dem Essen zu, wobei sie sich vornahm, Mrs. Renshaw zu ermahnen. Die besuchsoffenen Tage waren keine Entschuldigung dafür, minderwertige Mahlzeiten zu servieren. Salatblätter und Tomatenscheiben ohne Dressing stellten nach Colettes Vorstellung von feiner Küche keinen Salat dar – ebensowenig wie Kompott und dieser entsetzlichste aller englischen kulinarischen Auswüchse mit der hochtrabenden Bezeichnung »Pudding« einen Nachtisch.
»Wenn man dich reden hört«, meinte Julian pikiert, »könnte man glauben, diese Einkünfte seien eine Säule unserer Finanzen.« Es kam nicht oft vor, daß er seinen Bruder kritisierte, aber nach Sophies Abreise fühlte er sich unerwartet einsam, und Lisle Ingram belegte Rowe derart mit Beschlag, daß ihm keine Zeit für die Familie blieb, und Julian wurde von Eifersucht geplagt.
»Unterschätze nie eine Einkommensquelle, mein Junge,« tadelte Rowland ihn ernst. »Nicht, wenn du Banker werden willst.« Er schob seinen leeren Teller weg, stand auf und trat zum Sideboard, wo er sich zum Entsetzen seiner Mutter reichlich Kompott und Pudding auflud. Als er ihren Gesichtsausdruck bemerkte, grinste er und blieb auf dem Rückweg zu seinem Platz kurz bei ihr stehen, um sie auf die Wange zu

küssen. »Jetzt ist es zu spät, Maman. Wenn du wolltest, daß wir uns zu Feinschmeckern entwickeln, hättest du uns nicht den Kochkünsten englischer Kindermädchen ausliefern dürfen. Dieser Pudding, matschiger Kohl und kalte Reispampe haben uns Briten zu dem gemacht, was wir heute sind.«

»Ich hatte gehofft, daß eure französische Hälfte sich durchsetzen und euch mit einem Gourmet-Gaumen ausstatten würde«, erwiderte sie.

Lisle Ingram lachte und fragte: »Wird von uns erwartet, daß wir uns unter die Kanaille mischen, wie Sie es nennen, Mrs. Saxelby – oder bleiben wir in unseren Prunkgemächern, fern vom Pöbel?«

Colette sah sie fassungslos an. »Selbstverständlich halten wir uns im Hintergrund. Einige Frauen aus dem Dorf kassieren den Eintritt, machen die Führungen und sorgen dafür, daß niemand in unsere privaten Räumlichkeiten eindringt.«

Rowland lachte schallend. »Maman – du bist unbelehrbar! Du hörst dich an wie eine Schloßherrin aus einem vergangenen Jahrhundert.« Und dann fügte er für Lisle erklärend hinzu: »Die Frauen aus dem Dorf werden für ihre Arbeit großzügig bezahlt – und wenn wir da sind, servieren Julian und ich manchmal den Tee, der im Wintergarten gereicht wird, was Mamans Idee war. Ich war anfangs dagegen, aber ich muß zugeben, daß sich die Sache als recht einträglich erwiesen hat.«

Lisle Ingram hatte ihr Frühstück kaum angerührt, und jetzt bat sie um die Erlaubnis, rauchen zu dürfen. Rowlands erlahmendes Interesse war ihr nicht verborgen geblieben, und sie sah eine schlimme Zeit vor sich liegen. Sie hatte ihren Mann um die Scheidung gebeten – Rowland wußte allerdings nichts davon –, und ihr war klar, daß sie niemals zu Matthew zurückkehren konnte, so sehr er sich das auch wünschte. Nach Rowland gab es für eine Frau keinen anderen Mann mehr – aber er hatte keine Ahnung von seiner bezwingenden Ausstrahlung.

Sie würde nichts unversucht lassen, um ihn wieder für sich zu gewinnen. Deshalb hatte sie sich heute auch mit besonderer Sorgfalt zurechtgemacht, ihr rotes Haar nach neuester Mode auftoupiert, was ihr besser stand als den meisten Frauen, und ihre Augen mit grünem Lidschatten und einem schwarzen Lidstrich am Ansatz der falschen Wimpern betont. Auch ihr Baumwollkleid war grün, endete zwei Handbreit über dem Knie und brachte ihre wohlgeformten Beine gut zu Geltung. Doch ihre Bemühungen schienen umsonst gewesen zu sein. Julian war es, der ihr bewundernde Blicke schenkte – wenn er zwischendurch vergaß, daß er sie nicht mochte.
Nervös zog sie ein paarmal an ihrer Zigarette und drückte sie dann aus. Sie wußte, daß Colette es nicht gerne sah, wenn bei Tisch geraucht wurde – allerdings taten es alle, sogar zwischen den einzelnen Gängen. Colette war in vieler Hinsicht überraschend konservativ und altmodisch – überraschend, wenn man wie Lisle die irrige Meinung vertrat, daß alle Französinnen weltoffen und supermodern eingestellt seien. Sie hatte Rowland nie geglaubt, wenn er ihr jedes Jahr vor der Abreise nach Frankreich erklärte, daß er sie nicht mitnehmen könne, weil seine Großmutter seine Beziehung zu einer verheirateten Frau unter keinen Umständen billigen würde.
Als Colette sah, daß alle das Frühstück beendet hatten, stand sie auf. »Ihr könnt heute nachmittag machen, was ihr wollt. Um Punkt halb fünf gibt es Tee im Salon. Ich werde zu meiner Enkelin hinaufgehen und Mrs. Trim eine wohlverdiente Ruhepause verschaffen. Hast du Vivien heute schon gesehen, Julian?« Sie sprach den Namen seiner Tochter immer mit einer gewissen Mißbilligung aus: Die Angewohnheit der Engländer, Mädchen französische Jungennamen zu geben, irritierte sie auch nach all den Jahren noch in höchstem Maße.
»Nein – ich komme später rauf«, versprach Julian und wandte sich an seinen Bruder. »Wie sieht's aus, Rowe – helfen wir beim Tee oder hast du was anderes vor?«

»Und dies ist das Rote Zimmer, das heute als Gästezimmer für Freunde der Familie benutzt wird.« Die ruhige, kultivierte Stimme der Frau des Vikars begleitete die Besucher in einen ziemlich düsteren Raum, der von einem reich geschnitzten Eichenbett aus dem siebzehnten Jahrhundert beherrscht wurde, dessen Überwurf in verschiedenen Rottönen gehalten war.
»Sie werden bemerken«, fuhr die Frau fort, »daß das Kopfteil das Wappen von James I. ziert und das Datum 1612 trägt. Das war das Jahr, in dem sein ältester Sohn zu Tode kam – Henry, der Prince of Wales: bei der Hochzeit seiner Schwester, Prinzessin Elisabeth, mit Pfalzgraf Frederick. Die Erbfolge ging danach weiter auf seinen jüngeren Sohn, der dann König Charles I. wurde. Am Fuß des Bettes sehen Sie eine Eichenkommode aus dem fünfzehnten Jahrhundert, mit der typischen, geschwungenen ...«
»Ein ungemütliches Zimmer«, zischte Lois Christine ins Ohr. »Ich hoffe, sie bringen nicht *uns* hier unter, wenn wir mal übers Wochenende eingeladen werden.«
»Sei still«, murmelte Christine, die den tadelnden Blick der Vikarsfrau aufgefangen hatte.
Eine halbe Stunde später traten sie aus einer Seitentür, die aus der alten Küche führte, deren viktorianische Atmosphäre – oder »Schäbigkeit«, wie Lois etwas zu laut urteilte – sorgfältig erhalten worden war, in den Garten hinaus. Die Frau des Vikars, die erschöpft und entnervt wirkte, teilte den Besuchern mit, daß es ihnen gestattet sei, sich hier draußen frei zu bewegen – vorausgesetzt, sie blieben auf den Wegen –, und im Wintergarten Tee serviert werde. Dann wandte sie sich ab und machte sich auf den Weg, um die nächste Gruppe zu empfangen, die sich bereits am Haupteingang versammelt hatte.
»Na – wie fandest du's?« fragte Lois, als sie durch den elisabethanischen Garten mit seinen erhöhten Wegen, dem Teich und dem runden Hügel in der Mitte wanderten.
Christine blickte hinüber zu dem honigfarbenen Steinhaus mit

seinen unzähligen Fenstern, die in der Nachmittagssonne blitzten. »Es ist schön«, sagte sie. »Man kann sich gar nicht vorstellen, daß da wirklich jemand wohnt.«
»Ich möchte mal wissen, wer die Quadratkilometer von Scheiben putzt«, versetzte Lois nüchtern.
»Du bist unmöglich!« Christine lachte. »Kein Sinn für Kultur! Gehen wir Tee trinken.«
In dem nachträglich angebauten, schlichten Wintergarten herrschte brütende Hitze, obwohl alle Türen und Fenster offenstanden. Kleine weiße, schmiedeeiserne Tische und hölzerne Klappstühle standen zwischen großen eingetopften Farnen und Palmen. Junge Mädchen aus dem Dorf eilten mit Tabletts zwischen Wintergarten und Küche hin und her. Eine von ihnen räumte gerade das benutzte Geschirr der vorherigen Gäste ab, als Lois und Christine sich setzten. »Eine Minute«, sagte sie freundlich. »Ich bringe nur das Geschirr hier weg, und dann komme ich zurück und nehme Ihre Bestellung auf.« Sie fuhr flüchtig mit einem Tuch über die Tischplatte und stampfte auf stämmigen Beinen davon.
Lois fegte ein paar verbliebene Krümel auf den Boden. »Die feine Lebensart wird offenbar nicht auf die zahlende Kundschaft ausgedehnt«, bemerkte sie sarkastisch.
»Was hast du denn erwartet?« fragte Christine spitz. »Schließlich ist das hier kein Restaurant.«
»Tut mir leid, entschuldige!« Lois hob in gespielter Zerknirschung die Hände. »Ich gestehe, ich habe mich des Verbrechens schuldig gemacht, die Saxelbys zu kritisieren.«
»Ach, hör auf mit dem Quatsch!« fuhr Christine sie schärfer als beabsichtigt an. Der Nachmittag hatte ihr zugesetzt – seelisch wie körperlich. In einem der Räume hatte sie gerahmte Fotografien von zwei Jungen gesehen, von denen einer eindeutig Rowland war. Er mußte damals ungefähr zwölf gewesen sein – hochgewachsen und sehr dünn, ein schlaksiger Bursche, der sehr verletzlich wirkte. Ihr Herz hatte sich zusammenge-

krampft. Am liebsten hätte sie das Bild an ihre Brust gedrückt, um ihn vor der bösen Welt zu beschützen – doch sie wußte, wie albern dieser Impuls war. Rowland hatte niemals Schutz von außen benötigt, er war von Geburt an in einen sicheren Kokon eingesponnen – durch eine liebende und vermögende Familie. Und trotzdem... ihre Gefühle für ihn waren stärker als jede Vernunft, heute wie damals auf dem Campingplatz in Devon. Damit mußte sie leben.

Lautes Klirren klang aus der Küche herüber, gefolgt von einer schrillen Mädchenstimme. »Es war ein Versehen, Mrs. Renshaw!«

Die Erklärung stieß offenbar auf taube Ohren, denn eine grollende Stimme wurde laut. Gleich darauf hörte man Schluchzen, und dann sagte dieselbe schrille Stimme – jetzt allerdings mit einem zornigen Unterton: »Ich gehe! Sie können sich Ihren blöden Ferienjob sonstwohin stecken! Die Bezahlung ist so und so lausig.«

Die Besucher verrenkten sich die Hälse, um sehen zu können, was draußen vorging, und die Mädchen, die im Wintergarten servierten, kicherten verhalten.

Lois seufzte. »Ich glaube, das war unsere Bedienung, die da gerade alles hingeschmissen hat. Wollen wir an einen anderen Tisch umziehen?«

Ein unangenehmes Pochen machte sich in Christines Schläfen bemerkbar. »Laß uns lieber gehen – wir können auch im Dorf Tee trinken.« Sie nahm ihre Handtasche und angelte nach ihrer Jacke über der Stuhllehne.

Und dann stand plötzlich jemand an ihrem Tisch, und eine vertraute Stimme sagte: »Gehen Sie nicht, meine Damen. Der kleine Zwischenfall in der Küche soll Sie nicht vertreiben. Statt des Mädchens werde ich mich um Sie kümmern.«

Christine hob langsam den Kopf und zwang sich gewaltsam zu Gelassenheit. »Hallo, Rowland. Wie nett, dich nach all diesen Jahren wiederzusehen.«

16

Eine rote Seidenkordel mit Messingösen an den Enden diente als Absperrung eines schmalen Flurs, der zum Westflügel des Hauses führte. Rowland hakte sie auf einer Seite aus der Wandhalterung und machte eine einladende Geste. Christine schnappte den verblüfften Blick der Vikarsfrau auf, die gerade mit der neuen Besuchergruppe in die Halle kam, bevor Rowland eine Tür öffnete und die beiden jungen Frauen in das dahinterliegende Zimmer schob.

Auf zwei Seiten des großen Raumes Fenster mit tiefer Leibung, durch die Sonnenlicht auf den dunkelblauen Teppich flutete, moderne, chintz-bezogene Sofas und Sessel, eine kunstvolle Kamineinfassung aus Marmor und eine Fülle kleinerer Einrichtungsgegenstände und Nippes, die sie, nach der Besichtigung des Hauses, berechtigterweise für kostbare Antiquitäten hielt – das waren Christines erste Eindrücke. Erst danach bemerkte sie die Frau und das Kind, die in einer der Fensternischen saßen, und eine dritte Person, die sie vor vier Jahren in Brown's Hotel schon einmal gesehen hatte und die jetzt auf der Fensterbank hockte und einen Teller mit einem Butterhörnchen auf ihrem Schoß balancierte: Lisle Ingram, Matthew Ingrams Frau. Also waren sie und Rowland immer noch zusammen.

»Wir haben hier nichts zu suchen«, murmelte sie und zog ihn am Ärmel.

»Unsinn«, widersprach er. »Du bist eine alte Freundin von mir – und außerdem ist dieser Raum an regulären Öffnungstagen ohnehin dem Publikum zugänglich. Nur wenn der Bankfeiertag auf einen Montag fällt, halten wir ihn geschlossen. Du siehst – es ist völlig in Ordnung, daß du hier bist.« Er führte die Mädchen zu seiner Mutter. »Maman – ich möchte dir eine Freundin vorstellen: Christine Chandos. Wir haben uns vor ein paar Jahren in Devon kennengelernt. Und das ist...«

»Aylward. Lois Aylward«, sagte Lois ungewohnt schüchtern.

Rowland setzte die Vorstellung fort: »Meine Mutter – Colette Saxelby. Meine Nichte Vivien. Und die junge Dame dort ist Lisle Ingram.« Er erinnerte sich nicht daran, daß die beiden und Lisle sich schon einmal begegnet waren. Christine hatte ihn auch an ihr Treffen in London erinnern müssen. (»Meine Güte«, sagte er. »Stimmt ja – es war kurz vor Weihnachten.« Aber mehr wußte er nicht.)

Lisle Ingram äußerte kein Zeichen des Erkennens, aber Christine hatte den Verdacht, daß das Absicht war. Colette reichte den Besucherinnen sichtlich befremdet die Hand. Wo kamen diese sogenannten Freundinnen ihres Sohnes plötzlich her?

Rowland lieferte eine bildreiche Schilderung der Umstände ihres heutigen Zusammentreffens. »Aber mach dir keine Sorgen, Maman – Julian hat Mrs. Renshaw schon wieder beruhigt, und obwohl ein volles Tablett runterfiel, ist nicht halb so viel Geschirr zerbrochen wie zunächst angenommen. Julian hilft jetzt beim Servieren.«

Colette wischte ihrer Enkelin mit einer Serviette den marmeladeverschmierten Mund ab. »Ich verabscheue solche unangenehmen Zwischenfälle. Ich weiß, daß manche der Mädchen zur Unachtsamkeit neigen, aber Mrs. Renshaw sollte etwas mehr Geduld mit ihnen haben. Sie tun ihr Bestes.«

»Wie du, Maman«, ihr Sohn nickte ironisch. »Wir wissen, was für ein Muster an Langmut du bist.« Er stellte noch zwei Stühle an den runden Tisch und bot Christine und Lois Platz an.

»Kein Anlaß zu Sarkasmus«, tadelte Colette ihren Sohn und lächelte Christine reserviert an. »Dann haben Sie also noch keinen Tee bekommen?«

»Deshalb habe ich sie ja mitgebracht«, erklärte Rowland, bevor eines der Mädchen antworten konnte. »Ich glaube, im Augenblick empfiehlt es sich nicht, nach Mrs. Renshaw zu läuten – wenn ihr mich also entschuldigen wollt, dann hole ich das nötige selbst aus der Küche.«
Nachdem er gegangen war, senkte sich ein unbehagliches Schweigen über den Raum. Lisle Ingram starrte in den Garten hinaus. Christine nahm an, daß sie sich ärgerte, von Rowland mit einer Freundin konfrontiert worden zu sein. Colette schien nicht zu wissen, was sie sagen sollte. Schließlich murmelte sie: »Wie haben Sie meinen Sohn denn kennengelernt, Miss – äh – Chandos, richtig?«
»Wir trafen uns vor vier Jahren auf einem Campingplatz in Devon. Ich war dort in Urlaub mit einem... Freund, und Rowlands Zelt stand neben unseren. Er war mit einem Mädchen namens Lucy Brennan da.«
Colette nickte. »Ah, ja – Lucy Brennan. Den Namen habe ich schon von ihm gehört.« Sie warf einen boshaften Blick in Lisle Ingrams Richtung. »Er hat immer noch ein Foto von ihr – höchst ungewöhnlich für Rowland. Es liegt in seinem Zimmer in Inglebatch House im Nachttisch. Ich fand es eines Tages, als ich nach Aspirin suchte«, fügte sie als lahme Erklärung für ihre Indiskretion hinzu. Nach einem erneuten kurzen Schweigen fragte sie: »Wohnen Sie hier in der Nähe?«
Christine schluckte trocken. Ihr Mund war wie ausgedörrt. Aus einem ihr selbst nicht erklärlichen Grund wirkte diese kleine zarte Frau einschüchternd auf sie. »Ich lebe in Weston – aber ich bin übers Wochenende bei Lois in Shaftesbury«, antwortete sie und fuhr zögernd fort: »Wir... äh... wir sahen, daß das Haus... ich meine Mallerby House... heute zur Besichtigung offen ist, und weil... weil ich Rowland flüchtig kenne... dachte ich... dachten wir,... daß es interessant wäre, es uns anzuschauen.« Sie warf ihrer Freundin einen flehenden Blick zu, doch Lois schien ebenso gelähmt zu sein wie sie. Zu

ihrer großen Erleichterung kam in diesem Augenblick Rowland zurück, ein Tablett mit Geschirr, Besteck, Gebäck und einer Kanne Tee in den Händen. Er stellte es auf einem Tischchen aus poliertem Rosenholz ab.
Es war ein Fehler, mit hierherzukommen, dachte Christine. Bestimmt hat er uns nur aus Höflichkeit zum Tee eingeladen. Aber wie hätte sie eine solche Chance ausschlagen können? Lois hatte sie durch Grimassen und verstohlene Tritte gegen das Schienbein zur Besinnung bringen wollen und damit natürlich recht gehabt: Die Situation war qualvoll. Trotzdem bereute Christine ihre Entscheidung nicht. Sie saß hier in Rowlands Heim und trank Tee mit seiner Mutter – jetzt hatte sie etwas, woran sie sich in den kommenden Jahren erinnern konnte.
Rowland deckte den Tisch und zog sich dann einen Stuhl zwischen Christine und Lois. Er hatte seine impulsive Einladung sofort bedauert und sich auf dem Weg zur Küche überlegt, wie er seine Gäste möglichst bald wieder loswerden könnte – doch als er jetzt Lisles feindselige Haltung und die verächtliche Miene seiner Mutter sah, wurde er wütend. Weder seine Mutter noch seine Geliebte hatten das Recht, seine Freunde zu verurteilen – wen immer er ins Haus brachte, konnte erwarten, mit Höflichkeit und angemessenem Respekt behandelt zu werden. Es war Zeit, den beiden Frauen das klarzumachen. Er wandte sich an Christine: »Hast du in diesem Jahr noch Urlaub übrig?«
Alle Anwesenden sahen darin einen reichlich trivialen Versuch, eine Unterhaltung in Gang zu bringen. Doch sie irrten sich.
»Im Mai war ich eine Woche in Norfolk. Ich hatte mit ein paar Freundinnen ein Boot auf den Broads gemietet – aber das ist bisher alles.« Sie nahm ein Gurkensandwich und biß vorsichtig hinein: Sie war zwar sehr hungrig, wollte sich das jedoch nicht anmerken lassen.

»Dann mußt du ja noch viel haben«, sagte Rowland – und seltsamerweise erinnerte er sich plötzlich an alles. »Christine ist beim Arbeitsamt von Weston angestellt«, erklärte er seiner Mutter. »Jedenfalls war sie das damals.«

»Ich bin immer noch dort.« Tiefe Röte stieg in Christines Gesicht, als sie die ungläubigen Blicke von Lisle sah. Colette hatte die Augenbrauen gehoben. Offenbar konnte sie es nicht fassen, daß eine Freundin ihres Sohnes eine kleine Beamtin war.

Auch Rowland war die Reaktion der beiden Frauen nicht entgangen. Sein Entschluß erhärtete sich. »Dann warst du nicht auf dem Kontinent?« fragte er.

Christine mußte lachen. »Ich war noch nie auf dem Kontinent – obwohl ich einen Reisepaß besitze. Ich wollte letztes Jahr nach Frankreich, aber dann wurde nichts daraus.«

Rowland trank einen Schluck Tee und stellte seine Tasse langsam wieder ab. »Dann hast du jetzt die Möglichkeit, es nachzuholen«, sagte er. »Nimm einen Teil deines Resturlaubs und komm nächsten Monat mit mir und meiner Familie nach Poitou.« Er ignorierte das hörbare Luftschnappen seiner Mutter, Lisle Ingrams zornigen Blick und Christines fassungslose Miene und fuhr fort: »Ich glaube, ich habe dir erzählt, daß meine französische Großmutter in der Nähe von Lussac-les-Châteaux ein Haus hat. Erinnerst du dich noch an die Geschichte von Sir John Chandos?«

»Ja.« Natürlich tat sie das. Sie erinnerte sich an alle Gespräche, die sie miteinander geführt hatten – ganz genau! »A... aber ich könnte... ich kann doch nicht... nein – es geht nicht!«

»Warum denn nicht?« Er sprach mit ihr, als befänden sie sich allein im Zimmer. »Wenn du dir Gedanken wegen meiner Großmutter machen solltest – das brauchst du nicht. Freundinnen von mir sind ihr immer willkommen.« Er fügte nicht hinzu: »Vorausgesetzt, sie sind nicht verheiratet, und wir schlafen in getrennten Zimmern«, denn in diesem Fall war das

ohnehin selbstverständlich. Christine warf Colette einen ängstlichen Blick zu, doch Rowland legte ihr die Hand auf den Arm, um ihre Aufmerksamkeit wieder auf sich zu lenken. »Nein – schau nicht meine Mutter an. Es hat nichts mit ihr zu tun. *Ich* habe dich eingeladen, mein Gast zu sein.«
In ihrem Kopf wirbelten die Gedanken durcheinander – doch sie war noch klar genug bei Verstand, um die Einladung im richtigen Licht zu sehen. Sie diente offensichtlich einem Zweck und war nicht etwa als Liebeserklärung zu werten. Was sollte sie antworten? Welche Möglichkeit gab es außer einer höflichen Ablehnung? Aber sie wollte ja gar nicht ablehnen – auch wenn sie sich keine Illusionen über seine Motive machte. Sie sah zu Lois hinüber, die aufgehört hatte zu kauen und wie eine Statue dasaß. Von ihr war keine Hilfe zu erwarten – auch sie konnte offensichtlich nicht fassen, was vorging.
Eine innere Stimme warnte Christine: Wenn du diese Gelegenheit nicht ergreifst, wirst du es dein Leben lang bereuen! Also atmete sie tief durch und sagte unsicher: »Ich... ich danke dir... ich würde... ich würde sehr gern mitkommen,... wenn deine Großmutter wirklich nichts dagegen hat.«
»Überlaß Großmama getrost mir. Wir reisen am zwölften September. Gib mir deine Adresse und Telefonnummer, dann melde ich mich bei dir.« Das unbehagliche Gefühl einer Niederlage ergriff von ihm Besitz. Er hatte seiner Mutter und Lisle gegenüber einen Sieg errungen – aber um den Preis, daß er zwei lange Ferienwochen ein Mädchen am Hals hatte, die er kaum kannte und für die er nichts empfand. Seine Mutter würde wahrscheinlich die ganzen vierzehn Tage schmollen. Doch vielleicht konnte er sie besänftigen. Immerhin hatte er einen schnellen, wenn auch etwas brutalen Weg aus seiner Liaison mit Lisle Ingram gefunden, die sie nie gebilligt hatte. Trotzdem – zur Hölle mit seiner Impulsivität! Bei geschäftlichen Verhandlungen ging er äußerst bedachtsam vor – warum gelang ihm das im Privatleben nicht? Diese Frage stellte auch

Colette ihm immer wieder, wobei sie nie versäumte, ihn darauf hinzuweisen, daß er sich eines Tages noch in Teufels Küche bringen würde – doch im Alter von sechsundzwanzig Jahren waren eingefahrene Verhaltensmuster kaum noch zu ändern.

»Rowland«, sagte seine Mutter mit bewundernswerter Beherrschung, »vielleicht solltest du erst mit deiner Großmutter sprechen. Es wäre... nun ja... höflich.«

Sie bot ihm eine Ausflucht: Laß Christine gehen, mit dem Versprechen, dich mit ihr in Verbindung zu setzen, sobald du mit Madame de Bérenger gesprochen hast – und dann laß die Sache auf sich beruhen. Er wußte ebensogut wie seine Mutter, daß Christine nie wagen würde, von sich aus nachzuhaken. Unsinnigerweise sah er sich außerstande, diese Gelegenheit zu ergreifen. Es wäre gemein und würde ihn vor sich selbst abwerten. Er hatte sie eingeladen, und jetzt mußte er dazu stehen – wie lästig es ihm auch war. Es gab einen ganz einfachen Weg, die Sache zu regeln. »Eine gute Idee, Maman.« Er stand auf. »Ich werde das sofort tun.« Im Hinausgehen legte er Christine kurz die Hand auf die Schulter. »Ich bin in ein paar Minuten zurück. Ich werde von der Bibliothek aus anrufen.«

Diesmal ließ er sie nicht nur in einem tiefen Schweigen zurück, sondern in einer Peinlichkeit, die sie alle ins Bodenlose fallen ließ. Christines Wangen waren hochrot, und ihr Herz klopfte wie ein Hammer. Schuldgefühle quälten sie. Sie hätte Rowlands Einladung ablehnen müssen! Sie hatte den Ausdruck in seinen Augen gesehen, als er dieses ungewöhnliche Angebot aussprach: eine Mischung aus Erstaunen und reuevollem Entsetzen. Sie liebte ihn so sehr, daß sie genau wußte, was in ihm vorging – so kurz ihre Bekanntschaft auch war. Sie hatte gleich zu Anfang erkannt, daß er die Fähigkeit besaß, sich selbst zu überraschen – ebenso wie andere Menschen –, und sie hätte das niemals ausnutzen dürfen.

Lois' mißbilligender Blick zeigte ihr, daß ihre Freundin der gleichen Meinung war. Lois konnte nicht verstehen, daß sie

eine solche Entscheidung gefällt hatte, um einem lächerlichen Traum nachzujagen.
Colette war außer sich, daß die Ungezogenheit ihres Sohnes durch die Unverfrorenheit seines Gastes noch Unterstützung gefunden hatte. Daß die Familienferien durch ein Kuckucksei im Nest verdorben werden sollten, war ein unerträglicher Gedanke für sie.
Ich kann nicht anders, dachte Christine, ich muß diese Chance wahrnehmen, ihm näherzukommen. Vielleicht – wer weiß – werden vierzehn Tage in Rowland Gesellschaft mir zeigen, daß ich ihn idealisiert und mich in eine fixe Idee verrannt habe, die bei näherem Hinsehen ihren Reiz verliert. Doch sie glaubte nicht so recht daran. Die einzige Heilung für sie wäre, ihn nie wiederzusehen – und dazu war sie nicht bereit.
Colette hob ihre Enkelin vom Stuhl, stellte sie auf die strammen Beinchen und sagte zu Lisle Ingram: »Würden Sie bitte läuten? Ich denke, es ist Zeit, Vivien in Mrs. Trims Obhut zu übergeben.«
Lisle erhob sich und ging mit geschmeidigen Schritten durch den Raum, um auf die neben dem Kamin angebrachte Klingel zu drücken. Christine und Lois würdigte sie keines Blickes. Wieder herrschte Stille im Raum.
Rowland kam gleichzeitig mit Mrs. Renshaw herein, die erhitzt und erregt aussah. Colette bat sie, die Kinderfrau zu holen. »So schnell es geht, bitte – Vivien ist müde.«
Die Haushälterin entfernte sich, erleichtert, daß sie nicht für den Auftritt mit dem Mädchen in der Küche gemaßregelt worden war.
Rowland trat auf Christine zu. »Alles in Ordnung.« Er lächelte auf sie herunter. »Großmutter freut sich, dich kennenzulernen.«

»Nicht zu fassen!« Lois lenkte den Austin aus der Einfahrt von Mallerby auf die Harcourt Lane hinaus. Ein paar hundert

Meter weiter bog sie in die High Street von Hinton Malsherbes ein und setzte sich für die gerade Strecke zur A30 bequem zurecht. Irritiert durch Christines Schweigsamkeit sagte sie noch einmal: »Nicht zu fassen! Welcher Teufel hat dich bloß geritten, die Einladung anzunehmen?«

»Warum hätte ich es nicht tun sollen?« verteidigte sich Christine. »Es ist eine einmalige Chance, ein fremdes Land nicht nur wie ein Tourist zu sehen, sondern wie ein Einheimischer zu erleben. Es wäre verrückt gewesen, abzulehnen.«

»Das stimmt – wenn das dein wirklicher Beweggrund wäre«, erwiderte Lois scharf. »Aber das ist er nicht! Chris – was glaubst du, wird am Ende der Ferien passieren?« Ohne eine Antwort abzuwarten, redete sie weiter: »Er wird seiner Wege gehen und du deiner – zurück nach Weston und zu deinem Arbeitsplatz. Er wird keinen Gedanken mehr an dich verschwenden, aber deine Fackel wird heller leuchten als vorher. Und welche Hoffnung besteht für dich, jemals ein normales Leben führen zu können, solange du solche Gefühle für ihn hast?«

Christine lachte zittrig. »Was ist denn in deinen Augen ein normales Leben? Heirat? Kinder? Viele Frauen leben ohne das.«

»Aber nur, weil sie nicht die Gelegenheit dazu bekommen.« Lois trat aufs Gas.

»Du bist nicht auf dem laufenden, Liebes«, entgegnete Christine. »Wir haben neunzehnhundertvierundsechzig. Die Dinge ändern sich – vor allem für die Frauen. In der Kings Road gehen sie 'oben ohne', und Marie Bueno hat dieses Jahr in Wimbledon knallrosa Rüschenhöschen angehabt. Und letztes Jahr gab es mehr Sympathiekundgebungen für Christine Keeler, als das noch vor zehn Jahren denkbar gewesen wäre. Das Heimchen am Herd ist nicht mehr die einzige Lösung.«

»Da bin ich nicht so sicher«, widersprach Lois. »Eingefahrene Ansichten ändern sich nicht so dramatisch. Und außerdem willst du nichts anderes, als Rowlands Frau und die Mutter seiner Kinder werden. Ich bitte dich ja nur, dir um Himmels willen nicht wegen eines Luftschlosses alles andere zu verbauen. Damit, daß du diese unüberlegte Einladung angenommen hast, verlängerst du doch nur deine Selbstquälerei.«

»Du warst diejenige, die meinte, es wäre 'eine Schau', wenn wir Rowland über den Weg liefen«, erinnerte Christine sie.

»Aber wie du sehr richtig vermutet hast, rechnete ich mit einem anderen Ergebnis.« Lois drosselte das Tempo, als sie sich der Zufahrt zur A30 näherten. »Offensichtlich habe in dem Fall *ich* ein Luftschloß gebaut.« Sie fädelte sich in den ostwärts fließenden Verkehr ein. »Chris – wenn dir etwas an mir liegt, befreie mich von dem schlechten Gewissen, das mich plagt, weil ich diesen Ausflug vorgeschlagen habe. Setz dich, wenn du morgen nach Hause kommst, sofort hin und schreib Rowland, daß du es dir anders überlegt hast.«

17

»Aber was hat das mit Kühen zu tun?« fragte Christine verwirrt.
Rowland lachte. »Nichts. ›Plateau des Millevaches‹ bedeutet nicht ›Plateau der tausend Kühe‹. Vaches ist hier eine Verfremdung des keltischen Wortes batz, das soviel bedeutet wie Quelle. Also heißt es ›Plateau der tausend Quellen‹. Creuse, Vienne und Vézère sind nur drei der Flüsse, die dort oben entspringen.« Er nickte in Richtung Norden zu einem hochgelegenen Granit-Tafelland mit dunklen Kiefernwäldern.
Sie standen auf dem Suc-au-May, der Erhebung, die aus dem Massif de Monédières, einem Moorgebiet, ragt. Unter ihnen leuchteten in sattem Purpur große Teppiche von Blaubeeren und Heidekraut in der Nachmittagssonne.
Rowland sah auf die Uhr. »Wenn wir vor dem Abendessen noch genügend Zeit fürs Duschen und Umziehen haben wollen, müssen wir bald los.«
»Nur noch fünf Minuten«, bat Christine. »Es ist so schön.«
Sie waren früh am Morgen aufgebrochen, von Lussac-les-Châteaux auf der N147 und N20 über hundert Kilometer nach Süden gefahren und hatten in Limoges zu Mittag gegessen. Für Christine, die damit den Schwarzen Prinzen und die Eroberung durch die Engländer im Jahr 1370 verband, war die gesichtslose Industriestadt eine große Enttäuschung. Rowland hatte gesagt, sie hätten keine Zeit, die Kathedrale St. Etienne zu besichtigen, da er möglichst weit nach Süden kommen wolle, doch er bestand darauf, ihr eine kleine Emailbrosche zu kaufen, da Limoges ebenso berühmt für seine Emailarbeiten war wie für

sein Porzellan. Sie wollte ablehnen, aber er schien das Geschenk als so unbedeutend anzusehen, daß es albern gewesen wäre, sich dagegen zu sperren.

Christine war jetzt schon fast eine Woche auf Château Berenger. Bei ihrer Ankunft hatte sie zu ihrem Schrecken erkannt, daß Rowlands Großmutter, eine temperamentvolle Vierundsechzigjährige, die Situation völlig mißverstand und sie für Rowlands zukünftige Frau hielt. Sicher hatte Rowland oder seine Mutter diesen Irrtum inzwischen ausgeräumt, doch Madame behandelte sie nach wie vor mit einer Zuvorkommenheit, als sei sie ein Ehrengast.

Colette hingegen brachte ihr unterkühlte Höflichkeit entgegen und ließ keinen Zweifel daran, daß Christine nur aufgrund einer unüberlegten Laune da sei und sich so etwas nicht wiederholen würde: Rowland hatte sich zum Narren gemacht, aber er war nicht so dumm, denselben Fehler noch einmal zu begehen. Das war die Botschaft, die Christine vermittelt wurde – und nichts anderes hatte sie nach der Reaktion ihrer eigenen Eltern erwartet.

»Du solltest dich vor dieser Sorte Mann in acht nehmen«, hatte ihre Mutter besorgt geraten. »Vermögen, ein ellenlanger Stammbaum – solche Leute denken, ihnen gehöre die ganze Welt und alles was darin ist. Vor allem die Frauen! Ich wünschte, du hättest nicht zugesagt.«

Ihr Vater äußerte sich in etwa genauso – obwohl es ihn sehr reizte, bei seinen Freunden mit Christines »Verbindung zu hochgestellten Kreisen« zu prahlen. Christine versuchte, die Bedenken zu zerstreuen, indem sie darauf hinwies, daß es sich um einen Familienurlaub handelte und außer ihr und Rowland noch viele andere da sein würden. Wie viele andere, darauf war sie allerdings nicht gefaßt gewesen. Abgesehen von Rowland, Colette und Julian mit Vivien und Mrs. Trim im Schlepptau war seltsamerweise auch Sophie gekommen. Und dann waren da noch die französischen Verwandten: Colettes Bruder Lucien, seine Frau Solange und ihr siebenjähriger Sohn, dessen Geburt nach dreizehn Ehejahren nicht nur seine Eltern in Entzücken versetzte, sondern auch seine Großmutter, die die Hoffnung auf einen männlichen Erben in der Bérenger-Linie schon aufgegeben hatte.

Anfangs fühlte Christine sich äußerst unbehaglich – vor allem, da sich die anderen in halsbrecherischer Geschwindigkeit auf Französisch unterhielten und sie deshalb ausgeschlossen zu bleiben drohte. Und das wäre auch passiert, wenn da nicht Sophie gewesen wäre, die nicht die Absicht hatte, sich jemals die französische Sprache anzueignen, und die Höflichkeit von Rowland und seiner Großmutter.

»Wir werden unseren Gästen zuliebe Englisch sprechen«, hatte Madame beim ersten Dinner angeordnet. »Es ist eine gute Übungsmöglichkeit für Lucien und Solange.«

Madame selbst sprach fließend Englisch, was, wie sie Christine erzählte, darauf zurückzuführen war, daß sie eine Reihe schottischer Kindermädchen und eine englische Erzieherin gehabt hatte. »Miss Bryanston – eine großartige Frau.«

Rowland tat alles, um Christine zu unterhalten, machte Ausflüge mit ihr und sorgte dafür, daß sie beim Essen neben ihm saß. Er beobachtete seine Mutter mit Argusaugen und lenkte ihre Spitzen und Spötteleien, die auf Christine gemünzt waren, auf sich oder seinen Bruder ab – und Julian unterstützte ihn so gut er konnte. Nachdem seine Frau beschlossen hatte, ihn zu begleiten, war er froh über Christines Anwesenheit. So hatte Sophie jemanden, mit dem sie reden konnte, jemanden in ihrem Alter, ihrer Nationalität und ihrem Geschlecht. Er ahnte, welchem Umstand er die Gesellschaft seiner Frau verdankte – aber er bohrte nicht nach. Er wußte, daß es andere Männer gab – sie machte kein Geheimnis daraus –, und er vermutete, daß eine der Beziehungen unerwartet zu Ende gegangen war.

»Warum bleibst du eigentlich mit ihr zusammen?« hatte Colette kürzlich gefragt, worauf er ihr von Sophies Drohung bezüglich Vivien berichtete. »Wenn du willst, daß der Name Saxelby vor Gericht und durch die Regenbogenpresse gezerrt wird, dann trenne ich mich von ihr.«

Darauf wechselte seine Mutter schnell das Thema.

Sophie zeigte jedoch keinerlei Neigung, sich mit Christine anzufreunden – allerdings hätte sie auch kaum Gelegenheit dazu gehabt, da Rowland seinen Gast ständig mit Beschlag belegte.

Nicht, daß man daraus etwas schließen könnte, dachte Christine traurig. Sein Verhalten ihr gegenüber war eindeutig freundschaftlich. Nicht ein einziges Mal während ihres Zusammenseins hatte es einen Hinweis darauf gegeben, daß er etwas anderes für sie empfand.

In Poitiers hatten sie die aus dem zwölften Jahrhundert stammende Kirche Notre-Dame-de-la-Grande mit der kunstvoll verzierten Fassade und der Darstellung des Jüngsten Gerichts besichtigt. Sie fuhren über das Industrieviertel hinaus und versuchten, den Verlauf der Schlacht nachzuvollziehen, in der die Engländer unter dem Schwarzen Prinzen und die Gascogner, angeführt von Captal de Buch, durch die Weinberge von Maupertuis gebrochen waren, um die Franzosen zu besiegen.

»Viel gebracht hat es ihnen ja nicht«, meinte Christine. »Hundert Jahre später waren sie für immer aus Frankreich raus und die Herrschaft der Plantagenets zu Ende.«

In Lussac hatte Rowland ihr die Gedenkstätte für den Mann gezeigt, den er scherzhaft als »dein Vorfahr, Sir John« bezeichnete – den Constable John Chandos, Seneschall von Poitou.

»Die Franzosen bewahren sein Andenken«, sagte er. »Sie schätzen ehrenhafte Kämpfer – auch wenn es Gegner sind.«

»Schade, daß er nicht wirklich mein Vorfahr ist«, bedauerte Christine.

Der heutige Ausflug war der längste, den sie bisher unternommen hatten, und allmählich bekam sie ein schlechtes Gewissen, weil sie einen so großen Teil von Rowlands Zeit beanspruchte.

Am Abend zuvor hatte sie nach dem Essen im Salon mitbekommen, wie Lucien sich bei seiner Schwester beklagte, daß er seinen Neffen in dieser Woche kaum gesehen habe. Ihr Schulfranzösisch hatte ausgereicht, um das zu verstehen, nicht jedoch Colettes Antwort – aber der Tonfall sprach Bände!

»Meinst du nicht, du solltest mehr Zeit mit deiner Familie verbringen«, fragte sie, als der Citroën auf der N20 nach Norden in Richtung Limoges fuhr. »Ich habe inzwischen eine ziemlich genaue Vorstellung von der Gegend um das Schloß, und wenn ich mich nicht zu weit weg wage, werde ich mich sicher nicht verirren. Ich bin sehr dankbar für die Möglichkeit, Frankreich sozusagen ›aus erster Hand‹ zu erleben – aber du mußt dich nicht für mich verantwortlich fühlen. Ich bin durchaus in der Lage, mich auch allein zu beschäftigen.«

Rowland warf einen Blick in den Rückspiegel, sah, daß ein Lastwagen dicht aufgefahren war, beschleunigte und fragte: »Hat dich jemand angegriffen? Onkel Lucien? Tante Solange? Meine Mutter?«

»Nein.« Christine kroch in sich zusammen, als Rowland sich im Außenbezirk von Limoges mit einem Tankwagen anlegte. Sie würde sich nie an die französische Fahrweise gewöhnen können – und wenn Rowland in Frankreich war, gewann seine gallische Seite die Oberhand über die angelsächsische. »Laß ihn doch vorbei«, keuchte sie, als er das wütende Hupen des Tankwagens ignorierte. »Ich halte das nicht durch.«

Rowland sah sie mit einer Mischung aus Belustigung und Zerknirschung an und nahm den Fuß vom Gas. »Entschuldige – ich hatte vergessen, daß du daran nicht gewöhnt bist.«

»Wenn du damit meinst, daß ich nicht lebensmüde bin, dann hast du recht.«

Sie lachten beide, und die Spannung, die seit Beginn der Ferien zwischen ihnen bestanden hatte, löste sich. Zum ersten Mal, seit sie ihn kannte, fühlte Christine sich in seiner Gesellschaft völlig locker. Wir könnten gute Freunde sein, dachte sie – und

wenn das alles war, was das Schicksal ihr bot, dann würde sie sich damit zufriedengeben.
Ein ähnlicher Gedanke schien auch Rowland durch den Kopf gegangen zu sein, denn er sagte: »Ich bin gern mit dir zusammen, Chris. Du bedrängst mich nicht, du bist ein guter Kamerad, und wir mögen dieselben Dinge. Kümmere dich nicht darum, was die anderen sagen.« Er ging nicht speziell auf seine Mutter ein, aber das brauchte er auch gar nicht – Christine wußte sehr gut, wen er meinte.
»Okay«, antwortete sie. »Tue ich nicht. Es war eine sehr schöne Woche. Ich danke dir. Ich freue mich schon auf die nächste – sie wird mir bestimmt genauso gut gefallen.«
Abgesehen von Rowlands gelegentlichen Verwünschungen, wenn sich keine Überholmöglichkeiten boten, fuhren sie in angenehmem Schweigen dahin, bis er hinter Limoges die N147 erreichte und erleichtert beschleunigte. Plötzlich fing er an, so laut er konnte »Auprès de ma Blonde« zu singen, und Christine stimmte ein. Danach folgten »Frère Jacques«, »Sur le Pont d'Avignon« und »La Normandie«, wonach ihr Repertoire an in der Schule gelernten französischen Liedern fast erschöpft war und sie sich Bellac näherten. Sie hatte festgestellt, daß er eine volle Tenorstimme hatte – und er hatte festgestellt, daß es mit ihr viel netter war als erwartet. Sie unterschied sich von allen anderen Frauen, die er bisher gekannt hatte. Bei ihr gab es keine Hintergedanken und keine Koketterie. Er erinnerte sich, daß er damals in Devon angenommen hatte, sie sei in ihn verliebt, aber er mußte sich geirrt haben. Er fragte sich, warum sie sich wohl von Russell Jennings getrennt hatte.
Als sie über die Brücke nach Lussac fuhren und an dem Gasthaus vorbei, an dessen Fassade das Wappen von Sir John Chandos prangte – roter Keil auf weißem Grund –, war es fast sieben Uhr. Rowland bog links in die schmale Straße ein, die zum Château Bérenger führte, das auf einem Hügel über Feldern und Wäldern thronte. Schließlich kam der Wagen in

dem kopfsteingepflasterten Hof zum Stehen, in dem früher die Pferde vor die Kutsche gespannt worden waren. Jetzt boten die Ställe anderen Transportmitteln Unterkunft.
Rowland sah auf seine Uhr. »Wenn wir uns Rollschuhe anziehen, schaffen wir es bis acht.« Ohne Vorwarnung beugte er sich zu Christine hinüber und küßte sie leicht auf die Wange. »Ich seh dich beim Dinner.«

Das Zimmer, in dem Christine untergebracht worden war, lag im ersten Stock eines der drei mit orangefarbenen Ziegeln gedeckten Türmchen, die die Westseite des Schlosses schmückten. Es ging auf die geschwungene, gekieste Zufahrt hinaus, die den Hügel herauf zum Haupttor führte. Früher war das Château Bérenger schwer befestigt und von einem Wassergraben umgeben gewesen, doch der war längst abgelassen und überwuchert.
Christine, die am Toilettentisch saß und auf den Gong zum Dinner wartete, dachte darüber nach, was der Kuß wohl zu bedeuten hatte. Einen Ausdruck brüderlicher Zuneigung? Es gab keine andere Erklärung, und doch... und doch...
Düster starrte sie ihr Spiegelbild an. Das Gesicht, das ihr entgegenblickte, sah aus wie immer: sympathisch und offen – aber mehr auch nicht. Der Mund war nach wie vor ein bißchen zu breit, die Nase zu spitz, um hübsch zu sein, der Blick der blauen Augen unter den dichten Brauen zu intensiv. Sie hatte die Haare zu einem modischen »Bienenkorb« gekämmt, aber es stand ihr eigentlich nicht. Sie spielte mit dem Gedanken, sie auszubürsten und offen zu lassen, fühlte sich jedoch zu müde und seltsamerweise zu niedergeschlagen, um sich dazu aufraffen zu können. Sie hatte sich geduscht und umgezogen wie in Trance.
Es klopfte. »Herein!« rief sie. Es war Sophie. Sie hatten bisher nur ein paar Worte gewechselt, und das auf so nichtssagende Weise, daß der Besuch sie erstaunte.

»Hi«, sagte Sophie – sie liebte die amerikanische Form der Begrüßung –, setzte sich auf die Bettkante und schlug die langen, seidenbestrumpften Beine übereinander. Der Siegeszug der Strumpfhose hatte gerade erst begonnen, und da der grüne Rock von Sophie mehrere Zentimeter kürzer als üblich war – sie war der Mode immer einen Schritt voraus –, sah Christine die Oberkante eines Strumpfes, ein Stück nacktes Bein und einen Straps. »Ich hoffe, Sie hatten einen angenehmeren Tag als ich«, fuhr Sophie fort. »Ich sage Ihnen, dieses Gemäuer ist absolut deprimierend. Noch schlimmer als Mallerby – dort kann ich wenigstens verstehen, was geredet wird.«
»Warum sind Sie dann hergekommen?« Christine versuchte, ihre Abneigung nicht zu deutlich zu zeigen.
Schulterzucken. »Oh... wegen eines Mannes. Was sonst? Seine Frau kam hinter unsere kleine Affäre, und die Dinge entwickelten sich etwas unangenehm. Deshalb hielt ich es für besser, London zu verlassen, bis Gras über die Sache gewachsen ist.« Als sie Christines Gesichtsausdruck sah, lachte sie auf. »Habe ich Sie schockiert? Tut mir leid.« Und nach einem kurzen Schweigen fügte sie hinzu: »Sie sind verrückt nach ihm, stimmt's?«
Christine fühlte, wie ihr die Röte ins Gesicht schoß. »Wen meinen Sie?« fragte sie steif.
»Ach, kommen Sie! Ich bin doch keine Idiotin. Rowland! Sie sind verliebt in ihn – das merkt doch jeder.« Sie legte den Kopf ein wenig schief und betrachtete Christine prüfend. »Das ist kein Grund, sich zu schämen. Die meisten Frauen sind in ihn verliebt – was ich allerdings nicht begreife.« Das sagte sie so heftig, daß in Christine der Verdacht erwachte, Rowland habe sie irgendwann einmal abblitzen lassen. Die Vorstellung, ein Verhältnis mit der Frau seines Bruders zu haben, wäre sicherlich sogar für ihn inakzeptabel gewesen.
Sophie fuhr mitleidig fort: »Sie sind nicht sein Typ – aber das wissen Sie bestimmt selber. Er steht mehr auf Glamour.« Sie

schürzte nachdenklich die Lippen. »Wenn ich Sie so ansehe – man könnte was aus Ihnen machen. Mehr Make-up, schickere Kleider, eine andere Frisur ...« Sie stand auf, trat zu Christine, legte ihr leicht die Hände auf die Schultern und drehte sie zu dem dreiteiligen Spiegel mit den geschliffenen Kanten um. Christine, die sich vorkam wie ein Objekt unter dem Mikroskop, ließ die gründliche Musterung über sich ergehen und erwartete das niederschmetternde Urteil. Sie war sich ihrer Mängel nur allzu bewußt. Zwei kühle Hände legten sich unter ihr Kinn, hoben ihren Kopf etwas an und drehten ihn nach links und nach rechts.

Der Dinner-Gong dröhnte.

»Jetzt ist keine Zeit mehr«, sagte Sophie, »aber wenn Sie Lust haben, können wir nach dem Essen wieder raufkommen, und dann nehme ich die Sache in Angriff. Die anderen werden sowieso wieder Bridge spielen oder etwas ähnlich Langweiliges. Was meinen Sie dazu?«

Christine zögerte. Sie hatte nicht unbedingt den Wunsch, umgemodelt zu werden, aber an Sophies Bemerkung über die Gestaltung der Abende war etwas Wahres. Für gewöhnlich spielte Rowland mit seiner Mutter, dem Onkel und Madame de Bérenger Bridge, und die französischen Fernsehprogramme schienen hauptsächlich aus Varieté-Sendungen und unbegreiflichen Game-Shows zu bestehen. »Einverstanden«, stimmte sie zu. »Wenn Sie sich etwas davon versprechen.«

»Es wird Ihnen Spaß machen«, versicherte Sophie ihr, als der letzte Gongschlag ertönte. »Kommen Sie. Gehen wir gemeinsam runter – als Einheitsfront blühender, englischer Weiblichkeit.«

Rowland zog gerade sein Dinnerjacket an, als er den ersten Gongschlag hörte. Was für eine antiquierte Vorschrift, sich jeden Abend formell kleiden zu müssen! Jedesmal, wenn er hier war, ärgerte er sich darüber. Was sollte dieser Aufwand, wenn nur die Familie miteinander am Tisch saß? Doch es bestand keine Hoffnung auf Besserung. Marie de Bérenger, eine geborene Ducrois, und damit einer noch längeren Ahnenreihe entstammend als ihr verstorbener Mann, lebte – und herrschte – nach so strengen Regeln, daß die Gesetze der Meder und Perser dagegen geradezu lasch wirkten. Die Mahlzeiten wurden pünktlich auf die Minute serviert – wer zu spät kam, ging leer aus. Man fand sich zum Essen grundsätzlich in dem großen düsteren Speisezimmer ein – auf dem Schloß gab es keine modernen Unsitten, wie in Sesseln herumzulümmeln und den Teller auf dem Schoß zu halten. Die Bediensteten wurden mit Fürsorge und Achtung behandelt – und natürlich mit der gebotenen Distanz. Und es gab nie ein lautes Wort. Höflichkeit und Rücksichtnahme lautete die Devise. Aber die strengste aller Direktiven, für deren Übertretung absolut kein Pardon gewährt wurde, war: keine Intimitäten auf Château Bérenger – außer bei Ehepaaren!

Rowland fand dieses erzwungene Zölibat ebenso lästig wie albern – es verdarb ihm die ganze Freude an den Familienferien. Er hatte Lisle Ingram nie mit hierherbringen dürfen, denn seine Großmutter hätte seine Liaison mit einer verheirateten Frau unter ihrem Dach nicht geduldet. Madame war weder weltfremd noch prüde: Sie wußte, daß derartiges vorkam, und war insgeheim stolz auf die ausgeprägte Männlichkeit ihres ältesten Enkels – aber das Familienleben und der Familiensitz waren ihr heilig. Was Rowland anderswo tat, kümmerte sie nicht – aber hier bei ihr spielte er nach ihren Regeln oder gar nicht.

Der zweite Gongschlag. Rowland seufzte und machte sich auf den Weg nach unten. Er war ein Mann, der die Gesellschaft von Frauen brauchte – im Bett und auch sonst. Und er bevorzugte einen ganz bestimmten Typ: attraktiv, intelligent, selbständig – und vorzugsweise verheiratet; so wurde das Thema Heirat von vornherein ausgeklammert.

Mit einem neuerlichen Seufzer öffnete er die Tür zum großen Salon, in dem sich vor dem Essen alle versammelten. Christine, die auf der Lehne eines brokatbezogenen Sofas saß und an ihrem Aperitif nippte, blickte auf und lächelte ihn an. Er durchquerte den Raum und stellte sich neben sie.

18

Er fand, daß sie ziemlich blaß aussah. Die Farbe, die der heutige Ausflug ihren Wangen verliehen hatte, war wie weggeblasen – als sei etwas vorgefallen, das sie verärgert oder aufgeregt hatte. Er warf einen mißtrauischen Blick auf seine Mutter, doch Colette, die mit ihrem schwarzen enganliegenden Kleid und den berühmten Saxelby-Perlen wieder besonders elegant aussah, war in ein Gespräch mit ihrem Bruder vertieft, und das, nach ihrem hitzigen Wortwechsel zu urteilen, schon eine ganze Weile.

»Unsinn!« sagte Lucien gerade. »De Gaulles Frankreich vermittelt nur den *Eindruck*, eine blühende Nation zu sein. Ich gebe ja zu, daß diese Regierung neue Industriezweige geschaffen und die Landwirtschaft modernisiert hat und das Bruttosozialprodukt höher liegt als vor sechs Jahren, bevor der Alte ans Ruder kam, aber...« Er dozierte weiter, hin und wieder von heftigen Protesten Colettes unterbrochen.

Sophie, die neben ihrem Mann auf dem Sofa saß, gähnte gelangweilt.

Rowland schaute auf Christine hinunter und blinzelte ihr zu.

»Ich wünschte, ich könnte verstehen, was sie reden«, sagte sie. »Ich schäme mich, daß mein Französisch so mangelhaft ist.«

»Aber wieso denn?« mischte sich Sophie ein. »Jeder weiß doch, daß Englisch *die* Weltsprache ist.«

»Jeder – außer den Franzosen.« Rowland grinste. Er legte Christine eine Hand auf die Schulter. »Du siehst müde aus. Hat der Tag dich überanstrengt? Vielleicht sind wir zu weit gefahren.«

»Nein, nein«, widersprach sie hastig und kämpfte den Impuls nieder, ihre Hand auf seine zu legen. »Ich habe jede Minute genossen. Ich möchte mich noch mal bedanken.«

»Es war mir ein Vergnügen«, antwortete er galant – und stellte fest, daß er es wirklich so meinte. Er fragte sich, was er für dieses Mädchen empfand, die bis zu Beginn dieser Woche eine Fremde für ihn gewesen war.

Er war nicht in sie verliebt – aber wenn er ehrlich war, mußte er sich eingestehen, daß er noch nie wirklich verliebt gewesen war. Natürlich glaubte er es am Anfang jeder Affäre, doch das Gefühl überdauerte kaum je ein Jahr. Daß die Beziehung zu Lisle so lange gehalten hatte, war hauptsächlich auf ihre Bemühungen darum zurückzuführen. Rowland erinnerte sich daran, wie er im zarten Alter von fünf Jahren zum ersten Mal ein Mädchen geküßt hatte: auf dem Spielplatz der Hinton Malsherbes-Dorfschule, der jetzt die Schließung drohte. Später war er auf die weiterführende Schule und dann aufs Clifton College gegangen. Wie hatte er die Jahre gehaßt, in denen er in einer »Männergesellschaft« leben mußte! Für ihn machten Frauen die Welt erst interessant. In dieser Hinsicht war er ein echter Franzose – ein würdiger Nachkomme von Heinrich von Navarra.

Keine von all diesen Überlegungen brachte jedoch Licht in seine Gefühle für Christine Chandos – Gefühle, die ihn verwirrten und deshalb mit Unbehagen erfüllten. Als sie den Kopf hob und zu ihm heraufläche1te, spürte er plötzlich eine Welle der Zuneigung in sich aufsteigen – aber welcher Art diese Zuneigung war, konnte er nicht präzisieren. Er war zutiefst erleichtert, als sich die Tür öffnete und seine Großmutter erschien. Ihr Auftreten war das Zeichen dafür, daß gleich serviert würde.

Christine saß wie üblich neben ihm, aber heute abend war nicht Julian, sondern Lucien ihr zweiter Tischherr. Er war kein besonders gesprächiger Mann – außer es ging um Finanzen –, und mit seinem Englisch stand es auch nicht zum besten, doch er schien entschlossen, sich anzustrengen, und belegte Christine völlig mit Beschlag. Rowland sah sich gezwungen, sich mit seiner Tante Solange zu unterhalten, einer ziemlich langweiligen Person, die außer ihrem Mann, ihrem Haus und ihrem Sohn kaum Interessen hatte. Ihr Lieblingsthema war der so spät geborene Giles, seine erstaunliche Entwicklung, sein gewinnendes Wesen und seine unzweifelhaft brillante Zukunft. Rowland wurde immer ärgerlicher: Jedesmal, wenn er sich Christine zuwandte, sah er nur ihren Hinterkopf. »Nun ja«, hörte er sie einmal in ihrer ernsthaften Art sagen, »ich glaube, daß die englische Geschichte mehr mit der französischen verknüpft ist als umgekehrt – wenn Sie verstehen, was ich meine...« Und ein anderes Mal platzte sie mit einem ihrer unerwarteten Heiterkeitsausbrüche heraus. »O nein – ich kann mir nicht vorstellen, daß ich das gerne tun würde!« Was? fragte er sich und versuchte, einen Hinweis zu bekommen, hörte jedoch nur eine Beschreibung, wie Giles damals im Alter von nur neun Monaten die ersten wackeligen Schritte getan hatte. Wütend grub er die Gabel in seine Pompe aux Grattons und wünschte seinen Onkel und seine Tante weit weg.

Die Mahlzeiten auf Schloß Bérenger wurden stets sehr einfach gehalten – ein weiteres von Madames drakonischen Dekreten. Das Dinner umfaßte nie mehr als drei Gänge und endete entweder mit einer Süßspeise oder mit Käse. Heute abend gab es Poirat, eine Birnentorte, und nachdem sie den letzten Bissen hinuntergeschluckt hatte, hob Madame die Tafel auf.

»Kaffee im Salon«, verkündete sie auf Englisch. »Die Herren haben zehn Minuten Zeit – nicht länger. Ich fordere Revanche für meine Bridge-Niederlage von gestern abend. Colette – diesmal spielen du und Lucien gegen Rowland und mich.«

Die Gesellschaft erhob sich folgsam. Niemand kam auf den Gedanken, einen Protest zu äußern – und auch Rowland fluchte nur insgeheim.

Als sie hinter der Hausherrin die Treppe hinaufging, wurde

Christine plötzlich von Sophie am Arm gepackt. »Nicht vergessen«, zischte sie ihr verschwörerisch zu. »Sobald sie anfangen Bridge zu spielen, und Julian sich vor den Fernseher setzt, gehen wir in mein Zimmer rauf. Es ist eine echte Herausforderung für mich, zu versuchen, etwas aus Ihnen zu machen. Vielleicht bringt das Sie-wissen-schon-wen dazu, Sie wenigstens mal richtig anzuschauen.«

Christine blickte zweifelnd auf das Geschöpf, das ihr aus dem Spiegel in Sophies Zimmer entgegensah, das diese sehr zu ihrem Mißfallen mit Julian teilte: Auf Schloß Bérenger gab es keine getrennten Zimmer für Ehepaare – so wie es keine gemeinsamen für unverheiratete Paare gab.

»Na?« fragte Sophie. »Wie finden Sie sich?«

Christine war verunsichert. Sie sah wirklich völlig verändert aus. Zunächst einmal trug sie ein gewagt kurzes Courrèges-Kleid aus Chiffon und weiße Lederstiefel, was, wie Sophie ihr versicherte, im Augenblick in London der letzte Schrei war. Ihr Haar war über ein elastisches Band gekämmt, das für Christines Geschmack einen zu großen Teil ihrer Stirn verdeckte. Aber die größte Veränderung hatte Sophie an ihrem Gesicht vorgenommen. Der rosa Lippenstift war durch einen fast weißen ersetzt worden, der zu dem maskenhaft bleichen Make-up paßte. Die Augen unter den dicken blauen Lidschatten wurden von langen falschen Wimpern umrahmt. Sie erkannte sich selbst kaum und wäre fast in Gelächter ausgebrochen – doch das hätte Sophie sicherlich als Beleidigung empfunden.

»Na?« wiederholte Sophie ungeduldig. »Finden Sie nicht, daß es eine Verbesserung ist?«

»Ich... ich weiß nicht«, antwortete Christine zögernd. »Finden Sie... finden Sie es denn?«

Sophie verdrehte die Augen in Richtung der stuckverzierten Zimmerdecke. »Um Himmels willen – natürlich finde ich es! Warum hätte ich mir sonst die ganze Mühe gemacht? Warten

Sie, bis Rowland Sie sieht. Dem werden die Augen rausfallen!« Und dann fügte sie wohlwollend hinzu: »Das Kleid steht Ihnen übrigens besser als mir – Sie sind schlanker.«
Die Tür öffnete sich, und Julian kam herein. »Soph! Was machst du denn hier oben? Großmutter hat bemerkt, daß du nicht da bist...« Er brach ab, als sein Blick auf Christine fiel. »Du liebe Güte!« Er stieß einen Pfiff aus.
»Sehen Sie?« triumphierte Sophie. Normalerweise gab sie nicht viel auf seine Meinung – aber er war ein Mann und zeigte die Reaktion eines Mannes. »Julian gefällt es – stimmt's, Darling?«
»Ganz gut. Ich hätte Sie fast nicht erkannt, Christine«, sagte er in einem verunglückten Versuch, galant zu sein. Christines Zweifel wurden noch stärker: Wenn sie Sophie so ansah, hatte sie kein großes Vertrauen zu Julians Geschmack.
»Kommen Sie«, forderte Sophie sie auf. »Gehen wir runter. Sind die mit ihrem Bridge fertig?« Ihr Mann nickte. »Na – dann wollen wir ihnen mal was fürs Auge bieten.«
Christine warf einen unbehaglichen letzten Blick auf ihr Spiegelbild und folgte dann Julian und Sophie aus dem Zimmer.
Oben an der Treppe befand sich ein großer Tryptichon in Öl, der Henri Quatre und seine beiden Frauen darstellte: die hinreißend schöne Marguerite de Valois zu seiner Rechten und die unscheinbarere Maria di Medici zu seiner Linken. Das Werk stammte von einem Bérenger aus dem siebzehnten Jahrhundert und war offenbar nach Modellen gemalt worden, die wenig Ähnlichkeit mit den echten Personen hatten. Nichtsdestoweniger war es eine eindrucksvolle Arbeit. Die Farben glänzten, und die Gesichter schienen beinahe lebendig. Als sie daran vorbeikam, hatte Christine das ungute Gefühl, daß die beiden Frauen sich über sie lustig machten und ihre Blicke sie warnten, daß man sich der Zuneigung eines Bourbonen niemals sicher sein konnte.
Als sie die Tür zum großen Salon erreichten, hörten sie

gedämpftes Stimmengewirr, womit Julians Aussage, daß das Spiel zu Ende sei, bestätigt wurde: Wenn Madame spielte, mußte der Fernseher am anderen Ende des Raumes ganz leise gedreht und jede Unterhaltung im Flüsterton geführt werden. Sophie stieß die Tür auf und verkündete lautstark: »Meine Damen und Herren – ich möchte Ihnen die neue Miss Christine Chandos vorstellen.«

Christines Knie wurden weich. Wenn sie eine Ahnung gehabt hätte, daß Sophie einen solchen Auftritt für sie plante, wäre sie auf ihrem Zimmer geblieben. Doch wie die Dinge jetzt lagen, mußte sie das Beste aus der Situation machen und sich so selbstsicher geben wie möglich.

Die Reaktionen waren unterschiedlich. Luciens Blick drückte Bewunderung aus. Solange äußerte ihre Zustimmung durch ein leichtes Nicken, als habe Christine lediglich das Kleid gewechselt. Colette hob erstaunt die Brauen, und Madame de Bérenger musterte sie kritisch. »Ich fand, Sie sahen vorher sehr nett aus, meine Liebe«, lautete der in ihrem sorgfältigen Englisch geäußerte Kommentar.

Rowland starrte sie schweigend an. Sein Gesicht war ausdruckslos. Er nahm eine Zigarette aus dem Kästchen, das auf dem mit Intarsien verzierten Spieltisch neben ihm stand, zündete sie an und stieß eine große Rauchwolke aus. Er war wütend, er kochte vor Wut, daß Christine seiner hohlköpfigen Schwägerin gestattet hatte, sie zu diesem idiotischen Theater zu verleiten, und brauchte einen Moment, um seine Gefühle unter Kontrolle zu bringen. Sie waren so stark, daß sie keinen Raum für eine Analyse der Ursachen ließen. Er wußte nur, daß es ihm zutiefst zuwider war, daß sie sich zu einem Anschauungsobjekt hatte degradieren lassen – sowohl ihret- als auch seinetwegen.

Er stand abrupt auf, drückte die kaum gerauchte Zigarette aus und ging mit großen Schritten auf Christine zu. »Gehen wir ein bißchen in den Park«, sagte er. »Es ist ein milder Abend.«

»Aber es ist dunkel«, protestierte sie. Er lächelte zwar, doch sie spürte seinen Ärger an dem groben Griff, mit dem er ihren Arm packte.
»Um so romantischer«, entgegnete er. Hinter ihm streckte Sophie triumphierend den Daumen nach oben.
»Es ist nicht so warm, wie du glaubst«, mischte Colette sich hastig ein. Sie sah in höchstem Maße alarmiert aus. Doch ihre Mutter ließ ihren Einwand nicht gelten: »Unsinn! Es ist ein sehr schöner Abend. Nimm deine junge Dame mit hinaus, mon cher – aber bleibt nicht zu lange.«
Sobald sich die Tür hinter Rowland und der widerstrebenden Christine geschlossen hatte, sagte Colette, vor Ärger ins Französische verfallend: »Würdest du es bitte unterlassen, Christine Chandos als ›Rowlands junge Dame‹ zu bezeichnen? Diese Formulierung vermittelt einen völlig falschen Eindruck. Sie ist lediglich eine Bekannte.«
»Ich mag sie«, erklärte Madame und hielt ihrem Sohn mit einer befehlenden Geste ihr leeres Glas hin. »Und es ist wirklich höchste Zeit, daß Rowland heiratet. Chandos ist ein in dieser Gegend hochgeachteter Name, und für eine funktionierende Ehe ist nicht unbedingt beiderseitige Liebe vonnöten.« Sie nickte nachdenklich und nippte an ihrem Pernod. »Christine paßt ausgezeichnet zu Rowland. Sie ist genau die richtige Frau für ihn. Sie wird ihn glücklich machen – er wäre ein Narr, wenn er nicht zugreifen würde.« Sie lehnte sich in ihrem Sessel zurück und schlug ihre noch immer sehr schönen Beine übereinander. »Ob er *sie* glücklich machen wird, ist allerdings die Frage.«

Es war wirklich sehr warm draußen – trotz der frischen Brise. Der Rock des kurzen Chiffonkleides wurde gegen Christines Schenkel gepreßt. Sobald sie im Park waren, ließ Rowland ihren Arm los und ging schweigend neben ihr her. In dem verzweifelten Versuch, seine Verärgerung zu durchbrechen,

sagte sie: »Du hattest recht – es ist mild. Ich dachte, ich würde vielleicht einen Mantel brauchen, aber mir ist ganz warm.« Rowland blieb stehen und sah sie an. Entgegen Christines Behauptung war es nicht dunkel. Der Mond tauchte die Landschaft in ein weiches, zauberhaftes Licht. »Warum zum Teufel hast du sie das tun lassen?« fragte Rowland wütend. »Warum hast du dieser Ziege erlaubt, einen Narren aus dir zu machen?« Christine wußte nicht, was sie denken sollte. Die Heftigkeit seiner Reaktion verwirrte sie – und offenbar auch ihn. Sie hörte an der Unsicherheit in seiner Stimme, daß er keine Ahnung hatte, warum er sich so verhielt. »Es war doch nur ein Spaß«, antwortete sie und ärgerte sich über ihren entschuldigenden Tonfall. »Sophie fand – wahrscheinlich aus gutem Grund – daß ich mich zu hausbacken zurechtmache. Die Mode in der Provinz hinkt der Londoner immer etwas hinterher. Ich kann wirklich nichts Schreckliches in diesem Versuch sehen, mir ein neues Image zu geben.« Wieder klang ihre Stimme schuldbewußt. Sie mußte von dieser Schiene wegkommen! »Und außerdem ist es meine Sache, wie ich mich anziehe. Mein Aussehen geht dich gar nichts an. Du bist nicht mein Vormund. Daß du mich für die Ferien in das Schloß deiner Großmutter eingeladen hast, berechtigt dich nicht dazu, mich zu kritisieren – natürlich vorausgesetzt, daß ich nichts Unpassendes tue.« Nein, das war auch falsch: Sie hörte selbst den unechten Ton – und ihre Aggressivität war aufgesetzt. Sie verfiel in Schweigen: Sie konnte nicht gewinnen. Eine gelassene, leicht verächtliche Distanzierung wäre die beste Waffe gewesen – doch die brachte sie nicht zustande. Dazu war es ihr viel zu wichtig, was er von ihr hielt.
Überraschenderweise mußte er einige ihrer Argumente für einleuchtend halten, denn er sagte bedeutend sanfter: »Tut mir leid, daß ich so grob war. Aber du hast vorher wirklich sehr nett ausgesehen. Du brauchst keine Sophie, die dich an der Hand nimmt – du mußt doch sehen, was für eine Person sie ist.

Primitiv. Vulgär. Du bist ein intelligentes Mädchen. Ich hasse es«, fuhr er mit erneut aufsteigendem Zorn fort, »wenn Menschen es nicht wagen, zu sich zu stehen.«
Sie wußte, daß sie hätte gehen und ihn mit seiner schlechten Laune und seiner Unvernunft allein lassen sollen, aber sie brachte es nicht über sich. Sie liebte ihn zu sehr – und außerdem wollte sie sich nicht durch eine übersteigerte Reaktion lächerlich machen. Was hatte ihn nur zu diesem Ausbruch veranlaßt? Schließlich lag ihm doch gar nichts an ihr.
Rowland war ebenso durcheinander wie sie. Seine Wut erschien ihm völlig unverständlich. Er mochte Christine – im Lauf der vergangenen Woche hatte er festgestellt, daß es Spaß machte, mit ihr zusammenzusein –, aber mehr war da nicht. Und doch hatte er plötzlich den Wunsch, sie zu küssen. Er nahm sie in die Arme und spürte fast erschrocken, wie sich ihr Körper an den seinen preßte und sie seinen Kuß erwiderte.
Das Gras war nach den vielen regenlosen Wochen knochentrocken. Die Bäume entlang der Rasenfläche hatten ihre Blätter noch nicht abgeworfen und schirmten sie gegen das Haus hin ab. Sich hier zu lieben, dachte Rowland, war der helle Wahnsinn. Was, wenn ihnen jemand nachkam? Seine Mutter vielleicht – oder Julian, der nicht gerade berühmt für sein Taktgefühl war. Doch seine Bedenken wurden von einer Woge der Leidenschaft weggespült, die ihn vergessen ließ, was irgend jemand sehen oder denken könnte. Er hörte nicht einmal Christines kleinen spitzen Schrei. Erst als er schwer atmend neben ihr ins Gras sank, begriff er schockiert, daß sie noch Jungfrau gewesen war.
Als er Christine kennengelernt hatte, war sie mit Russell unterwegs. Sie erzählte ihm, sie seien so gut wie verlobt, und daraus schloß er, daß sie ein Verhältnis hatten. Nicht einmal die Tatsache, daß sie in getrennten Zelten schliefen, brachte ihn auf den Gedanken, sie könne noch unberührt sein. Er war bei keinem seiner Mädchen der Erste gewesen. Und jetzt das!

»Warum um Himmels willen hast du nichts gesagt?« flüsterte er aufgebracht, als sie anfing, ihre Kleidungsstücke einzusammeln. »Warum hast du es zugelassen?«
»Weil ich es wollte«, antwortete sie. »Es ist nicht deine Schuld, daß ich es nicht so genossen habe, wie ich erwartete. Niemand hat mir gesagt, daß es weh tut.«
»Ich hätte mich beherrschen müssen«, erwiderte er leise. »Es gibt keine Entschuldigung für mein Verhalten. Kannst du mir verzeihen?«
»Ich habe dir nichts zu verzeihen. Ein Wort von mir, die leiseste Gegenwehr meinerseits hätte dich gestoppt – das weiß ich. Aber ich wollte dich nicht stoppen – also bin ich genauso verantwortlich dafür, daß es passiert ist. Und außerdem – niemand wird beim erstenmal schwanger, stimmt's?«
»Jedenfalls sind die Chancen ziemlich gering, glaube ich.« Er versuchte zu lächeln – und sich darüber klarzuwerden, was über ihn gekommen war. Wenn sie Sophie nur nicht erlaubt hätte, sie so aufreizend zurechtzumachen! Wenn er sie nur nicht aufgefordert hätte, mit ihm in den Park zu kommen! Wenn er nur nicht den Kopf verloren hätte! Aber jetzt war es zu spät für jedes »wenn nur nicht« – das Kind lag im Brunnen...
Er stand auf und streckte ihr die Hand hin, um sie hochzuziehen. »Bist du okay?«
Sie nickte. »Alles in Ordnung. Wir sollten ins Haus zurückgehen. Sie werden sich schon fragen, wo wir bleiben.«

19

Die frühe Dunkelheit des Novemberabends hatte sich bereits über die Stadt gesenkt, als Christine das Arbeitsamt verließ. Ein Sommerferienort hat im Winter etwas Trostloses, dachte sie. Die geschlossenen Arkaden, die verlassen daliegende Promenade, der windgepeitschte Sand drückten aufs Gemüt. Die Esel, die in der Saison vor Vergnügen juchzende Kinder den Strand entlang trugen, waren in ihren Winterquartieren, der Pier war leer, der Fahrkartenschalter nicht besetzt. Bei Flut donnerte das Meer in Gischtwolken gegen die Wellenbrecher. Nur die Möwen zogen wie immer mit mißtönendem Kreischen ihre Bahn.

Als sie in einem plötzlich niedergehenden Regenguß die Walliscote Road entlangeilte, bemerkte sie, daß einige der Geschäfte bereits Weihnachtsdekoration zeigten. Sie schauderte. Bloß nicht an Weihnachten denken! Jedenfalls *noch* nicht! Erst mußte sie einmal die Gegenwart durchstehen – wer weiß, was dann aus dem Fest würde. Sie bog um die Ecke in die Clarence Road North und wurde von dem Wind, der von der See herauffuhr, fast umgerissen. Die entlaubten Äste der Bäume im Clarence Park gestikulierten wild in der Luft herum.

Sie stieß das schmiedeeiserne Tor auf und steuerte auf die Außentreppe zu, die zum ersten Stock führte. Als sie auf dem steinernen Treppenabsatz halt machte und in den Tiefen ihrer Handtasche nach dem Schlüssel kramte, hörte sie aus der Wohnung unten schwach Musik heraufklingen. Nach einem Moment erkannte sie den Song: Sandy Shaws »Always Something There to Remind Me«. Tränen stiegen ihr in die Augen.

Sie blinzelte sie ärgerlich weg, schloß die Tür auf und trat in den erleuchteten Flur.

»Du kommst spät«, rief ihre Mutter aus der Küche. »Dein Vater ist schon seit zehn Minuten da. Beeil dich – das Essen ist gleich fertig.«

Christine ging in ihr Zimmer, zog ihren Mantel aus, hängte ihn zum Trocknen an den Schrank und legte Handschuhe und Schal auf den Sessel. Dann trat sie zum Toilettentisch und musterte ihr Gesicht im Spiegel. Im künstlichen Licht wirkte die Haut wie grauer Teig. Außerdem hatte sie abgenommen – die reinste Ironie! Der Arzt hatte allerdings gesagt, das sei völlig normal: eine Folge der morgendlichen Übelkeit. Sie kniff sich in die Wangen, damit sie etwas Farbe bekamen, bevor sie ins Eßzimmer ging, wo ihr Vater bereits am Tisch saß und ungeduldig darauf wartete, daß es etwas zu essen gab. Der Fernseher in der Ecke war eingeschaltet. BBC-News berichtete über den Ausgang der amerikanischen Präsidentenwahl.

»Johnson hat es mit meilenweitem Vorsprung geschafft«, stellte Robert Chandos zufrieden fest. »Dieser Barry Goldwater hatte überhaupt keine Chance gegen ihn.«

Christine bekam gar nicht richtig mit, was er sagte – sie hatte andere Dinge im Kopf.

Ihre Mutter brachte das Essen. Es gab Lammkoteletts mit Minzsauce, Salzkartoffeln und in Bratensauce schwimmenden Kohl.

»Das ist für euch«, sagte sie und fügte wie fast jeden Abend hinzu: »Eßt auf, dann übersteht ihr den nächsten Tag ohne Schwierigkeiten.« Sie ging in die Küche zurück, um ihren Teller zu holen.

Abgesehen von der Stimme des Nachrichtensprechers und dem Klappern der Fensterläden im Wind war es eine Weile still im Zimmer. Schließlich sagte Gwen Chandos: »Ich habe heute nachmittag bei dir im Büro angerufen, Chris, aber das Mädchen, das abnahm, sagte, du hättest dir den halben Tag frei genommen. Warum denn das? Du hast gar nicht erzählt, daß du was vorhattest. Ich wünschte, ich hätte es gewußt – dann hätten wir uns treffen und irgendwo eine Tasse Tee trinken können. Ich mußte nämlich in die Stadt, um das Fleisch zu kaufen. Hör auf, so in deinem Essen rumzustochern. Seit du aus Frankreich zurück bis, hast du überhaupt keinen Appetit mehr.«

Christine legte das Besteck auf ihren Teller. »Entschuldige, Ma. Ich habe einfach keinen Hunger. Und bevor du wieder damit anfängst: Es hat nichts mit deinen Kochkünsten zu tun. Du bist eine sehr gute Köchin.« Sie warf ihrem Vater einen Blick zu. »Dad – würde es dir etwas ausmachen, wenn ich den Fernseher kurz abschalte? Ich möchte etwas mit dir und Ma besprechen.«

Robert Chandos sah sie etwas erstaunt an, protestierte jedoch nicht. Christine stand auf, ging zu dem Apparat hinüber und unterbrach einen Bericht über das Krisenbudget der neuen Labour-Regierung. Dann kehrte sie an den Tisch zurück, und ihre Augen begegneten dem unbehaglichen Blick ihrer Mutter.

»Ich habe eine ziemlich schlechte Neuigkeit für euch«, begann sie. »Zumindest werdet ihr beide sie für schlecht halten.«

»O mein Gott!« Gwen Chandos wurde blaß. Sie hatte in den letzten Wochen schon einen Verdacht gehabt, jedoch gegen alle Vernunft gehofft, er sei unbegründet.

Christine streckte die Hand aus und legte sie auf die ihrer Mutter. »Es tut mir leid, Ma.«

»Würde mir netterweise einer sagen, worum es geht?« verlangte Robert Chandos ärgerlich. »Was tut dir leid, Chris? Und warum sieht deine Mutter aus, als sei sie vom Blitz getroffen worden?«

»Sie ist schwanger«, klärte seine Frau ihn auf, bevor Christine etwas sagen konnte. »Das bist du doch, nicht wahr? Das war dieser Saxelby! Du hast dich seit deiner vorzeitigen Rückkehr aus Frankreich so merkwürdig benommen. Ich habe mich gleich gefragt, warum du schon so bald wieder hier warst. Er hat deine Unerfahrenheit ausgenutzt, stimmt's?«

Christine zuckte zusammen. So lagen die Dinge ganz und gar nicht. Aber welche andere Schlußfolgerung konnte man von einer Frau aus der Generation ihrer Mutter erwarten?

»Was heißt schwanger?« Robert Chandos' Verstand weigerte sich, die Ungeheuerlichkeit des eben Gehörten zu akzeptieren. »Sieh sie dir doch an: dünn wie eine Bohnenstange!«

»Ma hat recht, Dad.« Christine schob ihren Teller weg. »Bevor man anfängt, dicker zu werden, nimmt man erst mal ab.«

»Ich glaube es nicht! Ich glaube es einfach nicht!« Ihr Vater sprang auf, wobei er sich die Knie an der Tischplatte anschlug, ohne den Schmerz auch nur zu spüren. »Wie konntest du dich so wegwerfen?« fuhr er seine Tochter wütend an. »Wie konntest du deiner Mutter und mir das antun? Und das, nachdem wir uns alle Mühe gegeben haben, dich ordentlich zu erziehen!« Er begann im Zimmer auf und ab zu gehen, das Gesicht hochrot und verzerrt vor Zorn. »Diese reichen Leute sind doch alle gleich. Denken, sie können sich alles erlauben! Ich wußte doch gleich, daß es nichts Gutes bringen konnte, daß du dich von Russ Jennings getrennt hast. Ein feiner Kerl, dieser Russ. Mit einem solchen Mann weiß ein Mädchen wenigstens, wie sie dran ist. Du wirst es zur Adoption freigeben müssen. Mit deinem Gehalt kannst du unmöglich ein Kind großziehen.«

Eine Tatsache kristallisierte sich deutlich aus diesem Ausbruch von Bedauern, Wut und Furcht davor, was die Leute sagen würden, heraus: Robert Chandos' Wunsch, sich von dieser peinlichen Angelegenheit zu distanzieren. Christine sah hilfesuchend ihre Mutter an.

»Setz dich hin, Bob«, sagte Gwen ruhig. »Es hat keinen Sinn, über verschüttete Milch zu lamentieren. Dieser Rowland Saxelby wird sie eben heiraten müssen.«

Ihre Tochter starrte sie entgeistert an. Damit hatte sie nicht gerechnet! Und dabei war es von ihrer Mutter aus gesehen die

einzig logische Folgerung: Wenn ein Mann ein Mädchen ins Unglück gebracht hatte, mußte er dafür geradestehen.
»Nein!« widersprach sie energisch. »Ich will nicht, daß er es jemals erfährt. Unter keinen Umständen! Rowland darf es nicht wissen. Kannst du nicht verstehen«, redete sie den Protestversuch ihrer Mutter nieder, »daß ich ihn *so* nicht haben will? Er liebt mich nicht. Und ich bin an dem Geschehenen ebenso schuld wie er – wahrscheinlich sogar noch mehr, weil ich es wollte.« Als sie den Gesichtsausdruck ihres Vaters sah, fügte sie hastig hinzu: »Es ist nur einmal passiert. Ich schwöre es, es war ein... ein Zufall. Wir hatten es nicht geplant.«
Gwens grimmige Miene entspannte sich ein wenig. »Nun, wenn das wahr ist, hast du ein geradezu märchenhaftes Pech gehabt. Aber das ändert nichts an den Tatsachen. Die Saxelbys müssen Bescheid wissen. Dein Rowland hat ein Recht darauf zu erfahren, daß er Vater wird.«
»Auf gar keinen Fall«, insistierte Christine starrköpfig.
Ihre Mutter seufzte gereizt: »Und wie, bitte, stellst du dir die Zukunft vor?«
Christine zuckte mit den Schultern. »Ich weiß es nicht. Darüber habe ich noch nicht nachgedacht. Wahrscheinlich werde ich das Kind adoptieren lassen, wie Dad vorgeschlagen hat.«
Ihre Mutter schnaubte. »Erzähl mir doch nicht so was, Christine! Du kannst mich nicht für dumm verkaufen – dazu kenne ich dich zu gut. Du hast nicht im entferntesten die Absicht, das Kind wegzugeben. Es ist ein Teil von *ihm* – du würdest es niemals über dich bringen, dich von ihm zu trennen.«
Christine antwortete nicht. Sie empfand eine Mischung aus Überraschung und Ablehnung, die alle Kinder empfinden, wenn sie feststellen, daß ihre Eltern sie durchschauen. Der Scharfblick ihrer Mutter ärgerte sie.
Ihr Vater hatte sich wieder hingesetzt und trommelte mit den Fingern auf die Tischplatte. Er sah elend und ratlos aus. »Wann

kommt es denn?« fragte er, als wollte er sich ausrechnen, wieviel Zeit ihm noch blieb, bevor »alle Welt es wissen würde«. Keine Sekunde teilte er die blauäugige Überzeugung seiner Frau, daß Rowland Saxelby gezwungen werden könne, Christine zu heiraten. »Solche Leute heiraten nur ihresgleichen«, lautete seine oft geäußerte Meinung. Doch dann kam ihm plötzlich ein tröstlicher Gedanke: Vielleicht würde die Familie eine angemessene Abfindungssumme anbieten – oder sogar für das Kind aufkommen.

»Nächsten Juni. So um den einundzwanzigsten herum, meint Dr. Richards. Ich war heute nachmittag bei ihm. Dafür hatte ich mir freigenommen – aber nur eine Stunde. Meine Kollegin hat das wohl falsch verstanden, Ma. Vielleicht wäre es besser gewesen, ich hätte mich für den ganzen Nachmittag beurlauben lassen. Wenn ich es mir jetzt überlege – als ich sagte, ich müsse zum Arzt, gab es ein paar vielsagende Blicke.«

»Das habe ich befürchtet«, sagte ihr Vater düster. »Die Leute werden hinter unserem Rücken tuscheln und tratschen, daß es eine Pracht sein wird. Deine Mutter hat recht: Die Saxelbys müssen informiert werden.« Die Hoffnung auf Geld behielt er wohlweislich für sich.

»Nein!« Christine schob ihren Stuhl zurück und stand auf. »Ich habe euch gesagt, daß ich das nicht will! Ich verbiete euch beiden, euch mit Rowland in Verbindung zu setzen. Ich möchte, daß ihr mir versprecht, euch daran zu halten. Wenn ihr es nicht tut, werde ich dieses Haus verlassen, und ihr seht mich nie wieder!« Sie wußte, daß das eine moralische Erpressung war, die sie im Zweifelsfall nicht durchziehen konnte, doch sie wollte mit allen Mitteln versuchen, ihre Eltern auf ihre Seite zu bekommen.

»Jetzt hör mal, mein Mädchen«, begann ihr Vater, aber seine Frau brachte ihn mit einem Blick zum Schweigen

»In Ordnung«, stimmte sie überraschend zu. »Ich bin einverstanden.«

»Womit?« fragte Christine mißtrauisch.
»Mit dem, was du gerade verlangst hast. Ich verspreche, mich daran zu halten.«
»Wirklich?« Christine versuchte sich zu erinnern, was genau sie verlangt hatte, denn sie befürchtete, daß das plötzliche Einlenken ihrer Mutter einen Pferdefuß hatte, doch sie war so erschöpft und ausgelaugt, daß es ihr nicht gelang, Ordnung in ihre wirren Gedanken zu bringen. »Gut. Danke. Macht es euch etwas aus, wenn ich in mein Zimmer gehe? Wir werden morgen weiterreden – jetzt kann ich nicht mehr.«
»Ist schon recht, geh nur.« Gwen tätschelte ihrer Tochter die Hand. Als die Tür sich hinter Christine geschlossen hatte, fragte Robert Chandos aufgebracht: »Was soll denn das? Weshalb, um alles in der Welt, hast du ihr dieses Versprechen gegeben?«
Seine Frau stand lächelnd auf, ging zum Sideboard und nahm Papier, Briefumschlag und einen Füllfederhalter aus einer Schublade. »Wofür brauchst du das denn jetzt?« wollte er wissen.
»Ich werde an Mrs. Saxelby schreiben«, erklärte sie. »Nach Hinton Mallerby. Wenn sie in London sein sollte, wird man ihr den Brief schon nachschicken.«
Ihr Mann fuhr sich mit der Hand über die Stirn. Er fühlte sich unbehaglich. »Ich sage nicht, daß ich es falsch finde, aber du hast Christine doch versprochen, nichts zu sagen – was ich für einen schweren Fehler halte.«
»Wenn du aufmerksam zugehört hättest, wäre dir nicht entgangen, daß sie uns aufgefordert hat, Rowland nichts zu verraten. Und daran halte ich mich. Ich werde es Rowland nicht verraten. Natürlich weiß ich, daß sie es anders gemeint hat, aber um ihretwillen befolge ich ihre Aufforderung wortgetreu und nicht sinngemäß. Na, dann werd' ich mal.« Sie schaffte sich Platz auf dem Eßtisch und begann zu schreiben.
Robert Chandos stand wieder auf und zündete sich seine Pfeife

an. »Ich wette, Machiavelli war in Wirklichkeit eine Frau«, murmelte er mit einer Mischung aus Entrüstung und Belustigung.

Christine machte das Licht an, schloß die Tür ihres Zimmers und kickte ihre Schuhe von sich. Einer landete unter dem Frisiertisch, der andere unter dem Bett, wo er hingehörte. Dann sank sie in den Sessel neben dem Fenster.

Seit dem Tag, an dem Lois und sie gemeinsam Platten gehört hatten, war das Zimmer neu eingerichtet worden – in Bleu und einem zarten Pfirsichton. Christine hatte den Sessel mit dem pfirsich-bleu-gemusterten Kretonnebezug im Winterschlußverkauf des letzten Jahres selbst erstanden – auf Drängen ihrer Mutter, die es für an der Zeit hielt, daß sie anfing, sich ihr eigenes Nest zu schaffen: Ein Sessel war immerhin ein Schritt in die richtige Richtung. Er war tief und bequem gepolstert. Christine schob sich ein Kissen in den Rücken, streckte die Beine aus und schloß erleichtert die Augen. Das Schlimmste war überstanden – sie hatte ihren Eltern gebeichtet, und das Geheimnis, das sie die letzten Wochen mit sich herumgeschleppt hatte, war von ihren Schultern genommen. Wellen von Erschöpfung überspülten sie. Sie fühlte sich unaussprechlich müde – doch sie konnte nicht schlafen. Nicht einmal dösen. In ihrem Kopf bewegten sich die Gedanken im Kreis wie Häftlinge in einem Gefängnishof.

Wohl zum tausendsten Mal fragte sie sich, was Madame de Bérenger, Colette und die anderen aus ihrer überstürzten Abreise geschlossen haben mochten. Waren sie auf die Geschichte von dem Anruf hereingefallen, der sie nach Hause zurückbeorderte, weil es ihrer Mutter nicht gut ging? Oder hatte Madame herausgefunden, daß das nicht stimmte? Oder war es Rowland gelungen, seine Großmutter zu überzeugen? Er hatte versucht, Christine von der Heimfahrt abzuhalten – allerdings nicht mit großem Nachdruck. Er sah ebenso wie sie ein, daß eine weitere Woche angesichts der Spannung, die nun zwischen ihnen bestand, für sie beide unerträglich sein würde. Die Freundschaft und Kameradschaft, die zwischen ihnen gewachsen war, hatten wenige Minuten der Kopflosigkeit zerstört.

Rowland fühlte sich doppelt schuldig, weil er das Vertrauen seiner Großmutter mißbraucht und Christine falsch eingeschätzt hatte. Sie sah, daß er sich mit Vorwürfen herumschlug, wenn es dafür ihrer Meinung nach auch keinen Grund gab. In einer Zeit wachsender sexueller Freizügigkeit beider Geschlechter hatte er absolut nicht annehmen müssen, sie sei noch unberührt. Aber er quälte sich weiter und ließ keines ihrer Argumente als Entschuldigung für sich gelten.

Unter diesen Umständen war es das einzig richtige für sie gewesen, ihren Aufenthalt abzubrechen. Sie fürchtete, daß Colette den wahren Grund kannte; sie hatte Rowland und Christine bei ihrer Rückkehr aus dem Park prüfend gemustert, aber keine Fragen gestellt. Für sie war nur wichtig, daß dieses Mädchen möglichst bald aus ihrem Leben verschwand. Endgültig.

Christine beugte sich vor, um das zusammengedrückte Kissen in ihrem Rücken aufzuschütteln. Natürlich hatte es eine Weile gedauert, bis sie erkannte, daß sie schwanger war, und sogar, als sechs Wochen vergangen waren, ohne daß ihre Periode kam – und das, obwohl diese sich normalerweise ganz regelmäßig einstellte –, weigerte sie sich zunächst, es zu glauben. Alle Welt sagte, daß es so gut wie unmöglich sei, nach nur einem Mal schwanger zu werden – selbstverständlich gäbe es Frauen, die besonderes Pech hätten...

Nun – sie *hatte* besonderes Pech. Als auch die zweite Periode nicht kam, war sie gezwungen, die Tatsache zu akzeptieren. Ihre erste Reaktion war Verzweiflung. Sie versuchte, sich an alle Hausmittelchen zu erinnern, von denen sie je gehört hatte: Gin, Chinin, heiße Bäder, Poleiminze. Sie wußte, daß das letztere ein Kraut war, das den Blutfluß üblicherweise in Gang brachte, wagte jedoch nicht, in der Apotheke zu fragen, ob es auch in Tablettenform erhältlich sei. Sie spielte mit dem Gedanken, Lois anzurufen: Barry Aylward würde es bestimmt wissen. Aber dann brachte sie es doch nicht über sich, ihn einzuweihen. Zu dieser Zeit erwachte der Wunsch in ihr, das Baby zu behalten – welche Entbehrungen es auch mit sich bringen mochte. Es war ein Teil von Rowland, etwas, das ihr für immer gehören würde.

Christine bemerkte, daß ihr Tränen übers Gesicht liefen. Ungeduldig wischte sie sie weg. Sie würde Rowland niemals bekommen – aber sie würde sein Kind haben! Ihre Mutter hatte recht: Sie hatte nicht die Absicht, es zur Adoption freizugeben. Irgendwie würde sie es schaffen – ob mit oder ohne Hilfe ihrer Eltern, die, was immer sie auch sagten, doch zu ihr stehen würden, davon war sie überzeugt. Jetzt bedauerte sie nur noch, ihnen Kummer bereitet zu haben, nicht mehr ihre Schwangerschaft. Sie freute sich auf ihr Baby.

Plötzlich erfüllte sie tiefer Friede. Ihr Körper entspannte sich, und sie wurde schläfrig. Die leichte Übelkeit, die sich den ganzen Tag hartnäckig gehalten hatte, verschwand. Sie setzte sich bequem zurecht und schlief ein.

»Fertig.« Gwen Chandos legte den Füller aus der Hand, las ihr Werk noch einmal durch, faltete die beiden Briefbögen zusammen und schob sie in das Kuvert. »Das sollte genügen.«

Ihr Mann, der in seiner erloschenen Pfeife herumstocherte, blickte auf. »Was hast du geschrieben?«

»Nur das Nötigste.« Gwen klebte den Umschlag zu und versah ihn mit einer Briefmarke. Manchmal konnte sie sehr wortkarg sein. Sie vermittelte den Eindruck von Nachgiebigkeit – eine Eigenschaft, die Robert als erstes zu ihr hingezogen hatte –, aber es gab Zeiten, da bestand sie darauf, etwas nach ihrer Vorstellung durchzuziehen. Und jetzt, das erkannte er, war

einer dieser Augenblicke, und er war klug genug, den Mund zu halten.
Seine Frau stand auf. »Ich gehe gleich noch zum Briefkasten«, erklärte sie. »Und wenn ich zurückkomme, räume ich den Tisch ab.« Sie seufzte. »Ich hasse es, Essen wegzuwerfen.«

20

Colette hatte nach Noels Tod dessen Büro im ersten Stock des Bankhauses übernommen, da sie die Ansicht vertrat, daß das große Parterre-Zimmer dem geschäftsführenden Direktor zustehe und deshalb für ihren älteren Sohn freigehalten werden solle. Und seit seinem Abschluß in Oxford vor drei Jahren residierte Rowland nun dort. Er hatte sich sehr schnell eingearbeitet – nicht zuletzt, weil er, was wohlwollend registriert wurde, auf ältere und erfahrenere Mitarbeiter hörte. Jungen Männern stieg, wie Cecil Lennox sagte, eine plötzliche hohe Position leicht zu Kopf – aber nicht Mr. Rowland. Der zweijährige Wehrdienst hatte ihn Disziplin, Selbstbeherrschung und Selbständigkeit gelehrt – eine Erfahrung, die Julian aufgrund seiner Entscheidung, zuerst auf die Universität zu gehen, zum Bedauern vieler nicht gemacht hatte.

Nach wie vor wandte sich Rowland, wenn er Rat brauchte, an seine Mutter. Er vertraute auf ihr Urteil, und er war dankbar für die Gewissenhaftigkeit, mit der sie fünfzehn Jahre lang seine Interessen gewahrt hatte. Sie besaß einen sicheren Instinkt für lohnende Geschäfte. Sogar die reaktionärsten Direktoren, die der Einmischung durch eine Frau zu Anfang äußerst ablehnend gegenüberstanden, waren schließlich gezwungen gewesen, zuzugeben, daß sie einen erstaunlichen Scharfsinn besaß.

Früher war sie morgens die erste und abends die letzte in der Bank, doch seit Rowlands Eintritt ging sie die Dinge etwas lockerer an. Manchmal erschien sie überhaupt nicht, und wenn sie kam, dann erst ziemlich spät. Ihre Sekretärin, die ein

Arbeitstier war, beklagte sich darüber, daß es nicht mehr so sei wie in der »guten alten Zeit«, aber Colette hütete sich davor, sich ihrem Sohn aufzudrängen oder ihm den Eindruck zu vermitteln, daß sie ihren Platz nur sehr widerwillig räume.

An diesem Novembermorgen war es schon fast elf, als sie durch den Haupteingang von Saxelby's trat. Der Portier hob grüßend die Hand und machte eine Bemerkung über das extrem kalte Wetter.

Colette nickte. »Ja – es ist wirklich sehr kalt. Aber was kann man in dieser Jahreszeit anderes erwarten?« Sie lebte lange genug in England, um alle stereotypen Antworten zu kennen und sich auch das sehr englische Interesse am Wetter zu eigen gemacht zu haben. »Nein – rufen Sie den Lift noch nicht, Lindsey. Ich möchte zu Mr. Rowland reinschauen, bevor ich hinauffahre. Sie wissen nicht zufällig, ob er gerade frei ist?«

Der Mann hatte zwar keine Ahnung, aber es schmeichelte ihm – wie beabsichtigt –, daß sie annahm, er könne ihre Frage beantworten. Colette hatte ihre eigene Art, Loyalitätsgefühle bei den Angestellten zu wecken.

Rowlands Sekretärin, Joyce Crocker, eine elegante, überaus tüchtige, geschiedene Frau von Mitte Vierzig, sagte, Mr. Rowland sei im Augenblick allein, müsse jedoch um halb zwölf zu einer Konferenz.

Colette lächelte liebenswürdig. »So lange werde ich ihn nicht aufhalten.« Ohne darauf zu warten, angekündigt zu werden, stieß sie die Tür zu seinem Zimmer auf.

Die Schreibtischlampe warf einen runden künstlichen Sonnenfleck auf die Papiere, in die Rowland vertieft war. Das große Fenster, das rechts von ihm auf die düster-novemberliche Gresham Street hinausging, war doppelt verglast, wodurch der Verkehrslärm auf ein sanftes Rauschen reduziert wurde. Der hochflorige, rehbraune Teppich wirkte zusätzlich geräuschdämpfend. Colette ließ die Tür hinter sich zufallen. Rowland schrak hoch.

»Was ...?« begann er verärgert, doch dann erhellte sich seine Miene. »Maman! So früh schon auf?«
»Es ist elf vorbei«, erwiderte sie spitz. »Wenn das ironisch gemeint war ...« Sie ließ den Satz unbeendet im Raum stehen und beobachtete, wie sich langsam ein Grinsen über das Gesicht ihres Sohnes zog und winzige Fältchen um seine Augen entstehen ließ. Wie sie ihn liebte! So viel mehr als Julian. Doch das würde nie jemand erfahren. »Eine halbe Stunde, nachdem du weg warst, kam die Post.«
»Das tut sie für gewöhnlich«, antwortete er sanft. »Maman – ich habe in zwanzig Minuten eine wichtige Besprechung. Ich nehme an, dein Besuch hat einen bestimmten Grund ...«
Anstatt zu antworten, zog Colette ein bereits geöffnetes Kuvert aus ihrer Tasche und schob es über den Schreibtisch. Rowland warf einen Blick darauf und stellte verwirrt fest: »Aber das ist an *dich* adressiert.«
»Lies den Brief«, sagte sie. »Nach deiner Konferenz. Und dann komm zu mir, und wir sprechen darüber. Ich bin sicher, wir können eine für alle Beteiligten befriedigende Lösung finden.«
Er runzelte die Stirn. »Was soll die Geheimnistuerei? Worum geht es? Warum soll ich ihn erst später lesen?«
»Weil du einen klaren Kopf brauchst, um eine Entscheidung über die neue Anleihe der Saudis zu fällen. Wenn du meinen Rat hören willst«, fügte sie, bereits im Gehen begriffen, hinzu, »dann warte noch eine Weile – bis du dir ein Bild von diesem Feisal gemacht hast. Bei Saud wußten wir, woran wir waren, aber seit er abgesetzt wurde ...« Sie brach ab und zuckte mit den Schultern.
Julian kam herein. Er küßte Colette auf die Wange und hielt ihr die Tür auf. »Bist du fertig?« fragte er seinen Bruder. »Ich dachte, wir könnten gemeinsam in den Konferenzraum gehen.« Er warf einen neugierigen Blick auf den Brief in Rowlands Hand. »Was ist das? Etwas Wichtiges?«
Der Ältere legte das Kuvert weg. »Das weiß ich noch nicht.

Maman hat angeordnet, daß ich mich erst nach der Besprechung damit befassen soll.« Er stand auf und suchte die nötigen Unterlagen zusammen. »Was die Anleihe betrifft: Ich will, daß sie durchkommt. Es wird viele Gegenstimmen geben – unter anderem auch von Maman –, und ich verlasse mich auf deine Unterstützung.« Er sah auf seine Uhr. »Komm, es wird Zeit.«

Christine haßte die Feiertage, an denen sie am Schalter sitzen und Arbeitslosenunterstützung auszahlen mußte. Die Menschenschlange, die Sorge, daß die Kasse am Ende nicht stimmte, die Auseinandersetzungen mit aufgebrachten Leuten, die darauf beharrten, ihren Antrag für einen längeren Zeitraum gestellt zu haben, als es tatsächlich der Fall war, zerrten an ihren Nerven – und seit sie schwanger war, noch mehr als früher.

Wieder einmal bog sie in die Clarence Road North ein, doch diesmal stürzte sich kein harscher Wind auf sie – der Sturm, der die ganze Woche gewütet hatte, hatte endlich seine Kraft verloren. Ihre Beine wurden mit jedem Schritt müder. Langsam stieg sie die Treppe hinauf und blieb wie immer stehen, um ihren Schlüssel zu suchen. Heute klang aus der Parterrewohnung »Baby Love« von den »Supremes« herauf.

Als sie in den Flur trat, kam ihre Mutter aus dem Wohnzimmer, um sie zu begrüßen. Sie wirkte aufgeregt und hatte hochrote Wangen. »Chris – Liebes, wo warst du nur so lange?«

Bevor Christine sie darauf hinweisen konnte, daß sie nie früher zu Hause sei, fuhr Gwen fort: »Du hast Besuch. Er ist da drin! Im Wohnzimmer. Mit deinem Vater.«

Ihre Tochter sah sie verdutzt an. »Wer ist da drin mit Dad? Von wem sprichst du? Was für ein Besuch?« Ein schrecklicher Verdacht erwachte in ihr. Sie lief an ihrer Mutter vorbei und stieß die Wohnzimmertür auf. O Gott!

Rowland kam gleich zur Sache. »Warum hast du mich nicht benachrichtigt, als du wußtest, daß du schwanger bist?«

Christine fuhr zu Gwen herum, die ihr gefolgt war. »Du hast es versprochen! Du hast versprochen, nichts zu unternehmen! Wie konntest du.«
»Ich habe versprochen, *Mr. Saxelby* nichts zu sagen – und das habe ich auch nicht getan. Ich habe an seine Mutter geschrieben«, verteidigte sie sich trotzig.
»Was für eine Haarspalterei!« Christine war leichenblaß, und ihre Augen sprühten Feuer. »Du hast dein Versprechen gebrochen!« Einen Augenblick sah es so aus, als würde sie zuschlagen.
»Deine Mutter hat das einzig richtige getan«, sagte Rowland. Er war auf sie zugetreten und hatte sie zu sich herumgedreht. »Es ist doch völlig natürlich, daß sie sich deinetwegen Sorgen macht. Das ist keine Angelegenheit, die du für dich behalten kannst – oder besser ausgedrückt, die du das Recht hast, für dich zu behalten. Dieses Kind ist ebenso meins wie deins. Glaubst du, ich möchte, daß er aufwächst, ohne seinen Vater zu kennen?«
Wider Willen mußte sie lächeln. »Es könnte auch ein Mädchen werden«, gab sie zu bedenken. Das Lächeln verschwand, und der Zorn kehrte zurück. Sie schüttelte seine Hände von ihren Schultern. »Ich will keine Almosen – weder von dir noch von deiner Familie! Ich werde es allein schaffen.«
»Jetzt hör doch mal, Chris«, mischte sich ihr Vater ein. »Überstürz bitte nichts! Dazu ist es doch zu wichtig.«
»Ich biete dir keine Almosen an«, erklärte Rowland und hielt ihren Blick mit dem seinen fest. »Ich würde dich niemals beleidigen. Ich möchte dich heiraten – wenn du mich willst.«
Gwen Chandos schnappte hörbar nach Luft. »O Chris!« keuchte sie. »*Natürlich* willst du!«
»Du wärst eine verdammte Närrin, wenn du ablehnen würdest«, stellte ihr Vater nüchtern fest. »Du mußt ja sagen – sowohl um deinet- als auch um des Babys willen...«

Rowland unterbrach die Kommentare. »Mrs. Chandos – wären Sie und Ihr Mann wohl so freundlich, uns eine Weile allein zu lassen?«

»Aber selbstverständlich.« Mit einem scharfen Blick brachte Gwen Chandos ihren Mann auf Trab. »Bob! Komm und hilf mir beim Tischdecken. Sie bleiben doch zum Essen, hoffe ich?« fügte sie an Rowland gewandt hinzu.

»Gerne – wenn es nicht zu viel Mühe macht.«

Als sie gegangen waren – ihr Vater sichtlich widerstrebend –, sah Rowland wieder Christine an. »Nun? Ich habe dich gebeten, mich zu heiraten. Wie steht's mit einer Antwort?«

Plötzlich wurde ihr bewußt, daß sie noch immer ihren Mantel anhatte. Sie streifte ihn ab und warf ihn mit samt dem Schal über eine Stuhllehne. Tränen stiegen ihr in die Augen. Wütend drängte sie sie zurück. »Und das nennst du kein Almosen?« Ihre Stimme zitterte. »Du meinst, unter deinem Stand zu heiraten – wie deine Mutter und die restliche Familie es sicher betrachten würden –, sei kein bloßer Akt der Nächstenliebe? Was fällt dir eigentlich ein, hierherzukommen und mir deinen gesellschaftlichen Abstieg anzubieten? Verschwinde. Ich will dich nie wiedersehen.«

Er schwieg eine Weile, stand nur da und sah sie stirnrunzelnd an. Dann legte er eine Hand auf ihre Schulter und hob mit der anderen ihr Kinn, bis sie ihm in die Augen schauen mußte. »Haßt du mich wirklich so sehr?«

Christine lachte erstickt. »Ich hasse dich doch nicht. Haß setzt Gefühle voraus – und ich habe nicht die geringsten Gefühle für dich.«

»Aber ich für dich«, antwortete er. »Ich hab' dich gern. Du bist einer der nettesten Menschen, die ich kenne. Du bist ein guter Freund – und es macht mir Freude, mit dir zusammenzusein. Ich mag dich sehr, und ich wünschte, du würdest mich auch mögen.«

»Aber du liebst mich nicht. Du wärst nie auf die Idee gekommen, mich zu heiraten, wenn das Baby nicht wäre – stimmt's? Kannst du das abstreiten?«

Er seufzte. »Was habt ihr Frauen bloß immer mit der Liebe? Meiner Ansicht nach ist sie eine Erfindung der Dichter. Ich mag dich, Christine – und ich möchte, daß du meine Frau wirst. Und das ist kein spontaner Entschluß, ich habe lange darüber nachgedacht. Na schön, vielleicht hätte ich dir keinen Antrag gemacht, wenn du kein Kind erwarten würdest – aber nur, weil ich überhaupt nicht die Absicht hatte, zu heiraten. Als ich von dem Baby erfuhr, wurde mir klar, daß ich, wenn es schon sein müßte, lieber dich heiraten würde als irgendeine andere Frau, die ich kenne. Beantwortet das deine Frage?«

Christine starrte ihn an. Sie wußte nicht, was sie denken sollte. Sagte er die Wahrheit? Sie wünschte sich verzweifelt, ihm glauben zu können. »Und was ist mit deiner Mutter?« fragte sie schließlich. »Ich kann mir nicht vorstellen, daß sie deine Entscheidung begeistert aufgenommen hat.« Sie stieß ein hysterisches Kichern aus. »Deine Heirat mit mir wäre ja eine noch größere Katastrophe als die deines Bruders mit Sophie!«

»Vergiß Maman«, antwortete er scharf. »Dieses Problem kannst du getrost mir überlassen. Laß dich nur nicht von ihr in die Ecke drängen. Außerdem gibt es jemanden, der die Neuigkeit sehr erfreut aufnehmen wird: Großmutter de Bérenger liegt mir schon seit Jahren in den Ohren, daß ich endlich heiraten soll.«

»Aber nicht einen Niemand wie mich.« Bitterkeit lag in Christines Stimme.

»Du bist kein Niemand!« erwiderte er zornig. »Kein Mensch ist ein Niemand. Diese Einstellung beleidigt den Geist der französischen Revolution! Schau nicht so ungläubig – nicht alle meine Vorfahren endeten auf der Guillotine.« Sie mußte lachen, und er lächelte sie ermutigend an. »Na, siehst du, so gefällst du mir schon viel besser. Also, wie ist es – willst du mich heiraten? Und diesmal sagst du besser ja.«

In ihrem Kopf wirbelten die Gedanken durcheinander. Es war alles so unwirklich. Sie rief sich zur Ordnung. Wenn sie seinen Antrag annahm, dann nur dem ungeborenen Kind zuliebe – aus keinem anderen Grund. Aber das Ganze war einfach haarsträubend! Wie um alles in der Welt sollte sie auf einem Besitz wie Mallerby leben? Und dann gab es da noch ein Haus in London. Es war absurd. Lächerlich. Sie hätte Russell Jennings heiraten sollen oder einen anderen Jungen aus ihren Kreisen. Dann hätte sie inzwischen die statistisch festgelegten zweieinhalb Kinder und mit etwas Glück einen kleinen Bausparvertrag. Das war die Art Leben, die sie kannte – alles andere hieß, das Schicksal herauszufordern.
Andererseits... vielleicht war das Schicksal wirklich dazu da, um herausgefordert zu werden. Sie liebte Rowland, wie sie nie jemanden geliebt hatte und auch nie jemanden lieben würde, und jetzt bekam sie die Chance, ihm diese Liebe zu schenken. Das Schicksal hatte ihrer beider Leben miteinander verknüpft – also sollte es auch die Konsequenzen tragen. Sie hob den Kopf und lächelte.
»Ja.«

Die Trauung fand in London statt. Standesamtlich. Christines Eltern und ein paar Tanten waren dabei und Lois und Barry Aylward. Der Bräutigam erhielt moralische Unterstützung von Bruder und Schwägerin, die sich rühmte, die »Verbindung in die Wege geleitet« zu haben. Colette war nicht erschienen, und auch keiner der Bérengers, aber Madame hatte ein Glückwunschtelegramm geschickt und dem jungen Paar für die Flitterwochen das Château angeboten: Sie werde für einen Monat nach Paris fahren und dort in der Villa Dauphine in der Avenue Foch wohnen, einem der Refugien der Familie, also hätten sie das Schloß ganz für sich allein. Zusätzlich schickte sie einen ansehnlichen Scheck.
Die Hochzeit verlief ohne Presserummel – Rowland und Chri-

stine hatten es so gewollt. Nach einem Glas Sekt im Claridge flogen sie nach Paris, wo Madame in Orly den Citroën für sie abgestellt hatte, und machten sich auf die lange Fahrt nach Süden.

Abends hielten sie in Bonneval und gingen nach dem Essen gleich zu Bett. Rowland war schon den ganzen Tag sehr blaß gewesen und hatte geistesabwesend gewirkt. Als Christine ihn deshalb fragte, ob er seinen Entschluß bedauere, sie geheiratet zu haben, bekam sie die schroffe Antwort, sie solle keinen solchen Unsinn reden. Danach bohrte sie nicht weiter.

Am folgenden Morgen, nach einer tief durchschlafenen Nacht, war Rowland bedeutend besserer Stimmung. Auf dem Rest der Reise erwachte wieder die Freundschaft, die sie damals in der ersten Woche im September füreinander empfunden hatten. Das Dezemberwetter hinderte sie daran, große Ausflüge zu machen, aber sie fanden auch im Haus viele Möglichkeiten, sich zu beschäftigen. Rowland führte seine junge Frau in seine langjährige Leidenschaft ein: die Musik des siebzehnten Jahrhunderts, vor allem das Werk von Jean-Philippe Rameau. Er brachte ihr Bezigue bei und sie ihm Canasta, das Lieblingsspiel ihrer Mutter. Und sie unterhielten sich über Gott und die Welt. Nur ein Thema war tabu: Colette und ihre Reaktion auf die Heirat.

Christine hätte natürlich gern gewußt, was zwischen Rowland und seiner Mutter vorgegangen war, doch als sie versuchte, es zu erfahren, wurde er unzugänglich wie eine Auster. Er würde niemals über seine Mutter herziehen – und dieses Verhalten gefiel Christine in einer Hinsicht auch wieder: Aufgrund seines starken Loyalitätsempfindens konnte sie sicher sein, daß er auch nicht mit Colette über *sie* sprechen würde. Seine Integrität war einer der vielen Gründe für ihre Liebe zu ihm.

Sie kehrten rechtzeitig zu Weihnachten nach England zurück, doch das Zusammentreffen mit ihrer Schwiegermutter, vor dem ihr so gegraut hatte, war fürs erste verschoben. Auf dem

Rückflug von Orly wurde Christine ohnmächtig. Der Hausarzt der Saxelbys, der eiligst ins Inglebatch House gebeten wurde, stellte überhöhten Blutdruck fest und verordnete strikte Bettruhe im Krankenhaus. Es dauerte acht Wochen, bis man sie wieder entließ, und zu dieser Zeit hielt Colette sich in Frankreich auf, wo sie einen Monat bei ihrem Bruder und dessen Familie verbrachte. Christine hatte einen neuerlichen Aufschub gewonnen.

»Paß auf dich auf«, sagte Rowland am ersten Morgen nach ihrer Heimkehr aus dem Krankenhaus und gab ihr einen Abschiedskuß auf die Wange.

»Versprochen«, antwortete sie, verschwieg ihm jedoch, daß sie sich schon seit dem Aufstehen schwindlig fühlte.

Der Anruf erreichte ihn eine Stunde später im Büro: Die Zugehfrau, die um zehn zur Arbeit gekommen war, hatte Christine bewußtlos am Fuß der Treppe gefunden. Mrs. Floss sagte, sie habe den Notarzt gerufen, der jeden Augenblick eintreffen müsse.

Als er sich endlich durch den dichten Verkehr bis zu Klinik durchgekämpft hatte, war bereits alles vorüber. Christine hatte eine Fehlgeburt erlitten. Mit betrübtem Kopfschütteln informierten die Ärzte Rowland, daß die Gebärmutter so stark geschädigt worden sei, daß seine Frau keine Kinder mehr bekommen könne.

VIERTER TEIL

1971-1975

21

Christine öffnete das schmale, samtbezogene Etui und betrachtete niedergeschlagen den Inhalt. Auf weißem Satin lag ein Armband, dessen einzelne Glieder die Form von Blüten mit Diamantblättchen und Saphirstempel hatten. Im Deckel klemmte ein hastig hingekritzelter Gruß: *In Liebe, Rowland.*

Sie blickte eine Weile darauf hinunter, dann klappte sie den Deckel zu, schloß eine Schublade ihres Toilettentischs auf und legte die Schatulle zu den anderen, die ebenfalls die Namen berühmter Juweliere trugen – sowohl aus Paris als auch aus London. Sie nannte diese Schublade das »Gewissensdepot«, denn hier bewahrte sie alle Geschenke auf, die Rowland ihr machte, wenn ihn wieder einmal Schuldgefühle wegen eines Seitensprungs plagten. Sie wußte, welchem Umstand sie das Armband verdankte. Rowe hatte vor kurzem eine Affäre mit der Schriftstellerin Maxine Larson angefangen, die in Begleitung ihres Verleger-Ehemannes ebenfalls für heute abend eingeladen war. Christine stand auf, trat ans Fenster und starrte hinaus, ohne etwas zu sehen.

Colettes Geburtstag – der vierundfünfzigste – wurde wie immer mit einem kleinen Dinner im Familienkreis und einer anschließenden Party gefeiert. Lucien und Solange waren mit Sohn Giles aus Paris herübergeflogen. Sophie und Julian hatten ihr rechtzeitiges Erscheinen zugesichert. Vivien war gleich von der Schule aus zum Inglebatch House gefahren. Nur Rowlands Eintreffen war noch unbestimmt: Er hatte vor zwanzig Minuten aus der Bank angerufen, um Bescheid zu sagen,

daß er sich möglicherweise verspäten würde, da er noch auf einen wichtigen Anruf aus Toronto warten müsse.
Der Julitag hatte alle Spielarten englischen Sommerwetters durchlaufen: regnerisch am Morgen, mittags wechselhaft, und jetzt ging er sonnig in einen milden Abend über, der es möglich machte, die Fenster im Salon offenzulassen, was angesichts der vielen erwarteten Gäste sehr zu begrüßen war.
Christine fragte sich, ob das Bad wohl inzwischen frei war. Der vierzehnjährige Giles, der eines der Gästezimmer im zweiten Stock bewohnte, belegte es schon seit einer Ewigkeit mit Beschlag. Ein Blick auf die Nachttischuhr zeigte ihr, daß sie noch reichlich Zeit hatte. Sie überlegte gerade, ob sie noch etwas lesen sollte, bevor sie erneut beim Badezimmer vorbeischaute, als es klopfte.
»Herein.«
Vivien erschien. Sie trug ein kniekurzes, weißes Seidenkleid, weiße Strumpfhosen mit Blumenmuster und weiße Slipper. »Hi, Tante Chris. Kann ich mal mit dir reden?« Ohne eine Antwort abzuwarten, warf sie sich auf das Doppelbett und lehnte sich nach hinten, auf die Unterarme gestützt.
Vivien Saxelby war seit drei Monaten neun Jahre alt, groß für ihr Alter, und es fiel schwer, zu sagen, welchem Elternteil sie ähnlicher sah. Als Baby war sie blond gewesen, doch jetzt hatte sie Julians braune Haare und auch die gleichen braunen Augen. Der große sinnliche Mund war jedoch eindeutig Sophies Vermächtnis, ebenso wie das kleine spitze Kinn. Wie sie sich charakterlich entwickeln würde, konnte man noch nicht mit Sicherheit sagen. Bisher jedenfalls mochte Christine das Mädchen, und Vivien brachte ihr große Zuneigung entgegen. Manchmal konnte die Vorliebe für ihre Tante regelrecht peinlich sein.
Christine legte das Buch beiseite, das sie gerade zur Hand genommen hatte. »Worüber willst du reden? Wenn du gekommen bist, um dich über deine Mutter zu beschweren, wirst du

kein Glück haben. Deine Auseinandersetzungen mit Sophie gehen mich nichts an.«

»Aber ich kann doch mit niemandem sonst reden«, jammerte Vivien. »Wenn ich was zu Dad sage, dann wird alles nur noch schlimmer. Er und Ma streiten sich sowieso in einer Tour, und Großmutter interessiert sich nicht für meine Probleme. Sie sagt immer nur, daß es Dad recht geschieht – daß er keine Schlampe wie Ma hätte heiraten dürfen.«

»Vivien!« Christine gab sich redlich Mühe, sich entsetzt anzuhören, obwohl sie fast laut losgelacht hätte. Das Kind war entschieden frühreif. »Ich bin sicher, daß deine Großmutter nie so etwas gesagt hat.«

»Na ja – vielleicht nicht wörtlich, aber ich weiß, was sie meint.« Vivien rollte sich auf den Bauch, stützte das Kinn in die Hände, winkelte die Beine an und verschränkte die Füße. »Ma *ist* eine Schlampe. Sie schläft mit haufenweise Männern.«

Diesmal war Christine wirklich bestürzt. Sie ging zum Bett und setzte sich neben ihre Nichte. »Du irrst dich bestimmt, Schätzchen.«

Vivien sah sie mit einem abgeklärten Blick an. Sie ist gar kein Kind mehr, dachte Christine, und die nächsten Worte ihrer Nichte bestätigten es.

»Es ist kein Irrtum«, erklärte das Mädchen ruhig. »Ma hat es mir selbst erzählt.«

»Was hat sie dir erzählt, um Himmels willen?« Christine hatte das Gefühl, in einen Sumpf zu geraten.

»Na, du weißt schon – über Männer und Frauen, und was sie im Bett miteinander machen. Viele Mädchen in der Schule wissen genau darüber Bescheid, nicht nur ich. Ma findet, daß es gut ist, wenn ich aufgeklärt bin. Sie meint, die Schulen sollten Sexualkundeunterricht einführen.«

Ja, dachte Christine, das sieht ihr ähnlich. Sophie, die nie ein Kind gewollt und nach Viviens Geburt dafür gesorgt hatte, daß sie das einzige blieb, war eine wahrhaft katastrophale Mutter.

Die Kindheit war so wichtig – eine *richtige* Kindheit! Ihre Schwägerin hatte Vivien zu einem nüchternen, illusionslosen Geschöpf gemacht – und sie war noch nicht einmal zehn Jahre alt! Warum richtete das Schicksal es so ein, daß Frauen wie Sophie Kinder bekamen, während *sie* keine haben konnte? Nein – sie mußte aufhören, so zu denken: Bitterkeit und Neid waren häßliche Gefühle, die die Seele zerstörten.

Schließlich kam Vivien auf den eigentlichen Grund ihres Besuchs. »Schau dir dieses Kleid an, Tante Chris! Ist es nicht einfach zum Heulen? Ich sehe damit aus, als wäre ich vier! Ich hatte mir eins ausgesucht – ein ganz tolles –, aber das habe ich natürlich nicht bekommen. Sie hat Angst vor Konkurrenz!«

Christine hatte Mühe, Vivien zu besänftigen, und als sie endlich gegangen war, kehrten Bitterkeit und Neidgefühl zurück. Sie hatte sich das Kind so sehr gewünscht! Vielleicht hätten sich die Dinge zwischen Rowland und ihr ganz anders entwickelt, wenn es zur Welt gekommen wäre.

Wieder klopfte es, und gleich darauf rief Giles' Stimme mit dem reizvollen französischen Akzent: »Das Bad ist jetzt frei, Cousine Christine.«

Sie mußte lächeln und rief zurück: »Ich danke dir.« Französische Kinder waren so gut erzogen. Sie machte sich auf den Weg zum Badezimmer, das Rowland und sie normalerweise für sich allein hatten.

Sie ließ Wasser in die Wanne, goß ihr Lieblingsbadeöl hinein und versuchte, die unerwünschten Gedanken zu verdrängen. Doch als sie in dem heißen, duftenden Wasser lag, ließen sie sie einfach nicht mehr los. Ein Kind hätte zwar eine Veränderung bewirkt – sie wäre sich nicht wie eine Betrügerin vorgekommen, und Colettes Haltung ihr gegenüber wäre vielleicht weniger feindselig gewesen –, aber es hätte Rowland nicht veranlaßt, sie so zu lieben, wie sie geliebt werden wollte. Er hatte nie behauptet, mehr als Freundschaft für sie zu empfinden, oder daß er sie auch geheiratet hätte, wenn sie nicht schwanger gewesen wäre. Christine hatte bekümmert festgestellt, daß sein Wunsch nach einer richtigen Familie im Lauf der Jahre immer stärker wurde.

Nicht, daß er es je gesagt oder sich bei ihr beklagt hätte. Sie las es in seinen Augen, wenn sein Blick auf Vivien oder Giles ruhte – oder auf Söhnen und Töchtern von Freunden. Und auch Colette bemerkte es. Einmal hatte Christine zufällig ein Gespräch zwischen Rowland und seiner Mutter mit angehört, in dessen Verlauf ihre Schwiegermutter ihn gedrängt hatte, sich scheiden zu lassen und eine andere Frau zu heiraten. Christine war sicher, daß das nicht die erste Unterhaltung dieser Art war – und auch nicht die letzte sein würde. Colette hatte damals kaum ihre Erleichterung über die Fehlgeburt verbergen können. Sie hatte angenommen, daß damit der Spuk dieser indiskutablen Ehe vorüber sei. Doch Rowland hatte sich geweigert, diesen Gedanken auch nur in Erwägung zu ziehen.

»Christine ist meine Frau – und das bleibt sie auch«, erklärte er energisch. Und als Christine ihm selbst die Scheidung anbot, wurde er wütend und fuhr sie mit schmalen Lippen an, daß er nie mehr etwas davon hören wolle. Obwohl sie zwei- oder dreimal darauf zurückgekommen war, hatte sie immer die gleiche Antwort erhalten: Sie sei seine Frau. Punkt. Basta. Ende.

Doch seine Loyalität ihr gegenüber – diese Loyalität, die jeder schmerzhaft zu spüren bekam, der in seiner Hörweite eine abfällige Bemerkung über sie zu machen wagte – hielt ihn nicht davon ab, zahlreiche Verhältnisse zu haben. Es gab immer eine andere Frau in seinem Leben, und Christine war gezwungen, sich mit der Tatsache abzufinden, daß er den Reizen des schönen Geschlechts einfach nicht widerstehen konnte. Manche Männer tranken, andere waren Kettenraucher, wieder andere experimentierten mit Drogen – Rowland mochte Frauen. Es war nicht nur der Sex – obwohl der natürlich eine große Rolle spielte –, sondern weil er weibliche

Gesellschaft liebte. Er zog sie der von Männern vor. Aber schließlich hatte sie das von Anfang an gewußt.
Christine stieg in einem Schauer blitzender Wassertropfen aus der Wanne. Es bringt nichts, immer und immer wieder über dieses Problem nachzudenken, hielt sie sich zornig selbst vor. Wenn du die Scheidung willst, dann setz sie durch – aber hör auf, dich zu bedauern. Begreif endlich, daß du ohne ihn viel besser dran wärst.

Doch in dem Moment, als sie ihn wiedersah, wußte sie, daß sie ihn niemals würde verlassen können. Sie liebte ihn wie eh und je.
Er hatte es nicht bis zum Dinner geschafft. Der Anruf aus Toronto war viel später gekommen als erwartet, und als er nach Hause kam, trafen bereits die Partygäste ein.
»Tut mir leid, Maman.« Er küßte Colette auf die Wange. »Es ging nicht anders.« Damit verschwand er nach oben, um sich umzuziehen.
Als er wieder erschien, war das Fest bereits in vollem Gange. Der Salon wimmelte von Menschen, und auch im Flur, auf der Treppe und unten in der Halle drängten sich die Leute. Colette, die in ihrem schwarzen Dior-Kleid und mit den Saxelby-Perlen als einzigem Schmuck sehr elegant aussah, nippte an ihrem Wodka-Lime und bewegte sich in angeregter Unterhaltung zwischen ihren Gästen. Christine beobachtete von der Ecke aus, wo sie auf einer Sofalehne hockte, wie ihre Schwiegermutter Hof hielt.
Es waren viele Bankangestellte da – Colette vergaß nie, sie zu ihrem Geburtstag einzuladen – und Gesichter aus Politik und Showbusineß und andere, die ihr zwar bekannt vorkamen, denen sie jedoch keine Namen zuordnen konnte. Und dann gab es noch diejenigen, die unter der dehnbaren Bezeichnung »Freunde« liefen – darunter auch Maxine und Sebastian Larson. Christine war nicht die einzige, die den beiden mit den

Augen folgte. Sie waren ein gutaussehendes Paar, das die Blicke auf sich zog.

Maxine, deren erster Roman »Hitzewelle« vor drei Jahren die Bestsellerlisten erobert und vor zwölf Monaten den Platz für ihren zweiten »Die Silberpappel« hatte freimachen müssen, war eine aufsehenerregende Erscheinung, fast einsachtzig groß und mit kurzen aschblonden Haaren. Sie trug ein rotes Seidenkleid und lange goldene Ohrringe, die ihre Schultern streiften, wenn sie den Kopf bewegte. Ihr attraktiver Mann war ebenfalls sehr groß, blond und blauäugig. Er hörte gerade aufmerksam einer Frau in grünem Samt zu, als Rowland hereinkam, und bemerkte ihn deshalb nicht. Anders seine Frau: Maxine brach augenblicklich ihre Unterhaltung mit einem Parlamentsmitglied ab.

»Rowe!« rief sie und ging strahlend auf ihn zu. »Da bist du ja endlich! Ich dachte schon, du kämst gar nicht mehr. Was hat dich denn aufgehalten?«

Nicht wenige wissende Blickwechsel und Rippenstöße und auch befremdet hochgezogene Augenbrauen waren zu registrieren. Irgend jemand in Christines Nähe kicherte. Ein paar Gäste sahen sie mitleidig an. Sie spürte, wie ihr die Röte ins Gesicht stieg.

Doch Rowland übersah Maxine und steuerte geradewegs auf seine Frau zu. »Hallo, Liebling.« Er beugte sich herunter und küßte sie. Ein Gast hatte eine Elvis-Platte aufgelegt, Rowland zog Christine hoch. »Komm tanzen.«

Sie lachte. »In dem Gedränge? Bist du verrückt?«

»Wir können ja so tun, als ob wir tanzen«, meinte er. »Leg deine Arme um meinen Hals, und wir wiegen uns im Rhythmus hin und her. ›The Wonder of You‹ ist einer meiner Lieblingssongs.«

Sie ließ sich mitziehen, fragte jedoch: »Solltest du nicht zu Maxine gehen und ein paar Worte mit ihr wechseln? Sie ist bestimmt gekränkt, daß du sie einfach ignoriert hast.«

»Maxine – wer ist das?« erwiderte er gleichgültig, aber sie fing den Blick auf, den er zu Maxine hinüberwarf – und das entschuldigende Lächeln in seinen Augen. Und sie sah auch Maxines verständnisvolle kleine Grimasse, bevor sie sich wieder ihrem Gesprächspartner zuwandte. Sanft schob Christine ihren Mann von sich. »Mir ist nicht nach Tanzen. Such dir eine andere.«

»In Ordnung.« Doch er machte keine Anstalten, sie allein zu lassen. »Stell mir ein paar von diesen Leuten vor – ich schwöre dir, ich kenne noch nicht einmal die Hälfte.«

Das stimmte natürlich nicht. Als sie sich durch das Gewühl kämpften, war es Rowland, der die Gäste mit Namen begrüßte. Für Christine waren die meisten Fremde – sie hatte es schwer, in dieser ihr noch immer nicht vertrauten Welt Freunde zu finden.

»Warum trägst du denn nicht das neue Armband?« fragte Rowland plötzlich. Sie standen an der provisorischen Bar, die gegenüber der Tür aufgebaut worden war, und Rowe goß sich gerade einen Whisky mit Wasser ein. »Es hätte sehr gut zu dem grünen Kleid gepaßt.«

Christine zuckte mit den Schultern. »Ach – du kennst mich doch«, antwortete sie leichthin. »Ich habe nie viel für Schmuck übrig gehabt.« Sie berührte die Brosche, die in Höhe ihrer linken Schulter befestigt war. »Mehr als das brauche ich nicht.« Er sagte nichts, doch sie erkannte an seiner Miene, daß er verstanden hatte. Die Brosche war sein Hochzeitsgeschenk gewesen: ein Oval aus Diamanten mit einem Dreieck aus Rubinen in der Mitte – das Wappen der Chandos. Rowland hatte es anfertigen lassen, und deshalb war es für sie das wertvollste Schmuckstück, das sie besaß. Sie trug es täglich, während bedeutend kostbarere Stück im »Gewissensdepot« oder dem Wandsafe im Schlafzimmer liegen blieben.

»Chris«, begann Rowland, wurde jedoch von Lucien de Berenger am Weitersprechen gehindert, dem es schließlich gelungen war, bis zu seinem Neffen vorzudringen. Lucien wollte wie stets über Geschäfte reden und unbedingt Rowlands Meinung zu dem Gerücht hören, daß die Vereinigten Staaten beabsichtigten, ihren Getreideüberschuß an Rußland zu verkaufen – und über die daraus resultierende Gefahr einer weltweiten Inflation. Auch die Ölpreise stiegen. Er überschwemmte ihn mit einer Suada auf Französisch, die er mit beredten Gesten untermalte. Rowland ergab sich in sein Schicksal, und Christine ergriff die Gelegenheit, zu entkommen.

Sie gesellte sich zu einer Gruppe, bei der auch Julian und Sophie standen. Vivien lehnte müde und sichtlich gelangweilt an ihrem Vater, der den Arm um ihre Schultern gelegt hatte. Sophie, die ein hautenges scharlachrotes Kleid trug, hatte ein Auge auf Sebastian Larson geworfen und lachte über jede seiner Bemerkungen, die man auch nur im entferntesten als geistreich bezeichnen konnte. Maxine, registrierte Christine, erzwang sich entschlossen den Weg zu Rowland, der immer noch neben Lucien stand. Schnell wandte sie sich ab. Sie hatte keine Lust, das erfreute Lächeln auf dem Gesicht ihres Mannes zu sehen, und begann ein Gespräch mit ihrem Nachbarn, von dem sie die vage Vermutung hatte, daß er Schauspieler sei – sie kannte das Gesicht, kam jedoch nicht auf den Namen –, ohne zu wissen, was sie sagte. Es mußte jedoch einen Sinn ergeben, denn er lächelte, nickte und antwortete.

Drei Stunden später, um ein Uhr nachts, kauerte Vivien fest schlafend in einer Sofaecke, und bei Christine machte sich Erschöpfung bemerkbar. Einige Gäste waren bereits gegangen, und es gab jetzt genug Platz zum Tanzen. Sophie hing, inzwischen ziemlich betrunken, am Hals von Sebastian Larson, der ihr etwas ins Ohr flüsterte und sie viel fester hielt als nötig. Auch Rowland und Maxine tanzten – wenn man das engumschlungene Hin- und Herwiegen als Tanzen bezeichnen konnte. Julian stand mit Freunden an der Bar, verließ sie jedoch nach einer Weile und kam zu Christine herüber.

»Warum lassen wir uns das gefallen?« fragte er düster und nickte zu Sophie und Rowland hinüber. »Ich sage es dir: Weil wir Idioten sind!« Seine leicht schleppende Sprechweise zeigte, daß er zu viel getrunken hatte.
»Vielleicht haben wir einfach keine Wahl«, erwiderte Christine und tätschelte freundschaftlich seine Hand. »Macht es dir denn viel aus?«
»Nicht auf die gleiche Weise wie dir«, antwortete er. Seine Scharfsichtigkeit erstaunte sie; Julian war normalerweise nicht besonders einfühlsam. »Aber ich mag es nicht, wenn man einen Hampelmann aus mir macht.«
»Warum setzt du dich dann nicht durch? Oder, wenn du das nicht schaffst, warum läßt du dich nicht scheiden?«
Er zuckte mit den Schulter, wodurch ein Teil seines Drinks auf die Sofalehne schwappte. »Ich habe nichts übrig für Skandale – und außerdem möchte ich, daß Sophie bleibt, solange Viv noch so klein ist. Eine schlechte Mutter ist immer noch besser als gar keine. Und«, fügte er hinzu, »obwohl Rowe und ich nicht katholisch erzogen worden sind – darauf bestand mein Vater, bevor er Maman heiratete –, hatte ich seit jeher eine Tendenz in diese Richtung. Vielleicht werde ich eines Tages konvertieren.«
Christine beugte sich hinüber und küßte ihren Schwager auf die Wange. »Tu das«, ermutigte sie ihn. »Steh für das ein, woran du glaubst.«
»Und was ist mit dir?« Er schob seinen Arm in den ihren und drückte ihn. »Wie steht's mit deinen Überzeugungen?«
Sie lachte. »Ich fürchte, ich habe keine.«
»Doch, die hast du«, widersprach er und jetzt küßte er sie auf die Wange. »Du bist durchdrungen davon . . .« Er nahm einen großen Schluck Whisky. ». . . du bist durchdrungen davon, daß Rowland wun-der-voll ist. Und das ist er auch. Kann ich nicht bestreiten. Aber er ist ein Schürzenjäger.«
Christine seufzte, als Julians Kopf an ihre Schulter sank. Ihr

Blick wanderte zu Rowland und Maxine zurück, die sich nach wie vor ineinander versunken zur Musik bewegten. Sie erinnerte sich an Lisle Ingram. Und dann fiel ihr unerklärlicherweise Lucy Brennan ein.

22

Als Christine am späten Samstagvormittag von dem Wunsch nach einer Tasse Kaffee in die Küche im Souterrain getrieben wurde, fand sie dort Mrs. Jones, die Haushälterin, vor, die sich aus der großen braunen Tonkanne, die, flankiert von Milchkännchen und Zuckerdose, neben einer Platte mit Gebäck auf dem Tisch stand, gerade Tee nachgoß. Der Duft von gebratenem Speck und Toast, der in der Luft hing, deutete darauf hin, daß Rowland ein ausgiebiges Frühstück zu sich genommen hatte, bevor er ins Büro gefahren war. Der bloße Gedanke an Speck ließ Christine schaudern.

Ihren hämmernden Kopfschmerzen nach zu urteilen, hatte sie am Abend zuvor bedeutend mehr getrunken, als ihr bewußt gewesen war. Das Licht erschien ihr ungewöhnlich grell, und sie lehnte Mrs. Jones' Angebot, ihr etwas zu essen herzurichten, entschieden ab. Alles, was sie im Augenblick zu sich nehmen konnte, war Kaffee.

»Sie haben 'nen dicken Kopf, was?« fragte die Haushälterin mitfühlend und stand auf, um Wasser aufzusetzen. »Überrascht mich nicht. Der Salon sieht aus wie nach einem regelrechten Gelage. Muß 'ne gelungene Party gewesen sein. Hat es Mrs. Saxelby gefallen?«

Christine nahm einen Becher von einem Wandhaken und löffelte Kaffeepulver und Zucker hinein. »Ja – ich glaube schon. Sie war immer noch munter, als ich mich um drei Uhr verabschiedete.«

Zu diesem Zeitpunkt waren die meisten Gäste bereits gegangen, Julian und Sophie wurden schließlich von Colette gezwungen, die völlig erledigte Vivien nach Hause zu bringen, Solange und Lucien schickten den ebenso erschöpften Giles ins Bett und verschwanden ebenfalls.

Nur ein paar Unentwegte strapazierten noch die Gastfreundschaft des Geburtagskindes – darunter auch das Ehepaar Larson. Sebastian unterhielt Colette mit einer Geschichte, die sie offenbar höchst amüsant fand, und Maxine saß mit ausgestreckten Beinen neben Rowland auf dem Fußboden. Mit diesem Bild der beiden vor Augen ging Christine die Treppe hinauf. Als Rowland etwa eine Stunde später nachkam, tat sie, als würde sie schlafen.

Mrs. Jones goß Wasser in Christines Becher und schob ihr das Milchkännchen hin. Christine schüttelte lächelnd den Kopf. »Ich trinke ihn heute schwarz – vielleicht hilft er mir dann auf die Beine.«

Die Haushälterin nahm sich noch einen Keks. »Mr. Saxelby sah auch nicht gerade taufrisch aus, als er runterkam, das kann ich Ihnen sagen.« Sie deutete mit dem Daumen zur Decke. »Was ist mit den Franzosen da oben? Werden die auch frühstücken wollen?«

»Kann ich mir nicht vorstellen. Es rührte sich noch nichts, als ich an ihrem Zimmer vorbeikam. Aber sie werden zum Mittagessen hier sein. Am späten Nachmittag fliegen sie nach Paris zurück.«

»Ich werd' aber nicht extra was Besonderes kochen«, erklärte Mrs. Jones kategorisch und machte sich daran, die Teekanne zu leeren. »Sie können gute englische Hausmannskost haben. Ihre widerlichen Froschschenkel und Schnecken sollten sie bei sich zu Hause essen.«

»Ich bin sicher, so etwas erwarten sie hier auch gar nicht«, erwiderte Christine, ein Lachen unterdrückend. Wenn mich schon wieder etwas amüsiert, muß ich mich auf dem Weg der Besserung befinden, dachte sie.

Über ihnen im Parterre knallten die Lifttüren, und dann hörte

man Schritte auf der Treppe zum Souterrain. Gleich darauf kam Colette in die Küche. Sie sah frisch und ausgeruht aus. Neidvoll fragte sich Christine, wie sie das schaffte. Ihre Schwiegermutter begrüßte Mrs. Jones und sagte: »Machen Sie sich keine Gedanken wegen des Mittagessens – ich werde mich selbst darum kümmern. Ich dachte an etwas Leichtes – ein Kräuteromelett vielleicht. Was meinst du dazu, Chris?«
Christine hatte Mühe, ihre Verwunderung zu verbergen. »Hört sich gut an«, antwortete sie.
Mrs. Jones sah höchst erfreut aus. »Na, wenn das so ist, dann wasche ich nur noch schnell ab und verschwinde dann.« Samstags kam sie sonst gar nicht – sie hatte sich diesmal nur gefällig erweisen wollen. Sie schnappte sich Christines noch halbvollen Becher und ließ Wasser ins Spülbecken laufen.
Colette setzte sich, stützte einen Ellbogen auf den Tisch, und stützte das Kinn in die Hand. »Du siehst nicht gut aus«, bemerkte sie. »Ziemlich blaß.«
»Wenig Schlaf und Alkohol ist eine Kombination, die mir nicht bekommt«, erwiderte Christine.
Colette dachte darüber nach, und dann meinte sie: »Ich glaube nicht, daß es daran liegt. Es ist wegen Rowland, nicht wahr? Und Maxine Larson.«
Christine warf ihr einen erstaunten Blick zu. Zum ersten Mal in den sechs Jahren ihrer Ehe zeigte ihre Schwiegermutter ihr gegenüber so etwas wie Mitgefühl. »Seine Affären bessern meine Stimmung nicht gerade«, gab sie zu. »Aber es ist nicht nur das. Ich habe das Gefühl, ihn getäuscht zu haben.«
Colette, der plötzlich bewußt wurde, daß Mrs. Jones aufgehört hatte, abzuwaschen, und aufmerksam zuhörte, verfolgte das Thema nicht weiter – doch später fragte sie Christine, ob sie Lust habe, sie zum Flughafen zu begleiten, um Lucien und seine Familie zu verabschieden. Christines Verwirrung wuchs. Verdutzt sagte sie zu. Sie mochte die geschäftige Atmosphäre von Flugplätzen – die Rolltreppen, die Speisen- und Getränke-

Automaten, die Selbstbedienungsrestaurants, den Lärm und die Hektik. Vielleicht, weil diese Dinge ihr vertraut waren – sie gehörten zu der Welt, die sie kannte, und erinnerten sie an Konzerte auf dem Pier, an Frühstück in den »Winter Gardens«, und an das Treiben an Bankfeiertagen. Bestürzt erkannte sie, wie wenig sie sich in all dieser Zeit an ihr neues Leben gewöhnt hatte. Doch dann riß sie sich aus ihren wehmütigen Betrachtungen. Es gab Wichtigeres. Zum Beispiel die überraschende Freundlichkeit ihrer Schwiegermutter.

Von Colette aus gesehen war sie eine logische Folge: Sie hatte ihre Antipathie gegen die Schwiegertochter schon vor geraumer Zeit abgelegt. Zu Anfang war sie außer sich gewesen. Rowlands Entschluß, Christine zu heiraten, hatte sie zuerst verblüfft und dann in Rage gebracht und dazu veranlaßt, Himmel und Hölle in Bewegung zu setzten, um ihn davon abzubringen. Als ihr das nicht gelang, verlagerte sie ihren ohnmächtigen Zorn auf das unerwünschte neue Familienmitglied. Sie sah Christine als eine geldgierige Person, die Rowland verführt hatte, um ihn zu einer Ehe zu zwingen. Die Tatsache, daß sowohl Julian als auch ihre eigene Mutter Christine mochten, verstärkte ihre ablehnende Haltung nur noch.

»Es ist höchste Zeit, daß Rowland zur Ruhe kommt«, hatte Madame de Bérenger gesagt. »Und gutes bürgerliches Blut ist genau das, was diese Sippe ab und zu zur Auffrischung braucht.«

Doch es war anders gekommen. Als Colette von Christines Fehlgeburt erfuhr, hoffte sie, daß ihr älterer Sohn nun endlich zur Vernunft kommen würde und sich scheiden ließe. Das war zwar gegen die katholische Glaubenslehre, doch unter den gegebenen Umständen war es moralisch zu rechtfertigen – und außerdem waren ihre Söhne nicht katholisch erzogen worden, also spielte es eigentlich gar keine Rolle. Aber Rowland hatte sich geweigert, diesen Gedanken auch nur in Erwägung zu ziehen.

»Ich werde keine andere Frau heiraten, Maman«, erklärte er entschieden. »Die Idee kannst du dir abschminken. Chris ist meine Frau, und das bleibt sie auch. Ich möchte diesen Vorschlag nie wieder von dir hören.«

Sie begriff, daß jede weitere Diskussion zwecklos war. Es gab Augenblicke, da verhielt Rowland sich genau wie sein Vater: widerspenstig bis zur Sturheit. Der Schwung des Mundes, das energische Kinn – das war eindeutig Noel. Doch damit endete die Ähnlichkeit. Noel Saxelby war ein kleiner Mann gewesen – was die Größe betraf, schlugen beide Söhne den Bérenger nach – und Colette vom ersten Moment an treu ergeben. Er interessierte sich nie für »Nachbars Kirschen«; doch auch wenn es anders gewesen wäre, hätte er seine Frau nicht betrogen. Wie viele Engländer seiner Generation war er überzeugter Puritaner und betrachtete Ehebruch als eine schlimme Verfehlung. Die Franzosen hielt er allesamt für geborene Lüstlinge. Was hätte er wohl von seinem Erstgeborenen gedacht? fragte Colette sich oft.

Rowlands Entscheidung, zu Christine zu stehen, hätte er zweifellos gebilligt. Er hatte ein ausgeprägtes Ehrgefühl besessen und die leichtlebige Natur der Franzosen stets verurteilt. Da Rowland zumindest ersteres von ihm geerbt hatte, war ihr Kampf um eine Scheidung von vornherein aussichtslos gewesen. Schließlich gab sie auf, doch ihre Abneigung gegen Christine – und Sophie – zeigte sich deutlich an der frostigen Höflichkeit, mit der sie ihre Schwiegertöchter behandelte. Sophie konnte der unguten Atmosphäre entfliehen, doch obwohl laut Noel Saxelbys Testament Mallerby und Inglebatch House offiziell Rowland gehörten, waren sie doch auch Colettes Heim, und so waren sie und Christine immer wieder gezwungen, Wochen unter einem Dach zu verbringen.

Die ersten zwei, drei Jahre verliefen äußerst unerfreulich – für beide Seiten –, doch mit der Zeit verringerte sich Colettes Animosität. Sie erkannte, daß Christine Rowland nur aus einem einzigen Grund geheiratet hatte: aus einer tiefen Liebe heraus, zu der die meisten Frauen unglücklicherweise gar nicht fähig waren. Oder glücklicherweise – das kam auf den jeweiligen Mann an. Allmählich entwickelte sie Zuneigung für ihre Schwiegertochter – und sogar ein Gefühl der Solidarität.

Sie akzeptierte, daß Rowland andere Frauen hatte. Seit Lisle Ingram waren es nur kurzlebige Affären gewesen, und Colette war nie so »englisch« geworden, daß sie gelegentliche Seitensprünge in einer Ehe für ein Drama hielt. Doch dann hatte er vor vier Monaten Maxine Larson kennengelernt, und ihre Beziehung entwickelte sich sehr schnell zu einer ernsten Angelegenheit. Und gestern abend, als sie ihren Sohn und Maxine beobachtete und den Schmerz auf Christines Gesicht sah, den diese verzweifelt zu verbergen suchte, hatte sie plötzlich festgestellt, daß sie empört war – wegen Christine. Sie hätte Rowland am liebsten an den Schultern gepackt und geschüttelt und ihm gesagt, was für ein blinder Narr er sei. Die Vergangenheit, die Tatsache, daß Christine keine Kinder bekommen konnte, waren auf einmal unwichtig. Vielleicht habe ich durch meine ablehnende Einstellung Rowes Verhalten sogar gefördert, dachte sie schuldbewußt. Und sie beschloß, Christine in Zukunft anders zu behandeln.

»Christine! Christine!«

Als sie so energisch ihren Namen rufen hörte, drehte sie sich erschrocken um. Colette und sie waren auf dem Weg in eines der vielstöckigen Parkhäuser von Heathrow, wo sie anderthalb Stunden zuvor tatsächlich einen Platz gefunden hatten. Lucien, Solange und Giles waren abgeflogen, und nun wollten Sie den dunkelblauen Simca holen, den Colette in London fuhr, da der große Daimler für den Stadtverkehr ungeeignet war. Er wurde nur zu besonderen Gelegenheiten benutzt.

»Chris!« Ein Mann drängte sich zwischen zwei Gepäckkarren

durch und blieb atemlos vor ihr stehen. »Ich habe dich vorhin schon gesehen – auf der Rolltreppe. Wie geht's dir denn so?«
Einen Moment starrte sie ausdruckslos in das blasse Gesicht mit dem »Fünf-Uhr-Bart« und den blauen Augen, die auf sie herunterlächelten, dann rief sie ungläubig: »Russ! Russ Jennings! Gut geht es mir. Und dir?«
»Mir auch.« Die Konversation drohte zu versickern. Beide lachten ein bißchen verlegen. Colette zupfte ihre Schwiegertochter am Ärmel.
Christine erinnerte sich an ihre gute Erziehung und sagte hastig: »Oh, tut mir leid. Wie unhöflich von mir. Colette – das ist ein alter Freund. Russell Jennings. Russ – meine Schwiegermutter, Colette Saxelby.« Nachdem die beiden sich die Hand gegeben hatten, fuhr sie fort. »Was machst du denn hier? Kommst du gerade aus dem Urlaub?«
Er schüttelte den Kopf. »Ich wollte jemanden abholen – aber ich bin versetzt worden. Sag mal, hast du Zeit für eine Tasse Kaffee? Ich würde zu gerne wissen, wie es dir in der langen Zeit ergangen ist.«
Christine warf Colette einen fragenden Blick zu, doch diese sagte: »Bedaure – ich muß zurück. Ich gehe heute abend ins Theater.« Dann kam ihr ein Gedanke: »Wohnen Sie in London, Mr. Jennings?« Er nickte, und sie wandte sich an Christine: »Nun, dann geh doch mit ihm, chérie. Er kann dich sicher später nach Hause bringen.«
»Eine gute Idee.« Russell strahlte. »Sie leben in Hampstead, nicht wahr? Das ist zwar keine Gegend, in der ich mich auskenne, aber Christine kann mich ja dirigieren.«
»Natürlich.« Erneut war Christine verblüfft über Colettes ungewohnte Liebenswürdigkeit. Sie hatte sie nie vorher Chérie genannt oder ihr solche Freundlichkeit und Besorgnis entgegengebracht wie heute. Doch wenn sie es recht überlegte, mußte sie zugeben, daß sich das Verhalten ihrer Schwiegermutter bereits seit längerem deutlich »entschärft« hatte.

Russell nahm Christines Arm und führte sie über die Straße in das nächstgelegene Flughafengebäude. In dem Restaurant im ersten Stock fanden sie zwei Plätze an einem der scheußlichen, orangefarbenen Kunststofftische, und Russell reihte sich in die Schlange am Selbstbedienungstresen ein. Etwa zehn Minuten später kam er mit zwei Plastiktassen zurück.
»Nicht gerade das Ritz«, meinte er mit einem schiefen Grinsen. »Aber ehe wir jetzt weiß Gott wohin fahren...«
»Ist doch alles bestens. Stimmt das, was du Colette gesagt hast – du wohnst in London?«
Er rührte den Inhalt seiner Tasse mit dem mitgebrachten Löffel um. »Ja – in Ealing. In einem der großen Vorkriegsblocks. Schon seit zwei Jahren – seit meiner Beförderung.«
»O Russ!« Sie freute sich ehrlich für ihn. »Herzlichen Glückwunsch! Lois hat schon immer gesagt, du würdest es weit bringen.«
»Wie geht's ihr denn?« fragte er. »Ich nehme an, ihr seht euch nicht mehr oft.«
»Nicht so oft, wie ich möchte – aber nicht aus dem Grund, den du annimmst, Rowe würde mich nie davon abhalten, meine Freunde zu besuchen. Wann immer wir auf Mallerby sind, fahre ich zu ihr hinüber. Aber die zwei kleinen Kinder halten sie ziemlich auf Trab. Das ältere Mädchen, Cheryl, ist meine Patentochter.«
Russell lachte. »Typisch Lois! Wer sonst würde seine Tochter Cheryl nennen?«
»Es ist die Koseform von Charlotte und bedeutet ›kleine Frau‹«, erklärte Christine leicht verärgert. »Ich finde den Namen sehr hübsch – auch wenn er sich in Verbindung mit Aylward nicht gerade leicht aussprechen läßt. Da hat es die kleinere einfacher. Sie heißt Judith.«
»Es tut mir leid, daß du dein Baby verloren hast«, sagte er unvermittelt. »Deine Mutter hat es meiner erzählt – auch, daß du keine Kinder mehr bekommen kannst.«

Christine schluckte. Tränen brannten in ihren Augen. Sie nippte an dem dünnen Kaffee. »Es war eine schlimme Zeit«, antwortete sie. Dann zwang sie sich zu einem Lächeln. »Aber jetzt bin ich darüber hinweg. Du bist noch nicht verheiratet, hat Lois mir erzählt.«

Er antwortete nicht gleich. Seine Aufmerksamkeit war vorübergehend von einem hochgewachsenen Mädchen in hautengen Jeans gefesselt, die gerade vorbeikam. Als sie außer Sicht war, wandte er sich wieder Christine zu. »Ich habe nur *eine* Frau gewollt – und da die mich nicht wollte ...« Er brach ab und schnitt eine Grimasse. »Vergiß es – ich hatte nicht vor, davon anzufangen.«

Sie spürte Schuldgefühle in sich aufsteigen. »Aber Russ! Es waren so viele Frauen hinter dir her. Ich kann nicht glauben, daß du immer noch den Trauerflor trägst.«

Zwei kleine Kinder, dem Aussehen nach Bruder und Schwester, tobten mit ausgestreckten Armen und lautstark das Geräusch von Flugzeugtriebwerken nachahmend, zwischen den Tischen herum. Die Eltern beobachteten sie gelassen und kümmerten sich nicht darum, daß die anderen Gäste empfindlich gestört wurden. »Warum können diese Leute ihre Kinder nicht zur Raison bringen?« sagte Christine ärgerlich. »Wenn es meine wären ...« Aber sie würde nie welche haben. Als sie aufblickte, sah sie Mitleid in Russells Augen. »O verdammt!« Sie lachte. »Wir sind schon ein tolles Paar. Da treffen wir uns nach Jahren zum erstenmal und sitzen hier und bedauern uns selbst und gegenseitig.«

Er grinste. »Du hast recht. Laß uns das Thema wechseln. Mach einen Vorschlag.«

»Okay.« Sie schob die noch halbvolle Plastiktasse weg. »Du sagtest, du seist hergekommen, um jemanden abzuholen und seist versetzt worden. Was kann denn passiert sein?«

»Bestimmt überhaupt nichts. Wenn du erfährst, wen ich erwartet habe, wird es dich nicht überraschen, daß sie nicht aufgetaucht ist.« Er machte eine Kunstpause, um ihre verwirrte Miene zu genießen und sagte schließlich: »Lucy Brennan.« Es klang wie ein Trompetenstoß.

»Lucy Brennan?« Christine konnte es nicht fassen. »Aber... aber warum? Wie? Ich meine...«

»Warum wir in Verbindung stehen?« Christine nickte. Russ erklärte es ihr: »Du erinnerst dich, daß ich in den Lake District fuhr – damals, in dem Jahr als du unsere Verlobung gelöst hast?«

»Wir waren nie verlobt«, korrigierte sie sofort.

Er zuckte mit den Schultern. »Na schön, wenn du so pingelig sein willst. Aber es bestand eine stillschweigende Übereinkunft zwischen uns. Wie dem auch sei – ich fuhr also im Oktober in den Lake District. Oder im November? Ich weiß es nicht mehr genau. Jedenfalls war es Herbst. Und dort traf ich Lucy Brennan wider. Sie wohnte bei einer verheirateten Freundin in der Nähe von Ambleside, aber der Ehemann mochte sie nicht, und ich war allein in meinem Hotel in Windermere, und so sahen wir uns ein, zwei Mal. Seitdem schreibt sie mir von überall, wo sie gerade ist, eine Postkarte – und vorgestern kam eine aus Hamburg, auf der stand, daß sie möglicherweise heute mit der Nachmittagsmaschine rüberkäme. Sie wolle für den Rest des Sommers nach Südfrankreich, aber... Du kennst ja Lucy: Ein kleiner Abstecher nach London für einen Tag ist für sie ein Klacks. Doch sie ist nicht gekommen. Irgendwas muß ihre Pläne über den Haufen geworfen haben.« Er verzog den Mund. »Pläne ist ein ganz falsches Wort. Lucy macht niemals Pläne – sie läßt sich treiben.«

»Und nur aufgrund einer vagen Aussicht bist du zum Flughafen gefahren?« Christine war fassungslos, daß Russell mit Lucy in Kontakt stand. Sie fühlte einen Stich. War sie etwa eifersüchtig? Sie griff nach ihrer Handtasche. »Ich möchte dich nicht drängen – aber ich muß los. Rowe und ich sind heute abend zum Essen eingeladen.«

»Du drängst mich überhaupt nicht«, versicherte er ohne Überzeugung. Er kramte die Autoschlüssel aus der Hosentasche. »Na – dann wollen wir mal.« Er nahm ihren Arm und führte sie zur Rolltreppe.

23

Christine hatte gebadet und saß auf dem Bett und musterte den Inhalt ihres Kleiderschranks, als Rowland die Tür öffnete. Er blieb stehen und beobachtete sie. »Nimm das Rote da«, schlug er vor. »Das steht dir, es gibt dir ein bißchen Farbe.«

Sie fuhr herum. »Himmel – hast mich erschreckt! Ich habe dich gar nicht gehört. Und das ›Rote da‹, wie du es nennst, hat dich über dreihundert Pfund gekostet.«

»Alte oder neue?« Er trat auf sie zu und küßte sie. »Die Einführung des Dezimalsystems verschleiert die Inflation.« Wie immer, wenn er von der Bank nach Hause kam, sah er blaß und erschöpft aus. Er setzte sich neben Christine und lehnte sich schwer gegen sie. Sie nahm ihn in den Arm und drückte ihn an sich, und so blieben sie eine Weile schweigend sitzen. »Ich brauche dich, Chris«, sagte er schließlich. »Das weißt du, nicht wahr?«

»Ich fange an, es zu glauben«, antwortete sie. »Früher dachte ich... na ja, daß du ohne mich besser dran wärst – aber jetzt bin ich nicht mehr so sicher. Aber du liebst mich noch immer nicht.«

Er umarmte sie und wiegte sie mit geschlossenen Augen hin und her. »Ich habe dir schon vor Jahren gesagt«, murmelte er, »daß Liebe ein Mythos ist. Sie gehört in Märchen und Shakespeare-Stücke. Aber du bist mein sicherer Hafen – mein Ruheplatz im Auge des Hurrikans.«

Sie mußte lachen, doch ihr Herz hämmerte gegen ihre Rippen. »Für einen Mann, der nicht an die Liebe glaubt, hast du eine bemerkenswert poetische Ausdrucksweise.« Gleich darauf gewann ihr Realitätssinn wieder die Oberhand. »Und was ist Maxine Larson für dich?« Sie wußte, daß sie sich auf gefährlichem Boden bewegte. Ihr Herz schlug noch schneller.

Einen Augenblick dachte sie, er würde nicht antworten, doch dann sagte er: »Ich mag Frauen – nach all diesen Jahren solltest du das wissen.« Eine Spur von Trotz klang in seiner Stimme mit. »Ich glaube nicht, daß der Mann als monogames Wesen konstruiert ist; das haben sich Kirche und Staat zum Schutz der Familie ausgedacht.«

Christine befreite sich sanft. »Aber wir sind keine Familie – willst du mir das damit sagen? Meine Schuld, ich weiß. Solltest du dich nicht langsam ausziehen? Du mußt noch duschen. Die Semphills erwarten uns um acht, also müssen wir spätestens um halb neun dort sein.«

Rowland streifte schweigend seine Kleider ab und ging ins Bad. Was ist nur in mich gefahren? fragte Christine sich unglücklich. Sie hatte einen Moment der Zärtlichkeit und Intimität mutwillig zerstört. Warum? Lag es daran, daß sie heute nachmittag unerwartet mit Lucy Brennan konfrontiert worden war, an die sie sich am vorangegangenen Abend unerklärlicherweise plötzlich erinnert hatte? War das ein Vorbote kommenden Unheils? Was für ein Unsinn! rief sie sich zur Ordnung. Es war purer Zufall – nichts anderes.

Die Badezimmertür öffnete sich, und Rowland erschien mit einem Handtuch um die Hüften. Er sah jetzt besser aus: Das heiße Wasser hatte sein Gesicht gerötet, und die Augen waren nicht mehr so müde. Er kam zu Christine herüber, die immer noch auf dem Bett saß und den Kleiderschrank anstarrte. »Lieber Himmel!« Er lachte leise. »Hast du dich *noch* nicht entschieden? Hier!« Er zog das rote Kleid vom Bügel. »Ich hab dir doch gesagt, was du anziehen sollst. Es steht dir. Du wirst wundervoll aussehen.« Er setzte sich wieder neben sie. »Und noch etwas. Ich möchte nie mehr hören, daß du dir die Schuld

dafür gibst, daß wir keine Familie sind. Es ist nicht deine Schuld – es ist Schicksal.«
»Aber du hättest mich nie geheiratet...« Weiter kam sie nicht. Er verschloß ihr den Mund mit einem Kuß und drückte sie sanft nach hinten aufs Bett – und für die nächste halbe Stunde vergaß sie alles, was sie bedrückte.
Doch später, als sie im Speisezimmer der Semphills saßen und sie beobachtete, wie Rowland hemmungslos mit Molly Semphill flirtete und jedesmal ein Lächeln in seinen Augen aufleuchtete, wenn er Maxine Larson ansah, kehrten Christines Zweifel und ihr Zorn zurück – und die Erinnerung an Lucy Brennan und die unbestimmte Angst vor drohender Gefahr. Es nutzte nichts, daß sie sich selbst für albern erklärte – sie konnte sich nicht von der Idee befreien, daß das Zusammentreffen mit Russell Jennings an diesem Nachmittag und die Erwähnung von Lucy Unheil bedeuteten.

Natürlich war das lächerlich. Sie war eine viel zu rationale Frau, um an schlimme Vorzeichen zu glauben. Sie durfte sich nicht gestatten, solchen Hirngespinsten nachzuhängen. Es war Zufall, keine Warnung des Schicksals!
Die Familie – sie selbst, Rowland, Colette, Julian und Vivien, jedoch nicht Sophie – war zum August-Bankfeiertag nach Hinton Malsherbes gefahren. Er war aus verwaltungstechnischen Erwägungen durch eine Whitehall-Verordnung vom ersten auf den letzten Montag des Monats verlegt worden, und seitdem war es Rowland nicht immer möglich, sich freizumachen. Zu diesem späten Termin standen schon bald die Familienferien in Frankreich an, und gelegentlich war es unumgänglich, daß er am Bankfeiertag arbeitete. Doch in diesem Jahr hatte er beschlossen, zum »Offenen Montag« nach Mallerby zu kommen. Es war ein Tag, an dem die Leute erwarteten ihn zu sehen; regelmäßige Besucher, die ihn kannten und mochten, waren enttäuscht, wenn sie ihn nicht antrafen. Und

so war Rowland, sehr zur Erleichterung seiner Mitdirektoren, die vorhatten, Golf zu spielen oder einen Segeltörn zu machen oder einfach nur im Liegestuhl zu dösen, Freitag nachmittag nach Somerset aufgebrochen – mit dem festen Vorsatz, die Bank nicht vor Dienstag morgen wieder zu betreten.

Christine freute sich über seinen Entschluß, und Colette bemerkte, daß er offenbar endlich vernünftig werde. Er hatte in letzter Zeit viel zuviel gearbeitet und sah grau und abgespannt aus. Zusätzlich hatte es auch noch familiäre Probleme gegeben: Sophies jüngste Affäre war in der Klatschspalte eines Revolverblattes breitgetreten worden. Julian hatte seinem Bruder sein Herz ausgeschüttet.

»Eines Tages wird sie mich verlassen – einfach so. Ich sehe es kommen.«

Rowland bemühte sich um Geduld. »Aber wäre das nicht das beste?«

»Nicht, wenn sie mir das Sorgerecht für Vivien streitig macht. Und außerdem mag ich sie immer noch.« Julians Stimme klang wehleidig. »Ich möchte sie nicht ganz verlieren.«

»Was soll man um Himmels willen mit ihm machen?« fragte Rowland anschließend seine Frau. »Wie, zum Teufel, kann ein Mensch, der seine Sinne beieinander hat, dieses Weib mögen?«

Da Sophie es vorgezogen hatte, in London zu bleiben, war keinerlei Mißstimmung zu erwarten. Sieht so aus, dachte Christine, als sie aus dem Schlafzimmerfenster schaute, als lägen drei friedvolle Tage vor uns. Das offene Parkland hinter dem angelegten Garten döste in der sommerlichen Wärme. Teppiche aus Hahnenfuß und Gänseblümchen leuchteten in den letzten Sonnenstrahlen. Im Vordergrund standen Buchen und ehemals prächtige, jetzt jedoch tote Ulmen – Opfer der Holländischen Ulmen-Krankheit –, die vor Jahrhunderten gepflanzt worden waren, um das Haus gegen den rauhen Ostwind zu schützen. In der Ferne erweiterte sich das Tal. Dort wuchs das spärliche saure Gras, dem Hinton Malsherbes seinen Namen verdankte.

Rowland trat hinter Christine und legte ihr die Hände auf die Schultern. »Ich freue mich auf dieses Wochenende«, sprach er ihre Gedanken aus. »Ich habe vor, mich zu erholen und zu vergessen, daß die Wirtschaftspolitik des armen Ted Heath nicht funktioniert. Das Wachstum ist gering, investiert wird kaum...«

Sie drehte sich um und legte ihm einen Finger auf die Lippen. »Das reicht! In den nächsten sechsundsiebzig Stunden will ich nichts über Wirtschaftswachstum oder das Gegenteil hören – sonst packe ich meine Koffer und fahre zurück nach London.«

Er lachte. »Leere Drohungen, mein Mädchen. Ich weiß zufällig, daß du morgen nach Shaftesbury willst – und keine zehn Pferde könnten dich davon abhalten.«

»Kommst du mit?« fragte sie bittend.

Rowland schüttelte den Kopf. »Lieber nicht. Ich mag Lois sehr, aber Barry und ich sind einander nicht besonders grün. Er hält mich für einen aufgeblasenen Plutokraten und betrachtet mich jedesmal mit tiefem Mißtrauen. Wann immer ich bisher mit dir hinkam, trug er eine leuchtend rote Krawatte und hatte ›Das Kapital‹ auf dem Kaffeetisch liegen.«

»Das ist gelogen.« Christine lachte. »Er hat nichts dergleichen getan. Aber ich muß zugeben«, fügte sie hinzu, »daß er mit seinen Ansichten ziemlich weit links steht. Vielleicht bist du zu Hause wirklich besser aufgehoben.«

»Morgens werde ich mit Julian ausreiten, und nach dem Mittagessen gehe ich ins Dorf und besuche ein paar Freunde. Und jetzt machen wir uns lieber fertig, sonst kommen wir zu spät zum Dinner – und du weißt, welchen Wert Maman auf Pünktlichkeit legt. Wir wollen uns doch nicht gleich am ersten Abend ihr Wohlwollen verscherzen.«

»Richtig. Ich gehe als erste.«

»Kommt nicht in Frage!« rief Rowland, und gleich darauf

kämpften sie um den Zugang zum Bad wie zwei Kinder, die aus der Schule stürmen. Wenig später sollte sich Christine wehmütig daran erinnern, wie unbeschwert sie in diesem Augenblick gewesen war.

Der Anruf kam, als Mrs. Renshaw den Sommerpudding hereinbrachte – einen Hügel aus saftgetränktem Brot, der in der Mitte einer blauen Porzellanschüssel thronte und vor lauter roten Johannisbeeren und Himbeeren aus seiner Form platzte. Als sie ihn mit einem Krug dicker Devonshire-Sahne vor Christine hinstellte, begannen die Apparate in der Halle und der Bibliothek zu läuten. Es vergingen einige Sekunden, und dann erschien Rose James in der Tür.

»Es ist für Sie, Mr. Saxelby«, sagte sie zu Rowland. »Ein Gespräch aus Paris. Eine Dame. Aber nicht Madame de Bérenger und auch nicht Mrs. Lucien. Ihr Englisch ist ungefähr so gut wie mein Französisch, wenn Ihnen das was sagt, aber ich habe immerhin verstanden, daß sie Sie sprechen will. Klang ziemlich dringend.«

Colette runzelte die Stirn. »Wer kann das sein?«

Rowland stand auf. »Das läßt sich ja feststellen. Eßt mir nicht inzwischen den ganzen Pudding weg – Sommerpudding mag ich am liebsten. Mrs. Renshaw hat ihn extra für mich gemacht.«

Die Haushälterin lächelte geschmeichelt, und Christine fiel wieder einmal auf, wie gut ihr Mann mit Menschen umgehen konnte. Armer Julian. Er hatte nie eine Chance, stand immer im Schatten seines Bruders – aber es schien ihm nichts auszumachen. Christine begann, den Pudding auszuteilen.

Colette und ihr jüngerer Sohn setzten ihre Unterhaltung über den »Oz«-Pornografie-Prozeß und das Für und Wider der Verurteilung von dreien der Magazin-Herausgeber fort. Christine verfolgte mit wachsender Verärgerung, wie Julian seinen liberalen Standpunkt Schritt für Schritt aufgab und sich der Meinung seiner Mutter annäherte. Sie wollte gerade mit einer

scharfen Bemerkung über den Richter dazwischenfahren und die Hoffnung äußern, daß die Verurteilung auf Antrag abgewiesen werde, als Rowland zurückkam. Ein Blick auf sein Gesicht zeigte ihr, daß er einen Schock erlitten hatte. Sofort war alles andere vergessen. »Rowe! Liebling! Was ist los?«
Ihr alarmierter Ton erregte die Aufmerksamkeit der anderen. Colette brach mitten im Satz ab und starrte ihren Sohn an. Auch Julian merkte, daß etwas nicht stimmte.
»Rowland – was ist passiert?« Colette wurde blaß. »Es ist etwas geschehen! Mit der Familie! O mein Gott. Ein Autounfall? Sie sind alle umgekommen – Maman, Lucien und Giles.« Trotz ihrer Beunruhigung registrierte Christine amüsiert, daß Solange in der Aufzählung fehlte: Die Beziehung der Schwägerinnen erschöpfte sich in Toleranz. »Um Himmels willen – so sag doch was!« Colettes Stimme war schrill geworden.
»Nein, nein. Nichts dergleichen.« Rowland sank auf seinen Stuhl und schob geistesabwesend den Teller mit seiner Portion Sommerpudding beiseite. »Niemand ist verletzt. Niemand ist gestorben – eher das Gegenteil...« Er hob die Hand und strich sich eine Haarsträhne aus der Stirn. Über seinen Augen lag ein Schleier. »Es scheint«, fuhr er nach einer kleinen Pause fort, »daß ich einen Sohn habe.«
Die anderen sahen ihn verständnislos an. »Was meinst du damit?« fragte Colette schließlich.
Rowland hatte offenbar selbst Mühe, es zu begreifen. »Ich habe einen Sohn. Er ist zehn Jahre alt.«
»Wovon sprichst du, zum Teufel?« wollte Julian wissen. »Hast du zu viel getrunken, mein Alter?«
Christine sagte nichts. Sie hatte das Gefühl, als balle sich eine eiskalte Faust in ihrem Magen: Da war es – das Unheil, das sie hatte kommen sehen!
Rowland bemühte sich sichtlich um Fassung und konzentrierte seinen Blick auf das Gesicht seiner Frau. »Ich muß noch heute nacht in die Stadt und morgen die erste Maschine nach Paris

nehmen. Ich möchte, daß du mitkommst. Dann sieht Patrick gleich seine neue Mutter.«
Der Name bestätigte ihren Verdacht – und das Alter. »Er ist Lucy Brennans Sohn, nicht wahr?« sagte sie.
Colette ließ ihre zierliche Faust auf den Tisch donnern. »Würdest du mich bitte darüber aufklären, was hier gespielt wird, Rowland? Wer war am Telefon?«
Ihr Sohn atmete tief durch. »Eine Madame Dupont, Maman, die Besitzerin eines kleinen Hotels in der Nähe der Place de Tertre. Sie erzählte mir, daß gestern abend eine Engländerin – der Irrtum ist verständlich – mit einem Jungen bei ihr abgestiegen sei. Irgendwann im Laufe der Nacht sei die Frau verschwunden und habe einen an mich adressierten Brief und eine Nachricht an sie dagelassen, in der sie sie informierte, daß der Kleine mein Sohn sei und sie bat, sich sofort mit mir in Verbindung zu setzen. Die arme Frau hat den größten Teil des Tages mit Versuchen zugebracht, mich zu erreichen. Zuerst rief sie bei der Bank an – offenbar die einzige Adresse, an die Lucy sich erinnerte –, wo man sie ans Inglebatch House verwies.
Sie erreichte niemanden, da wir schon alle weg waren. Erst am Abend nahm dann endlich Mrs. Jones den Hörer ab – was sie um diese Zeit bei uns gemacht hat, weiß ich nicht – und gab ihr die Nummer von Mallerby.«
»Ich verstehe immer noch nichts«, erklärte Colette unwillig. »Willst du sagen, daß du, als ihr euch getrennt habt, keine Ahnung hattest, daß diese Lucy ein Kind von dir erwartete?«
Rowland nickte. »Damals wußte sie es wahrscheinlich selber noch nicht.« Ohne zu merken, was er tat, zog er seinen Puddingteller wieder zu sich heran und begann zu essen. Christine schob ihm ganz automatisch die Sahne hin. Ihr eigener Nachtisch stand unberührt da.
»Bist du sicher, daß er dein Sohn ist?« fragte sie ruhig. »Könnte er nicht von jemand anderem sein?«

Ihre Schwiegermutter nickte heftig. »Eine gute Frage. Nun, Rowland – was sagst du dazu? Bei einer solchen Frau gibt es sicher eine ganze Anzahl potientieller Väter.«
»Ich finde das nicht fair, Maman«, antwortete Rowland mit einem zornigen Unterton. »Aber um dich – und mich – zu beruhigen: Ich werde mir in Paris Gewißheit darüber verschaffen. Ich danke Ihnen, Mrs. Renshaw«, sagte er, als die Haushälterin den Kaffee brachte und sich daran machte, das benutzte Geschirr abzuräumen. »Der Sommerpudding war absolut köstlich. Einer Ihrer besten.« Christine nahm an, daß er überhaupt nicht bemerkt hatte, wie er schmeckte – aber er achtete selbst jetzt darauf, Mrs. Renshaws Gefühle nicht zu verletzen.
Als sie wieder unter sich waren, stellte Julian die Frage, die alle am meisten beschäftigte: »Und wenn du dich überzeugt hast, daß der Junge dein Sohn ist – was dann?«
Rowland sah seinen Bruder erstaunt an. »Dann nehme ich ihn mit nach Hause, das ist doch selbstverständlich.«

Christine saß auf dem Beifahrersitz und tat, als döse sie vor sich hin. In Wirklichkeit war sie hellwach. Sie hörte das Rauschen der Reifen auf dem Asphalt, sah durch die halb geschlossenen Lider die Silhouetten der Bäume am Fenster vorbeirasen, spürte die Aufregung ihres Mannes, der den Wagen in halsbrecherischer Geschwindigkeit über die nächtlich-leeren Straßen jagte. Die kurze Zeitspanne vor dem Dinner, als sie einander alles zu bedeuten schienen, war in unendliche Ferne gerückt. Rowland war nur noch von einem Gedanken beseelt: daß der Junge, den Lucy Brennan in dem Pariser Hotel zurückgelassen hatte, sein Sohn war. Weil er es wollte!
Christine hatte kaum Zweifel daran – und die wenigen basierten mehr auf Hoffnung als auf Wahrscheinlichkeit. Wenn das Alter stimmte, war er 1961 geboren worden, und wenn sein Geburtstag in der ersten Jahreshälfte lag, dann mußte er

Rowlands Kind sein. Er und Lucy waren 1960 von Juni bis zum Frühherbst zusammen gewesen. Wie viele Berechnungen Christine auch in ihrem müden Kopf anstellte, sie ergaben stets das gleiche.

Sie kamen kurz vor Mitternacht in Inglebatch House an und gingen sofort zu Bett. Rowland hatte vor der Abfahrt aus Hinton Malsherbes zwei Plätze in der ersten Maschine von Heathrow nach Paris gebucht. Christine war schon beinahe eingeschlafen, als sie spürte, wie Rowland seinen Arm um ihre Taille schlang und sie zu sich heranzog.

»Danke, Chris«, flüsterte er.

»Wofür?« murmelte sie.

»Oh – für alles. Dafür, daß du du bist. Daß du kein Theater machst. Daß du mich nimmst, wie ich bin.« Seine Stimme wurde immer leiser. »Du wirst eine gute Mutter sein, das weiß ich. Eine sehr gute.«

Eine gute Mutter für Lucy Brennans Bastard, ja – so war sie nun einmal, die gute alte Chris. Unglücklich starrte sie mit brennenden Augen in die Dunkelheit.

24

Es versprach, ein schöner Tag zu werden, und so saßen bereits die ersten Gäste unter den bunten Sonnenschirmen der Straßencafés. Durch das Blattwerk der Bäume schimmerte die weiße Kuppel von »Sacré-Cœur«. Einige Künstler waren damit beschäftigt, dieses Motiv auf Leinwand zu übertragen, andere versuchten, Touristen dazu zu überreden, sich von ihnen porträtieren zu lassen. Ein junger Mann mit langen schwarzen Haaren trat mit einem gewinnenden Lächeln auf Christine zu. Rowland scheuchte ihn mit einem unfreundlichen Satz weg.

»Mußtest du so grob sein?« fragte Christine verstimmt.

Ihr Mann zuckte mit den Schultern. »Ich kann diese Aufdringlichkeit nicht leiden.« Dann blieb er stehen, sah sie an und sagte entschuldigend: »Sei nicht böse. Ich bin etwas nervös. Schließlich bekommt man nicht alle Tage einen Sohn.«

Sie nickte verständnisvoll. »Natürlich bist du nervös. Komm gehen wir hin.«

Das Hotel Villette lag in einer kopfsteingepflasterten Gasse – schmalbrüstig, drei Stockwerke hoch, mit grünen Läden vor den Fenstern. Im Innern des Hauses herrschte Dämmerlicht, und es roch stark nach Knoblauch. Topfpalmen und roter Samt führten einen aussichtslosen Kampf gegen die Armseligkeit des Gebäudes. Die Rezeption war nicht besetzt. Rowland schlug auf die Klingel.

Madame, die aus einem weiter hinten gelegenen Zimmer angelaufen kam, war ebenso groß und schmal und reizlos wie ihr Hotel. Auf der Hakennase klemmte in dem zerfurchten

Gesicht ein Kneifer, und die grauen Haare waren im Nacken zu einem unordentlichen Knoten zusammengezwirbelt.

»Monsieur?« fragte sie, eingeschüchtert von Rowlands autoritärem Erscheinen.

Es folgte eine Unterhaltung in so schnellem Französisch, daß Christine nur hin und wieder ein Wort verstand. Sie musterte ihre Umgebung. Dieses Etablissement entsprach ganz und gar Lucys Geschmack: billig, schäbig und schmuddelig. Christines Kopf schmerzte, und sie sehnte sich nach einer Tasse Kaffee. Sie hatte zwar zum Frühstück im Flugzeug eine getrunken, aber ihr Mund war wie ausgetrocknet. Das sind bestimmt die Nerven, dachte sie.

Heute, am Samstag, hatte sie eigentlich bei Lois und ihrer Familie in Shaftesbury sein wollen. Sie wären mit den Kindern in den Park gegangen oder aufs Land gefahren – vielleicht nach Sherborne oder Wardour Castle. Statt dessen war sie hier in Paris, um Lucy Brennans Sohn kennenzulernen. Gott sei Dank hatte sie wenigstens noch heute früh vor dem Abflug Lois anrufen und ihr absagen können.

Lucy Brennans Sohn. Rowlands Sohn? Zweifellos.

Plötzlich fiel ihr etwas ein. Wußte Russell Jennings, daß Lucy ein Kind hatte? Seiner Erzählung nach hatte er sie nach den Ferien in Devon nur noch einmal getroffen: im Herbst 1960 – im Lake District. Oktober oder November hatte er gesagt. Bestimmt war die Schwangerschaft da noch nicht zu bemerken gewesen. Hatte sie sich ihm anvertraut? Unwahrscheinlich, dachte Christine, sonst hätte er es sicher erwähnt. Aber sie würde ihn für alle Fälle anrufen und fragen, sobald sie wieder in London war. Dann hatte sie auch einen Grund, sich mit ihm in Verbindung zu setzen.

Es blieb ihr keine Zeit, das Motiv für diesen Wunsch zu analysieren. Rowland wandte sich an sie. »Komm.« Er nahm ihren Arm. »Der Junge ist oben.« Und dann fügte er mit einem Auflachen hinzu: »Lucy ist verschwunden, ohne die Rechnung zu bezahlen. Typisch! Aber ich habe Madame gesagt, daß ich dafür aufkomme.«

Patrick war im zweiten Stock in einem nach hinten hinaus liegenden Zimmer untergebracht. Er lag auf dem Bett und las. Seine Augen sahen aus, als habe er geweint. Beim Eintreten der Besucher legte er das Buch weg und setzte sich kerzengerade auf. Ängstlich fragte er mit stark irischem Akzent: »Bist du mein Vater?«

Rowland ging zu ihm und setzte sich auf die Bettkante. »Um das herauszufinden, bin ich hier«, antwortete er sanft.

Der Junge blinzelte nervös. Er war sehr dünn und groß für sein Alter. Die leuchtend blauen Augen waren die seiner Mutter, und auch das dunkle Haar konnte er von ihr haben, aber das ausdrucksvolle Gesicht ähnelte Rowland frappierend. Patricks Teint war blasser, mit einem leichten Olivton, und diesen wiederum hatte der Junge von Lucy geerbt. Sein Aussehen ließ keinen Zweifel daran, wer seine Eltern waren.

Madame, die sie heraufgeführt und dann für ein paar Minuten allein gelassen hatte, kam mit einem braunen Kuvert zurück, das sie Rowland reichte. »Der ... der Brief«, sagte sie Christine zuliebe auf Englisch, »ist hier ... drin, zusammen mit der ... mit seiner ... acte de naissance«, endete sie hilflos.

»Die Geburtsurkunde. Danke, Madame.« Rowland bedeutete ihr mit einem Lächeln, daß sie nicht mehr gebraucht werde. Nach ihrem widerstrebenden Rückzug öffnete er den Umschlag und schüttete den Inhalt aufs Bett: ein offiziell aussehendes Dokument und ein weißes Blatt, das mit Lucys ausgreifenden Schriftzügen bedeckt war.

Er nahm sich zuerst die Geburtsurkunde vor. »Geboren am elften Mai neunzehnhunderteinundsechzig in Madrid«. Er gab sie Christine. »Vom Datum her kommt es hin.«

»Hast du etwas anderes erwartet?« Ihr Ton war ungewollt gereizt, doch Rowland merkte es gar nicht.

»Nein – nicht wirklich.« Er wandte seine Aufmerksamkeit dem

Brief zu. »Lucys Schrift hat sich nicht gebessert, das steht fest.« Während er das Schreiben überflog, trat Christine auf die andere Seite des Bettes und sah auf Patrick hinunter.
»Guten Tag«, sagte sie. »Was liest du denn da?«
»›Die Schatzinsel‹.« Er zog eine Grimasse. »Gefällt mir nicht besonders. Science-fiction ist mir lieber.«
Christine lachte. »Stevenson ist dir wohl zu altmodisch.«
»Meine Mutter sagt, ich müsse mich bilden.« Bei der Erwähnung von Lucy begannen seine Lippen zu zittern.
Christine setzte sich und nahm ihn in den Arm. »Du mußt nicht weinen – wir kümmern uns um dich.«
Im Gegensatz zu vielen anderen Jungen seines Alters wehrte er sich nicht gegen die Umarmung. »Mami hat gesagt, ich brauche eine ordentliche Erziehung und muß in die Schule gehen. Deshalb hat sie mich hiergelassen. Dabei ist es mir bei ihr so gutgegangen. Was soll ich in der Schule?« Er brach in Tränen aus.
»Schsch, schsch.« Christine strich ihm beruhigend über den Kopf. »Deine Mutter wollte nur das beste für dich, weißt du. Kinder müssen nun mal eine richtige Schulbildung bekommen – und außerdem kann es doch nicht schön für dich gewesen sein, immer durch die Weltgeschichte zu reisen. Da hattest du ja gar keine Gelegenheit, Freunde zu bekommen.«
»Ich brauche keine Freunde!« Er riß sich los und fuhr sich mit dem Handrücken über Augen und Nase. »Es war schön, wie es war – nur Mami und ich. Ich habe keine Lust, immer am selben Ort zu sein.«
»Das wirst du auch nicht«, erklärte Rowland gutgelaunt, ohne sich um das herzzerreißende Schniefen des Jungen zu kümmern. »Zeitweise wohnen wir in London und zeitweise auf dem Land. Und später gehst du ins Internat. Es wird dir gefallen«, fügte er überzeugt hinzu. »Du wirst so beschäftigt sein, daß dir gar keine Zeit bleibt, deine Mutter zu vermissen.«

Christine war entsetzt über das rigorose Vorgehen ihres Mannes und wollte etwas sagen, doch er warf ihr einen warnenden Blick zu. Und sie mußte zugeben, daß seine Taktik offenbar richtig war: Der Junge hatte aufgehört zu weinen und betrachtete Rowland plötzlich mit einem berechnenden Blick. »Bekomme ich ein eigenes Zimmer?«

»Natürlich.«

»Und viel zum Anziehen?«

»Soviel du brauchst.«

»Und einen Hund und ein Fahrrad und ein Pferd?«

Rowland grinste und fuhr ihm durch die dunkle Mähne. »Langsam, langsam – nicht alles auf einmal. Wir werden sehen. Und jetzt sei ein guter Junge und pack deine Sachen zusammen. Christine hilft dir.« Er stand auf. »Ich gehe schon mal runter und bezahle die Rechnung.«

»Wo bringt ihr mich hin?« fragte Patrick mit ganz dünner Stimme. Seine Unsicherheit war zurückgekehrt.

Rowland lächelte ihn ermutigend an. »Für heute ins Haus meines Onkels in der Avenue Foch. Und morgen kommst du dann mit nach Hause – nach England.«

Die stuckverzierte Villa Dauphine lag am westlichen Ende der Avenue Foch, nicht weit von der Porte Dauphine, etwas zurückversetzt hinter einer niedrigen Mauer, auf der ein kunstvolles, schmiedeeisernes Gitter entlanglief. Seit mehr als hundert Jahren war sie der Pariser Familiensitz der Bérengers. Patrick, den die Aufregung völlig erschöpft hatte, wurde gleich nach dem Essen ins Bett gepackt. Auch Giles verschwand auf sein Zimmer. Die vier Erwachsenen fanden sich in dem nach vorne hinaus liegenden gelben Salon zu Kaffee und Cognac zusammen. Endlich hatte Lucien Gelegenheit, seinem Neffen seine Meinung mitzuteilen.

»Du bist ein Idiot«, erklärte er rundheraus. »Du akzeptierst diesen Jungen als deinen Sohn – nur aufgrund der Behauptung

seiner Mutter! Totaler Schwachsinn. Was meinst du denn dazu, Christine?«
Rowland übersetzte ihr die Äußerung seines Onkels. Er war blaß geworden. Sie stellte die zarte Sèvres-Tasse auf das hochbeinige, antike Tischchen neben sich und ließ den Blick von ihrem Mann zu Lucien wandern. »Ich bin überzeugt, daß Patrick Rowlands Sohn ist – und ich finde es ganz natürlich, daß er ihm ein Zuhause geben will. Ich hoffe nur, daß wir das Kind glücklich machen können und es ihm nicht allzu schwer fällt, sich an ein seßhaftes Leben zu gewöhnen. Schließlich war er von Geburt an immer mit seiner Mutter unterwegs.«
Lucien konnte Englisch viel besser verstehen als sprechen und schnaubte mißbilligend. Rowland lächelte Christine dankbar an und drückte ihre Hand. Solange äußerte sich nicht, sie stickte gleichmütig weiter.
»Was sagt denn deine Mutter zu dem Ganzen?« fragte Lucien nach einem kurzen Schweigen. Er war nicht bereit, das Thema so schnell fallenzulassen.
Rowland sah stirnrunzelnd auf seinen Cognac hinunter, den er in dem Schwenker kreisen ließ. Dann hob er den Kopf und sah seinen Onkel mit kriegerisch vorgeschobenem Kinn an. »Maman wird sich nicht einmischen. Sie wird so vernünftig sein, ihre Ansicht für sich zu behalten.«
Lucien lachte bellend. »Das würde mich aber wundern. Meine Schwester hat noch nie den Mund halten können.«
»Vielleicht hat die englische Wesensart doch mehr auf sie abgefärbt als du denkst. Wir Engländer kümmern uns nur um unsere eigenen Angelegenheiten.«
Christine hatte zwar kaum etwas verstanden, doch sie erkannte an den finsteren Mienen, daß sich etwas zusammenbraute. Wäre ihr Französisch besser gewesen, hätte sie mit Worten etwas dagegen unternehmen können. Sie beschloß, gleich nach ihrer Heimkehr damit anzufangen, die Sprache richtig zu lernen – Schulkenntnisse genügten einfach nicht. Jetzt

mußte sie eben einen anderen Weg finden, die Wogen zu glätten.
Sie stand auf, ging zu Lucien hinüber, der breitbeinig vor dem kalten Kamin stand, hakte sich bei ihm ein und küßte ihn auf die Wange. »Es gibt wirklich keinen Zweifel, daß Patrick Rowlands Sohn ist. Die Daten stimmen. Niemand anderer könnte der Vater sein. Und ausgerechnet du willst doch ganz sicher nicht einen Mann um seinen Sohn bringen.«
Lucien war angenehm berührt von dem Beweis ihrer Zuneigung. Er hatte die Frau seines älteren Neffen seit jeher für eine attraktive Frau gehalten und sie aus der Ferne bewundert, ihre englische Reserviertheit jedoch stets als einschüchternd empfunden – doch jetzt wagte er es, den Arm um ihre Taille zu legen und sie mitten auf den Mund zu küssen.
»Deine Frau ist ein echter Schatz«, sagte er mit einem Zwinkern zu Rowland. Die feindselige Atmosphäre war verflogen.
»Ich weiß, ich weiß«, bestätigte der lachend und streckte Christine die Hände entgegen.
Sie setzte sich wieder zu ihm aufs Sofa und trank einen Schluck Kaffee. Solange schaute freundlich zu ihnen herüber, bevor sie aus dem Berg verschiedener Garne, der neben ihr lag, ein smaragdgrünes auswählte.
»Und eine Diplomatin«, setzte Lucien hinzu.
»Auch das weiß ich.« Rowland lächelte seine Frau an – und wie jedesmal, wenn er das tat, wurde ihr schwindlig vor Liebe. Als sie sich wieder Lucien zuwandte, sah sie ein so tiefes Mitgefühl in seinen Augen, daß sie errötete. Sie hatte diesen Ausdruck schon bei vielen Menschen gesehen und würde ihn jetzt, da Patrick ein Teil ihres Lebens war, sicherlich noch häufiger ertragen müssen. Sie hörte schon das Getuschel und die Andeutungen. »Lieber Gott! Was wohl als nächstes kommt? Jetzt hat er ihr doch tatsächlich einen seiner Bastarde aufgehalst.«
»Sie ist ja selber schuld, wenn sie sich das gefallen läßt.«
Und damit hätten die Leute recht. Aber wie sollte sie ihr

Verhalten Menschen erklären, die vielleicht nie geliebt hatten? Rowland war der netteste Mann, den sie je kennengelernt hatte – liebenswürdig, zärtlich, fürsorglich, gut zu Kindern und Tieren...

Christine unterdrückte ein bitteres Lächeln: Das klang ja wie ein Empfehlungsschreiben! Sie war weiß Gott nicht die einzige Frau, die ihm verfallen war – aber sie war die einzige, die das Glück gehabt hatte, von ihm geheiratet zu werden. Sie fühlte sich nicht ausgenutzt oder mißbraucht. Die anderen konnten eben nicht begreifen, was wahre Liebe bedeutete, nicht nachempfinden, daß das Gefühl, auch wenn es nicht erwidert wurde, ihr den Himmel auf Erden schenkte...

»Einen Penny für deine Gedanken«, sagte Rowland.

Sie schrak auf. »Wie bitte? Entschuldige – ich war gerade weit weg.«

Er stand auf. »Du siehst müde aus. Es war ein langer Tag. Tante Solange und Onkel Lucien werden es verstehen, wenn wir uns zurückziehen. Wir müssen morgen früh raus.«

Solange nickte lächelnd, als ihr die Situation erklärt worden war, und wünschte »bonne nuit«. Lucien gab Christine noch einen Kuß und flüsterte ihr »bonne chance!« ins Ohr. Sie strahlte ihn an. »Ich habe alles Glück, das ich für mein Leben brauche, bekommen, als ich Rowe heiratete.«

Rowland klopfte seinem Onkel lachend auf die Schulter. »Das hättest du nicht gedacht, was?«

Doch später, als sie im Bett lagen, und die Geräusche des nächtlichen Paris von ferne durch das offene Fenster hereinwehten, nahm er sie in die Arme und drückte sie an sich. »Ich verdiene dich gar nicht«, sagte er leise. »Danke, daß du zu mir hältst.«

Sie streichelte zärtlich sein Gesicht. »Es gibt nichts, wofür du mir danken müßtest. Ich liebe dich dafür, daß du so bist, wie du bist. Wenn du anders wärst, hätte ich mich nicht in dich verliebt.«

»Ich kann mich nicht ändern, weißt du. Es wäre nicht fair, wenn ich dir das versprechen würde. Ich werde mich auch weiterhin mit Maxine treffen.«
»Das spielt keine Rolle.«
»Nein?« Er preßte sie noch fester an sich. Du glaubst, hielt er sich selbst vor, daß alles in Ordnung ist, wenn du ehrlich zu ihr und zu dir selbst bist – aber du bist niemals völlig ehrlich. Es gibt Zeiten, da bist du dir regelrecht zuwider: Wenn du den Mut hast, dir einzugestehen, daß du ein Schwächling bist.
»Nein.« Christine küßte ihn leicht auf den Mund. »Es spielt keine Rolle. Meine Liebe zu dir ist ein wichtiger Teil von mir – ohne sie wäre ich sehr viel ärmer. *Das* zählt!«
Sie liebten sich und schliefen anschließend engumschlungen ein – genauer gesagt: Rowland schlief. Christine lag noch lange wach und dachte über Patrick und Lucy Brennan nach – und über den Campingurlaub in Devon damals. Irgend etwas gab es da, an das sie sich hätte erinnern müssen, aber es ließ sich nicht greifen. Schließlich schlief auch sie ein.

»Und dies ist deine Großmutter«, sagte Rowland. »Maman – darf ich dir deinen Enkel vorstellen?«
Sie waren vom Flughafen direkt nach Hinton Malsherbes gefahren. Patrick hatte mit großen Augen auf dem Rücksitz gesessen und unentwegt Fragen gestellt, ohne die Antworten abzuwarten. Weder Christine noch Rowland hatten versucht, ihn zu bremsen. Er mußte seine nervöse Anspannung schließlich irgendwie abreagieren. Sein bisheriges Leben, das in all seiner Unsicherheit eine Form von Sicherheit für ihn bedeutet hatte, war abrupt beendet worden – durch den Entschluß seiner Mutter, sich seiner zu entledigen –, und das mußte er erst einmal verarbeiten.
Doch jetzt, als er sich unversehens seiner Großmutter, einem Onkel und einer fast gleichaltrigen Cousine gegenübersah,

verließ ihn die Fassung. Er griff hilfesuchend nach Christines Hand, drängte sich an sie und brach in Tränen aus.

»Nun«, meinte Colette mit hochgezogenen Augenbrauen, »das ist nicht gerade ein vielversprechender Anfang.« Sie musterte Patrick prüfend. »Aber wenigstens sieht er aus wie ein Saxelby – und er hat auch etwas von den Bérengers.« Sie streckte gebieterisch die Hand aus. »Komm her, mon cher. Hör auf, dich wie ein Wickelkind zu benehmen, und gib deiner Großmutter einen Kuß.«

Christine, die neben ihrem Mann stand, spürte seine Erleichterung. Sanft befreite sie sich aus dem Klammergriff ihres Stiefsohnes und schob ihn vorwärts. Widerstrebend und schniefend gehorchte er. Colette reichte ihm ein Taschentuch und befahl ihm, sich die Nase zu putzen. Dann schloß sie ihn in die Arme.

Wie einfach alles gewesen war, dachte Christine. Nur eine kleine Mißstimmung mit Lucien, und die hatte sie gottlob aus der Welt schaffen können. Patrick, Lucy Brennans Sohn, war nach Hause gekommen.

25

In den folgenden Monaten, in denen Christine lernte, eine Mutter für einen zehnjährigen Jungen zu werden – einen Jungen, der noch dazu ein recht unkonventionelles Leben geführt hatte – vergaß sie Russell Jennings. Nein, das stimmte nicht ganz: Sie schob den Gedanken an ihn nur weg und konzentrierte sich auf Patrick, versuchte, seine ständig wachsenden Ansprüche zu bremsen – und Rowlands Großzügigkeit. Nur ihrem entschiedenen, wiederholten Einspruch war es zu verdanken, daß die Kinderzimmer auf Mallerby und im Inglebatch House nicht aus allen Nähten platzten.

Die meisten Wünsche wurden dennoch erfüllt: dem Leichtmetallfahrrad mit Gangschaltung folgte »Crab«, die Promenadenmischung, die nach langem Hin und Her in einem Tierasyl in Battersea ausgesucht und nach dem Hund in Shakespeares »Die beiden Veroneser« benannt wurde. (Lucy hatte offenbar Wert darauf gelegt, ihren Sohn in die Klassiker einzuführen.) Dann zog ein graues Welsh Mountain Pony, das weniger phantasiereich »Snowy« getauft wurde – als Kurzform von Snowdonia – in einen der Ställe von Mallerby ein.

»Du verwöhnst das Kind zu sehr«, kritisierte Colette ihren Sohn und schlug damit genau in Christines Kerbe. Aber sie selbst war auch nicht viel besser. Vor allem, als Weihnachten bevorstand, kaufte sie die Spielzeugabteilungen leer.

Julian hingegen ignorierte seinen Neffen soweit wie möglich: erstens, weil die Bevorzugung des Jungen ihn kränkte – seine Tochter Vivien war so gut wie abgemeldet –, und zweitens aus Eifersucht, vermutete Christine. Seit sein Sohn seine Aufmerksamkeit beanspruchte, hatte Rowland viel weniger Zeit für seinen Bruder. Und gerade jetzt, da dessen Ehe mit Sophie sich von unerfreulich zu katastrophal entwickelte – ihr Name war mittlerweile ständig in den Klatschspalten zu finden –, hätte er dringend Rat und Zuspruch gebraucht. Er hatte sich in der Vergangenheit immer auf Rowland verlassen können – doch jetzt war er, wenn Julian ihn tatsächlich einmal zu fassen bekam, kaum bei der Sache.

Christine mochte Patrick – er hatte den Charme seines Vaters und die Unbekümmertheit seiner Mutter –, aber sie ließ sich nicht täuschen: Sie sah genau, daß ihr Stiefsohn egoistisch und fordernd war. Wahrscheinlich nicht mehr als andere Kinder seines Alters – aber andere zeigten das vielleicht nicht so unverblümt. Er setzte seinen Kopf eher mit Raffinesse durch als mit dem Holzhammer – und Christine mußte Julian beipflichten, der behauptete, der Junge manipuliere Menschen. Allerdings schrieb sie diese Eigenschaft dem Leben zu, das er bis vor kurzem geführt hatte, und den Leuten, mit denen er zusammengekommen war. Sie hätte es für besser behalten, ihn schon jetzt ins Internat zu geben, anstatt ihn von Privatlehrern unterrichten zu lassen.

Doch Rowland lehnte ab. »Sieh mal«, erklärte er seine Weigerung, »Patrick hat niemals Wurzeln schlagen können, und ich betrachte es als ungeheuer wichtig, daß er zuerst einmal das Gefühl entwickelt, hierherzugehören. Und außerdem ist er lehrstoffmäßig weit hinter seinen Altersgenossen her. Er braucht einen Pauker.«

Christine teilte diese Ansicht zwar nicht, aber sie schwieg. Ihr Mann war in letzter Zeit ziemlich reizbar. Der Bauboom der sechziger Jahre war zu Ende, ganze Firmen gingen ein, und die Bank war gezwungen, Anleihen einzufordern. Ted Heaths Tory-Regierung hatte die Steuern gesenkt, um zu Investitionen zu animieren, aber diese Maßnahme hatte nicht das nötige Wirtschaftswachstum gebracht. Die Lage erforderte es, daß

Rowland täglich bis spät abends an seinem Schreibtisch in der Bank saß.
Auch die Affäre mit Maxine Larson lief nicht nach Wunsch. Christine vermutete, daß die junge Dame allmählich zu besitzergreifend wurde. Früher oder später ließen die Frauen in Rowlands Leben das Wörtchen »Scheidung« in die Gespräche einfließen – ihre eigene oder seine Ehe betreffend –, um in völliger Fehleinschätzung der Situation ihre Beziehung zu festigen. Schließlich mußten sie sich zwar mit dem Status quo abfinden, aber erst nach monatelangem Gequengel, was Rowland haßte. Christine wußte aus jahrelanger Erfahrung, wann eine solche Krise ablief. Ihr Mann war dann ungewöhnlich empfindlich und übellaunig.
Um einer Auseinandersetzung mit ihm zu entgehen, in der sie vielleicht Dinge sagen würde, die ihr später leid taten, unternahm Christine eines Nachmittags im Dezember – am letzten Samstag, bevor die Familie für die Ferien nach Hinton Malsherbes aufbrach – einen Einkaufsbummel. Sie hatte noch kein Geschenk für Colette und begutachtete gerade die Auslagen von Asprey's in der Bond Street, als sich eine Hand auf ihre Schulter legte.
»Hallo, Chris.« Russell ließ seinen Blick lächelnd von ihr zu dem Schaufenster wandern, in dem Lederwaren, Gold- und Silberschmuck und Antiquitäten ausgestellt waren. »Ein typischer Reiche-Leute-Laden. Aber laß dich nicht aufhalten – du wolltest doch sicher rein.«
»Russ!« Sie überging seine provokante Bemerkung. »Gut, daß wir uns treffen. Ich muß dich unbedingt etwas fragen. Komm – gehen wir auf einen Kaffee ins ›John Lewis's‹.«
»Du mußt nicht sozial absteigen, nur weil du mit mir zusammen bist«, stichelte er, doch sie ging auch diesmal nicht darauf ein. Entschlossen zog sie ihn in Richtung Oxford Street mit sich.
Als sie sich an einem Tisch niedergelassen und Kaffee und eine

Kuchenauswahl vor sich stehen hatten, kam Christine zur Sache. »Wußtest du, daß Lucy Brennan ein Kind hat? Rowlands Kind?«
Russell rührte Zucker in seine Tasse und blickte dann grinsend auf. »Ich dachte mir doch gleich, daß deine Freude über unser Wiedersehen nicht meiner Person galt, aber es erstaunt mich, daß du dich ausgerechnet an mich wendest, wenn es Probleme mit deinem heißgeliebten Rowland gibt.«
Sie musterte ihn mit schmalen Augen. »Du wußtest es, nicht wahr? Sonst wärst du jetzt verblüfft gewesen. Aber woher wußtest du es? Komm schon – sag's mir!«
»Also gut. Ja, ich wußte von Patrick. Und offensichtlich weißt du jetzt auch von ihm. Wie ist es dazu gekommen?«
Christine schüttelte den Kopf. »Nein – erst antworte du mal.«
Er inspizierte ausführlich die Kuchenstücke auf der Platte. Es dauerte eine Weile, bis er sich zu einer Antwort herabließ. »Ich sagte dir doch im Sommer, als wir uns auf dem Flughafen trafen, daß Lucy und ich seit unserer zufälligen Begegnung im Lake District vor elf Jahren locker in Verbindung stehen.« Er entschied sich für eine Cremeschnitte und biß hinein. Die Füllung quoll heraus und blieb zum Teil an seinem Kinn kleben. Sorgfältig wischte er sie mit seiner Serviette ab. »Damals erzählte sie mir, daß sie schwanger sei. Sie sagte, sie habe es eigentlich für sich behalten wollen, aber jetzt müsse sie sich doch jemandem anvertrauen. Ich fragte sie, ob sie vorhabe, sich mit Rowland in Verbindung zu setzen, und sie antwortete, nein, es sei aus zwischen ihnen. Die Trennung sei von ihr ausgegangen. Sie habe erst später gemerkt, daß sie ein Kind erwartete, und sie sei froh darüber – sonst hätte Rowland vielleicht auf einer Heirat bestanden. Er dürfe es auf keinen Fall erfahren. Aber«, er sah Christine neugierig an, »offenbar hat sie inzwischen ihre Meinung geändert.«
Sie erklärte ihm, wie sie von Patrick erfahren hatten und daß der Junge jetzt bei ihnen lebe. Russell starrte eine ganze Weile

schweigend auf seinen Teller hinunter, und als er schließlich den Kopf hob, lag Empörung in seinem Blick. »Du willst sagen, er hat dir seinen Bastard aufs Auge gedrückt?«
»Ich finde deine Ausdrucksweise höchst unpassend«, erwiderte sie gestelzt. »Was hätte Rowland – was hätten wir beide – tun können, als Lucy Brennan verschwand und ihren Sohn zurückließ wie ein Gepäckstück? Wir konnten einen Zehnjährigen doch wohl kaum in Paris sich selbst überlassen.«
»Hat sie keine Adresse hinterlassen?«
»Nein. Sie verschwand im Lauf der Nacht, als Pat schlief, und ließ einen Brief für Rowland da – und eine Nachricht für die Hotelbesitzerin, in der die Telefonnummer der Bank stand. Sie hat nicht einmal die Rechnung bezahlt.«
Russell schnaubte. »Das sieht ihr ähnlich. Spießige Dinge wie die Erfüllung von Verpflichtungen interessieren sie nicht. Und was geschieht nun? Wird Rowland seinen Sohn adoptieren?«
»Er hat noch nichts davon gesagt. Ich denke, er hält das nicht für nötig. Wahrscheinlich meint er, es genüge, daß er in der Geburtsurkunde als Vater angegeben ist.«
Russell betrachtete sie nachdenklich. Sie tat so, als mache es ihr nicht das Geringste aus, Lucys Kind aufzuziehen, doch er war sicher, daß sie sich quälte. Er beugte sich vor und legte ihr die Hand auf den Arm. »Du bist eine echte Schau.«
Sie lachte auf. »Was für eine Formulierung! Außerdem ist es Unsinn. Ich tue nur, was jede Frau unter den gegebenen Umständen täte. Ich kann keine Kinder bekommen, und es wäre eine Schande, wenn ich Rowland seinen Sohn nicht gönnte.«
»Ich würde den Jungen gern kennenlernen«, sagte Russell. »Ich habe ein besonderes Interesse an ihm: Schließlich wußte ich schon lange vor seiner Geburt von seiner Existenz.«
»Das läßt sich machen. Ich rufe dich an, wenn wir nach Neujahr wieder in der Stadt sind. Du hast mir deine Adresse und Telefonnummer ja bei unserem letzten Zusammentreffen

gegeben. Tut mir leid, daß ich mich bisher nicht wie versprochen gemeldet habe – jetzt verstehst du sicher, weshalb: Ich war einfach zu beschäftigt. Und nun erzähl mir, wie es dir in den letzten Monaten ergangen ist.«

Neujahr war schon lange vorbei, als sie Russell wiedersah – an einem kalten, grauen Samstagnachmittag im Februar, als das Land sich im Würgegriff der Ölkrise befand, mit der ein Bergarbeiterstreik einherging. Rowland verbrachte wieder die meisten Wochenenden in der Bank und versuchte, zwischen den einzelnen Stromsperren, die sowohl die Beleuchtung als auch die Heizung lahmlegten, so viel wie möglich zu erledigen. Colette war beim Bridge und Christine mit Patrick allein zu Hause.

Er hatte das Landleben auf Mallerby genossen und war nach Weihnachten nur sehr widerwillig mit seinem Privatlehrer, Mr. Bryce, nach London zurückgekommen. Außerdem waren ihm die durch den Unterricht starr reglementierten Tage zuwider, und er empfand Inglebatch House als unangenehm einengend. Doch er fügte sich mit erstaunlicher Beherrschung in sein Schicksal, wozu ihn, wie Christine vermutete, allerdings nicht nur der Wunsch veranlaßte, ihr und Rowland zu gefallen. Es steckte auch ein egoistisches Interesse dahinter: Die Welt der Saxelbys gefiel ihm, er wollte ein Teil davon werden – und er sah ein, daß dazu gewisse Verhaltensformen und eine entsprechende Erziehung notwendig waren. (In späteren Jahren erkannte Christine, daß ihr Stiefsohn schon sehr früh die Feinheiten der englischen Klassengesellschaft und ihrer Wertvorstellungen begriffen hatte.)

Nichtsdestoweniger erwartete er, wie andere Jungen auch, an den Wochenenden unterhalten zu werden. Sein größter Wunsch war, mit Rowland zusammenzusein, und er nahm es übel, wenn sein Vater nicht verfügbar war. Er mochte Christine zwar, aber sie stellte bald fest, daß er männliche Gesellschaft

vorzog. In dieser Hinsicht unterschied er sich grundlegend von Rowland. Nun – Russell Jennings war auch ein Mann. Sie hatte ihm vor Weihnachten versprochen, ihn einmal mit Patrick zusammenzubringen, bisher jedoch keine Möglichkeit gehabt, ihr Versprechen einzulösen. Sie ging zum Telefon und wählte die Nummer seiner Wohnung in Ealing.
Er war bereits nach dem ersten Klingeln am Apparat und freute sich offenbar über ihren Anruf. »Was wollen wir unternehmen?« fragte er.
»Wie wär's, wenn wir zum Tower gingen? Patrick hat ihn bis jetzt nur von weitem gesehen. Wir treffen dich vor dem Haupteingang – am mittleren Turm.«
»Und wann? Ich glaube, sie machen im Winter um vier zu.«
Sie verabredeten sich für halb zwei – und waren alle zu früh da. Patrick gab dem fremden Mann mit ernstem Gesicht die Hand.
»Christine hat mir erzählt, daß Sie meine Mutter kennen.«
»Sie schreibt mir ab und zu. Einmal hat sie mir einen Schnappschuß von dir geschickt. Darauf warst du noch klein – ungefähr drei.«
Der Junge runzelte die Stirn. »Ein Foto? Das kann sie aber nicht selbst gemacht haben. Sie hatte keine Kamera.«
»Na ja – dann hat dich eben jemand anderer fotografiert.«
»Gehen wir rein? Es ist verdammt zugig hier.« Er kaufte die Eintrittskarten und lehnte energisch ab, als Christine ihm ihre und Patricks erstatten wollte. Pat lief vor ihnen den steinernen Weg entlang, der zum Byward Tower führte.
»Was meinst du?« fragte Christine. »Sieht er Rowland ähnlich?«
Russell schlug den Kragen seines gefütterten Wildledermantels hoch. »Ja, schon«, antwortete er. »Aber mich erinnert er hauptsächlich an Lucy. Wahrscheinlich liegt das an den Augen.«
Sie nickte. »Du hast recht – dieses irische Blau hat er eindeutig von seiner Mutter, aber der Gesichtsschnitt und die hochaufge-

schossene, schlaksige Figur – das ist Rowe, wie er leibt und lebt. Das siehst du doch bestimmt auch.«

Russell lachte. »Okay, okay – wenn es so wichtig für dich ist: Er ist der Sohn seines Vaters. Bist du jetzt zufrieden?«

Sie verbrachten einen herrlichen Nachmittag – trotz des schlechten Wetters und der allgemein gedrückten Stimmung, die in diesen Wochen des Notstandes herrschte, bevor die Regierung schließlich auf die Forderungen der Bergarbeiter einging.

Patrick war begeistert, wollte alles sehen, betrachtete mit sadistischem Genuß die Axt und den Hackklotz im Bloody Tower und das Blutgerüst zwischen Kapelle und Tower-Wiese. Erschrocken zuckte er zusammen, als einer der Raben, die auf dem Rasen herumwanderten, plötzlich kreischte und mit den Flügeln schlug, bewunderte mit großen Augen die Kronjuwelen, die fünf Jahre zuvor aus dem Wakefield Tower in die Gewölbe unter den Waterloo Barracks gebracht worden waren, und hörte voller Enttäuschung, daß die meisten davon aus der Zeit Charles' II. stammten und der Originalschmuck seinerzeit auf Befehl Cromwells eingeschmolzen wurde. Fasziniert betrachtete er das bedrohliche Verrätertor und die Kanone auf der Tower Wharf. Und dann – als Christine gerade sagen wollte, daß sie keinen Schritt mehr weiter könne – kam er zu dem Schluß, genug gesehen zu haben.

»Dem Himmel sei Dank«, seufzte sie. »So ausgedehnte Fußmärsche sind nichts für mich. Kann man hier irgendwo einen Kaffee bekommen?« wandte sie sich an Russell.

»Also...« Er zögerte einen Moment und fuhr dann fort: »Warum gehen wir nicht zu mir? Ihr seid sicher mit der U-Bahn gekommen. Wir können die District Line von Tower Hill nach Ealing nehmen. Was hältst du davon?«

Jetzt zögerte Christine – aber nicht lange. Weder Rowland noch Colette würden heute früh nach Hause kommen, und die Aussicht, nicht nur mit einem Zehnjährigen zusammen zu sein, war zu reizvoll für eine Ablehnung. Außerdem kannte sie Russell schon so lange. »Ja – warum nicht?« stimmte sie lächelnd zu. »Danke – das ist sehr nett von dir.«

»Eine schöne Wohnung.« Christine stand an dem vorhanglosen Fenster und sah auf den Streifen Grün, der durch eine von drei Straßenlaternen beleuchtet wurde – die beiden anderen waren wegen der Energiekrise nicht in Betrieb. Sie drehte sich um; Russell deckte zusammen mit Patrick den Tisch. »Du solltest wirklich heiraten, Russ.«

»Ich habe es dir schon gesagt«, antwortete er leichthin. »Es hat in meinem Leben nur eine Frau gegeben.«

»Wen?« fragte Pat neugierig, der gerade mit Brot und Butter aus der Küche kam. Seine leuchtenden Augen schossen von einem zum anderen. »Warum sind Sie nicht verheiratet, Mr. Jennings?«

»Ich finde, du solltest mich Russ nennen«, sagte Russell hastig, bevor Christine ihre beabsichtigte scharfe Ermahnung loswerden konnte. Und dann fügte er hinzu: »Im Kühlfach ist Eiscreme. Es ist zwar Winter – aber Jungs mögen Eis zu jeder Jahreszeit, stimmt's?«

»Darauf kannst du wetten!« Patrick stürmte hinaus. Vorübergehend war er abgelenkt.

Russell schnitt eine Grimasse. »Kleine Nervensäge. Als Junggeselle bin ich nicht in Übung.«

Christine lachte. »Ich habe mich auch noch nicht richtig daran gewöhnt, ein Kind um mich zu haben.«

Russell legte das letzte Messer hin und blickte auf. »Aber du bist eine gute Mutter«, sagte er ernst. »Eine verdammt bessere als Lucy Brennan.«

»Ach, ich weiß nicht.« Christine setzte sich an den Tisch und sah nachdenklich vor sich hin. »Ich war überrascht – sie hat ihre Sache gar nicht so schlecht gemacht. Mein Gott, wie herablassend das klingt! So habe ich es nicht gemeint. Ich nehme an, Pat hat das meiste, was er weiß, von ihr gelernt. In Mathematik ist er zwar katastrophal, und Rowe hat deshalb einen Pauker engagiert – aber seine Allgemeinbildung und seine Kenntnis der englischen Literatur sind erstaunlich.«

Russell sah schweigend auf sie hinunter. Dann beugte er sich plötzlich vor und küßte sie auf die Wange. Es war eine so leichte Berührung, daß Christine im ersten Augenblick nicht sicher war, ob sie sich nicht nur eingebildet hatte – und rief Patrick zu: »Wo bleibst du denn?«

Doch es war kein Irrtum. Russell hatte sie wirklich geküßt. Und beunruhigenderweise hatte es ihr gefallen. Sie würde ihn niemals lieben können – ihr Herz gehörte allein Rowland –, aber sie hatte den Kuß als angenehm empfunden. Sogar als erregend.

26

Der Sand lag glatt und friedlich im Morgenlicht. Über dem langen grünen Finger von Brean Down schwebten tiefhängende Wolken. Es war ein ungewöhnlich kalter Spätmärztag – allerdings hatte Christine in den Gärten, an denen sie auf ihrem Spaziergang vorbeikamen, Krokusse und Osterglocken entdeckt.

Beide Frauen waren in Trauerkleidung – Christine mehr aus Rücksicht auf ihre Mutter als aus Überzeugung. Natürlich hatte sie tags zuvor bei der Beerdigung ihres Vaters Schwarz getragen, aber heute früh war sie in rehbraunen Hosen und einem leuchtendroten Anorak in der Küche erschienen, worauf Gwen Chandos mit Entsetzen reagierte.

»Kannst du nicht was Gedeckteres anziehen?« hatte sie gefragt. »Wenn wir nun Bekannte treffen – was sollen die denn denken?«

Ihre Tochter schluckte die Entgegnung herunter, daß heutzutage kaum noch jemand Wert auf diese Äußerlichkeit legte und es ziemlich unwahrscheinlich sei, daß sie um halb acht Uhr früh am Strand überhaupt einer Menschenseele begegneten. Sie hatten beide schlecht geschlafen, waren um sechs in der Küche zusammengetroffen, weil sie den Wunsch nach einer Tasse Kaffee verspürten – und übereingekommen, daß ihnen ein bißchen Bewegung sicher guttäte. Es war Christines Vorschlag gewesen, ans Meer hinunter zu gehen.

»Weißt du noch, wie Dad mich immer mitnahm, als ich noch klein war? Er liebte den Strand, wenn niemand sonst da war.«

Die Nachricht, daß Robert Chandos Krebs hatte, war sechs

Monate zuvor wie ein Blitz aus heiterem Himmel gekommen. Seit ihrer Heirat hatte Christine ihn nur noch selten gesehen. Er fühlte sich in Gegenwart der Saxelbys nie recht wohl und lehnte die meisten Einladungen ins Inglebatch House oder nach Mallerby ab. Doch er war stolz auf seine Tochter und darauf, wie sich die Dinge für sie entwickelt hatten, und sprach bei seinen Freunden und Bekannten ständig über sie, zog es jedoch vor, zu »diesen Kreisen« Abstand zu halten. »Da gehören wir nicht hin«, fand er. Gwen stimmte ihm zwar insgeheim zu, schalt ihn jedoch einen Snob im umgekehrten Sinn.

Obwohl sich ihre Beziehung gelockert hatte, war sein Tod für Christine ein schwerer Schlag. Als die Verwandten und Freunde sich nach dem Begräbnis in der Wohnung am Clarence Park zusammenfanden, fragte jemand Gwen Chandos, was sie in den Grabstein eingravieren lassen werde.

»Nur seinen Namen und die Daten: Robert Chandos, neunzehnhundertdreizehn bis -dreiundsiebzig.«

Und da wurde Christine voller Bestürzung bewußt, daß ihr Vater nur sechzig Jahre alt geworden war – viel zu jung zum Sterben.

Jetzt sagte sie zu ihrer Mutter: »Wie kannst du bloß immer noch an Gott glauben – zumindest an einen gütigen Gott –, nachdem du erlebt hast, wie ein Mensch, den du geliebt hast, so früh und unter solchen Qualen sterben mußte?«

Gwen sah sie verständnislos an. Sie war in einer Generation aufgewachsen, die in die Sonntagsschule ging und gar nicht auf die Idee kam, das Dogma des christlichen Glaubens in Frage zu stellen. »Gott weiß, was für uns am besten ist«, antwortete sie schlicht. Und dann fügte sie zusammenhanglos hinzu: »Schade, daß Rowland nicht kommen konnte.«

»Es tut ihm auch leid – er hat im Moment einfach zu viel zu tun.«

War das wirklich der Grund, oder hatte er ihn nur vorgeschoben, um Patrick nicht allein lassen zu müssen, der schwer an

Masern erkrankt war? Der Junge war in den letzten achtzehn Monaten zum Mittelpunkt seines Lebens geworden. Sogar die heiße Affäre mit Maxine Larson war dieser Entwicklung zum Opfer gefallen, obwohl sie alles versucht hatte, um ihn zu halten. Es sah tatsächlich so aus, als habe er sich geändert.
Ich sollte glücklich darüber sein, dachte Christine – aber es gefiel ihr nicht, seine Treue seinem Sohn zu verdanken.
Sie hakte sich bei ihrer Mutter ein und ließ den Blick über den weiten Strand und den grauen Himmel wandern. Der Tod ihres Vaters – zum ersten Mal war ein Mensch gestorben, der ihr nahestand – hatte ihr ihre eigene Sterblichkeit vor Augen geführt. »Mein Leben hat überhaupt keinen Sinn, Ma«, sagte sie unvermittelt, blieb stehen und starrte aufs Meer hinaus. »Ich werde Ende Juli dreiunddreißig – und ich habe keine Aufgabe.«
»Und was ist mit deinen Komitées? Mit deiner Wohltätigkeitsarbeit? Mit den Spendensammlungen? Dr. Bernardo's, das Rote Kreuz, die St. John Ambulance Brigade – keine dieser Organisationen könnte ohne finanzielle Unterstützung weiterbestehen.«
Christine schnaubte verächtlich. »Frühstückseinladungen, Wohltätigkeitsbälle und Matinéen – wie kann ein Mensch, der nach den Grundsätzen der methodistischen Arbeitsethik erzogen wurde wie ich, die Überzeugung haben, daß es moralisch oder erstrebenswert sei, sich mit Essen vollzustopfen, um für die Hungernden in der Welt Geld aufzutreiben? Beantworte mir das!«
Doch das konnte Gwen nicht. Sie dachte eine Weile nach und sagte dann: »Du hast doch eine Aufgabe: Patrick.«
»Ah, ja. Patrick. Der Sohn einer anderen Frau. Oh, mißversteh mich nicht, Ma.« Sie gingen über den festgebackenen Sand auf den Pier zu. »Ich mag ihn. Er hat viele liebenswerte Eigenschaften.« Ihre Mutter äußerte sich nicht zu dieser distanzierten Charakterisierung, und Christine fuhr fort: »Aber er geht

nächstes Jahr ins Internat. Und wenn ich nicht da wäre, gäbe es jemand anderen, der sich um ihn kümmerte. Meine Anwesenheit ist nicht so lebenswichtig für ihn wie eure es für mich als Kind war. Ich erinnere mich noch, wie wir beide mal gleichzeitig die Grippe hatten: Dad nahm sich Urlaub, um uns zu versorgen.«

Gwen lachte. »Ich habe danach nie mehr erlebt, daß er sich so nach seiner Arbeit zurücksehnte. Also – hast du irgendeine Vorstellung, was du machen möchtest?«

»Ich würde gern das Bankgeschäft lernen – von der Pike auf«, antwortete Christine so schnell, daß ihre Mutter erkannte, daß sie schon lange mit diesem Gedanken spielte. »Wie Colette es nach dem Tod von Rowlands Vater getan hat.« Aber war das nicht eine völlig andere Situation? Ich meine – sie wollte die Interessen ihres Sohnes wahren. Und hast du mir nicht erzählt, daß sie auch aus einer Bankerfamilie stammt? Diese Welt war ihr doch schon immer vertraut. Sie muß täglich damit konfrontiert worden sein.«

»Ich bin auch damit konfrontiert – seit acht Jahren. Ich bin nicht mehr so ahnungslos wie bei meiner Heirat.«

In stillschweigendem Einverständnis machten sie sich auf den Heimweg. »Hast du Rowland schon von deiner Idee erzählt?« fragte Gwen. Christine schüttelte den Kopf. »Meinst du nicht, du solltest es tun?«

Diese Frage hatte Christine sich auch schon oft gestellt. Wovor fürchtete sie sich eigentlich? Vor einer Abfuhr? Vor dem leicht spöttischen Lächeln, mit dem Rowland seine Herablassung kaschierte? Oder zweifelte sie an ihren geistigen Fähigkeiten und hatte Angst, sich lächerlich zu machen – die kleine Beamtin, die in die Welt der Hochfinanz vorstoßen wollte?

Sie verdankte die Ehe mit Rowland einem Zufall – sie war eine unstandesgemäße Verbindung, die seine Familie im Lauf der Zeit akzeptiert hatte, deren sie selbst jedoch sich immer noch sehr bewußt war. Wenn sie der Wahrheit die Ehre gab, mußte sie sich eingestehen, daß sie sich in Gegenwart eines Saxelby niemals so entspannen konnte wie beispielsweise in Gesellschaft von Lois und Barry Aylward. Oder Russell Jennings. Seit dem Nachmittag im Tower vor dreizehn Monaten hatte sie ihn oft getroffen. Überstunden und Arbeitswochenenden waren für Rowland und Julian fast zur Gewohnheit geworden. Im letzten Jahr hatten England und Frankreich in großem Umfang Geld in Umlauf gebracht, um die desolate Wirtschaftslage der beiden Länder abzupolstern, aber die Vereinigten Staaten verkauften ihren Getreideüberschuß nach wie vor an die Russen, und die Ölpreise stiegen weiter. Die Inflation wurde immer bedrohlicher. Christine sah ihren Mann wochenlang fast überhaupt nicht. Wenn sie aufstand, war er schon aus dem Haus – und wenn er heimkam, fiel er ins Bett.

»Du bringst dich noch um«, warnte seine Mutter, doch er zuckte nur mit den Schultern.

»Es sind schlimme Zeiten«, lautete seine lapidare Antwort. Colette ging kaum noch in die Bank – ihre Söhne kamen ohne sie zurecht, baten sie immer seltener um Rat, und sie war kein Mensch, der sich aufdrängte –, und so hatte sie mehr Zeit für ihr geliebtes Bridge, ausgedehnte Aufenthalte in ihrer Heimat, entweder in Paris oder auf Schloß Bérenger bei ihrer Mutter, und für die Pflege ihrer Freundschaften in der hektischen Gesellschaftswelt, die sie so liebte. Sie fragte nicht, wie Christine ihre Zeit verbrachte, nicht aus Desinteresse, sondern weil sie es als indiskret betrachtete. Als Christine jetzt mit ihrer Mutter nach Hause zurückging, wurde ihr bewußt, daß weder Rowland noch Colette etwas von ihren Treffen mit Russell Jennings wußten. Jedenfalls nicht von ihr.

Nicht, daß es einen Grund gegeben hätte, sie zu verheimlichen. Seit damals in seiner Wohnung hatte Russell nie wieder einen Annäherungsversuch gemacht. Erstens spürte er sicher, daß sie es nicht dulden würde, und zweitens war meistens Patrick

dabei. Als sie am nächsten Morgen auf der belebten A4 nach London fuhr, beschloß sie, den Jungen zu fragen, ob *er* seinem Vater oder Colette gegenüber die Treffen erwähnt habe.
Zwei Tage später saß sie an seinem Bett und las ihm aus einem Science-fiction-Roman von Arthur C. Clarke vor. Es ging ihm zwar schon besser, doch der Arzt hatte angeordnet, daß er noch ein paar Tage Schonung brauchte.
»Erzählst du Daddy oder Großmutter eigentlich von unseren Ausflügen mit Russ?« fragte sie unvermittelt. Er schüttelte den Kopf.
»Und warum nicht?«
Er sah sie listig an. »Es ist schön, Geheimnisse zu haben – findest du nicht?«
»Nun ja, manchmal vielleicht«, gab sie verdutzt zu. »Aber generell finde ich es nicht in Ordnung. Hast du viele?«
Er grinste. »Eins. Ein großes.«
Sie begann sich unbehaglich zu fühlen. »Ist es etwas, das dein Vater oder ich erfahren sollten?«
»Kann sein. Weiß nicht.«
Sein Gesicht war ausdruckslos, die blauen Augen blickten unschuldig. Sie konnte nicht erkennen, ob er versuchte, sich interessant zu machen, oder ob er Rowland und ihr wirklich etwas Wichtiges verschwieg, aber wenn sie jetzt eine Affäre daraus machte, tat sie ihm damit einen Gefallen. Sie konnte ihn nicht zwingen, sein Geheimnis preiszugeben – und wenn es gar keines gab, was sie eher vermutete, dann half sie nur, das Thema hochzuspielen. Sie beschloß, die Sache auf sich beruhen zu lassen. »So toll wird es schon nicht sein«, meinte sie leichthin. »Also – wo waren wir? Seite hundertdrei, glaube ich.« Sie schlug das Buch wieder auf.
Doch später, als sie in der Küche bei dem kalten Imbiß saß, den Mrs. Jones für sie hergerichtet hatte, kehrten ihre Gedanken zu der Unterhaltung mit Patrick zurück. Alle Kinder hatten Geheimnisse – sie hatte auch welche gehabt –, aber etwas an ihrem

Stiefsohn bereitete ihr Unbehagen. Er demonstrierte eine Hinterlist, die sie beunruhigte. Wie auch immer – warum hatte *sie* Rowland nichts von ihren Treffen mit Russell Jennings erzählt? Sie konnte es nicht damit entschuldigen, daß sie ihren Mann so selten sah, damit hätte sie sich selbst etwas vorgemacht. Es gab immer noch genügend Gelegenheiten, es zu erwähnen. Allerdings bewegten sich Rowlands und ihre Gespräche derzeit auf einer sehr oberflächlichen Ebene, woran sie ebenso schuld war wie er. Sie liebte ihn nach wie vor, aber in letzter Zeit hatte sich eine dunkle Wolke über diese Liebe gelegt.

Es war sehr still im Haus. Vor einer Stunde hatte sie Pat sein Essen hinaufgebracht, und er schlief inzwischen fest. Crab, der den größten Teil des ungemütlichen Märztages vor einem Heizkörper verbracht hatte, lag jetzt ausgestreckt am Fußende des Bettes seines Herrchens – völlig erschöpft von seinem anstrengenden Leben. Er war, wie Christine ihm immer wieder versicherte, mit Abstand der faulste Hund, der ihr je begegnet war. Seine Reaktion auf diesen Vorwurf bestand in einem freundlichen Schwanzwendeln.

Sie trug das Geschirr zum Spülbecken und machte sich entgegen Colettes wiederholter Ermahnungen, es für Mrs. Jones stehen zu lassen, an den Abwasch. Danach ging sie in den Salon hinauf und tat etwas, das sie sich nur sehr selten gestattete: Sie rief Rowland in der Bank an.

»Liebling – wie lange bleibst du noch?« fragte sie, nachdem sie Marcia Corby, die tüchtige Nachfolgerin von Joyce Crocker, endlich dazu hatte bewegen können, sie weiterzuverbinden.

»Was ist los?« Er war deutlich verärgert über die Unterbrechung. Doch dann fragte er in alarmiertem Ton: »Ist etwas mit Patrick? Geht es ihm schlechter?«

»Nein.« Sie schluckte ihre eigene Verärgerung hinunter. »Ich dachte nur, du würdest heute ausnahmsweise früher nach Hause kommen. Ich fände es nett, dich mal wieder zu sehen.«

»Tut mir leid«, entschuldigte er sich. »Es war eben ein bißchen viel in den letzten Monaten. Hör zu: Ich mache nur noch das hier schnell fertig, und dann komme ich. In etwa einer Stunde bin ich bei dir.«

Er hielt Wort. Kurz vor neun betrat er den Salon von Inglebatch House. Sein Gesicht wirkte grau vor Erschöpfung. Christine goß ihm einen Whisky ein. »Hast du gegessen?«

»Marcia hat so gegen sieben was für uns geholt.« Er grinste. »Aber frag mich nicht, was es war – ich habe es nicht mitbekommen.« Er trank einen großen Schluck, stellte das Glas ab und nahm Christine in die Arme. »Ich bin ein egoistisches Untier, stimmt's? Du mußtest ohne mich den Tod deines Vaters bewältigen, und ich war nicht mal mit auf der Beerdigung. Ich habe dich so viel allein gelassen.« Er schaute sich um. »Wo ist denn Maman?«

»Im Kino. Mit ihrem Bridge-Partner, Major Risely. Sie sehen sich einen Woody Allen-Film an. Du weißt ja, wie sehr deine Mutter Woody Allen liebt.«

Rowland runzelte die Stirn. Er ergriff Christines Hand und zog sie zum Sofa. »Schön und gut, aber sie könnte dir ruhig auch mal Gelegenheit geben, auszugehen.«

Es lag ihr auf der Zunge, daß das wohl kaum die Aufgabe seiner Mutter sei, doch sie sagte es nicht. Statt dessen antwortete sie leichthin: »Oh, ich bin viel unterwegs – vor allem an den Wochenenden. Pat und ich machen oft Ausflüge.«

»Großartig. Das freut mich. Ich finde es schön, daß ihr beide so gut miteinander auskommt.« Er strich sich müde über die Stirn.

»Na ja...«, begann sie zögernd, »wir sind nicht immer allein. Ich... das heißt, wir... oft ist Russell Jennings dabei. Wir trafen uns vor ungefähr zwei Jahren auf dem Flughafen Heathrow, als Colette und ich Solange, Lucien und Giles hinbrachten, die zu ihrem Geburtstag hier waren, und seitdem haben wir uns oft gesehen. Er arbeitet jetzt in London, hat eine

Wohnung in Ealing, ist nicht verheiratet, und ich glaube, er fühlt sich ziemlich einsam. Er hat sein Herz für Patrick entdeckt. Es gefällt ihm, dem Jungen alles zu zeigen – und er ist ein so alter Freund. Mehr steckt nicht dahinter. Wirklich!«
Sie brach atemlos ab. Warum war ihr Ton so schuldbewußt?
»Weshalb hast du mir das nicht schon früher erzählt?« fragte Rowland mit finsterer Miene.
»Ich weiß nicht – es hat sich einfach nie ergeben. Patrick ist gern mit Männern zusammen – er hält nicht viel von Frauen –, und du warst in den letzten zwölf Monaten nicht oft greifbar. Ja, natürlich in den Ferien, aber Kinder brauchen viel Aufmerksamkeit. Pat und Russ mögen sich, sie verstehen sich hervorragend.«
Ihr Mann stand abrupt auf und schaute auf sie hinunter. Hinter ihm schimmerten die langen roten Samtvorhänge im Licht der chinesischen Lampe, die auf einem Klapptisch aus dem siebzehnten Jahrhundert stand. Sekundenlang herrschte Schweigen, und als Rowe wieder sprach, drückten sowohl seine Worte als auch sein Tonfall eine Entschiedenheit aus, die sie verblüffte. »Du wirst dich nicht mehr mit Russell Jennings treffen!«
»Aber ich habe dir doch gesagt, daß er nur ein guter Freund ist. Er begleitet uns in den Tierpark oder nach Kew Gardens, Hampton Court oder zum Tower. Er bringt Pat viel bei – und ich habe einen erwachsenen Ansprechpartner.« Ihr Erstaunen über seine Reaktion war einem heftigen Herzklopfen gewichen. Er war eifersüchtig, eine andere Erklärung gab es nicht!
»Ich will, daß das aufhört«, befahl Rowland eisig. Er atmete tief durch. »Okay, ich gebe zu, daß es hauptsächlich meine Schuld ist. Ich habe dich und Pat zuviel euch selbst überlassen, Maman ist häufiger unterwegs als früher – aber ich dachte, ihr würdet euch als Gesellschaft genügen.« Noch während er sprach, wurde ihm klar, daß er kein Recht hatte, ihr Vorwürfe zu machen, daß er beide wirklich vernachlässigt

hatte. Es hätte ihn nicht überrascht, wenn sie wütend geworden wäre. Doch sie wurde es nicht.

»Selbstverständlich werde ich mich nicht mehr mit Russ treffen, wenn du es nicht willst«, sagte sie lächelnd. »Ich hätte wirklich nicht gedacht, daß es dir etwas ausmacht.«

»Natürlich macht es mir etwas aus!« erwiderte er heftig. »Pat ist mein Sohn – ich bin derjenige, der all das mit ihm unternehmen sollte, wovon du gerade erzählt hast.« Er setzte sich wieder neben sie und nahm ihre Hände in seine. »Ich werde in Zukunft ein besserer Vater sein.«

Und da verstand sie: Er war nicht ihretwegen eifersüchtig, sondern wegen Patrick! Was war sie doch für ein Schwachkopf! Sie riß sich los und floh stolpernd aus dem Salon.

27

Sie rannte die Treppe hinauf, knallte die Schlafzimmertür zu, ohne sich darum zu kümmern, ob sie Patrick weckte, der im selben Stockwerk schlief, warf sich aufs Bett und trommelte in ohnmächtigem Zorn wild schluchzend auf den Überwurf. Verdammter Rowland! Verdammter Patrick! Verdammter Russell! Alle Männer sollte der Teufel holen. Sie waren allesamt Betrüger. Nein, Rowland nicht – der war geradezu provozierend ehrlich.

Die Tür ging auf, und er trat ans Bett. Offensichtlich tat es ihm leid, doch diesmal würde sie sich nicht erweichen lassen. Die Sprungfedern quietschten, als er sich neben sie setzte. Zart fuhr seine Hand über ihr Haar.

»Entschuldige«, sagte er, als ihr Schluchzen endlich verebbte, »ich bin mir durchaus bewußt, daß es mir nicht zusteht, dir irgendwelche Beziehungen zu verbieten. Ich war eifersüchtig, weil es mir schien, als habe jemand meinen Platz bei Pat eingenommen – und ich fühle mich schuldig. Wie ich schon sagte, sollte *ich* all diese Sachen mit ihm . . .«

Christine ließ ihn nicht zu Ende sprechen. Sie richtete sich mit einem Ruck auf. Ihr Gesicht war verquollen und fleckig vom Weinen. »Pat!« schrie sie. »Ist er der einzige Mensch, an den du denkst? Ich hätte auch gern etwas von dieser Eifersucht für mich! Es wäre schön, wenn ich den Eindruck haben könnte, daß es dich ein wenig stört, wenn ich mich mit einem anderen Mann treffe, wie harmlos es auch sein mag. Ja, ja, ich weiß – du hast mich nie geliebt, das hast du mir ja klipp und klar gesagt. Du hast mich wegen des Kindes geheiratet, und dafür bin ich dir dankbar, und auch dafür, daß du dich bisher nicht hast scheiden lassen. Aber ich habe meinen Teil des Vertrages ebenfalls eingehalten. Ich habe kein Theater wegen Maxine Larson oder der vielen anderen Frauen gemacht und mich bemüht, zu ignorieren, wie über mich gespöttelt wird, ich habe mir Patrick aufhalsen lassen, ohne mich zu beklagen. Und angesichts dessen«, sie zog ein Taschentuch heraus und putzte sich vehement die Nase, »finde ich, daß ich Anspruch auf zumindest einen Anflug von Eifersucht habe.« Wieder brach sie in Tränen aus.

Rowland nahm sie in die Arme. »O Chris! Chris!« Sie spürte, wie es ihn schüttelte.

Sofort stieß sie ihn weg. »Du lachst!« rief sie empört. »Du lachst mich aus!«

»Ich kann nichts dafür«, keuchte er, zog sie erneut an sich und küßte sie glucksend auf die Stirn. »Du bist die einzige Frau, die ich kenne, die sich darüber beschwert, daß ihr Mann nicht eifersüchtig ist, weil sie eine Beziehung zu einem anderen hat.«

»Das überrascht mich nicht«, antwortete sie beißend. »Die Frauen, die du kennst, lieben ihre Männer ja auch nicht.« Sie zog das durchweichte Knäuel auseinander, das sie in der Faust hatte, und putzte sich noch einmal die Nase. »Außerdem haben Russ und ich keine ›Beziehung. Wir sind nur Freunde.«

»Willst du damit sagen, daß der Idiot sich noch nie an dich herangemacht hat?«

»N-nein. Na ja – einmal. Aber ich habe ihn nicht ermutigt, und er hat es bei dem einen Versuch belassen.«

»Dann ist er noch dümmer, als ich dachte.« Rowland drückte sie sanft nach hinten aufs Bett und ließ seine Lippen über ihre Augen, ihren Mund und ihre Kehle wandern, während er begann, sie auszuziehen.

Natürlich hatte er unzählige Male mit ihr geschlafen, aber nie so wie heute – nie mit dieser Mischung aus Leidenschaft und

Zärtlichkeit, als beginne jetzt ein neues Kapitel ihrer Ehe, als liebe er sie wirklich...
Doch später, als sie sich in ein heißes, duftendes Bad sinken ließ und er ins Souterrain ging, um den Kühlschrank zu durchforsten, wurde Christine schmerzlich bewußt, daß er ihr auch heute nicht gesagt hatte, daß er sie liebte. Nichts hatte sich geändert. Nicht wirklich.

Und doch schien es in den nächsten Jahren, als habe er sich gewandelt. Soweit Christine es beurteilen konnte, gab es keine Nachfolgerin für Maxine Larson, und sie begann zu hoffen, daß sie ihm, obwohl er sie nicht liebte, als Partnerin genügte. Wegen Russell plagten sie Schuldgefühle. Er war sehr betroffen gewesen, als sie ihm erklärte, daß sie und Pat sich nicht mehr mit ihm treffen würden – so betroffen, daß sie begriff, daß sie ihm mehr bedeutete, als sie angenommen hatte. Als er ihr sagte, daß er ihretwegen nicht geheiratet hatte, hielt sie das für eine charmante Schwindelei, aber vielleicht hatte sie sich geirrt. Möglicherweise hatte er tatsächlich immer nur sie geliebt. Aber sie hielt sich an ihr Versprechen, ihn nicht wiederzusehen – trotz Patricks wiederholter Fragen, warum sie keine Ausflüge mehr mit »Onkel« Russ machten.
Doch das Interesse daran verlor sich, als Rowland sich in zunehmendem Maße mit seinem Sohn beschäftigte. Er knapste Zeit ab, um all das mit ihm zu tun, was er in den vergangenen Jahren versäumt hatte: Reiten, Radfahren, im Sommer zum Kricket und im Winter zum Rugby zu gehen. Und als Patrick dann im Internat war, gehörte sein Vater in den Ferien allein ihm.
»Ich weiß nicht, was in Rowe gefahren ist«, bemerkte Julian spitz. »Er ist ja ein richtiger Familienmensch geworden.«
»Gott sei Dank«, erwiderte seine Mutter. »Es ist ein Jammer, daß die Dinge sich nicht auch für dich so entwickelt haben.«
Sie saßen auf der Terrasse von Mallerby House. Es war ein

heißes Juli-Wochenende. In einiger Entfernung spielten Rowland und Christine Krocket mit Patrick und Vivien. Ihr Gelächter stieg in die windstille Sommerluft hinauf. Am nächsten Tag hatte Colette Geburtstag, und dazu wurden Solange und Giles erwartet. Das Jahr 1975 war wirtschaftlich gesehen bisher nicht leicht für Frankreich gewesen. Es gab über eine Million Arbeitslose, die Industrieproduktion war innerhalb von zwölf Monaten um zehn Prozent zurückgegangen, und der Wirtschaftsexperte Raymond Barre hatte Jacques Chirac als Premierminister abgelöst. Lucien konnte nicht weg, er wurde in der Bank gebraucht.

Julian starrte düster vor sich hin. Seine langen Beine in den rehbraunen Hosen reichten fast bis zum Fußende des Liegestuhls. Er hatte die Arme vor der Brust verschränkt, die gegen das leuchtend gelbe kurzärmelige Hemd sehr blaß wirkten.

»Ich trenne mich von Sophie«, sagte er unvermittelt. »Ich habe genug von ihr. Meinst du, Rowe wäre damit einverstanden, das oberste Stockwerk von Ingelbatch House zu einer separaten Wohnung für Vivien und mich umbauen zu lassen? Ich weiß, daß es eine Zeitlang im Gespräch war, das für dich zu tun – aber du sagtest ja, du wolltest lieber in deiner Suite im ersten Stock bleiben, die du seit Vaters Tod bewohnst.«

»Denkst du an Scheidung?« fragte Colette.

Er schüttelte den Kopf. »Ich werde bald in die katholische Kirche aufgenommen, Maman – ich stecke mitten im Unterricht.«

Seine Mutter schien weder sonderlich überrascht noch angetan von dieser Eröffnung. Julian war schon mehrfach aufgefallen, daß die französischen Katholiken keinen so ausgeprägten Bekehrungseifer an den Tag legten wie ihre englischen Glaubensgenossen.

»Und – will Sophie sich scheiden lassen?«

»Wohl kaum. Es gefällt ihr, Mrs. Saxelby zu sein. Sie kann auf diese Weise unbekümmerter einkaufen, als wenn sie auf Unterhalt angewiesen wäre. Und außerdem will sie nicht noch einmal heiraten; unabhängiges Amüsement entspricht ihren Neigungen entschieden mehr.«

Colette nickte. »Es ist höchste Zeit, Vivien ihrem Einfluß zu entziehen. Das Mädchen sagt manchmal Dinge, die nicht zu einer Dreizehnjährigen passen. Gestern abend erwischte ich sie und Patrick, wie sie in einer Ecke tuschelten und kicherten. Es war höchst befremdend. Ich finde nicht, daß sich das Benehmen des Jungen gebessert hat, seit er im Internat ist. Kinder seines Alters brauchen ihre Eltern. Wenn Vivien in Inglebatch House wohnt, kann Christine ein Auge auf sie haben. Ich werde gleich heute abend mit Rowland darüber sprechen.«

Als Patrick Mitte September seine Sachen packte, um ins Clifton College zurückzukehren, zogen Julian und seine Tochter in die umgebaute Wohnung im dritten Stock des Hauses in Hampstead.

»Es geht weiter«, beklagte sich Christine bei Lois während eines ihrer langen wöchentlichen Telefonate. »Jetzt bin ich auch noch Ersatzmutter für Vivien. Glücklicherweise mögen wir uns.«

Lois reagierte wie erwartet. »Du bist eine Idiotin«, erklärte sie unverblümt. »Wenn ich von jedem, der meiner Meinung ist, ein Pfund bekäme, wäre ich eine reiche Frau. Aber sag mal, wie stehen die Dinge denn zur Zeit zwischen dir und Rowland? Du hörst dich nicht so bedrückt an wie sonst. Hat er immer noch keine... äh...« Sie brach ab.

»Keine neue Freundin, meinst du? Nein, es sieht nicht so aus. Jedenfalls läuft da nichts, was ernst genug wäre, um mir zu Ohren zu kommen – und im Gegensatz zu der allgemeinen Ansicht sind die Ehefrauen nicht immer die letzten, die es erfahren.«

»Hört sich gut an«, sagte Lois. »Hoffen wir, daß es so bleibt. Und eins muß man diesem Teufel ja zugute halten.« Lois war die einzige Frau, die Christine kannte, die gegen Rowlands Charme immun war. »Es ist ihm wohl mit keiner von denen je ernst gewesen«.

Ein paar Wochen später wurde Christine an Lois' Worte erinnert, und da erschienen sie ihr wie der schiere Hohn, wie eine Strafe der Götter, die ihr zeigen wollten, daß sie nicht zulassen würden, daß ihre Bäume in den Himmel wuchsen. Das war, nachdem sie Faith Malyon in der Festival Hall Mozarts Krönungskonzert hatten spielen hören.

Faith Malyon war neunzehn Jahre alt, ein puppenhaftes Figürchen mit glatten blonden Haaren und kornblumenblauen Augen. Sie wirkte zart und verletzlich – als könne ein Windhauch oder ein unfreundliches Wort sie zerbrechen –, und der Puppeneindruck wurde noch durch ihre Vorliebe für Laura Ashley-Stoffe, Spitzenkragen, Rüschen und Puffärmel verstärkt. Als einziges Kind eines Taxifahrers und einer Lehrerin, die beide nicht die geringste musikalische Begabung besaßen, hatte sie ihre Eltern damit überrascht, von der ersten Klavierstunde an nicht nur Fingerfertigkeit, sondern Genialität zu beweisen. Sie bekam ein Stipendium für das Royal College of Music und galt inzwischen als einer der hellsten aufgehenden Sterne am Musikhimmel.

Dieses Konzert war erst ihr zweiter öffentlicher Auftritt, und jedermann hätte Verständnis dafür gehabt, wenn sie nervös gewesen wäre, aber sie legte eine bewundernswerte Gelassenheit an den Tag – was Christine zu der Überlegung veranlaßte, ob Miss Malyon tatsächlich eine so brillante Karriere vor sich hatte wie allgemein prophezeit. Ihrer Meinung nach war eiserne Beherrschung keine normale Tugend bei echten Künstlern.

Zwei Wochen nach dem Konzert in der Festival Hall stand Christine Faith Malyon zum erstenmal gegenüber – auf einer Party, zu der zu gehen sie sich erst in letzter Minute entschlossen hatten.

Als Rowland kurz nach acht nach Hause kam, stellte Christine fest, daß er die Einladung vergessen hatte.
»Und wer sind die Gastgeber?« fragte er lustlos, als sie ihn darauf hinwies, daß sie erwartet wurden.
»Die Colmers. In Holland Park. Ein nettes Paar. Ihre ältere Tochter ist eine Freundin von Julian.«
»Du meinst doch nicht etwa die Bohnenstange, die wir irgendwann mit ihren Eltern in Covent Garden getroffen haben?«
»Genau die – und damals meintest du, Trish Colmer sei eine sehr attraktive junge Dame.«
»Da muß ich wohl geistig umnachtet gewesen sein.« Er goß sich einen zweiten Drink ein. »Und warum sind wir zu einer Party eingeladen, die die Eltern von Julians Freundin geben?«
»Offenbar betrachten die Herrschaften dich als eine Bereicherung«, erwiderte sie und lachte über seine Grimasse. »Wir müssen ja nicht hingehen. Ich habe die Einladung zwar angenommen, als sie letzte Woche eintraf, aber ich kann jederzeit anrufen und uns mit einem plausiblen Grund entschuldigen.«
Er zögerte – und an dieses Zögern würde Christine sich später noch oft erinnern. Wenn sie entschlußfreudiger gewesen wäre und die Colmers auf der Stelle angerufen hätte, dann wäre Rowland Faith Malyon vielleicht nie begegnet. Aber andererseits – ließ sich das Schicksal manipulieren?
»Nein, nein«, widersprach er widerwillig. »Wenn du zugesagt hast, gehen wir auch hin.«
»Ich hatte dich gefragt, ob du Lust hättest und nahm dein Brummen als positive Antwort. Tut mir leid, daß ich es mißverstanden habe.«
Er setzte sich zu ihr aufs Sofa und zog sie an sich. »Ich fürchte, ich habe gar nicht zugehört. Wird Julian auch dort sein?«
»Das ist er sicher schon; er ging bereits vor einer halben Stunde weg. Colette bleibt zu Hause, um auf Vivien aufzupassen.«
»Da bringt sie ja ein echtes Opfer. Ich weiß zufällig, daß Major Risely für heute abend Ballettkarten hat.«

»Meine Güte!« Christine sah ihn bestürzt an. »Aber dann…«
»Mach dir keine Gedanken.« Er drückte sie kurz an sich und stand auf. »Du hast Vivien sowieso unentwegt am Hals. Es ist nur fair, wenn Maman auch mal einspringt. Wenn du unbedingt zu dieser Party willst, dann werde ich dir den Wunsch erfüllen.«
Christine lächelte ihn an. »Aschenputtel darf zum Ball! Rowe?« Sie zögerte einen Moment und fragte dann entschlossen: »Hast du über meine Idee nachgedacht, in der Bank zu arbeiten?« Ihr erster Vorstoß lag Wochen zurück, doch bis heute hatte sie noch keine Antwort bekommen. Rowland stand mit dem Rücken zu ihr und goß sich den dritten Whisky ein. Er trank viel mehr als gewöhnlich – der Alkohol half ihm, sich zu entspannen. »Na?« hakte sie nach.
Er drehte sich zu ihr um, sah sie jedoch nicht an, sondern starrte weiter in sein Glas. »Ich halte sie nicht für gut«, sagte er.
»Und warum nicht?«
»Schau mal, Chris«, wand er sich, »Frauen von Männern wie mir arbeiten nicht. Bei Maman war das etwas anderes – sie mußte den Platz meines Vaters einnehmen und fungierte als meine Stellvertreterin, bis ich den Wehrdienst und das Studium hinter mir hatte. Du bist doch voll beschäftigt mit deinen Komitées und der Wohltätigkeitsarbeit. Gib diesen dummen Plan auf. Bitte.«
In diesem Augenblick empfand sie die größte Abneigung gegen ihn, zu der sie bei all ihrer Liebe fähig war. »In Ordnung.« Sie stand abrupt auf. »Ich werde es nicht mehr erwähnen. Tut mir leid, dich mit meinen nonkonformistischen Arbeiterklasse-Ansichten irritiert zu haben.«
»Chris! So habe ich es doch nicht gemeint. Du bist unfair.«
»Bin ich das? Ich glaube nicht. Du bist egoistisch – wie alle Menschen, die in Reichtum und einflußreiche Positionen hineingeboren werden. Du interessierst dich ausschließlich für

deine Person. Du benutzt mich – gelegentlich fürs Bett, als Mutter für Lucy Brennans Sohn und jetzt auch noch als unbezahlten Babysitter für deine Nichte Vivien –, aber wenn es um mich geht, dann ist das kein Thema.«

Rowland stellte sein Glas ab und atmete tief durch. »Sei nicht böse«, bat er sanft. »Ich wußte wirklich nicht, daß du dieses Gefühl hast. Glaub mir bitte, wenn ich dir sage, daß du viel mehr für mich bist als das, was du gerade aufgezählt hast.«

Sie hätte in diesem Augenblick einlenken, ihm um den Hals fallen können – und genau das hätte sie auch am liebsten getan –, aber etwas hielt sie zurück: die Angst, daß ihre übergroße Liebe zu ihm sich in nichts auflösen würde, wenn sie nicht endlich Position bezog. Später fragte sie sich, ob sich die Dinge vielleicht anders entwickelt hätten, wenn sie nicht nach einem Streit zu jener Party gekommen wären.

»Ich gehe schon mal rauf«, sagte sie. »Es wird Zeit, daß wir uns umziehen.«

Er nahm sein Whiskyglas wieder in die Hand. »Ich komme gleich nach.«

Als Christine beim Hinausgehen den Kopf in Colettes Wohnzimmer steckte, winkte ihre Schwiegermutter ihr fröhlich zu. »Ich wünsche euch einen schönen Abend. Ich habe Vivien gesagt, sie dürfe mit mir fernsehen, wenn sie mit den Hausaufgaben fertig ist.«

»Das wird ihr bestimmt Spaß machen, aber vergewissere dich bitte, daß sie auch wirklich alle gemacht hat. Colette?«

Ein fragender Blick. »Ja?«

»Ach... ach, nichts. Gute Nacht.«

Als sie in Holland Park ankamen, war das Fest schon in vollem Gange. Die Colmers freuten sich, sie doch noch zu sehen – sie hatten die Hoffnung schon fast aufgegeben. Julian kämpfte sich, Trish Colmer im Schlepptau, zu ihnen durch. »Hallo, ihr beiden. Was ist los? Ihr seht aus, als hätte es euch die Petersilie verhagelt.«

»Den ganzen Kräutergarten«, erwiderte Christine, um einen scherzhaften Ton bemüht.
Trish Colmer stieß ein lautes, prustendes Lachen aus – einer der Gründe dafür, daß Christine sich fragte, was um Himmels willen Julian an ihr fand. Aber schließlich hatte er, was Frauen anging, nie guten Geschmack bewiesen. Das konnte man von einem Mann auch nicht erwarten, der eine Vorliebe für kanariengelbe Pullover, zitronengelbe Sportwagen und zweifarbige Schuhe hatte.
Mrs. Colmer, im Gegensatz zu ihrer langen dürren Tochter klein und rund, bahnte sich den Weg zu ihnen. Sie zog eine junge Frau hinter sich her. Mai Colmer hatte eine Schwäche für Rowland und servierte ihm nun den Stargast des Abends wie ihrem Schoßhündchen einen besonderen Leckerbissen.
»Mr. Saxelby«, Christine registrierte belustigt, daß sie nicht in die Vorstellung einbezogen wurde, »das ist Faith Malyon, die Konzertpianistin. Faith, meine Liebe – dies ist Rowland Saxelby. Julian hat erzählt, er sei einer Ihrer großen Bewunderer.«
Rowlands feingliedrige braune Finger schlossen sich um die kleine weiße, fast noch kindlich runde Hand. »Ich freue mich«, sagte er. »Mein Bruder hat recht. Ich bin wirklich ein Bewunderer.«
Faith Malyon lächelte – sie lächelte wirklich nur, sagte Christine sich später –, und auf Rowlands Gesicht erschien ein Ausdruck, den seine Frau noch nie bei ihm gesehen hatte: eine Mischung aus Zärtlichkeit, dem Wunsch zu beschützen, und noch etwas…
Es dauerte eine Weile, bis sie dieses Etwas identifizieren konnte: bedingungslose Hingabe.

FÜNFTER TEIL

1980–1985

28

Jetzt kommst du zum Frühstück?« fragte Colette verärgert. »Das ist eine Rücksichtslosigkeit gegenüber Mrs. Renshaw. Wir haben fast Mittagessenszeit.«

»Nur keine Aufregung – ich will ja gar nicht frühstücken.« Vivien ließ sich zwischen ihrer Großmutter und Christine auf einem Liegestuhl nieder und streckte ihre langen braunen Beine aus. Hinter ihr leuchtete die honigfarbene Fassade von Mallerby House in der Sonne. »Ist das ein Leben«, seufzte sie. »Nie mehr Schule! Stellt euch das vor.«

»Schön und gut«, antwortete Colette ungeduldig. »Aber was willst du tun? Ein Studium hast du abgelehnt, was ich sehr schade finde – also wirst du dich zu irgend etwas anderem entschließen müssen.«

»Drängel doch nicht so, Großmutter«, protestierte das Mädchen. »Das Schuljahr war erst letzte Woche zu Ende. Ich möchte zunächst mal richtig Ferien machen – am liebsten hier auf Mallerby –, bevor ich eine Entscheidung treffe. Habe ich nicht recht, Christine?«

Ihre Tante, die der Diskussion mit geschlossenen Augen gefolgt war, öffnete die Lider einen Spalt und musterte Vivien verstohlen, die sie die letzten fünf Jahre praktisch allein aufgezogen hatte. Sie war jetzt achtzehneinhalb und ein äußerst attraktives Geschöpf geworden. Ihre früher hellen Haare hatten sich dem warmen Braunton ihrer Augen angeglichen. Die Pausbacken waren verschwunden, und die jetzt sichtbaren, hohen Backenknochen verliehen ihrem Gesicht einen besonderen Reiz. Die kurvenreiche Figur und der sinnliche Mund

waren eindeutig ein Erbteil ihrer Mutter – und wie diese hatte sie ein ausgeprägtes Interesse an Männern. Christine war aufgefallen, wie sie Patrick ansah, der nach seinem ersten Jahr in Oxford für die Sommerferien hergekommen war – und er war sichtlich beeindruckt von dem Schwan, in den das Entlein sich verwandelt hatte. Christine sah einige Probleme kommen.
Als hätten ihre Gedanken ihn auf den Plan gerufen, schlenderte Patrick aus der Bibliothek auf die Terrasse. Er trug nach amerikanischem Vorbild Bermudashorts und ein Hemd mit schreiendem Papageien- und Palmenmuster. Seine Großmutter zuckte zusammen und wandte den Blick ab. Pat beugte sich über das Kopfteil von Viviens Liegestuhl. »Hast du doch noch aus dem Bett gefunden?« Er grinste. »Du bist wirklich eine Schlafmütze. Wie wär's mit einem Spaziergang? Bewegung ist gesund und macht Appetit.«
Er ist gut geraten, dachte Christine. Blendend aussehend, mit tadellosen Manieren, intelligent und selbstsicher, war ihr Stiefsohn im Alter von jetzt neunzehn Jahren ein würdiges Mitglied des Saxelby-Clans. Sie hatte im Lauf der Zeit Sympathie für ihn entwickelt, ihn jedoch nie so geliebt, wie sie es sich gewünscht hätte. Doch das lag mehr an ihm als an ihr. Er ließ niemanden ganz an sich heran, nicht einmal Rowland. Bis hierher und nicht weiter – das war die Botschaft, die er aussandte. Es war, als gäbe es da eine Barriere, die ihn daran hinderte, sich völlig zu öffnen.
Das Mädchen stand bereitwillig auf – zu bereitwillig für Christines Geschmack. Auch Vivien trug Shorts, allerdings extrem kurze, und darüber ein T-Shirt im Batik-Look in Blau- und Orangetönen.
»Ich gehe bis zum ›Feathers‹ mit«, erklärte sie Patrick. »Da kannst du mir was zu trinken spendieren«.
Sie verschwanden, und wieder herrschte tiefe Stille. Christine war kurz davor, einzudösen, als Colettes Stimme sie zurückholte. »Was willst du wegen dieser Person unternehmen?«

Christine seufzte insgeheim. Das letzte, worauf sie jetzt Lust hatte, war eine Diskussion mit ihrer Schwiegermutter über das Thema Faith Malyon, aber andererseits war sie dankbar für ihre Anteilnahme, und so überwand sie ihr Widerstreben. »Was *kann* ich denn tun?« fragte sie wie schon so oft.

»Stell ihm ein Ultimatum.«

Christine lächelte schwach. »Ich mag euch alle viel zu sehr, um wegzugehen.«

Colette schnaubte ärgerlich. »Du bist zu pessimistisch. Das habe ich dir immer wieder gesagt. Rowland könnte sich doch auch für *dich* entscheiden.«

Christine schüttelte den Kopf. »Nein. Ich weiß es: Diesmal ist es anders. Das ist dir bestimmt auch schon klar geworden. Die früheren – Lisle Ingram, Maxine Larson und die übrigen – bedeuteten ihm nichts. Aber Faith... Er liebt sie. Der Mann, der bisher der Meinung war, Liebe sei eine Erfindung, erlebt sie plötzlich selbst.«

»Hat er dir das gesagt?« fragte Colette empört. »Mit diesen Worten?«

»Das braucht er gar nicht, ich habe ja Augen im Kopf.« Christine richtete sich auf und sah Colette an. »Fünf Jahre dauert die Geschichte bereits – und weit und breit keinerlei Anzeichen von Ermüdungserscheinungen.«

»Hat er schon von Scheidung gesprochen? Angedeutet, daß er dieses Weibsstück heiraten will?«

»Bisher nicht.« Christine lächelte traurig. »Aber nur, weil er mich für Patrick brauchte. Jetzt, da ich für ihn und Vivien nicht mehr vonnöten bin, bin ich gespannt auf die Entwicklung der Dinge.«

»Unsinn!« Colette schlug mit der flachen Hand auf die Armlehne ihres Liegestuhls. »Dieses dumme Porzellangesicht hat Rowe verhext! Sie vermittelt Männern den Eindruck, *une oie blanche* zu sein, *une pucelle* – aber das ist sie nicht! Ich kenne die Sorte. *Une allumeuse! Une pute! Elle a les cuisses légères!*«

Christine lachte. »Ich weiß zwar nicht, was das alles heißt, aber ich nehme an, es ist ordinär.«

Ihre Schwiegermutter lächelte süß. »Das ist es – und es bereitet mir große Befriedigung, es auszusprechen.«

Colette war vom ersten Augenblick an gegen Rowlands Beziehung zu Faith Malyon gewesen. Seine bisherigen Affären hatte sie mit einem Schulterzucken als Ausrutscher abgetan, die man einem Mann zubilligen mußte, vor allem, wenn er eine Vernunftehe eingegangen war. Doch mit der Zeit hatte sich ihre Einstellung zu Christine gewandelt, und sie hielt ihre Schwiegertochter nicht länger für eine gesellschaftliche Katastrophe – und schließlich verband die beiden Frauen echte Freundschaft. Aber das war nicht der einzige Grund für Colettes Abneigung gegen Faith und das strickte Verbot, in Inglebatch House oder auf Mallerby ihre Platten zu spielen.

Gleich zu Anfang brachte Rowland seiner Mutter Faiths neues Album mit Chopin-Préludes mit, das ungeheuer gefragt und im Handel sofort vergriffen gewesen war. Colette zerbrach die Platte vor seinen Augen und rauschte aus dem Zimmer. Danach sprachen sie tagelang kein Wort miteinander – es war ihr erster ernsthafter Streit. Natürlich versöhnten sie sich wieder, doch seitdem bestand eine Barriere zwischen ihnen, und es gab ein Thema, über das sie nicht miteinander reden konnten.

Christine ihrerseits haßte Faith Malyon – weil sie ein Leuchten in Rowlands Augen zauberte, das noch niemand vor ihr hatte entzünden können.

»Du liebst sie!« klagte sie ihn während einer ihrer inzwischen häufigen Auseinandersetzungen an. Das heißt, eigentlich waren es keine Auseinandersetzungen, viel eher Monologe. Rowland zog sich immer mehr in sich selbst zurück und sagte kaum noch etwas. Aber diesmal äußerte er sich, und sein Leugnen brachte sie erst recht gegen ihn auf. »Nein – das tue ich nicht. Es... ach, ich weiß nicht, was es ist, Chris. Sie fasziniert mich eben. Ich kann es nicht erklären. Es ist nur... wenn sie spielt, dann fühle ich... ich fühle... zum Teufel, ich habe keine Ahnung, was ich fühle. Aber ich brauche sie. Ich kann sie nicht aufgeben. Bitte, verlang das nicht von mir.«

»Dann schlage ich vor, wir beenden diese Farce.« Sie erinnerte sich noch heute, wie viel Überwindung sie dieser Kraftakt gekostet hatte. »Du kannst die Scheidung haben und Faith heiraten.«

Doch davon wollte er nichts hören. Eine Scheidung habe keinen Sinn – außer, sie bestehe darauf. Er habe nicht die Absicht, Faith zu heiraten. Wütend über ihre Liebe zu ihm, die sie zu einer Gefangenen machte und über sein »Hund-im-Zwinger-Gehabe« verließ sie türknallend den Salon von Inglebatch House – und hätte um ein Haar Patrick umgerannt, der auf dem Treppenabsatz stand. Es war Ferienzeit gewesen – um Ostern herum, rekonstruierte sie jetzt –, und sie hatte in ihrem Zorn völlig vergessen, daß er im Haus war. Sie schob ihn beiseite und stürmte in ihr Zimmer hinauf. Kurz darauf klopfte es.

»Was willst du?« fragte sie unfreundlich, als er hereinkam. Sie saß am Toilettentisch und war dabei, ihr Gesicht wieder in Ordnung zu bringen.

Ihr Stiefsohn trat hinter sie. »Dad meint es ernst, wenn er sagt, daß er sich nicht von dir scheiden lassen will. Er wird es nicht tun – darauf kann ich dir mein Wort geben. Es wäre ja auch völlig witzlos.«

Er weigerte sich, sich näher dazu zu äußern, und Christine tat seine Aussage als eine der rätselhaften Bemerkungen ab, mit denen er sich von Zeit zu Zeit interessant zu machen versuchte. Doch als sie sich jetzt, vier Jahre danach, den Vorfall ins Gedächtnis rief, fragte sie sich, welches Motiv ihn damals wohl dazu bewogen hatte – abgesehen davon daß er sie mochte und Faith Malyon nicht ausstehen konnte.

Ihre Gedanken kehrten zu Faith zurück, zu ihrer eigenen Zukunft und zu der Frage, was jetzt, da Patrick und ihre Nichte erwachsen waren und sie nicht mehr brauchten, aus ihr werden sollte. Aber die Sommerhitze besiegte die düsteren Gedanken. Christine fielen die Augen zu. Sie hörte Colette sprechen, doch die Worte ergaben keinen Sinn mehr – und als ihre Schwiegermutter innehielt, um auf eine Frage eine Antwort zu erhalten, schlief Christine bereits.

Faith Malyon schob wütend die Decke weg und setzte sich mit dem Rücken zu Rowland auf die Bettkante. Sie bebte vor Zorn und umkrampfte mit beiden Händen die Matratze. Rowland wappnete sich für das kommende Unwetter und zündete sich mit leicht zitternden Fingern eine Zigarette an.
Das war genau der Aufhänger, den sie brauchte. »Du rauchst zuviel!« brach es aus ihr heraus. »Eine gräßliche Angewohnheit – und unheimlich ungesund. Und eine Zumutung für deine Umgebung. Wenn du dir schon keine Gedanken um dich machst, könntest du wenigstens Rücksicht auf mich nehmen. Aber das fällt dir gar nicht ein! Es interessiert dich überhaupt nicht, was mit mir ist.« Sie kam jetzt richtig in Fahrt, sprang auf und begann, ihre Kleidungsstücke einzusammeln, die sie vorher in ihrer Leidenschaft überall verstreut hatte. Jetzt war sie sexuell befriedigt, und ihre Frustration und Verbitterung gewannen wieder die Oberhand. »Du bist ein egoistischer Mistkerl.«
»Bin ich das?« fragte er ruhig. »Ich dachte, ich sei sehr großzügig.«
Sie richtete sich auf, ihr Höschen und die Strumpfhose in der Hand, und blitzte ihn mit ihren kornblumenblauen Augen an. Ihr Mund war zu einem Strich zusammengepreßt. Nichts erinnerte mehr an das Puppengesicht, das ihre Fans so in Verzückung versetzte. Hinter der zarten, verletzlichen Fassade lauerte eine Harpye. War das seine Schuld? Er war sich unbehaglich bewußt, daß er ihr alles gab – außer dem, was sie wirklich wollte: seinen Namen!

»O ja! Du machst mir Geschenke!« antwortete sie verächtlich. »Aber ich bin sicher, daß du das auch bei deinen vielen anderen Frauen getan hast. Ich brauche aber keine Geschenke. Ich will keine mehr, und ich will auch nicht weiterhin heimlich in ein anonymes Hotelzimmer schleichen, damit wir zusammensein können. Deine Mutter und dein Sohn behandeln mich, als hätte ich Lepra. Sie lehnen es ab, in meine Konzerte zu kommen. Bei der letzten Party im Inglebatch House war ich sogar für deinen Bruder den ganzen Abend Luft.« Sie ließ Slip und Strumpfhose fallen und setzte sich wieder aufs Bett. »Ich kann so nicht weitermachen, Rowe. Ich möchte, daß du dich scheiden läßt und mich heiratest.«
»Nein!« Er drückte die Zigarette in dem Aschenbecher aus, der auf dem Nachttisch stand, und streckte Faith die Hand entgegen. »Versteh doch. Ich werde mich nie von Christine scheiden lassen. Das habe ich dir zu Beginn unserer Beziehung gesagt – und du hast es akzeptiert.«
»Damals war ich neunzehn. Jetzt bin ich vierundzwanzig, alt genug, um mir geregelte Verhältnisse zu wünschen. Ich bin so viel auf Reisen, wohne in so vielen unpersönlichen Hotelzimmern wie diesem, ich möchte ein Heim, einen Ehemann, eine Familie. Ich will *dich*, Rowe! Warum willst du mich nicht?«
»Aber das tue ich doch!« widersprach er und beugte sich zu ihr hinüber, um sie in die Arme zu nehmen. »Du weißt doch, was ich für dich empfinde.«
Sie wich zurück und begann, sich anzuziehen. »Nein, das weiß ich nicht, und ich glaube, du weißt es auch nicht. Du machst den Eindruck eines emotional völlig verwirrten Menschen. Du bist auf der Suche nach etwas – und was immer es ist, bei mir findest du es nicht. Wahrscheinlich Liebe.«
»Aber ich liebe dich doch!«
Sie schüttelte den Kopf. »Nein. Wenn das wahr wäre, dann wüßte ich es nach fünf Jahren wohl, meinst du nicht?« Sie zog ihr königsblaues Laura Ashley-Kleid mit dem weißen Matro-

senkragen und der großen Schärpe an. »Obwohl ich morgen frei habe – keine Proben und keinen Auftritt –, fährst du nach Hinton Mallerby, um mit deiner Frau und deiner Familie das Wochenende zu verbringen.« Sie legte den Kopf ein wenig schief und betrachtete ihn nachdenklich. »Du hast etwas an dir, das ich nicht verstehe, einen geheimen, inneren Kern, an den du niemanden heranläßt.« Sie ging zum Toilettentisch und kämmte sich. Das Sonnenlicht, das durch die Vorhänge hereindrang, ließ ihre Haare wie einen blaßgoldenen Heiligenschein schimmern. Als Rowland auf ihre Bemerkung nichts erwiderte, steckte sie den Kamm in die Handtasche und ließ sie zuschnappen. »Ach, übrigens«, sagte sie leichthin, »ich habe einen Vertrag für eine Amerika-Tournee abgeschlossen. Sie fängt im Januar an. Ich werde drei Monate weg sein.« Sie schlüpfte in ihre weißen Riemchensandalen, ging zur Tür und öffnete sie. »Ich gehe jetzt. Ich habe noch einige Einkäufe zu erledigen.«

Sie trat in den Flur hinaus. Rowland machte keinen Versuch, sie aufzuhalten. Als die Tür sich hinter ihr schloß, zündete er sich eine neue Zigarette an, lehnte sich in die Kissen zurück, inhalierte tief und ließ den restlichen Rauch durch die Nase ausströmen. Er fühlte sich schrecklich – wie jedesmal, wenn sie ihn verließ –, aber gleichzeitig erleichtert. Wenn sie getrennt waren, konnte er sie nicht mehr verletzen, und sie ihn auch nicht. Hatte sie recht? War das, was er für sie empfand, wirklich nicht Liebe? Er konnte es nicht beurteilen. Er wußte nur, daß seine Gefühle für Lisle Ingram und Maxine Larson ganz anders gewesen waren. Als die Zeit reif war, hatte er die Affären sang- und klanglos beendet.

Und was war mit Lucy Brennan? Sie hätte ihm sagen müssen, daß sie schwanger war. Sie hatte ihn um zehn Jahre mit seinem Sohn gebracht. Es war nicht einfach gewesen, das Vertrauen des Jungen zu gewinnen. Manchmal hatte Rowland den Eindruck, daß Patrick ihm noch heute mit Vorbehalt begegnete –

und das nach all den Bemühungen, ihm zu zeigen, daß er wirklich geliebt wurde. Christine hatte ihm einmal ins Gesicht geschleudert, sein Sohn sei wie er – ebensowenig bereit, sich einem anderen Menschen völlig zu öffnen.

Christine. Warum bestand er so stur darauf, mit ihr verheiratet zu bleiben? Er wollte nicht darüber nachdenken, er wollte sich nicht der Wahrheit stellen. Er schob den Gedanken beiseite. Er brauchte seine Freiheit. Nichts hatte er je in seinem Leben so gefürchtet wie eine Bindung. Ein Psychologe hätte ihm erklärt, daß er in seiner Kindheit unter seinem Vater gelitten hatte, für den es nur seine Frau gab: Noel Saxelby hatte Colette so geliebt, daß seine Söhne für ihn nur eine sehr untergeordnete Rolle spielten. Für ihn war sie der Mittelpunkt des Universums. Seine Liebe hatte sich zur Besessenheit gesteigert und seine puritanische Einstellung noch verhärtet. Rowland erinnerte sich daran, ausgiebig verprügelt worden zu sein, als sein Vater ihn dabei erwischte, wie er im Alter von acht Jahren unter der Bettdecke im Licht einer Taschenlampe ein zweifelhaftes Magazin las. Noel erklärte ihm, ein solches Verhalten sei eine Beleidigung seiner Mutter. Damals war in Rowland der Entschluß gereift, niemals zuzulassen, daß eine Frau solche Macht über ihn gewann.

Er rauchte die Zigarette zu Ende, stand auf und ging ins Bad. Hatte Faith das mit der Amerika-Tournee ernst gemeint? Wahrscheinlich. Schließlich verdiente sie damit ihren Lebensunterhalt. Aber drei Monate! Was, wenn sie nicht wiederkam...

Er gab den Zimmerschlüssel an der Rezeption ab und ging zu seinem Wagen, den er ein paar Querstraßen weiter abgestellt hatte. Es war ein heißer Tag, und die Luft schwer und klebrig. Ab und zu kam er an Durchgängen vorbei, doch auch der Luftzug dort brachte keine Erfrischung. Als er hinter das Steuer glitt, wurde ihm bewußt, daß er sich nach Mallerby sehnte.

Er fuhr in die Gresham Street zurück, parkte vor der Bank, blieb noch eine Weile sitzen und lauschte auf das Knacken des abkühlenden Motors. Im Mai war er zweiundvierzig geworden – Zeit, daß er sich darüber klar wurde, was er wirklich wollte. Doch wieder schob er diese Überlegung weg, stieg aus und knallte mit unnötiger Heftigkeit die Tür zu.

»Sie haben Besuch«, erklärte Marcia Corby, als er durch das Sekretariat auf sein Büro zuging. »Ihre Frau.«

29

Was machst *du* denn hier?« fragte er. »Ich dachte du bist auf Mallerby.«

Christine lächelte. »Wie nett, daß du dich so freust, mich zu sehen.«

Sie sah sehr attraktiv aus in dem blaßblauen Diorkleid, zu dessen Kauf Colette sie bei ihrem alljährlichen Ausflug nach Paris im vergangenen Jahr überredet hatte. Sein einziger Schmuck bestand in einer Reihe von Perlmuttknöpfen – es besaß eine schlichte Eleganz, die in scharfem Kontrast zu Faith Malyons verspielten Kinderkleidchen stand. Rowland schob den Vergleich beiseite, der sich ihm aufgedrängt hatte.

Er wußte, daß er Christines Sarkasmus verdiente. Schuldbewußt stand er auf, kam hinter dem Schreibtisch hervor und küßte seine Frau leicht auf die Wange, die nach ihrem vertrauten, frischen Parfum duftete. »Tut mir leid«, sagte er. »Fangen wir noch mal von vorne an: Ich freue mich, dich zu sehen.«

Und das stimmte. Er freute sich immer, sie zu sehen. Sie war wie eine gute alte Freundin. Fünfzehn Jahre waren sie jetzt verheiratet. »Ich wundere mich nur, daß du hier bist.«

»Ich möchte mit dir reden.«

Er zog die Brauen hoch. »Hätte das nicht bis zum Wochenende Zeit gehabt?

»Nein. Ich muß es gleich loswerden – bevor mich der Mut wieder verläßt. Deshalb bin ich extra in die Stadt gekommen. Rowe – ich muß etwas tun. Ich brauche einen Job.«

Er seufzte ärgerlich. »Das haben wir doch schon besprochen. Hat Maman dich wieder aufgehetzt?«

»Wir haben uns zwar unterhalten – aber nicht über dieses Thema«. Sie machte eine Pause, um ihm Gelegenheit zu geben, seine Schlüsse zu ziehen, und bemerkte mit Befriedigung, daß eine leichte Röte über sein Gesicht zog. Dann fuhr sie fort: »Pat ist schon eine ganze Weile nicht mehr auf mich angewiesen, und Vivien ist inzwischen achtzehn, und ich finde es an der Zeit, daß Julian die Verantwortung für sie übernimmt. Er wird nie erwachsen, wenn ihm immer andere alles abnehmen.«
»Bitte – ich habe wirklich den Kopf voll.« Er war nicht in Stimmung für diese Diskussion – nicht nach der Szene mit Faith. Seine Nerven waren überstrapaziert, was in letzter Zeit zu einer Steigerung seines Zigaretten- und Whiskykonsums geführt hatte. Manchmal fühlte er sich dem Leben nicht mehr gewachsen, und nicht selten wünschte er sich, wenn er spät abend erschöpft ins Bett fiel, nie mehr aufzuwachen. Zu seiner Überraschung hörte er sich sagen: »Wenn Pat und Viv dich nicht mehr brauchen – *ich* tue es. Ich möchte zu jeder Tageszeit anrufen können, hier in London oder auf Mallerby, und sicher sein, daß du an den Apparat kommst.«
Christine atmete tief durch. Sie liebte ihn so sehr, daß es fast körperlich schmerzte. Aber was brachte ihr das? Was war mit Faith? »Wenn ich hier arbeiten würde«, argumentierte sie, »wäre ich jederzeit für dich erreichbar.«
Sie sah an seinem Gesicht, daß sie das Falsche gesagt hatte. Er vermutete, daß sie ihn überwachen wolle. Und das wiederum erweckte ihr Mißtrauen. Wo hatte er die Mittagspause verbracht? War er mit Faith zusammengewesen? Natürlich. Sie sah es an dem wachsamen Ausdruck, der plötzlich in seine Augen getreten war. Zorn stieg in ihr hoch – doch er machte sehr schnell der gewohnten Traurigkeit Platz. Sie rief sich zur Ordnung und verkündete forsch: »Wenn du mir keinen Job gibst, werde ich mir anderswo einen suchen. Und komm mir bloß nicht wieder mit meiner ach so verdienstvollen Wohltätigkeitsarbeit«, fügte sie bissig hinzu. »Wenn ich noch einmal in

einem dieser idiotischen Komitées sitzen muß, bekomme ich einen Schreikrampf.«
»Aber ganz bestimmt –«. Der Summer auf seinem Schreibtisch unterbrach ihn. Gereizt drückte er auf die Gegensprechanlage. Marcia Corbys energische Stimme sagte: »Ich habe ein Gespräch hier: Ihre Mutter. Sie möchte Mr. Julian sprechen – aber Mr. Julian ist nicht in seinem Büro. Seine Sekretärin meint, er käme erst gegen drei zurück.«
Rowland schnitt eine Grimasse. »Stellen Sie durch.« Gleichzeitig warf er Christine einen fragenden Blick zu, den diese kopfschüttelnd und mit einem Schulterzucken beantwortete. Sie hatte keine Ahnung, was Colette wollte.
Sie setzte sich und wartete. Ein Trommelfeuer auf Französisch ratterte durch den Hörer – und wurde von Rowland erwidert. Seine Miene hatte sich verfinstert, und seine Stimme klang aufgebracht. Am Ende wechselte er ins Englische über.
»Beruhige dich, Maman – wir sind heute abend da. Sobald ich Julian zu fassen kriege, brechen wir auf. Wir müssen nur noch kurz nach Hause, um zu packen. Christine sitzt gerade bei mir. Sie kommt mit uns zurück.«
Als er den Hörer auflegte, fragte sie: »Was ist los? Als ich heute früh wegfuhr, war noch alles in Ordnung auf Mallerby.«
Doch Rowland sprach bereits mit Marcia Corby und wies sie an, die für den Nachmittag angesetzte Besprechung abzusagen und Julian aufzutreiben. Christine lehnte sich in ihrem Sessel zurück und versuchte sich zu gedulden.

Vivien hatte dem Renault nachgesehen, bis er in die Hauptstraße einbog, bevor sie sich auf die Suche nach ihrer Großmutter machte. »Wo ist Christine denn so eilig hin?« fragte sie neugierig.
»Nach London, zu deinem Onkel. Sie hat sich beim Frühstück dazu entschlossen – was du wüßtest, wenn du daran teilgenommen hättest.«

»Tut mir leid.« Vivien gab sich redlich Mühe, zerknirscht zu wirken. »Warum hat sie denn nicht gewartet? Onkel Rowe und Dad kommen morgen doch sowieso.«

»Ich weiß es nicht, ich habe sie nicht gefragt.« Colette warf ihrer Enkelin einen strengen Blick zu. »Ich mische mich nicht in die Angelegenheiten anderer. Auf alle Fälle«, sie stand auf, »werdet ihr, Patrick und du, euch heute allein amüsieren müssen. Ich fahre zum Einkaufen nach Yeovil.«

»Da bist du ja«, sagte Vivien eine halbe Stunde später, als ihr Cousin endlich erschien. »Wir sind heute allein, mein Schatz.« Sie legte ein Bein über die Lehne ihres Sessels und sah ihn unter halb geschlossenen Lidern an. »Was wollen wir machen? Hast du irgendwelche Vorschläge?«

Sie saßen im Salon; ein unangenehm kalter Wind machte den Aufenthalt im Freien nicht gerade empfehlenswert, obwohl die Sonne schien. Pat, der sich Vivien gegenüber niedergelassen hatte, musterte sie nachdenklich. Sie sah heute besonders hübsch aus. Das fuchsienfarbene Baumwollkleid bildete einen reizvollen Kontrast zu den dunklen Haaren und der olivgetönten Haut. Diese Farbe konnten nicht viele tragen, aber Vivien stand sie ausgezeichnet, und sie wußte das offensichtlich ganz genau.

Als Patrick damals zu seinem Vater gekommen war, hatte er von seiner knapp ein Jahr jüngeren Cousine kaum Notiz genommen. Sie war lediglich ein dummes, pummeliges Mädchen, mit der er spielen mußte, wenn sie mit ihrem Vater nach Hampstead kam – oder während der Ferien auf Mallerby. Später, als Vivien und Julian ins Inglebatch House zogen, ging er schon aufs Internat, und wenn er zu Hause war, mied er sie nach Möglichkeit. Vor einer Woche hatte er sie eigentlich zum erstenmal bewußt zur Kenntnis genommen.

Als sie diesmal nach Mallerby kam, war sie eine angenehme Überraschung. Sie war zu einer ausgesprochen attraktiven

jungen Frau erblüht. Und es knisterte der berühmte Funke zwischen ihnen, das spürten sie schon bei der Begrüßung.
Patrick sagte: »Gibt es nicht irgendwelche geheimnisvollen Dachbodenkammern in diesem alten Gemäuer? Ich bin noch nie oben gewesen.«
Vivien schwang das Bein von der Sessellehne. »Es ist kein richtiger Dachboden. Vielmehr ein langer Schlauch, von dem zwei Zimmer abgehen. Wenn du willst, schauen wir rauf.«
»Warum nicht? Es ist bestimmt hübsch da oben – und ruhig.« Er wich ihrem Blick aus.
»Ruhig ganz sicher«, stimmte sie zu. »Nur einmal in der Woche wird Staub gesaugt. Dann wollen wir mal.«
Er folgte ihr in den ersten Stock und durch eine Tür, die zum hinteren Teil des Hauses führte. Die nächste Tür öffnete sich zu einer Wendeltreppe, über die man zu einem Bogengang gelangte. Nach einem Flur kamen sie zu einer dritten Tür, hinter der ein Raum lag, der sich fast über die ganze Breite des Hauses erstreckte. Durch die vorhanglosen Fenster schien die Sonne herein. An beiden Enden des »Schlauches« befanden sich schwere Eichentüren, hinter denen Zimmer lagen, die, wie Vivien erklärte, früher als Speisezimmer benutzt worden waren, als in diesem Saal noch Bälle veranstaltet wurden. Jetzt standen sie leer.
Patrick stieß eine der Türen auf. »Sieh mal – da liegt ja ein Teppich drin.«
Seine Cousine trat neben ihn und sah sinnend auf den hellbraunen Belag hinunter, der die Dielen bedeckte. Dann hob sie den Kopf, senkte ihren Blick tief in Patricks Augen, zog ihn in den Raum und schloß die Tür. Dann öffnete sie den Reißverschluß ihres Kleides und ließ es fallen. Sie trug nichts darunter.
Patrick schnappte nach Luft. Vivien hatte einen herrlichen Körper. Dem Jungen wurde siedendheiß. Mit Fingern, die sich taub anfühlten, streifte er hastig seine Kleider ab. Er

hoffte inständig, daß es auch für sie das erste Mal war und seine Unerfahrenheit ihr nicht auffiel.

Der Teppich unter Vivien war hart und borstig. Patrick senkte sich auf sie herunter, und dann spürte sie einen kurzen scharfen Schmerz, der sie leise aufschreien ließ. Sie empfand nichts als tiefe Enttäuschung. Diese unangenehme Prozedur war also das, worüber ihre Schulkameradinnen kichernd tuschelten und sich so begeistert ausließen, daß sie gezwungen gewesen war, sich eigene Erlebnisse auszudenken, um mithalten zu können. Ihre Erwartung war so hoch gewesen und hatte sie mit einer so prickelnden Erregung erfüllt, daß sie sich jetzt regelrecht hereingelegt vorkam. Patrick hingegen schien es außerordentlich zu genießen.

Sie waren beide zu beschäftigt mit ihren widersprüchlichen Empfindungen, um etwas zu hören, und Mrs. James – ohnehin schlecht gelaunt, weil eines der Mädchen aus dem Dorf wegen Krankheit nicht erschienen war und ihr damit zusätzliche Arbeit aufgehalst hatte – stolperte fast über die beiden, als sie mit dem Staubsauger in der Hand die Tür aufstieß. Sie quietschte entsetzt und lief dunkelrot an. Was dachten sich die jungen Leute heutzutage nur? Es war widerlich! Einfach unerhört! Madame mußte es sofort erfahren, sobald sie zurückkam.

Patricks erster Gedanke war, daß Vivien, wenn sie schon wußte, daß einmal in der Woche hier oben saubergemacht wurde, sinnvollerweise hätte herausfinden sollen, an welchem Tag das passierte. Ihre Nachlässigkeit bescherte ihnen erstens eine lächerliche Szene mit Colette und zweitens eine noch üblere Konfrontation mit seinem Vater und Onkel Julian, die aus London herbeigerufen worden waren. Patrick verstand die ganze Aufregung nicht. Seit den Swinging Sixties war freie Sexualität doch an der Tagesordnung. Wenn er seinen Freunden und Mitstudenten glauben konnte, war er das einzige »Greenhorn« unter ihnen gewesen. Und sein Vater hatte ja wohl am wenigsten Grund, ihm Vorhaltungen zu machen – bei dem Leben, das er führte!

»Hört mal«, sagte er, als er schließlich doch noch zu Wort kam, »meint ihr nicht, daß ihr ein bißchen übertreibt? Na gut – Viv und ich sind verwandt. Aber es gilt nicht als Inzest.«

»Darum geht es nicht!« erwiderte Julian hitzig. »Wir haben euch vertraut. Ich hatte nicht erwartet, daß meine Tochter von einem Mitglied ihrer eigenen Familie vergewaltigt würde!«

»Jetzt mach aber mal halblang«, protestierte Rowland. »Das geht ja wohl entschieden zu weit. Nichts deutet darauf hin, daß Vivien vergewaltigt wurde.«

»Was willst du damit sagen?« fuhr sein Bruder ihn an. »Daß sie eine Hure ist – wie ihre Mutter?«

Das darauffolgende betretene Schweigen wurde von Patrick gebrochen. »Also das ist es!« Er grinste hämisch. »Das steckt hinter dem ganzen Theater. Keine väterliche Empörung über die Defloration der kleinen Tochter – o nein. Nur die nackte Angst, daß Viv sich als zweite Sophie erweisen könnte.«

Mit einer kalten Wut, die Christine noch nie bei ihm erlebt hatte, sagte Rowland: »Halt den Mund, Patrick. Du hast genug angerichtet – also sei still!«

In diesem Augenblick sprang Vivien aus ihrem Sessel auf und rief: »Würdet ihr netterweise aufhören, über mich zu reden, als ob ich gar nicht da wäre?« Sie starrte zornig ihren Vater an, der sich breitbeinig vor dem Kamin aufgebaut hatte. »Was die Ähnlichkeit mit Ma betrifft: Irgendwann hat deine Frau dir doch offenbar mal sehr gefallen. Und ich verbitte mir diese moralische Entrüstung – vor allem von dir, Onkel Rowe. Dein Lebenswandel ist ja wohl mindestens so skandalös wie der meiner Mutter!«

Wieder folgte Schweigen, und dann murmelte Colette: »Kindermund...«

Christine, die bisher noch nichts zu der Diskussion beigetragen hatte, musterte interessiert ihren Mann. Wie würde er sich aus der Affäre ziehen?

Er sagte ruhig: »Du hast recht. Aber ich bin sicher, daß deine Mutter in diesem Punkt ganz meiner Meinung wäre, Liebes: Niemand wünscht sich, daß sein Kind dieselben Fehler macht wie er – auf demselben Pfad der Verderbnis wandelt.« Dieser schwülstige Satz mit leicht biblischem Einschlag veranlaßte Colette, Christine einen verblüfften Blick zuzuwerfen. Rowland fuhr fort: »Und wie heuchlerisch dir und Pat meine Einstellung auch erscheinen mag – ich stimme mit deinem Vater überein, daß die Familie einem heilig sein sollte. Wenn ihr heiraten wolltet, läge die Sache anders, aber ich nehme doch nicht an, daß ihr das vorhabt.«

»Um Himmels willen, nein!« rief Patrick spontan. »Ich meine«, fügte er hastig hinzu, als er Viviens beleidigten Blick auffing, »wir sind doch noch viel zu jung. Und nach all dem Zirkus ist uns gründlich die Lust vergangen...«

»Ach, tatsächlich!« brüllte Julian und ließ seine Faust auf den Kaminsims niederdonnern. »Aber vielleicht zu spät! Es könnte gut sein, daß Viv schwanger ist. Ihr habt ja wohl kaum irgendwelche Vorkehrungen getroffen, oder?«

»Nein, haben wir nicht«, erwiderte Patrick heftig. »Du redest die ganze Zeit, als wäre es meine Idee gewesen – aber es war ihre! Und außerdem – wer wird denn schon beim ersten Mal schwanger?«

Colette und Julian blickten bekümmert vor sich hin. »Ich bin es geworden«, sagte Christine ruhig.

Die Tatsache, daß sie ein Kind gehabt hatte, war für ihre Nichte und ihren Stiefsohn völlig neu, doch bevor sie Fragen stellen konnten, ergriff Julian erneut das Wort. »Das Entscheidende ist, daß ich dir nicht mehr vertraue, Pat. Euch beiden nicht«, ergänzte er rasch. Sein Neffe starrte ihn feindselig an. »Und deshalb schlage ich vor, Maman«, wandte er sich an seine Mutter, »daß du es bitte arrangierst, daß Vivien für eine Weile auf Schloß Bérenger bleiben kann. Sie hat ohnehin nichts vor, und ihre Großmutter kann sie besser beaufsichtigen als wir.« Patrick sah seine Cousine an. »Du mußt nicht gehen«, hetzte er. »Du bist achtzehn, sie können dich nicht zwingen. Schließlich leben wir nicht mehr im Mittelalter. Sag deinem Vater, er soll sich zum Teufel scheren.«

»Es reicht, Pat!« rief Rowland scharf. »Ich dulde keine weiteren Unverschämtheiten!«

Vivien war versucht, der Empfehlung ihres Cousins zu folgen. Sie war außer sich über das Verhalten ihres Vaters und diese öffentliche Demütigung. Wenn sie ihm je verzeihen würde, dann mit Sicherheit nicht in absehbarer Zeit. Er hatte sie lächerlich gemacht, sie wie ein Kleinkind behandelt. Der Gedanke, zu ihrer Großmutter zu fahren, hatte allerdings seinen Reiz. Sie mochte die alte Dame – und außerdem müßten sie ja nicht auf dem Château bleiben. Sie würde Grand-mère überreden, mit ihr nach Paris zu fahren. Großonkel Lucien und Tante Solange hatte sie seit jeher besonders gern gehabt – und auch Giles, der inzwischen dreiundzwanzig war. Sie rief sich das Bild des dunkelhaarigen, gutaussehenden jungen Mannes ins Gedächtnis und kam zu dem Schluß, daß mehr für einen ausgedehnten Frankreich-Aufenthalt sprach, als sie im ersten Moment angenommen hatte.

»Okay.« Sie ließ sich wieder in den Sessel sinken und schlug die wohlgeformten, langen Beine übereinander. »Ich bin einverstanden.« Sie warf ihrem Vater einen bösen Blick zu. »Das ist entschieden besser, als hier bei euch zu bleiben. Dich meine ich damit nicht, Tante Christine – du tust mir leid. Aber auf den Rest kann ich gerne verzichten. Je eher ich wegkomme, um so lieber ist es mir. Und an deiner Stelle, Patrick, würde ich auch abhauen.«

30

Doch Patrick befolgte Viviens Rat nicht.
»Er weiß genau, woher er die Butter aufs Brot bekommt«, sagte Christine zu Lois. Sie saß im Wohnzimmer der Aylwards und sah ihrer Freundin zu, die die Weihnachtsdekoration abnahm. Lois und Barry wohnten jetzt in einem größeren Haus und näher am Zentrum von Shaftesbury. Cheryl und Judith waren für die Ferien aus dem Internat gekommen, doch an diesem Tag in der ersten Januarwoche 1982 besuchten sie Freundinnen.
»Sie werden traurig sein, daß sie dich verpaßt haben«, hatte Lois gesagt, als Christine kurz nach dem Mittagessen unerwartet vor der Tür stand. »Ich wünschte, du hättest dich angekündigt.«
»Tut mir leid.« Christine trat aus der beißenden Kälte in die warme Halle. »Ich wollte ja erst morgen kommen, aber es sieht so aus, als käme bald ein Schneesturm. Oben im Norden ist es schon losgegangen, und da dachte ich, es wäre besser, meinen Besuch vorzuverlegen. Ich habe vor der Abfahrt hier angerufen, aber es ist niemand ans Telefon gegangen.«
»Wir waren beim Einkaufen. Die Mädchen wollten ihr Weihnachtsgeld unter die Leute bringen. Dabei fällt mir ein: tausend Dank für die vielen Geschenke.«
Christine zog die Brauen hoch. Klang da eine Spur von Ablehnung mit? Sie mußte in Zukunft darauf achten, es mit der Schenkerei nicht zu übertreiben. Zu leicht entstand der Eindruck herablassender Großzügigkeit, selbst bei alten Freunden.
»Cheryl ist mein Patenkind«, verteidigte sie sich.
Lois lachte beschämt. »Habe ich mich unfreundlich angehört?

Entschuldige, es war nicht so gemeint.« Der unangenehme Moment war vorüber.
Im Lauf der Jahre hatte Lois es zu einer beachtlichen Leibesfülle gebracht und sich angewöhnt, bequeme Kleidung zu tragen. Sie legte keinen Wert mehr auf modische Feinheiten, und manchmal hatte Christine, wenn sie sie nach mehreren Monaten wiedersah, zunächst den Eindruck, als habe diese Frau nichts mehr mit der früheren Lois zu tun. Doch wenn dann ihre Schlagfertigkeit durchbrach, fühlte Christine sich sofort in die alten Zeiten zurückversetzt und war beruhigt. Ihre Freundin hatte nur ihre äußere Erscheinung verändert.
Lois brachte Tee und Weihnachtskuchen und fuhr dann mit ihrer Arbeit fort. »Ich möchte das Zeug vor Heilig Drei Könige runter haben; nach Neujahr wirkt es immer so fehl am Platze. Es macht dir doch nichts aus, wenn ich hier rumwerkele, oder?«
»Natürlich nicht.« Christine streifte ihre Schuhe ab und zog die Beine unter sich. »Wir kennen uns weiß Gott lange genug, um auf Förmlichkeiten verzichten zu können.«
Lois lächelte. »Ja – angenehm, was? Wie ein Paar ausgelatschte alte Schuhe.«
Dann begannen sie wie jedesmal, einander nach ihren Familien zu fragen. Barry ging es gut – sowohl gesundheitlich als auch geschäftlich –, und er hatte ebenfalls zugenommen. Die Mädchen entwickelten sich allmählich zu kleinen Damen. Lois' Eltern waren dagewesen, um mit ihnen und Barrys Eltern Weihnachten zu feiern, jedoch wegen der schlechten Wettervorhersage eher als geplant nach Weston zurückgefahren.
Gwen Chandos hatte denselben Grund für ihre verfrühte Heimreise angegeben. »Allerdings glaube ich nicht, daß es wirklich das Wetter war, das Ma nach Hause getrieben hat«, seufzte Christine und trank einen Schluck Tee. »Sie fühlt sich auch nach all den Jahren noch unbehaglich in der ›feinen Welt‹, wie sie es nennt.«
»Das kann ich gut verstehen.« Lois lachte. Sie war gerade

dabei, eine silber-rote Girlande aufzuwickeln. »Das eine Mal, als Barry und ich drüben waren, hat mir gereicht. Ich habe keinen Appetit auf eine Wiederholung. Diese meilenlangen Flure und die unbezahlbaren Antiquitäten überall! Ich habe mich kaum getraut zu atmen. Jetzt erzähl mal – hat sich wegen des Jobs was getan, auf den du so scharf warst?«

»Oh...« Christine blickte verlegen zu Boden, »ich habe mich entschlossen, doch noch eine Weile damit zu warten.«

»Aha.« Nachdem Lois den Weihnachtsbaum abgeräumt hatte, machte sie sich daran, die Stechpalmenzweige von den Bilderrahmen abzunehmen. »Ich hoffe nur, daß du irgendwann in deinem Leben begreifst, daß du dir etwas schuldig bist: eine selbständige Existenz ohne Rowland Saxelby.« Christine stellte ihre Tasse ab. »Die würde ich nicht wollen«, sagte sie leise. »Dann wäre alles sinnlos. Du kannst das nicht verstehen, du bist voreingenommen gegen ihn – aber er braucht mich. Ich glaube, das war schon von Anfang an so, und in letzter Zeit mehr denn je.«

Lois schnaubte mißbilligend und mißhandelte einen wehrlosen Mistelzweig. »Du meinst, seit Faith Malyon diesen amerikanischen Saxophonisten geheiratet und sich in den Vereinigten Staaten niedergelassen hat.«

Christine fiel der Frühlingstag ein, an dem sie aus der Zeitung von Faiths Hochzeit mit Lloyd Hilder erfahren hatte. Ein gefundenes Fressen für die Presse: *Berühmte Pianistin heiratet Jazz-Genie*. Es war unmöglich gewesen, Rowland die Neuigkeit vorzuenthalten, denn selbst die seriösen Zeitungen brachten die Geschichte auf der ersten Seite – illustriert mit Fotos des Paares, das sich auf den Stufen der New York City Hall glücklich lächelnd in die Augen schaute.

Als er an diesem Abend aus der Bank kam, sah er aus, als sei er schwer krank. Am vorangegangenen Tag war zwar ein Luftpostbrief von Faith angekommen, doch darin hatte sie offenbar ihre Heirat mit keinem Wort erwähnt. Weder er noch Christine schnitten das Thema an, aber in den folgenden Monaten registrierte sie, daß er zunehmend trank und rauchte.

Seine Abhängigkeit von Christine wuchs. Sobald er nach Hause kam, wollte er sie in seiner Nähe haben, mit ihr Musik hören, lesen oder zum Essen gehen. »Du bist mein bester Freund«, sagte er immer wieder. »Es gibt niemanden, der deinen Platz einnehmen könnte.« Damit mußte sie zufrieden sein – und sie *war* es auch. Wie hatte es in einem Film geheißen: »Wenn du die Sterne hast, warum willst du dann den Mond?« Niemand konnte ihre Liebe zu Rowland verstehen – aber was spielte das für eine Rolle? Sicher war sie ungewöhnlich, aber trotz allen Kummers wunderschön.

Christine trank ihren Tee aus. Glücklicherweise besaß Lois so viel Taktgefühl, um nicht weiter in sie zu dringen. Statt dessen sagte sie: »Wenn du dich nützlich machen willst, dann hilf mir, die Weihnachtspost zu sortieren. Einige Karten gehören den Mädchen, und ich wage es nicht, sie ohne Erlaubnis wegzuwerfen. Man kann sie leicht unterscheiden: Barrys und meine sind fast alle feierlich und langweilig.« Die nächste Stunde verbrachten sie damit, sich über die originellen Karten zu amüsieren, die an die Kinder gerichtet waren, und sich an vergangene Weihnachtsfeste zu erinnern.

»Weißt du noch, wie wir damals kurz vor Heiligabend nach London fuhren und Rowland auf der Straße trafen?« fragte Lois. »Damals sah ich ihn zum erstenmal – aber du hattest mir so viel von ihm erzählt, daß er mir wie ein alter Bekannter vorkam. Er führte uns zum Tee in Brown's Hotel.«

»Und er erinnerte sich nicht an meinen Namen«, ergänzte Christine. »Nicht im Traum hätte ich damit gerechnet, einmal seine Frau zu werden.«

Die Haustür wurde zugeschlagen, und dann hörte man laute Stimmen in der Halle. Christine lächelte. »Jetzt sehe ich die Mädchen ja doch noch.«

Als sie Hinton Malsherbes erreichte, lag bereits eine dünne Schneeschicht auf der High Street. Viele Schaufenster waren immer noch mit leuchtenden Girlanden und Stechpalmenzweigen dekoriert. Der Fleischer auf der anderen Seite der Dorfwiese hatte mit fluoreszierenden, roten Buchstaben »Fröhliche Weihnachten für all unsere Kunden« über sein großes Fenster geklebt. Hinter dem »Feathers« schimmerten die Lichter der Harcourt-Wohnanlage durch die tanzenden Flocken. Als Christine die Abzweigung zur Church Street passierte, sah sie einen gedämpften Lichtschein aus St. Mary's dringen und hörte ganz schwach die Melodie »All Things Bright and Beautiful«: Mr. Gerard, der Organist, probte für den Kindergottesdienst am Sonntagmorgen. Sie bog rechts in die Harcourt Lane ein und dann wieder rechts in die lange Straße, die zu Mallerby führte. Colette empfing sie in der Halle. Sie hatte den Renault vom ersten Stock aus kommen sehen. »Da bist du ja endlich!« rief sie. Christine hatte den Wagen noch in die Garage gefahren. Kopf und Schultern waren mit Schnee bestäubt.
»Ich bin früher zurück, als ich vorhatte«, erwiderte sie. »Das Wetter verschlechterte sich rapide, und ich wollte nicht, daß du dir Sorgen machst.«
»Das hat sie gar nicht, Liebling«, sagte Rowland lächelnd, der gerade dazukam, und küßte sie auf die kalten Lippen. »*Ich* habe mir Sorgen gemacht – *sie* kann es nur nicht erwarten, dir die Neuigkeit zu erzählen.«
»Was gibt's denn so Tolles?« Christine ließ sich von ihrem Mann aus dem Mantel helfen.
»Warum hätte ich mich sorgen sollen – du bist eine ausgezeichnete Fahrerin«, verteidigte sich Colette. Sie hakte Christine unter und zog sie in den Salon.
Dort saßen Julian und Patrick – in entgegengesetzten Ecken und einander geflissentlich ignorierend. Sie hatten nie besonders viel füreinander übrig gehabt, und das wenige war dem Vorfall mit Vivien vor achtzehn Monaten zum Opfer gefallen.

Die Tatsache, daß sie bei ihrer Großmutter geblieben war, hatte die Sache noch verschlimmert. Julian machte Patrick dafür verantwortlich, daß seine Tochter ihn verlassen hatte; es kam ihm nie in den Sinn, daß er an dieser Entwicklung maßgeblich schuld war.
Patrick, der jetzt das letzte Jahr in Oxford absolvierte, erwiderte die Abneigung seines Onkels von Herzen, vor allem, seit er wüßte, daß dieser sich entschieden gegen Rowlands Plan stellte, seinen Sohn nach Beendigung des Studiums in die Bank zu holen.
Beide blickten auf, als Christine hereinkam, und lächelten ihr entgegen. Sie mochten sie – jeder auf seine Weise. Julian stand auf und deutete einladend auf das Sofa am Kamin. Bei solchem Wetter reichte die Zentralheizung nicht aus, um die alten Mauern zu erwärmen. Rowland setzte sich neben sie.
»Also, was für eine Sensation hat sich in meiner kurzen Abwesenheit ereignet?« fragte Christine.
»Viv hat aus Paris ange–«, begann Julian.
»Sei still!« rief seine Mutter energisch. »Es ist meine Geschichte! Ich werde sie erzählen.« Mit einem triumphierenden Gesichtsausdruck wandte sie sich ihrer Schwiegertochter zu. »Vivien wird nächsten Herbst Giles heiraten. Sie haben sich Silvester verlobt!«
Christine brauchte einen Moment, um ihre Verblüffung zu bewältigen. »Giles?« fragte sie schließlich, den Namen wie stets englisch aussprechend. »Aber... hat keiner von euch von diesem Plan gewußt? Julian?«
Er schüttelte mürrisch den Kopf. Noch war er sich nicht schlüssig, was er von der Ankündigung seiner Tochter halten sollte, aber fest stand, daß er Colettes Begeisterung nicht teilte. Seine Mutter machte kein Hehl aus ihrer Freude. Eine Ehe zwischen dem englischen und französischen Zweig der Familie war ganz nach ihrem Geschmack. Sie war so aufgeregt, daß sie den ganzen Abend über nichts anderes sprach.

»Du bist sehr still gewesen«, sagte Christine später zu Rowland, als sie sich endlich hatten loseisen können. »Was hältst *du* denn von der Verlobung?«
Er zuckte mit den Schultern. »Wenn Vivien sich diese Heirat einbildet, dann wird sie sie auch durchsetzen – sie ist eine sehr entschlossene junge Dame. Ich wüßte nicht, was man gegen die Verbindung sagen sollte. Der Altersunterschied zwischen ihnen ist gut – Giles ist fünf Jahre älter als Viv –, und sie stammen aus demselben Milieu. Mein Gott, wie die Zeit vergeht. Ich weiß noch, was für ein Jubel das war, als er geboren wurde. Onkel Lucien und Tante Solange waren damals schon dreizehn Jahre verheiratet, und sie war bereits sechsunddreißig. Ich leistete gerade meinen Wehrdienst.«
Christine schlüpfte in ihr Nachthemd und setzte sich an den Toilettentisch, um sich die Haare durchzubürsten. Hatten sich da tatsächlich ein paar graue Fäden eingeschlichen? Im kommenden Jahr würde sie zweiundvierzig. »Ist es nicht riskant, wenn Cousin und Cousine heiraten?«
»Kann man nicht genau sagen. Das kommt wohl auf die Krankheitsgeschichte der Familien an. Soweit ich weiß, sind sowohl die Saxelbys als auch die Bérengers immer kerngesund gewesen.« Er trat ans Fenster und zog den Vorhang ein Stückchen beiseite. Auf dem Sims türmte sich bereits der Schnee. »Hoffentlich sind die Schneepflüge morgen früh genug unterwegs«, sagte er. »Ich muß mittags in London sein.« Er drehte sich um. »Wie war dein Tag?«
Sie legte die Bürste weg. »Schön – wie immer, wenn ich bei Lois bin. Es ist herrlich, über alte Zeiten zu reden.«
Er lachte, zog seinen Schlafanzug an, legte sich ins Bett und verschränkte die Hände hinter dem Kopf. »Maman will so bald wie möglich nach Paris fliegen, um die Einzelheiten der Hochzeit mit Vivien zu besprechen. Sophie wird bestimmt nicht viel zu melden haben. Da fällt mir ein – ich weiß gar nicht, ob sie schon informiert worden ist.«

Christine kam zu ihm ins Bett. »Wir wissen überhaupt noch nicht viel. Werden sie hier heiraten oder in Frankreich? Bis jetzt kennen wir nur den Termin, und den auch sehr vage: Herbst.« Sie kuschelte sich in die Kissen und zog die Decke um ihre Schultern. »Julian scheint ja nicht gerade euphorisch gestimmt zu sein.«

»Er ist beleidigt, weil Vivien Maman sprechen wollte, als sie anrief, und nicht ihn. Er fühlt sich aus ihrem Leben ausgeschlossen und läßt seine Wut darüber an Pat aus. Seit beide hier sind, hat er kaum ein Wort mit ihm gesprochen.«

»Er wird schon wieder«, meinte Christine mit mehr Überzeugung, als sie empfand. Sie wollte nicht, daß Rowland sich über etwas Gedanken machte, das er nicht ändern konnte. Als Leiter der Saxelby-Bank hatte er schon genug im Kopf. Sie fragte sich, ob er wohl etwas von Faith Malyon gehört hatte. Vielleicht in Form einer Weihnachtskarte – eine so sentimentale Geste sähe ihr ähnlich, das würde irgendwie zu dem Puppengesicht und den Kinderkleidern passen. Was bin ich doch für ein Biest, dachte sie ohne jegliches Schuldgefühl. Sie fürchtete Faith immer noch, obwohl die Affäre zu Ende war.

Der Gedanke an Faith brachte ihr Lucy Brennan in Erinnerung. Obwohl beide Frauen äußerlich nicht das geringste gemeinsam hatten, gab es eine Übereinstimmung zwischen ihnen: Egozentrik. War es das, was Rowland so faszinierte – an allen seinen Frauen? Fand er sie, Christine, zu anständig, zu selbstlos, zu langweilig?

Sie ärgerte sich über sich selbst. Schon so oft hatte sie diese Überlegungen angestellt, und nie war sie zu einem Ergebnis gekommen. Menschliche Beziehungen, die Gründe, warum dieser einen anzog und jener einen abstieß, waren zu komplex für eine simple Antwort. Außerdem hatte die lange Fahrt sie zu sehr ermüdet, als daß sie jetzt noch in der Lage gewesen wäre, Probleme zu wälzen. Sie spürte noch, wie sie einschlummerte.

Als sie eine Stunde später aufwachte, war das Bett neben ihr

leer. Rowland stand am Fenster und hatte die Vorhänge aufgezogen: Der Glanz der Sterne und des Mondes wurde vom Schnee reflektiert und füllte den Raum mit mildem, weißem Licht. »Rowe? Was ist los? Geht es dir nicht gut?«
Er fuhr erschrocken herum, wie ertappt. Nach kurzem Zögern antwortete er: »Doch – alles in Ordnung.« Er schloß die schweren Brokatvorhänge wieder, kam ins Bett zurück und nahm Christine in die Arme.
Sie legte den Kopf an seine Schulter und spürte die Knochen unter seiner Haut. »Ganz bestimmt?« murmelte sie. »Du bist viel zu dünn.«
»Ich war schon immer dünn«, protestierte er. »Meine Kalorienverbrennung funktioniert eben schneller als bei anderen.«
»Wann hast du dich das letzte Mal durchchecken lassen?«
Er ließ ihre Haare durch seine Finger gleiten. »Ich gehe nie zum Arzt, wenn ich nicht unbedingt muß, das weißt du doch. Mach dir keine Sorgen – ich bin topfit.«
Sie verfolgte das Thema nicht weiter, konnte jedoch nicht verhindern, daß sich ihr der Vergleich mit Barry Aylward aufdrängte, der an diesem Nachmittag gerade nach Hause gekommen war, als sie in ihren Renault stieg. Sein Gesicht hatte vor Gesundheit gestrahlt, und seine Augen leuchteten vor Glück und Zufriedenheit. Er war ein Mensch, der seine Grenzen kannte und akzeptierte und nie versuchte, sie zu überschreiten – der niemals ein Vermögen machen oder ein Wirtschaftsimperium aufbauen, aber ganz sicher alt werden würde.
Sanft, um Rowland nicht zu wecken, legte Christine ihre Hand auf sein Herz: Es schlug kräftig und regelmäßig. Beruhigt schlief sie ein.

31

Nach vielem Hin und Her wurde schließlich entschieden, die Hochzeit in Paris zu feiern – womit Vivien ihren Kopf durchgesetzt hatte. Der Vorschlag ihrer Großmutter, zu Hause zu heiraten und den anschließenden Empfang auf Mallerby zu geben, wurde mit zwei Argumenten abgelehnt: Erstens gab es in Hinton Malsherbes keine katholische Kirche – Vivien war inzwischen konvertiert –, und zweitens bestand in Paris keine so große Gefahr, daß Sophie sich in die Planung einmischte. Christine vermutete, daß ihre Schwiegermutter den Beschluß insgeheim begrüßte, da sie dadurch oft Gelegenheit hatte, nach Paris zu fliegen – obwohl sie pikiert feststellte, daß Solange und Madame de Bérenger die Planung fest in Händen hatten.

»Vivien liegt noch mehr daran, ihren Vater aus den Vorbereitungen auszuschließen als ihre Mutter«, sagte Colette bei der Rückkehr von einer ihrer Reisen zu Christine. »Sie hegt einen tiefen Groll gegen ihn, was ich wirklich nicht verstehe. Er hat nur reagiert wie jeder Vater, der um das Wohlergehen seiner Tochter besorgt ist. Ich habe ihr ganz schön die Leviten gelesen.«

Christine war in Eile. Sie hatte Inglebatch House gerade verlassen wollen, als ihre Schwiegermutter aus dem Taxi stieg.

»Entschuldige, ich habe um zwei einen Anprobetermin für das Kleid, das ich bei der Hochzeit tragen will«, erklärte sie. »Erzähl mir die Neuigkeiten heute abend.« Sie ging zur Garage, um den Renault zu holen. Belustigt erinnerte sie sich daran, was für ein schüchternes, kleinbürgerliches Mädchen sie gewesen war – ein Mädchen, das sich nicht hätte träumen lassen,

einmal in Londons Straßen zu Hause zu sein. Sie glitt hinter das Steuer und steckte den Schlüssel ins Zündschloß.
Es war schon fast drei, als sie nach der Anprobe wieder in die Septembersonne hinaustrat. Sollte sie irgendwo einen Kaffee trinken? Sie entschied sich dagegen und machte sich auf den Weg zum St. James Park. Das Herbstlicht verlieh ihm einen ganz besonderen Zauber. Hier befand sich mitten im Gewühl der Großstadt eine ländliche Idylle, eine Oase des Friedens. Dunst hing wie ein zarter Schleier über dem See. Im Mittelalter hatte auf dem ehemals sumpfigen Brachland nur ein Hospital für weibliche Leprakranke gestanden. Erst Charles II. ließ das Gelände trockenlegen und in eine gepflegte Anlage umwandeln.
Christine setzte sich gegenüber der Enteninsel auf eine Bank und beobachtete die Pelikane, die mit Besitzerstolz dort herumwatschelten. Schmuckenten schwammen mit gelegentlichem Quaken zwischen den tiefhängenden Trauerweidenzweigen hin und her. Es war ungeheuer beruhigend, daß alles so normal aussah – nach der ersten Jahreshälfte, in der die britischen Truppen zum ersten Mal seit dem Koreakrieg im Einsatz waren. Der Kampf um die Falklandinseln hatte nur rund zehn Wochen gedauert, jedoch ein Gefühl des Unbehagens hinterlassen – und eine dumpfe Furcht vor der Zukunft.
Jemand setzte sich neben sie, aber sie war so in Gedanken versunken, daß sie gar keine Notiz davon nahm – bis eine Männerstimme sagte: »Hallo, Chris! Was für ein Zufall!«
Sie schrak auf. Es war Russell Jennings. »Russ!« Sie freute sich ehrlich, ihn zu sehen. Er hatte sich kaum verändert: ein bißchen älter, ein bißchen grauhaariger, aber immer noch derselbe Mann, den sie den größten Teil ihres Lebens kannte.
»Wie nett! Warum laufen wir einander nicht öfter über den Weg?«
»Wenn wir wirklich in Verbindung bleiben wollten, müßten wir nicht auf einen Zufall warten«, antwortete er. Sie sah ihn

verlegen lächelnd an. »Na, ist ja egal«, fuhr er fort. »Ich habe eine Weile in Sheffield gearbeitet, doch jetzt bleibe ich erst mal wieder hier. Ich habe immer noch dieselbe Wohnung – ich hatte sie inzwischen möbliert vermietet.« Und nach einer kleinen Pause fragte er: »Wie geht's Patrick?«

»Gut. Er hat ›cum laude‹ in Oxford abgeschlossen. Im Augenblick macht er Ferien in Italien, irgendwo am Comer See. Anschließend wird er in die Bank eintreten. Ich bin sicher, daß er sich dort blendend machen wird. Er liebt dieses Metier, und Rowland hat ihm Anteile abgetreten – sehr zum Mißfallen von Julian.«

»Aber nicht zu deinem, nehme ich an.«

»Nein. Warum auch? Patrick ist Rowes Sohn, und Saxelby's ist ein Familienunternehmen. Ich glaube nicht, daß ich das Recht hätte, mich dagegen zu sperren – wie immer ich auch zu dem Jungen stehen mag.«

Russell sah sie neugierig an. »Und wie stehst du zu ihm?«

»Nicht so, wie die meisten Leute denken. Ich lehne ihn nicht ab, wie ich es ihrer Meinung nach tun sollte. Ich mag ihn, allerdings traue ich ihm nicht ganz... Russ«, fügte sie nach kurzem Zögern hinzu, »ich glaube, ich habe dir nie richtig für deine Freundlichkeit gegenüber Patrick gedankt – damals, als er noch ein Kind war. Ich fand das sehr nett von dir, und er auch. Daß ich unseren Kontakt abbrach, hatte damit nichts zu tun.«

»Oh – ich kann nicht sagen, daß ich überrascht war.« Er lächelte, doch es lag keine Wärme darin. »Ich hatte erwartet, daß Rowland irgendwann protestieren würde. Er dachte, ich mache ihm seinen Platz streitig. Das ist ganz natürlich, mir wäre es an seiner Stelle genauso gegangen.« Und dann fragte er: »Hat sich Lucy jemals bei euch gemeldet?«

»Nie. Bei dir?«

Russell schüttelte den Kopf. »Nein. Nachdem sie seinerzeit in Heathrow nicht auftauchte, habe ich nie mehr eine Karte von ihr bekommen.«

»Merkwürdig, findest du nicht?« Christine blickte auf den See hinaus. »Es ist, als hätte sie damit, daß sie Patrick in Paris zurückließ, mit ihrer Vergangenheit abgeschlossen. Na ja – ist nicht zu ändern.« Sie stand auf. »Jetzt habe ich Lust auf einen Kaffee. Kommst du mit, oder hast du...« Sie hielt verwirrt inne, als ihr klar wurde, daß es mitten in der Woche war und sie keine Ahnung hatte, was er zur Arbeitszeit im Park machte.
Russell lachte. »Ich hatte eine Besprechung in der Caxton Street. Sie war sehr früh zu Ende; ich werde heute nicht mehr im Büro zurückerwartet. Der Rest des Tages gehört mir.«
»Wenn das so ist, dann laß uns Kaffee trinken gehen und uns erzählen, was es Neues gibt.«

In den folgenden Wochen sah Christine Russell weit häufiger, als sie vorgehabt hatte. Rowland war mit Julian geschäftlich in die Vereinigten Staaten geflogen, Patrick noch in Italien und Colette die meiste Zeit in Frankreich. Bis zur Hochzeit wollte sie »ein Auge auf alles haben«, denn sie war nicht bereit, ihrer Mutter und Schwägerin alle Lorbeeren zu überlassen. Als Viviens Großmutter und in Sophies Abwesenheit deren Stellvertreterin hatte sie schließlich auch eine wichtige Position.
Christine war also oft allein, und die alte Ruhelosigkeit ergriff wieder von ihr Besitz – das Gefühl, daß ihr Leben sinnlos verstrich. Eines Tages sprach sie mit Russell darüber. Er hatte sie zum Essen eingeladen. Nach einem Konzert in der Wigmore Hall schlug er vor, in ein kleines italienisches Restaurant in der Nähe zu gehen, das er kannte. »Du mußt doch nicht gleich nach Hause, oder?«
»Nein, es ist kein Mensch da.«
»Du fühlst dich doch bestimmt sehr einsam«, bedauerte er sie später, als sie ihre Spaghetti Bolognese aßen.
Normalerweise hätte sie es abgestritten, aber an diesem Abend wurde sie von Selbstmitleid geplagt. Sie vermißte Rowland und fürchtete, daß er sich in New York wieder mit Faith

Malyon traf. Das war natürlich albern. Sicher war Faith auf Tournee – sie war inzwischen noch berühmter und gefragter –, aber Christine konnte ihre Phantasie nicht unter Kontrolle bringen. Seit Rowland weg war, fühlte sie sich verlassen und verletzlich. Es war gut, einen alten Freund zu haben, mit dem man sprechen konnte, und Russell Jennings war so ein alter Freund. Sie kamen aus demselben Milieu, hatten dieselben Wurzeln, dieselben frühen Erinnerungen. Ihre Beziehung war etwas, das sie jederzeit wieder aufnehmen konnten – wie eine angefangene Handarbeit, die in einer Schublade lag.

»Ja, es ist wirklich ziemlich einsam«, gab sie zu. »Und ich bin voller Unruhe. Die Kinder brauchen mich nicht mehr, und ich möchte etwas mit meinem Leben anfangen. Aber Rowland gefällt die Idee nicht, daß seine Frau einen Job annehmen will.«

»Liebst du ihn immer noch so wie früher?« Russells Stimme verriet keine Empfindung.

»Ja. Seltsam, nicht wahr? Vom ersten Augenblick an, als ich ihn sah, war ich verloren.«

»Das brauchst du mir nicht zu sagen«, erwiderte Russell trocken.

»Russ – ich habe dich schon einmal gefragt: Warum hast du nie geheiratet? Aber erzähl mir nicht wieder, es sei meinetwegen, das würde ich dir nämlich nicht abkaufen.«

Er lächelte und rollte gekonnt eine Portion Spaghetti um die Gabel. »Okay, dann sage ich es eben nicht mehr. Ich glaube, ich bin einfach nicht für die Ehe geschaffen. Das heißt aber nicht, daß ich andersrum bin, falls du das denken solltest.«

»Der Gedanke ist mir nie gekommen«, wies sie die Unterstellung heftig von sich.

»Tatsache ist«, fuhr er fort, »daß ich außer dir nie eine Frau kennengelernt habe, die ich heiraten wollte, und im Lauf der Jahre bin ich zum Eigenbrötler geworden. Ich bin unabhängig, und ich genieße es. Solltest du dich jedoch plötzlich entschließen, deinen Mann zu verlassen – Grund genug hättest du ja weiß Gott –, würde ich meine Einstellung vielleicht überdenken...«

»Solange Rowe mich nicht um die Scheidung bittet, bleibe ich bei ihm«, antwortete sie ruhig.

»Kommt es dir eigentlich nicht komisch vor, daß er dich nie gebeten hat, ihm seine Freiheit wiederzugeben? Er ist nun nicht gerade das, was man einen treuen Ehemann nennt, und es muß doch unter all den Frauen wenigstens eine gewesen sein, die er genügend liebte, um mit ihr zusammenbleiben zu wollen.«

Christine hörte auf zu essen und sah ihn an. Das Restaurant war klein, die Beleuchtung schummrig. Sie saßen auf hochlehnigen Stühlen an einem Tisch, auf dem eine Kerze brannte. Russells Gesicht lag teilweise im Schatten, was es schwierig machte, seinen Ausdruck zu erkennen. »Was meinst du mit komisch?«

Russell zuckte wegwerfend mit den Schultern, als bedauere er, das Thema angeschnitten zu haben. »Ach, ich weiß auch nicht. Ich dachte nur... es... es müsse einen Grund dafür geben.«

»Was für einen Grund?«

Er lachte gekünstelt und sagte unbehaglich: »Vergiß es. Tut mir leid, ich hätte meinen Mund halten sollen. Wenn du deine Spaghetti aufgegessen hast, sollten wir uns dem ernsten Problem zuwenden, den Nachtisch auszusuchen.« Sie hatten beide eine Vorliebe für Desserts. »Es gibt fabelhaftes Eis hier.«

Christine hätte gerne gewußt, was er mit seiner Bemerkung gemeint hatte, aber sie war Russells Gast, und so bohrte sie nicht weiter. Doch der Gedanke daran ließ sie nicht los.

Auch später nicht, als sie im Inglebatch House allein in dem riesigen Doppelbett lag. Es war wirklich komisch, daß Rowland sich nie hatte scheiden lassen wollen, daß er sich sogar vehement gegen diese Idee wehrte. Er hatte nie behauptet, sie zu lieben. Er betrachtete sie als seinen besten Freund, und er hatte sie für Patrick gebraucht. Lisle Ingram und Maxine Larson hatte er gemocht, auch sie hatten ihm etwas Besonderes geben können, aber nicht genug, um ihm den Skandal einer Scheidung wert zu sein. Mit Faith Malyon jedoch lag die Sache anders. Sie war nicht nur ledig gewesen – Rowlands Gefühle für sie waren ganz offensichtlich sehr intensiv. Christine hatte mit angesehen, wie er sich veränderte, wie ihn Eifersucht quälte, wenn sie auf Tournee war, und wie er immer dünner und schweigsamer wurde. Aber nicht einmal in dieser Zeit hatte er eine Scheidung auch nur in Erwägung ziehen wollen. Christine nahm an, daß die Beziehung ihres Mannes zu Faith daran in die Brüche gegangen war.

Draußen im Park schrie eine Eule. Der Mond hing als silberne Sichel tief am nächtlichen Himmel vor ihrem Fenster. Gab es ein Geheimnis, wie Russell angedeutet hatte? Wenn ja, war sie nicht in der Lage, es zu entschlüsseln. Sie hatte Rowland nie ganz verstanden – aber wie er ihr einmal sagte, verstand er sich nicht einmal selbst. Ihre Gedanken wurden unzusammenhängend. Gesprächsfetzen, Schlaglichter einzelner Szenen, im Nichts treibende Gesichter ... Sie war wieder ein Kind und lief am Strand von Weston entlang, den Wind in den Haaren, die heiße Sonne auf dem Rücken ...

Sie schrak hoch und machte die Nachttischlampe an: Es war drei Uhr früh. Sie schaltete das Licht wieder aus und lag hellwach da. Einsamkeit füllte das Zimmer. Sie fragte sich, was Rowland wohl gerade tat. Mit wem er zusammen war. Plötzlich liefen ihr Tränen übers Gesicht. Sie fühlte sich so allein wie noch nie in ihrem Leben. Russell fiel ihr ein. Liebte er sie wirklich? So sehr, daß er nie geheiratet hatte?

Christine starrte zu den Sternen hinauf, die hinter den Fensterscheiben blinkten. Wollte Russell sie immer noch haben? Brauchte er sie? Nach dem Essen heute abend hatte er vorgeschlagen, noch auf einen Drink zu ihm zu gehen. Normalerweise hätte sie die Einladung ohne zu überlegen angenommen, doch etwas an seinem Verhalten hatte sie daran gehindert. Jetzt wünschte sie, sie wäre mitgegangen. Was Treue betraf, schuldete sie Rowland nichts. Wenn sie Russell glücklich machen konnte – und sei es auch nur für kurze Zeit –, was sprach dagegen? Nur ihr Ehegelöbnis – und ihr Mann hatte oft genug gezeigt, was er davon hielt. Was ihm recht war, konnte ihr doch billig sein...

Sie fühlte sich unsagbar verloren in dem leeren Bett. Mit einem Ruck drehte sie sich auf den Bauch, vergrub das Gesicht in den Kissen und schluchzte sich in den Schlaf.

Es war reiner Zufall, daß sie am nächsten Tag auf einer der Kulturseiten des GUARDIAN das kleine Foto entdeckte. Es zeigte Faith Malyon und ihren Mann bei einer Party in New York – und im Hintergrund, etwas unscharf, aber eindeutig erkennbar, Rowland! Die Bildunterschrift besagte, daß die Gerüchte über eine Trennung der Konzertpianistin von dem Jazz-Saxophonisten jeglicher Grundlage entbehrten, das Paar sei nach wie vor glücklich. Christine starrte lange auf das Foto hinunter. Sie saß noch immer mit der Zeitung am Küchentisch, als Mrs. Johnson erschien, die vor einigen Jahren Mrs. Jones als Haushälterin abgelöst hatte.

»Geht's Ihnen nicht gut?« fragte sie, stellte die mitgebrachten Plastiktüten in das Abtropfgestell für das Geschirr und entledigte sich ihres Mantels und Hutes. »Sie sind ja weiß wie die Wand.«

»Wie bitte?« Christine riß sich zusammen. »Doch, doch, es geht mir gut.« Sie trank ihren Kaffee aus, ohne zu merken, daß er kalt geworden war. Dann stellte sie die Tasse auf das Bild.

»Ist Mrs. Saxelby senior noch nicht zurück?« Mrs. Johnson band sich die Schürze um. »Immer noch in Paris wegen der Hochzeit?«

»Ja, aber ich glaube, sie kommt morgen auf ein, zwei Tage. Sie brauchen mir für heute abend kein Essen herzurichten – ich werde wahrscheinlich wieder ausgehen.«

Die Frau musterte sie forschend, und Christine spürte, wie ihr die Röte ins Gesicht stieg. Hastig stand sie auf, ging in ihr Zimmer und rief Russells Büro an.
»Russell Jennings.«
»Russ!« Christine merkte, daß sie sich anhörte wie ein aufgeregtes Schulmädchen. »Ich dachte... ich meine, wäre es dir recht, wenn... wenn ich heute abend zu dir käme und etwas für uns kochte?«
Nach einer sekundenlangen Pause sagte er: »Danke – das wäre mir angenehm.«
So hatte sie sich das Gespräch nicht vorgestellt. »Habe ich einen ungünstigen Moment erwischt? Bist du nicht allein?«
»Nein, aber der Termin paßt mir gut. Dann also bis halb sechs.«
Es klickte, und sie saß eine ganze Weile regungslos da, bevor sie den Hörer auf die Gabel legte. Crab, inzwischen alt und grau, watschelte ins Zimmer und bohrte ihr seine kalte Nase in die Hand.
»Ich habe nichts für dich«, sagte sie mit gespielter Strenge. »Aber ich würde dir auch nichts geben, wenn ich etwas hätte. Du bist viel zu fett!«
Er machte enttäuscht kehrt und hoppelte die Treppe hinunter, um bei Mrs. Johnson in der Küche sein Glück zu versuchen.
Christine saß auf dem Bettrand und starrte ins Leere. Ihr Herz klopfte wie ein Hammer. Sie hatte es getan. Die Würfel waren gefallen...

32

»Tut mir leid – ich kann es nicht! Ich kann es einfach nicht!« Sie floh aus dem Bett. Das warme Licht der Nachttischlampe verlieh ihrem nackten Körper einen goldenen Schimmer. Hastig ging sie zu dem Stuhl, auf dem ihre Kleider lagen und begann sich anzuziehen.

Die Situation war von vornherein verfahren gewesen. Als sie zur verabredeten Zeit mit den nötigen Zutaten für das Essen bei Russell ankam, bereute sie ihren spontanen Anruf vom Morgen bereits. Sie liebte Rowland und hatte kein Verlangen danach, mit einem anderen Mann ins Bett zu gehen. Wenn Liebe, wie es hieß, bedeutete, daß man sich nie für etwas entschuldigen müsse, dann bedeutete sie ganz sicher auch, daß man den Partner so akzeptierte wie er war und keine Rachegefühle hegte.

Russells Verhalten verstärkte ihr Unbehagen noch. Er strahlte unverhohlenen Triumph und eine auffällige Selbstzufriedenheit aus – und plötzlich erinnerte sie sich daran, daß er einen Hang zum Dominieren und Manipulieren von Menschen besaß. Hatte er auch sie in den letzten Wochen manipuliert? Der Gedanke fraß sich fest. Während des Essens – es gab Filetsteak mit grünem Salat und zum Nachtisch Eis und Kaffee –, ließ Russ sie kaum aus den Augen. Wie eine Spinne, die auf ihr Opfer lauert, dachte Christine. Die Assoziation war ausgesprochen unangenehm.

Sie bemühte sich um einen lockeren Unterhaltungston, doch Russell war ungewöhnlich schweigsam und ging nicht darauf ein. Christine wünschte sich sehnlichst weit fort. Schließlich waren sie mit Essen fertig. Wie konnte sie sich jetzt noch aus der Affäre ziehen? Sie versuchte es mit Verzögerungstaktik, indem sie darauf bestand, den Tisch abzuräumen, aber als sie am Spülbecken stand, trat Russell hinter sie und legte die Arme um ihre Taille. Er drehte Christine zu sich herum und preßte seine Lippen auf die ihren.

Es überraschte sie, mit welcher Ablehnung sie reagierte. Natürlich hatte er sie damals, als sie zusammengewesen waren, auch geküßt, doch sie erinnerte sich so gut wie überhaupt nicht an diese Seite ihrer Beziehung. Rowland hatte seinen Rivalen sehr gründlich verdrängt. Und auch der energische Ton, in dem Russell sagte: »Laß die Sachen stehen und komm ins Bett. Deshalb bist du doch hier, oder?« mißfiel ihr gründlich. Ihr Vater hatte sich seinerzeit so lobend darüber geäußert, daß Russ ein »richtiger Mann« sei – aber was *war* das? Ein Mann, der Frauen eigentlich gar nicht mochte, der sie nur beherrschen wollte? Genau das Gegenteil machte Rowlands Anziehungskraft aus: Er mochte Frauen – und er respektierte sie. Frauen jeden Alters.

Sie hätte Russell in diesem Augenblick sagen sollen, was sie empfand, und sich sofort verabschieden. Aber das lächerliche Gefühl, »fair« sein zu müssen, veranlaßte sie, mit ihm ins Schlafzimmer zu gehen, sich auszuziehen und in das Doppelbett zu steigen, das in dem kleinen, spartanisch eingerichteten Zimmer übergroß wirkte. Ob er wohl oft Frauen hier hatte? Auch er zog sich aus und blieb dann vor dem Wandspiegel stehen, um sich zu kämmen und sein Gesicht mit dem Rasierwasser zu parfümieren, das auf einer Konsole darunter stand. Christine fand beides in höchstem Maße albern. Als er ins Bett kam, tätschelte er immer noch leicht seine Wangen, als bereite ihm die Berührung seiner Haut ein sinnliches Vergnügen. Christine wäre am liebsten geflüchtet, aber sie biß die Zähne zusammen. Schließlich hatte sie sich selbst in diese unerfreuliche Situation gebracht. Nun mußte sie die Konsequenzen tragen.

Doch als er sie berührte, zuckte sie unwillkürlich zurück und konnte an nichts anderes mehr denken als an Rowland, und ihr wurde klar, daß sie unter keinen Umständen mit Russell schlafen konnte. »Tut mir leid – ich kann es nicht! Ich kann es einfach nicht!« hörte sie sich stammeln, sprang in Panik aus dem Bett und griff mit zitternden Händen nach ihren Kleidern. Sie zog sich an und drehte sich dann zu ihm um. Er hatte sich auf einen Ellbogen gestützt und betrachtete sie. Seine Augen waren eiskalt.

»Nun«, sagte er mit einer Stimme, die so hart war wie sein Gesicht, »das ist das zweite Mal in meinem Leben, daß du mich in deiner unnachahmlich rücksichtsvollen Art zurückgewiesen hast. Man sollte meinen, daß das erste mir gereicht hätte, nicht wahr? Du mußt mich für einen kompletten Idioten halten.«

»Sag so etwas nicht«, bat sie. »Das stimmt doch überhaupt nicht. Es tut mir schrecklich leid. Als ich heute morgen bei dir anrief, war ich entschlossen... ich war fest entschlossen...« Hilflos brach sie ab.

Er führte den Satz für sie fort: »Fest entschlossen, mit mir ins Bett zu gehen, um mit deinem Mann gleichzuziehen. Kann man verstehen.« Er legte sich zurück und verschränkte die Hände hinter dem Kopf. »Ich habe das gewußt, aber ich war bereit mitzuspielen. Weil ich dachte, du hättest vielleicht doch noch einen Funken Zuneigung für mich – einen kleinen Funken, der sich vielleicht zu einem Feuer entfachen ließe. Aber du hast mir klargemacht, daß weder ich noch sonst jemand jemals eine Alternative zu Rowland Saxelby sein kann.«

»Russ!« Sie machte einen Schritt auf das Bett zu, doch er hob abwehrend eine Hand, als könne er ihre Nähe nicht mehr ertragen.

»Bitte geh, Christine. Es ist alles gesagt, das siehst sicher sogar du ein. Verschwinde einfach. Sofort. Und wenn wir uns mal wieder zufällig irgendwo treffen sollten, dann erwarte nicht, daß ich mich darüber freue.«

Von Schuldgefühlen gepeinigt, suchte sie verzweifelt nach den richtigen Worten, um das Unrettbare zu retten. Als sie erkannte, daß es hoffnungslos war, nahm sie ihre Handtasche vom Stuhl und verließ das Zimmer. Niedergeschlagen ging sie zu ihrem Wagen, den sie in der Nähe geparkt hatte, glitt hinters Steuer und schloß die Tür. Als sie den Motor anließ und den Gang einlegte, merkte sie, daß sie wie Espenlaub zitterte, und so blieb sie volle zehn Minuten sitzen, bevor sie es wagte, den Renault in den Verkehrsstrom des dunklen Herbstabends einzufädeln.

Die Hochzeit war vorbei, und die Gäste hatten sich zu einem Champagnerfrühstück in der Avenue Foch eingefunden. Es war Colettes Entscheidung gewesen, und sie hatte sich damit gegen den Wunsch von Solange und ihrer Mutter durchgesetzt, denen ein Empfang in festlicherem Rahmen und mit viel mehr Gästen vorgeschwebt hatte. Doch weder Giles noch Vivien hatten eine große Feier gewollt und deshalb Colette den Rücken gestärkt, und angesichts dieser Front mußten die Damen Bérenger klein beigeben. Widerwillig strich Solange die Gästeliste auf hundert Personen zusammen.
Christine war von der Messe, die in der katholischen St. Joseph-Kirche in der Avenue Hoche abgehalten wurde, gleichermaßen begeistert und verwirrt. Da sie zum Großteil nicht begriff, was vorging, begnügte sie sich damit, diese pompöse Trauung mit ihrer eigenen, schlichten auf dem Standesamt zu vergleichen, bei der nur eine Handvoll Menschen anwesend gewesen waren. Mit Freude hatte sie festgestellt, daß Vivien, als sie an Julians Arm die Kirche betrat, überglücklich wirkte. Allerdings vermied sie es konsequent, ihren Vater anzuschauen. Sie war immer noch voller Groll wegen seiner Reaktion auf das Intermezzo mit Patrick.
Pat sah in seinem blaßgrauen Anzug und dem Hut besonders gut aus. Christine erinnerte sich an den kleinen schüchternen

und verängstigten Jungen, den sie damals in dieser Stadt zum erstenmal gesehen hatte. Geld und Erziehung hatten ihm eine Selbstsicherheit verliehen, die an Arroganz grenzte. Rowland war blind vor Stolz, doch andere Menschen – sie eingeschlossen – begegneten seinem Sohn mit Vorbehalt.

Die Sensation des Tages war unzweifelhaft Sophies Erscheinen – zehn Minuten vor der Braut – in einem hautengen und offensichtlich sehr teuren roten Kleid, einem riesigen schwarzen Strohhut, schwarzen Handschuhen, schwarzer Tasche und schwarzen Pumps mit schwindelerregend hohen Absätzen. Über dem Arm trug sie lässig einen honigfarbenen Nerzmantel.

»Typisch Sophie!« flüsterte Rowland Christine belustigt zu. »Aufsehenerregend und ohne jeden Geschmack.«

Sie lächelte und wandte sich ihrem Mann zu. Seit seiner Rückkehr aus Amerika hatte sie ihn aufmerksam beobachtet – stets auf der Suche nach einem Anzeichen dafür, daß er und Faith ihre Beziehung wieder aufgenommen hätten. Doch es waren keine zu erkennen. Ganz nebenbei hatte er erwähnt, daß er Faith und ihren Mann in New York auf einer Party getroffen habe, jedoch keinen Hinweis auf einen weiteren Kontakt gegeben. Er war noch blasser und hagerer als vor seiner Reise, aber geschäftlich gesehen mußte sie ein Erfolg gewesen sein: Er und Julian machten einen hochzufriedenen Eindruck. Lediglich Patricks Aufnahme in die Bank und der große Aktienanteil, den Rowland ihm überschrieben hatte, stellten nach wie vor Streitpunkte zwischen ihnen dar.

»Er ist ein Saxelby«, erwiderte Rowland kurz, als auch Christine vorsichtig Einwände dagegen erhoben und ihn gefragt hatte, ob er sein Vorgehen für klug halte. Diesem Argument ließ sich nichts entgegensetzen.

Als sie jetzt im Gelben Salon der Villa Dauphine saß und dem englischen und französischen Stimmengewirr lauschte, beobachtete sie Patrick, der sich in beiden Sprachen gleichermaßen

fließend unterhielt. Die frühen Nomadenjahre mit seiner Mutter hatten ihm die Bekanntschaft mit mehreren Fremdsprachen gebracht. Rowland hatte das als Pluspunkt angeführt, als er die Gründe für die Zweckmäßigkeit erläuterte, Patrick in die Bank zu übernehmen. Christine fiel jetzt auf, daß er nicht nur zu Vivien und Giles sehr freundlich war, sondern auch zu Lucien. Unbehaglich erinnerte sie sich, daß er über Paris von seinem Italienurlaub zurückgekommen war und seine geplante einmalige Übernachtung auf mehr als zehn Tage ausgedehnt hatte.
»Darling!« Sophie griff sich noch ein Glas Champagner von dem Tablett eines vorbeikommenden Kellners und ließ sich neben Christine in einem Sessel nieder. »Ich habe dich ja eine Ewigkeit nicht gesehen. Wie geht's denn so? Daraus, daß du nach wie vor mit Rowe zusammen bist, läßt sich schließen, daß du dir immer noch in der Rolle der Großherzigen gefällst.« Ohne eine Antwort abzuwarten, plapperte sie weiter. »Sie hatten gedacht, sie könnten mich ausschließen, weißt du – alle verdammten Saxelbys inklusive meiner geliebten Tochter – aber sie mußten mir eine Einladung schicken. Ihr Gewissen hat den Sieg davongetragen, doch natürlich hofften sie inständig, daß ich nicht erscheinen würde.« Sie lachte auf. »Sie hätten mich besser kennen müssen. Zumindest Julian.« Sie schaute sich um und rümpfte die Nase. »Ich habe nichts übrig für diese merkwürdigen Möbel und das viele Gold. Ist allerdings 'ne Menge wert, und wenn man's von der Seite betrachtet...« Und so schwatzte sie weiter und hielt dazwischen nur inne, um an ihrem Champagner zu nippen. Nach einer Weile ging Christine das Geschnatter auf die Nerven, und sie stand auf. »Ich muß mit Solange sprechen.«
Sophie lächelte zu ihr auf. »Ich bin dir lästig, stimmt's? Hast du den Eindruck, daß ich beschwipst bin? Na, wenn schon. Was bleibt mir denn außer dem Trinken? Keiner spricht mit mir. Und warum? Weil ich mich davongemacht habe. Weil ich nicht bereit war, mein Leben mit einer kaputten Ehe zu verplempern,

während du...« Sie legte den Kopf schief und sah Christine geringschätzig an. »Du bist eine von diesen Frauen, die sich an einem hoffnungslosen Fall festbeißen.«

Christine wandte sich ab und kämpfte sich durch das Gewühl hinaus in die Halle und von dort in den Blauen Salon, wo die Reste des Hochzeitsbuffets auf langen Tischen dahinwelkten und Giles und Vivien, umringt von Freunden und Gratulanten, Hof hielten. Christine drängte sich durch und legte Vivien die Hand auf den Arm. »Ich wollte dir nur sagen, wie entzückend du aussiehst.« Sie beugte sich vor, um ihre Nichte zu küssen.

»Du aber auch!« Vivien umarmte sie und küßte sie nach französischem Brauch auf beide Wangen. »Dieses Rosé solltest du öfter tragen. Es steht dir. Gibt dir ein bißchen Farbe.« Rowlands Worte! Und dann fuhr sie fort: »Tante Chris – ich habe dir nie dafür gedankt, was du in all den Jahren für mich getan hast. Du bist mehr Mutter für mich gewesen als meine leibliche es je war. Du sollst wissen, daß ich dir das hoch anrechne.«

Christine schluckte den Kloß in ihrem Hals hinunter. »Ich danke dir, Liebes. Wie wär's – willst du dich nicht endlich mit deinem Vater versöhnen?«

Viviens Züge verhärteten sich. »Er hat mich nach Frankreich abgeschoben, weil er der Meinung war, ich hätte ihm ›Schande bereitet‹. Er hat mich als ein Abbild meiner Mutter hingestellt. Das werde ich ihm nicht so schnell verzeihen.«

Christine seufzte. Es war weder die Zeit noch der Ort für eine Diskussion über dieses Thema. Dutzende neugieriger Augen musterten sie gespannt. Also gab sie Vivien noch einen Kuß, umarmte Giles und murmelte die bei solchen Anlässen üblichen Banalitäten, bevor sie sich auf die Suche nach Rowland machte. Kurz darauf verschwanden Braut und Bräutigam nach oben, um sich umzuziehen, und wenig später stand Christine mit den anderen Gästen an dem schmiedeeisernen Tor und winkte den beiden nach, als sie in die Flitterwochen aufbrachen. Sie wünschte, es wäre Julian gewesen und nicht der neue Schwiegervater, der den Abschiedskuß der Braut bekam.

»Ich dachte mir, daß es euch hier besser gefallen würde als in einem Nachtlokal«, sagte Colette und schob die kleine Gesellschaft auf einen der Tische zu. »Nach der Hochzeit können wir schließlich keine weitere Hektik brauchen.«
Sie hatte Rowland und Christine, Julian und ein halbes Dutzend der jüngeren Gäste zu »Castel's« im sechsten Arondissement geführt, eine Gegend, die nach Rowlands Worten mehr Ähnlichkeit mit Chelsea hatte als mit Mayfair. Keiner von ihnen war Mitglied in diesem exklusiven Club, aber Monsieur Castel hatte persönlich ihre Anwesenheit gebilligt. Wie es schien, kannte er Colette aus den Tagen, als er vor Jahren einen Club in St. Tropez besessen hatte. Das Lokal war gemütlich, die Beleuchtung unaufdringlich. An der Decke hing im Licht von Strahlern eine große Galeone aus Ebenholz. Im ersten Stock gab es ein Restaurant, doch alle waren übereinstimmend der Meinung, an diesem Tag schon viel zuviel gegessen zu haben. Die jungen Leute steuerten sofort auf die kleine Tanzfläche zu. Colette, ihre beiden Söhne und Christine blieben sitzen, nippten an ihren Drinks und begnügten sich mit Zuschauen.
»Ich glaube, es ist alles prächtig gelaufen, meint ihr nicht?« Beifallheischend blickte Colette in die Runde. »Und Vivien sah einfach hinreißend aus! Der Elfenbeinton des Kleides und die cremefarbene Spitze waren meine Idee!«
»Entsprechend selbstzufrieden wirkst du auch«, bemerkte Rowland mit liebevoll-spöttischem Lächeln.
»Warum auch nicht?« Und dann fügte sie leicht pikiert hinzu: »Ich wünschte, Lucien und Solange wären auch mitgekommen. Wenn *ich* nicht erschöpft bin, ist nicht einzusehen, warum Solange es ist. Bei Maman kann ich es verstehen – sie ist immerhin zweiundachtzig –, aber Solange ist vier Jahre

jünger als ich und hatte mit der Hochzeit nicht halb soviel Arbeit. Sie hätte sich ruhig aufraffen können.«

Rowland grinste. »Du hättest doch nur gern ein größeres Publikum gehabt, als Monsieur Castel sich über deine Hand beugte und dir schmelzenden Blickes versicherte, du seist offenbar seit damals keinen Tag älter geworden. Komm schon, Maman – gib es zu.«

Sie würdigte ihn keiner Antwort, sondern wechselte das Thema. »Patrick ist ein ausgezeichneter Tänzer.« Sie nickte zu ihrem Enkel hinüber. »Er hat mein Gefühl für Rhythmus geerbt.«

Julian blinzelte Rowland zu. Ihre Mutter war heute abend aufgedreht wie ein junges Mädchen. Christine betrachtete die drei, und wieder einmal fiel ihr auf, wie ähnlich sie sich in vielem waren. Julian besaß allerdings nicht die Sensibilität der beiden anderen. Beispielsweise empfand er die Distanzierung seiner Tochter bei weitem nicht so schmerzlich wie die übrigen Familienmitglieder und tat Viviens Ablehnung als »kindliche Dickköpfigkeit« ab. »Das legt sich schon wieder«, meinte er gelassen.

Christines Blick wanderte zu den Tänzern – Patrick, in Jeans und gestreiftem Seidenhemd, versuchte gerade, eine junge Französin zu beeindrucken – und dann weiter zu einer Gruppe von Gästen, die mit Gläsern in der Hand in der Nähe der Tür lachten und plauderten. Soweit Christine das in der schummrigen Beleuchtung erkennen konnte, waren alle in den Zwanzigern. Etwas abseits stand eine Frau, die ihr seltsam bekannt vorkam. Als sie den Kopf hob, fiel das Licht einer beschirmten Hängelampe auf ihr Gesicht...

Christine stellte ihr Glas so ruckartig ab, daß der Wodka überschwappte. »Rowe!« krächzte sie. »Das ist Lucy! Da drüben – bei der Tür!«

Er sprang auf. »Wo? Schnell – zeig sie mir!«

»Da drüben! Sieh doch! Lucy!« Christine sprach so laut und

drängend, daß sie die Aufmerksamkeit anderer Gäste erregte. Sie sprang auf und zog Rowland am Arm hinter sich her. Doch als sie zu der Stelle kamen, an der Lucy – oder die Frau, die Christine für sie hielt – eben noch stand, war sie verschwunden. Keiner der Umstehenden hatte sie bemerkt. Offenbar war sie ohne Begleitung gewesen.

Schließlich gaben Rowland und Christine auf.

»Was war denn los?« fragte Colette.

»Chris glaubte, Lucy Brennan gesehen zu haben«, erklärte Rowland. »Aber sie hat sich bestimmt geirrt.«

33

Christine war sich selbst schon nicht mehr sicher.
»Das Licht hat dir einen Streich gespielt«, meinte Colette.
»Hier kann man niemanden genau sehen«, lautete Julians Kommentar. »Und so wie ihr sie beschrieben habt, ist das wohl kaum ein Lokal nach ihrem Geschmack«.
Dieses Argument überzeugte Christine nicht – Lucy war unberechenbar –, doch Rowlands Hinweis, daß sie Lucy nach den vielen Jahren sicherlich nicht einmal bei Tageslicht gleich erkennen würde, leuchtete ihr ein. Als sie in den frühen Morgenstunden aufbrachen, war Christine fast so weit, zu glauben, daß sie sich getäuscht hatte, aber ein nagender Zweifel blieb. Sie kamen überein, den Zwischenfall Patrick gegenüber nicht zu erwähnen.
Am späten Vormittag brachten Solange und Lucien sie zum Flughafen. Wieder bemerkte Christine, wie freundschaftlich Pat zu seinem Großonkel stand. Bevor sie an Bord gingen, sonderten er und Lucien sich etwas ab und führten ein angeregtes Gespräch. Als sie Rowland von ihrer Beobachtung berichtete, winkte er ab. »Onkel Lucien mag ihn eben«, sagte er. »Ich bin sehr dankbar, daß die ganze Familie den Jungen so akzeptiert hat.«
Obwohl Christine die Hochzeit genossen hatte, freute sie sich sehr, wieder zu Hause zu sein. Die Straße mit den vornehmen georgianischen Häusern, zu denen auch Inglebatch House gehörte, schien sie willkommen zu heißen. Plötzlich wurde ihr bewußt, wie erschöpft sie war – mehr, als die letzten anstrengenden Tage es rechtfertigten. Der Vorfall in Russells Woh-

nung belastete sie. Sie hatte ihn sehr schlecht behandelt, ihn sich zum Feind gemacht. Allerdings wußte sie nicht, wie er sich rächen könnte. Erpressung kam nicht in Frage. Rowland hätte ihr wohl kaum einen Vorwurf machen können, und Russell war intelligent genug, das zu wissen.

Sie sagte sich, daß sie sich lächerlich benahm und die Angelegenheit restlos überbewertete – und außerdem gab es eine Möglichkeit, sich abzusichern: Sie würde es Rowland erzählen. Das tat sie am selben Abend, als sie an ihn gekuschelt im Bett lag. Durch das offene Fenster drangen natürliche Geräusche herein: das Jaulen eines Katers, das leise Brummen eines vorbeifahrenden Autos, der Ruf eines Ziegenmelkers. Als sie gebeichtet hatte, zog er sie noch näher zu sich heran. »Ich verdiene dich nicht.« Er küßte sie. »Das habe ich dir schon oft gesagt, aber dadurch wird es nicht weniger wahr. Warum hältst du zu mir? Warum betrügst du mich nicht?«

»Weil ich dich liebe. Ich will nur dich. Das hat nichts mit Anständigkeit zu tun. Sophie hat über meine Großherzigkeit gespöttelt, aber als das empfinde ich es nicht. Sie ist eben eine oberflächliche, verständnislose Person. Die Liebe zu dir ist wie eine Krankheit, gegen die es kein Mittel gibt. Aber wie heißt es doch so schön: Es hofft der Mensch, solang' er lebt.«

Er lachte leise. Sie hob ihm ihr Gesicht entgegen, und er küßte sie. Sie liebten sich. Danach, als sie schon am Einschlafen war, hörte sie ihn sagen: »Ich habe beschlossen, Pat ein verspätetes Geschenk zu seinem einundzwanzigsten Geburtstag zu machen.«

Sofort war sie wieder hellwach. »Aber er hat doch die schönen Golfschläger bekommen.«

»Ich weiß, aber es ist Zeit, daß er sich auf die eigenen Füße stellt. Ich finde schon seit einer ganzen Weile, daß wir beide wieder allein sein sollten. Du hast dich in all diesen Jahren fabelhaft verhalten, aber irgendwann muß Schluß sein. Außerdem braucht er seine Unabhängigkeit. Und deshalb habe ich vor unserem Abflug nach Paris eine Wohnung in der Half Moon Street für ihn gemietet. Ich habe es ihm noch nicht erzählt – das werde ich morgen früh nachholen. Er kann noch diese Woche umziehen. Wie gesagt: Das ist sein Geburtstagsgeschenk.«

»Julian wird schäumen.«

»Was ich mit meinem Geld mache, geht meinen Bruder nicht das geringste an.« Er küßte sie wieder. »Schlaf jetzt – und tu nicht so, als wärst du bekümmert darüber, daß Patrick das Haus verläßt.«

Sie wollte widersprechen, ließ es dann jedoch. Rowland kannte sie zu gut. Und wie sie sich selbst schon oft eingestanden hatte: Sie mochte Patrick, aber etwas an ihm bereitete ihr Unbehagen.

Im folgenden Jahr, im November 1983, starb Christines Mutter.

Gwen Chandos war schon eine ganze Weile krank gewesen. Der Entdeckung kurz nach Weihnachten, daß der Knoten in ihrer linken Brust bösartig war, folgte eine Operation, von der sie sich nicht mehr erholte. In den folgenden elf Monaten bis zu ihrem Tod pendelte Christine zunächst zwischen London, Hinton Malsherbes und Weston-super-Mare hin und her, wobei die Aufenthalte in Weston zunehmend länger wurden. Im September zog sie dann ganz zu ihrer Mutter. Es war schrecklich für sie, zu wissen, daß sie nichts tun konnte als einfach nur da zu sein. Sie war dankbar, als das Ende friedlich kam: Ihre Mutter starb im Schlaf.

Rowland begleitete Christine zu der Messe in die Methodistenkirche und der Einäscherung, doch danach mußte er sofort nach London zurück. Die Gäste, die sich in der Wohnung versammelten, waren Freunde und Nachbarn, und um vier waren alle fort – einschließlich des Personals vom Partyservice, der das kalte Buffet geliefert hatte. Nur Lois blieb noch.

»Ich muß auch bald los«, sagte sie. »Barry und die Mädchen

scheinen nicht in der Lage zu sein, sich eine Mahlzeit zuzubereiten, ohne die Küche in ein Chaos zu verwandeln. Man sollte meinen, daß ein Mann und zwei Teenager von immerhin sechzehn und siebzehn Jahren selbständig genug wären – aber keine Spur.« Sie musterte ihr Freundin besorgt. »Bist du okay?«
»Du meinst, ob es mir etwas ausmacht, nachher hier allein zu sein? Nein, gar nicht. Und morgen fahre ich ja schon wieder nach Hause.«
»Was willst du mit der Wohnung machen? Verkaufen?«
»Wahrscheinlich, aber darüber möchte ich im Augenblick noch nicht nachdenken.«
Schweigen senkte sich über den Raum, doch es war nicht unangenehm. Die beiden Frauen kannten sich schon so lange, daß es oft keiner Worte zwischen ihnen bedurfte. Schließlich sagte Lois: »Ich habe heute früh im DAILY TELEGRAPH gelesen, daß Faith und ihr Mann jetzt doch geschieden worden sind. Es geht das Gerücht, daß sie nach England zurückkommt.«
Christine strich sich eine Haarsträhne aus der Stirn. Sie sah auffallend blaß aus, aber, dachte Lois, das liegt vielleicht nur an der Trauerkleidung oder an dem Kummer über den Tod ihrer Mutter. Es hat sicher nichts mit Faith Malyon zu tun.
»Ja, ich habe es auch gelesen. Aber das sind nur Spekulationen. Genausogut kann sie beschließen, in New York zu bleiben.«
»Machst du dir Gedanken?«
Christine zuckte mit den Schultern. »Laß uns nicht über etwas diskutieren, das möglicherweise nie eintritt. Ich danke dir, daß du gekommen bist. Es hat mir viel bedeutet, dich hierzuhaben. Magst du noch eine Tasse Tee, bevor du fährst?«
Lois schüttelte den Kopf und stand auf. Sie war noch fülliger geworden und strahlte tiefe Zufriedenheit aus. Christine spürte einen Stich. »Nein, danke, Liebes. Ich muß wirklich

los. Ich hasse es, bei Dunkelheit zu fahren, und bis ich nach Hause komme, ist es bestimmt stockfinster.« Sie drückte Christine an ihren mächtigen Busen. »Paß auf dich auf und vergiß nicht: Wenn alle Stricke reißen – ich bin für dich da. Und bei uns hast du immer ein Heim.«

Christine lachte. »Ich bin sicher, Barry wäre begeistert. So weit wird es nicht kommen. Grüß die Mädchen ganz lieb. Ich besuche euch bald.«

Nachdem sie dem alten Ford nachgewinkt hatte, kehrte sie in die leere Wohnung zurück. Trotz der Zentralheizung war ihr plötzlich kalt. Sie ging ins Elternschlafzimmer und holte eine Strickjacke, die sie sich um die Schultern legte. Die weiche Wolle und der schwache Duft von Gwens Parfum wirkten tröstlich. Sie machte sich Kaffee und dachte an Rowland. Er war so geistesabwesend gewesen – als bereite ihm etwas Sorgen. Und er hatte krank ausgesehen, doch als sie ihn darauf ansprach, versicherte er, daß es ihm gut gehe.

Christine setzte sich an den Küchentisch. Sie fühlte sich wie ausgelaugt. Ein heißes Bad und früh ins Bett – das war es, was sie jetzt brauchte. Morgen würde sie sich wieder ihrer Trauer und den vagen Ängsten stellen, die sie belasteten. Im Augenblick wollte sie nur abschalten.

Sieben Monate später, im Juni, gab Faith Malyon ihre New Yorker Wohnung auf und kehrte nach London zurück. Wie sie in einem Zeitungsinterview erklärte, habe sie hier ihre Wurzeln. Ziemlich fadenscheinig, da sie aus Doncaster stammte. Als sie das Haus auf der anderen Seite des Hampstead Heath kaufte, kochte Colette vor Wut.

»Ich würde sie am liebsten in kleine Scheiben schneiden und zum Frühstück braten«, verkündete sie.

Christine mußte wider Willen lachen. Und Julian, der ebenfalls anwesend war, rügte: »Das geht wirklich ein bißchen zu weit, Maman.«

»Nein – tut es nicht! Diese Frau will sich Rowland schnappen. Laß es nicht zu, Christine! Wehr' dich deiner Haut! Ich jedenfalls will mit der Person nichts zu tun haben.«

»Mach dir keine Sorgen«, beruhigte Christine sie lächelnd. »Ich habe nicht vor, ihr Rowland zu überlassen.« Doch sie wußte, daß das leeres Gerede war – und die anderen wußten es auch. Niemand konnte etwas dagegen tun, wenn Rowland sich wieder mit Faith Malyon treffen wollte.

Colette und Christine waren in einer modernisierten Fassung von »HMS Pinafore« im Sadler's Wells gewesen, und Julian, der den Abend in seinem Club verbracht hatte, war nach seiner Rückkehr zu ihnen gestoßen. Rowland nahm an einem Meeting des British Olympics Committee teil, das wegen beträchtlicher Summen für die Spiele in Los Angeles im nächsten Monat an Saxelby's herangetreten war. Angenommen – eine kalte Hand schien nach Christines Herz zu greifen –, er träfe sich anschließend mit Faith...

Nein, das durfte sie nicht einmal denken! Warum sollte sie auch? Rowland hatte keine erkennbare Reaktion auf Faiths Rückkehr gezeigt, und die Neuigkeit, daß sie Bowood Cottage gekauft hatte, blieb ohne Kommentar. Entweder spielte er Theater, oder er machte sich wirklich nichts mehr aus Faith. Christine hoffte inständig, daß letzteres zutraf. In diesem Augenblick öffnete sich die Küchentür, und Rowland kam herein. »Ah – Kaffee! Ich dachte mir doch, daß es danach duftet.« Er setzte sich zu den anderen an den Tisch.

»Wie lief die Konferenz?« fragte Colette. »Du siehst völlig erledigt aus, mon cher. Wenn du deinen Kaffee getrunken hast, mußt du sofort ins Bett.«

»Ja, Maman.« Er grinste und hatte die Stimme eines folgsamen, kleinen Jungen. Crab, der seinem Herrchen nicht in die neue Wohnung gefolgt war, kam aus seinem Korb herübergewackelt und schnüffelte liebevoll an Rowlands Knien. »Die Konferenz lief gut«, kam dieser auf die Frage seiner Mutter zurück. »Ich habe zugesagt, daß wir tausend Pfund zu jeden Tausend beisteuern, die aufgebracht werden. Die Besprechung war schon früh zu Ende. Die letzten Stunden habe ich bei Patrick in der Half Moon Street verbracht.«

Colette und Christine sahen ihn zweifelnd an, aber Julian schien seinem Bruder zu glauben. »Ihr habt wohl über die Übernahme diskutiert, was?«

»Welche Übernahme?« fragten die beiden Frauen wie aus einem Munde.

Rowland warf Julian einen vorwurfsvollen Blick zu. »Ich wollte die Lage erst klären, bevor ich euch davon erzähle. Anschließend hätte ich mich mit den Direktoren beraten und eine außerordentliche Aktionärsversammlung einberufen. Doch jetzt hoffe ich, daß keine dieser Maßnahmen notwendig sein wird.«

»Also hat Patrick Schiffbruch erlitten?« Julian grinste schadenfroh.

»Würdet ihr beide bitte aufhören, in Rätseln zu sprechen?« ersuchte Colette ihre Söhne ärgerlich. »Christine und ich möchten genau wissen, was sich abgespielt hat.«

Rowland nippte an seinem Kaffee. Er schien nicht bereit, sich zu äußern. Julian hingegen zeigte keine Hemmungen. »Bérenger hat im Lauf der letzten neun Monate Saxelby-Anteile gekauft und besitzt inzwischen vierzig Prozent der Gesellschaft. Rowe wollte es dir nicht sagen. Er fürchtete, du würdest dich aufregen.«

»Aufregen?« Ein französischer Redeschwall ergoß sich über ihre Söhne. Als Colette sich wieder unter Kontrolle hatte, fuhr sie etwas ruhiger fort – und auf englisch: »Aufregen! Natürlich rege ich mich auf! Mein eigener Bruder tut das meiner Familie an. Wirklich unglaublich. Aber noch mehr regt mich auf, daß ihr mich nicht informiert habt. Wenn ich es gewußt hätte, wäre Lucien seines Lebens nicht mehr froh geworden.«

Rowland stellte seine Tasse ab. Im harten Neonlicht wirkte sein

Gesicht kalkweiß. »Genau das wollten wir verhindern, Maman. Hier geht es ums Geschäft. Deine Einmischung hätte die Familie entzweit.«
»Wenn du glaubst, daß ich auch nur noch ein einziges Wort mit Lucien spreche – oder mit Giles...«
Rowland unterbrach sie. »Wie ich schon sagte, Maman – es ist alles in Ordnung. Die verbliebenen Aktien sind im Besitz der Saxelbys: in deinem, Julians, Christines, meinem – und Patricks.«
Colette, Christine und Julian tauschten nachdenkliche Blicke. Rowland starrte in seinen Kaffee und zeichnete mit seinem Löffel Muster in die obenauf schwimmende Schlagsahne. Schließlich brach Julian das Schweigen: »Was hast du ihm versprochen?«
»Einen Moment.« Christine faltete die Hände auf dem Tisch und beugte sich vor. »Soll das heißen, daß Pat bereit war, die Anteile, die du ihm überschrieben hast, an Lucien zu verkaufen und so dazu beizutragen, daß Bérenger die Kontrolle über uns erlangte?«
»Natürlich war er das«, antwortete Julian statt seines Bruders verächtlich. »Entweder das, oder – und so scheint es gewesen zu sein – die Androhung, um damit seinen Vater zu erpressen.«
»Ist das wahr, Rowland?« fragte Christine ruhig.
Er hob den Kopf, vermied es jedoch, einen der anderen anzusehen. Die Ringe unter seinen Augen schienen in den letzten Minuten dunkler geworden zu sein. »Julian dramatisiert wieder mal. Patrick hatte das Gefühl, ein... ein Geschäft machen zu können und daß er... nun ja, daß es dumm wäre, wenn er die Chance nicht ergreifen würde. Ich kann das verstehen.«
»Dann kannst du mehr als ich«, sagte Colette schneidend. »Ich hätte ein wenig mehr Loyalität von einem Jungen erwartet, dem immer alles gegeben worden ist.«
»Aus seiner Sicht habe ich ihm nie das gegeben, was er

erwartete.« Wieder fixierte er seinen Kaffee. »Pat hat damit gerechnet, daß ich ihn adoptieren und zu meinem Erben machen würde. Es kränkt ihn, daß ich nicht bereit war, ihm zuliebe Julian auszubooten.«

»Was hast du ihm versprochen?« wiederholte sein Bruder. »Womit hast du ihn bestochen?«

Es dauerte eine Weile, bis Rowland antwortete. »Ich habe ihm eine Beförderung zugesagt. Mehr Gehalt. Ein größeres Büro.«

»Und du denkst, daß das genügt?« fragte Christine. »Ist das, gemessen an dem, was er erwartet, nicht nur ein Almosen?«

Rowland lächelte schwach. »Er hat mir geschworen, daß er nicht an Lucien verkaufen wird. Ich vertraue ihm.«

»Ich ganz und gar nicht. Keine Sekunde!« rief Julian aufgebracht. Christine war überzeugt, daß ihr Schwager die Situation richtig einschätzte.

»Ich verstehe nicht, wie du ihm trauen kannst, Rowe. Jetzt begreife ich, weshalb er und Lucien es nach der Hochzeit so wichtig hatten. Wahrscheinlich haben sie das ganze da miteinander ausgekocht.«

»Na, das wird eine böse Überraschung für den armen, alten Lucien«, Julian grinste hämisch, »wenn er feststellt, daß sein lieber Großneffe ihn genauso in die Pfanne haut, wie er es zunächst mit seinem Vater vorhatte. Tja – man sollte sich eben nicht auf Schlitzohren verlassen.«

Rowland sah seinen Bruder an und sagte mit erzwungener Ruhe: »Ich wünsche, daß du diesen Ausdruck zurücknimmst.«

»Ich denke gar nicht daran«, erklärte Julian heftig. »Verträgst du es nicht, die Wahrheit über deinen kleinen Bastard zu hören?«

»Ich wünsche, daß du das zurücknimmst.«

Julian erwiderte seinen Blick mit kindlichem Trotz. »Nimm es zurück!« Rowland stand auf.

Auch Julian stand auf. »Kommt nicht in Frage! Wie willst du mich dazu zwingen? Hast du vor, mich zu verprügeln?«

»Aufhören! Alle beide!« Auch Colette und Christine waren aufgestanden. Die Situation hatte sich unheilvoll zugespitzt.
»Halt dich da raus, Maman!« herrschte Rowland seine Mutter an. »Das betrifft nur Julian und mich. Also«, wandte er sich wieder an seinen Bruder, »nimmst du es zurück?«
»Rowe!« Christine legte eine Hand auf seinen Arm. »Ich finde, es reicht jetzt – und Julian hat nicht ganz unrecht: Pat hat sich unmöglich benommen.«
Rowland schüttelte ihr Hand ab. »Wenn ich deine Meinung hören will, werde ich dich fragen«, schnauzte er. Noch nie hatte er in so einem Ton mit ihr gesprochen. Sie empfand es wie einen Schlag ins Gesicht.
»Ich gehe ins Bett«, verkündete sie mit funkensprühenden Augen. »Und fürs erste ziehe ich in Viviens altes Zimmer. Ich erwarte morgen früh deine Entschuldigung. Ich glaube nicht, daß Julian oder ich es verdienen, in deiner Wertschätzung hinter Patrick zu rangieren. Gute Nacht.« Damit verließ sie mit zitternden Knien die Küche und zog leise die Tür hinter sich zu.

34

Rowland entschuldigte sich tatsächlich am nächsten Morgen beim Frühstück, aber er tat es so förmlich und so wenig überzeugt, daß Christine es nicht akzeptieren konnte. Sie war der Ansicht, daß seine Loyalität gegenüber Patrick – wahrscheinlich aufgrund von Schuldgefühlen – ihn dazu veranlaßte, falsche Prioritäten zu setzen, und das sagte sie ihm auch. Deutlich.

»Pat hat sich unmöglich benommen, Rowe. Er hat eine unverdiente Beförderung erzwungen, und obwohl du wußtest, was er vorhatte, hast du nachgegeben. Es ist doch nicht erstaunlich, daß Julian darauf verbittert reagiert.« Als sie keine Antwort erhielt, fuhr sie verärgert fort: »Warum läßt du Patrick alles durchgehen? Wenn jemand anderer versucht hätte, dich in so übler Weise reinzulegen, hättest du ihn im hohen Bogen rausgeworfen.«

Rowland legte Messer und Gabel nebeneinander auf den Teller und sagte eisig: »Ich nehme zur Kenntnis, daß du die Fronten gewechselt hast.« Damit stand er auf und ging.

Danach wurde die Atmosphäre immer unerträglicher. Die Kälte, die sich zwischen ihr und Julian einerseits und Rowland andererseits entwickelt hatte, hielt sich hartnäckig. Rowland hatte eine Barriere errichtet, die sie nicht zu durchdringen vermochte. Wie Julian richtig sagte, verhielt er sich in Hinsicht auf Pat völlig irrational. Aber weshalb?

»Rowe hat sich in Patricks Kinderjahren nicht um ihn gekümmert«, lautete Colettes Erklärung. »Und das versucht er wiedergutzumachen. Für sie beide.«

Wie üblich verbrachten sie die Ferien auf Schloß Bérenger, aber die Luft knisterte vor Spannung. Lucien und Solange reisten, eingeschüchtert von Colettes feindseligem Schweigen und Julians distanziertem Verhalten, frühzeitig ab – nur Rowland teilte die Meinung seines Onkels, daß Geschäft Geschäft und die beabsichtigte Übernahme nicht als persönlicher Affront zu werten sei. Vivien und Giles kamen überhaupt nicht. Giles führte in der Abwesenheit seines Vaters die Bank – er würde die Leitung ganz übernehmen, sobald Lucien im folgenden Jahr in Frühruhestand ging. Auch Patrick war zum ersten Mal nicht da. Er befand sich mit seiner augenblicklichen Freundin auf Korsika. Christine vermutete, daß er keine Lust gehabt hatte, zwei Wochen mit Julian unter einem Dach zu verbringen.

Die alte Madame de Bérenger verlangte von Colette zu wissen, was los sei. »Ich dulde keine Familienstreitigkeiten in meinem Haus.« Energisch klopfte sie mit ihrem Ebenholzstock auf den Boden. »Wenn du das nächstemal nach Paris kommst, wirst du die Differenzen mit deinem Bruder beilegen.«

»Ja, Maman«, versprach Colette. Auch sie haßte Unfrieden, und außerdem hatte Lucien mit seinem Plan keinen Erfolg gehabt.

Christine war voller Hoffnung gewesen, daß der Zauber des Schlosses sie und Rowland wieder zueinanderführen und die Zuneigung wiedererwecken würde, die sie bisher füreinander empfunden hatten. Ironischerweise mochte sie ihren Stiefsohn noch immer. Seinen Charme konnte nicht einmal seine Verschlagenheit zerstören.

Doch sie wurde enttäuscht. Rowland verschanzte sich weiterhin hinter einer Mauer, er war gereizt und ungewöhnlich jähzornig. Seine Mutter und Großmutter meinten, daß er sich nicht gut fühle, und allmählich gelangte auch Christine zu dieser Überzeugung. Aber ihre besorgten Fragen wurden stets nur mit einem knapp-höflichen »Es geht mir hervorragend, danke« beantwortet.

Und dann, am Donnerstag der zweiten Ferienwoche, verkündete Rowland, er werde früher als geplant abreisen – genauer gesagt, an diesem Morgen. Er wolle für ein paar Tage nach Paris und dann am Sonntag nach London fliegen.
»Warum denn das?« fragte Colette irritiert.
Und Christine sagte: »Das kommt aber sehr plötzlich. Willst du, daß ich mitfahre?«
Er schüttelte den Kopf und trank seinen Kaffee aus. »Es sei denn, du möchtest Faith Malyon spielen hören. Sie gibt morgen abend in Paris ein Konzert.«
Christine erstarrte. Colette überschwemmte ihn mit einer Suada auf Französisch, aber er reagierte nur mit krasser Unhöflichkeit: Er stand mittendrin auf und verließ den Raum. Eine Stunde später setzte er sich in den gemieteten Peugeot und fuhr los.
Zu Weihnachten bestanden für Christine keine Zweifel mehr, daß er die Beziehung zu Faith wieder aufgenommen hatte. Mehrere Bekannte aus verschiedenen Wohltätigkeitskomitées berichteten ihr mit einer Mischung aus Sensationslust und Mitleid, sie hätten die beiden zusammen gesehen.
Es war das schlimmste Weihnachten, das Christine je erlebt hatte. Sie fuhren wie immer nach Hinton Malsherbes, aber diesmal wirkte Mallerby kalt und ungemütlich. Patrick und Julian sprachen nur das nötigste miteinander, Colette war ungewöhnlich still und klagte über Schmerzen in ihrer linken Hüfte. Christine bemerkte, daß sie leicht hinkte – doch als sie das Wort »Arthritis« einfließen ließ, erntete sie heftigen Protest. »Arthritis!« rief Colette angewidert. »Das ist etwas für alte Leute! Ich bin schließlich noch verhältnismäßig jung.«
Christine mußte zugeben, daß das zutraf. Aufgrund der Fortschritte der Medizin lebten die Menschen heutzutage viel länger als früher.
Was Rowland betraf, so wirkte er geistesabwesend, sonderte sich häufig ab und verschwand im Salon, aus dem Christine die

Musik von Rameau und Lully hörte, wenn sie vorbeiging. Noch vor gar nicht langer Zeit hatten sie gemeinsam dort gesessen. Sie fühlte sich elend und verlassen.

Wie immer fuhr sie an einem Tag der Ferien nach Shaftesbury, um ihre Geschenke hinzubringen. Es ist schön, dachte sie, daß sich heute Menschen freuen werden, mich zu sehen: Lois und die Mädchen mit stürmischer Begeisterung, und Barry etwas zurückhaltender, aber auch mit echter Herzlichkeit.

Beim Mittagessen sagte Lois: »Barry mußte vor Weihnachten zu einem Pharmazeutenkogreß nach London, und ich habe ihn begleitet. Nein, geh mir jetzt nicht an die Kehle. Wir waren nur zwei Tage dort, und für die Ehefrauen war ein so gedrängtes Unterhaltungsprogramm aufgestellt worden, daß ich dich beim besten Willen nicht hätte dazwischenquetschen können. Und deshalb habe ich dich erst gar nicht angerufen. Aber ich bin einem alten Freund über den Weg gelaufen: Russell Jennings! Er hat sich ausführlich nach dir erkundigt.«

Christine wurde dunkelrot. »Nach mir?«

»Ja – warum auch nicht?« Lois sah ihre Freundin neugierig an. »Mit einem so durchschlagenden Erfolg dieser Neuigkeit hatte ich nicht gerechnet. Hast du mir vielleicht was verheimlicht? Na, du wirst schon wissen, was du tust. Jedenfalls erzählte er mir, daß er immer noch nicht verheiratet sei. Bestimmt bist du daran schuld.« Sie lächelte verschmitzt.

Christine hatte ihr den verunglückten Versuch, Rowland zu betrügen, wohlweislich verschwiegen – Lois hätte sich mit Sicherheit vor Lachen gebogen –, und so stellte sie nur ein paar höfliche Fragen und wechselte schnell das Thema. Doch als sie nach Hinton Malsherbes zurückfuhr, wanderten ihre Gedanken wieder zu Russell. Vielleicht hatte er ihr ja verziehen. Wenn, dann bewies er eine Großzügigkeit, die sie nicht verdiente. Nostalgische Zuneigung überfiel sie. Sie hatte ihn falsch eingeschätzt, als sie glaubte, daß er ihr die Geschichte ein Leben lang nachtragen werde. Und dabei habe ich ihn immer nur schlecht behandelt, dachte sie schuldbewußt.

Auf Mallerby herrschte Hochspannung. Colette informierte Christine, daß es wieder eine Auseinandersetzung zwischen Rowland und seinem Bruder gegeben hatte – über irgend etwas, das Patrick gesagt oder getan hatte, genau wisse sie es nicht. »Und wenn du die Wahrheit hören willst: Es interessiert mich auch nicht. Ich werde froh sein, wenn wir wieder in London sind.«

Christine war derselben Meinung und packte am Neujahrstag erleichtert ihre Koffer. Obwohl Faith Malyon jetzt auf der anderen Seite des Parks wohnte, schien Hampstead ihr diesmal bedeutend reizvoller als Mallerby.

Sie fuhr auf, ohne zu wissen, was sie geweckt hatte. Dann sah sie, daß das Bett neben ihr leer war. Und Rowland war auch nicht im Zimmer. Sie stand auf und schlüpfte in Pantoffeln und Morgenmantel.

Im Lauf des letzten Monats hatte Rowland sich verändert. Er war wieder der humorvolle, tolerante und liebenswürdige Mann, als den sie ihn so lange gekannt hatte. Es kam ihr vor, als sei er durch einen langen Tunnel gegangen und nun am anderen Ende wieder herausgekommen. Zum ersten Mal seit einer Ewigkeit wirkte er entspannter, und er gab sich alle Mühe, Julian und Patrick zu versöhnen. Er überschlug sich förmlich vor Freundlichkeit seinem Bruder gegenüber, als wolle er die Zeit der Feindseligkeit ungeschehen machen. Was die Bank und Mallerby betraf, erklärte er, daß er Julian als seinen rechtmäßigen Erben betrachte, und er lehnte Patricks Ersuchen ab, ihn wenigstens namentlich zu einem Saxelby zu machen. Doch er betonte, daß sich an seiner Zuneigung für seinen Sohn nichts geändert habe.

Wie die Dinge zwischen ihm und Faith Malyon standen, wußte

Christine nicht – aber sie wollte es auch gar nicht wissen. Ihr genügte es, daß ihre Beziehung zu Rowland wieder den Status quo erreicht hatte, daß ihre Freundschaft, ihre Herzlichkeit, ihre gegenseitige Achtung und ihre tiefe Liebe zu ihm unbeschadet aus der Krise hervorgegangen waren. Was diese Krise ausgelöst hatte, wußte sie jedoch immer noch nicht.
Sie trat in den Flur hinaus. Die Badezimmertür stand offen. Duschkabine und Wanne schimmerten geisterhaft im Mondlicht, das durch das vorhanglose Fenster hereinfiel. Sie lauschte. Kein Laut von oben aus Julians Wohnung – und auch nicht aus Colettes Suite unter ihr. Doch dann hörte sie schwach ein Geräusch aus dem Souterrain. Es klang, als würde eine Pfanne auf den Herd gestellt.
Rowland hockte vor dem offenen Kühlschrank. Es stand tatsächlich eine Pfanne auf dem Herd, aber sie war leer. Ein Blick auf die batteriebetriebene Wanduhr zeigte Christine zu ihrer Überraschung, daß es erst Mitternacht war. Sie hatte gedacht, es sei viel später.
Rowland schaute über seine Schulter und lächelte. »Tut mir leid, ich wollte dich nicht stören. Ich konnte nicht schlafen und dachte, daß mich vielleicht ein voller Magen müde machen würde.«
Christine trat zu ihm und nahm ihm den Teller mit den Bratenresten aus der Hand. »Davon bekäme dein Magen einen Schock. Heiße Milch ist in deinem Fall bedeutend sinnvoller.«
Er richtete sich auf und streckte sich, bis seine Knochen knackten. »Überredet.« Er grinste. »Aber ich werde deinem etwas hausbackenen Vorschlag noch einen Pfiff geben.«
Sie holte eine Flasche Milch aus dem Kühlschrank, trug sie zum Herd und nahm dann zwei Becher von den Wandhaken neben dem Fenster. Rowland hatte inzwischen eine Karaffe mit Rum auf den Tisch gestellt und goß jetzt einen großzügigen Schuß in die beiden blauweißgestreiften Gefäße. Als die

Milch heiß war, setzten sie sich und nippten an ihren Getränken. Der Rum nahm Christine beim ersten Schluck den Atem. Rowland klopfte ihr auf den Rücken. »Du bist wirklich keine Trinkerin«, meinte er lachend.

Es war warm und behaglich in der Küche. Das leise Summen des Kühlschranks und das gelegentliche Spucken der Gaszentralheizung waren die einzigen Geräusche, die die Stille störten. Makellos glänzten die Kunststoffflächen im Neonlicht. Die Tür zur Waschküche stand halb offen, und der Fliesenboden blitzte weiß aus der Dunkelheit.

»Einen Penny für deine Gedanken«, sagte Rowland plötzlich, und als Christine aufschaute, sah sie, daß er sie musterte – mit einem Ausdruck, den sie nicht deuten konnte.

»Ich dachte gerade an unsere erste Begegnung in Slapton, auf dem Campingplatz auf der Klippe. Was für ein herrlicher Morgen!« Und für sich fügte sie hinzu: Da habe ich mich in dich verliebt – und seitdem liebe ich dich.

Er lächelte schief. »Vor den Waschräumen, wenn ich mich recht erinnere. Nicht gerade ein romantischer Anfang.«

»Nur zu«, sagte sie mit gespieltem Ärger. »Nimm mir meine rosa Brille weg, du Rohling.«

Ihre Blicke trafen sich. »Chris«, begann Rowland, brach jedoch ab, als wisse er nicht, wie er weitermachen solle.

»Ja.«

Er schüttelte den Kopf. »Ach – nichts. Ich habe vergessen, was ich sagen wollte.«

»Das ist das Alter«, neckte sie ihn. »Wenn es dir ein Trost ist: Ich habe das gleiche Problem.«

Sie hatten ausgetrunken und saßen schweigend beieinander. Als Christine wieder zu der Uhr hinaufschaute, stellte sie fest, daß eine ganze Stunde vergangen war. Sie stand auf und trug die Becher zum Spülbecken. »Zeit, daß wir wieder ins Bett gehen«, meinte sie. »Du wolltest doch morgen ganz früh in der Bank sein.«

Er schob seinen Stuhl zurück und streckte sich gähnend.
Christine ließ heißes Wasser über die Becher laufen. Plötzlich stand Rowland neben ihr. Er legte den Arm um ihre Taille und küßte sie auf die Wange.
»Ich muß noch einen Brief schreiben«, sagte er. »Geh du schon vor – ich komme bald nach.«
Gerührt von seiner spontanen und unerwarteten Zärtlichkeit hatte sie Mühe, sich streng anzuhören. »Hat das nicht Zeit bis morgen?«
»Nein. Ich kann es nicht mehr hinausschieben.«
Als er gegangen war, trocknete sie die Becher ab, hängte sie an die Haken und ging hinauf ins Bett. Sie war entschlossen, wachzubleiben, bis Rowland kam, doch der Rum ließ ihre Augen zufallen, sobald ihr Kopf das Kissen berührte. Als sie am nächsten Morgen aufwachte, war das Bett neben ihr wieder leer. Schon halb neun! So schnell sie konnte, duschte sie, zog sich an und lief hinunter. Julian und Rowland beendeten in der Küche gerade ihr Frühstück, während ihre Mutter – noch in Morgenmantel und Hausschuhen – einen Berg Post durchsah. Es duftete intensiv nach Speck und Eiern. Colette hatte offenbar ihr englisches Lieblingsessen zubereitet.
Als Christine hereinkam, trank Rowland gerade seinen letzten Schluck Kaffee, schob den leeren Teller zurück und stand auf. Er lächelte sie an. »Bis heute abend. Ich komme nicht spät. So gegen halb sieben kannst du mit mir rechnen.« Nicht einmal eine Stunde später war er tot.

SECHSTER TEIL

1985–88

35

Christine kehrte in die Gegenwart zurück. Sie war so in Gedanken gewesen, daß sie gar nicht bemerkt hatte, als die Musik aufhörte. Langsam stand sie auf, ging zum Plattenspieler, steckte die Platte in die Hülle und stellte sie an ihren Platz. Es regnete immer noch, aber nicht mehr so stark. Die Wolkendecke war dünner geworden und ließ hier und da sogar die Sonne ahnen. Christine sah auf die Kaminuhr: schon fast Zeit zum Mittagessen. Colette und die Mädchen mußten längst aus dem Dorf zurück sein. Sie öffnete die Tür des Salons, und genau in diesem Augenblick schlug Mrs. James in der Halle den Gong.

»Ich dachte, Sie wären eingeschlafen«, sagte die Haushälterin. »Es war so still da drin, daß ich mich nicht reintraute – dabei hätte ich saubermachen müssen. Ich hoffe, es geht Ihnen jetzt besser und Sie können was essen. Ich hasse es, umsonst zu kochen.«

Christine lächelte sie an. »Ich werde es versuchen, das verspreche ich. Meine Schwiegermutter und die Mädchen sind wieder da, nehme ich an.«

Mrs. James schnitt eine Grimasse. Sie hielt alle Au-pair-Mädchen, die ihr Gastspiel auf Mallerby gaben, für faul und schmuddelig – nicht, weil es den Tatsachen entsprach, sondern weil sie grundsätzlich etwas gegen Ausländer hatte. Abgesehen von den Deutschen und Amerikanern. »Die sind mehr wie wir.«

»Mrs. Saxelby senior ist da«, bestätigte sie. »Aber die beiden Nichtsnutze hat sie nach Yeovil fahren lassen; sie wollen sich was kaufen. Eigentlich dachte ich, die wär'n zum Arbeiten hier.«

Colette zuckte nur mit den Schultern, als Christine ihr Mrs. James' Bemerkung weitergab. »Ich wünschte, sie würde sich um ihre eigenen Angelegenheiten kümmern. Sie denkt, weil sie fast ihr ganzes Leben lang auf Mallerby ist, hätte sie hier das Sagen. Ich fand, daß die beiden Mädchen ein Trostpflaster brauchten. Sie waren so enttäuscht, daß sie nicht nach London durften. Und jetzt setz dich und erzähl mir, was dein Vormittag ergeben hat. Ist dir etwas eingefallen, das Patricks Geschichte ad absurdum führt?«

Das Mittagessen – beginnend mit einer Zwiebelsuppe nach Colettes Rezept – wurde im Frühstückszimmer serviert. Mrs. James war der Ansicht, daß es für nur zwei Personen dort gemütlicher sei. Christine setzte sich gerade, als Sharon Coombs die Suppe brachte. Sie wartete, bis das Mädchen den Raum wieder verlassen hatte, und antwortete auch dann nicht sofort, obwohl sie Colettes Ungeduld deutlich spürte.

»Nun?« hakte ihre Schwiegermutter gespannt nach.

Christine griff nach ihrem Löffel. »Nein«, sagte sie schließlich. »Ich kann mich an nichts erinnern, das Patricks Version als Betrug ausweisen würde. Wenn ich ehrlich bin ...« Sie zögerte, als wolle sie nicht fortfahren, tat es dann aber doch: »Es gab gewisse Dinge, die ... die seine Behauptung sogar eher bestätigen.«

»Was für Dinge?« fragte Colette alarmiert.

»Oh ...« Christine ließ den Blick zum Fenster wandern. Der Regen hatte aufgehört, es versprach, ein schöner Nachmittag zu werden. Auf der blaßblauen Tapete leuchteten bereits vereinzelt Sonnenflecken.

»Bemerkungen, die Patrick machte, als er noch jünger war. Und die Tatsache, daß Rowland nie bereit war, sich scheiden zu lassen, obwohl er mich nur aus Ehrgefühl geheiratet hatte, obwohl ich das Kind verlor und danach keines mehr bekommen konnte – und obwohl er, wie ich glaube, sehr in Faith verliebt war.« Sie aß einen Löffel Suppe und meinte dann: »Ist dir das nie seltsam vorgekommen?«

»Natürlich nicht!« Doch die heftige Antwort ihrer Schwiegermutter ließ Überzeugung vermissen.
Colette hob die Hände. »Weil – und frag jetzt bitte nicht ›weil was?‹, ich kann es dir nicht beantworten – weil Rowland Rowland war. Das ist die beste Erklärung, die ich dir geben kann. Du mußt doch wissen, was ich damit sagen will.«
Sharon Coombs kam, um die Suppenteller abzuräumen, gefolgt von Mrs. James, die ein beladenes Tablett brachte. Während die Haushälterin die Salatschüssel, die Platte mit kaltem Braten und frische Teller hinstellte, hatte Christine Zeit, über den letzten Satz ihrer Schwiegermutter nachzudenken. Sie verstand tatsächlich, was sie meinte – und trotz aller Sorgen und Bedenken stimmte sie ihr zu. Aber tat sie das nicht nur, weil sie nicht anders konnte, weil sie sich außerstande sah, den Folgen ins Gesicht zu sehen, die auf sie zukämen, sollte sich Patricks Behauptung als zutreffend erweisen?
Als sie wieder allein waren, sagte sie: »Ich halte es ebensowenig wie du für möglich, daß Rowland jemals etwas Ungesetzliches getan hätte, doch die Frage ist: Wie gut lernt man einen anderen Menschen wirklich kennen? Wahrscheinlich sind einige Bigamisten ausgesprochen nette Kerle.«
Colette ließ ihr Besteck auf den Teller fallen. »Ich lehne es ab, mir dieses Wort in Verbindung mit meinem Sohn anzuhören!« rief sie zornig. »Warum akzeptierst du nicht einfach die Tatsache, daß Patrick ein Lügner ist, und läßt es damit gut sein?«
Christine stocherte lustlos in ihrem Essen herum. Leise antwortete sie: »Weil ich nicht glaube, daß er lügt. Ich weiß nicht, warum, aber es ist so. Ich erinnere mich an einen Tag – er lag damals mit Masern im Bett und ich las ihm etwas vor –, als wir auf das Thema Geheimnisse kamen. Er erzählte mir, er habe ein großes, und als ich ihn fragte, ob Rowland und ich es kennen sollten, sagte er: ›Kann sein.‹ Damals dachte ich, er wolle sich nur wichtig machen, und ging nicht darauf ein. Heute wünschte ich, ich hätte es getan.«

Colette nahm sich Salat nach. »Kinder erzählen oft solche Sachen. Du hast bestimmt recht: Er wollte sich in Szene setzen. Und außerdem«, gewann ihre realistische Einstellung die Oberhand, »hat er keine Möglichkeit, seine Räuberpistole zu beweisen. Ich verstehe nicht, daß du und Julian sie nicht einfach ignoriert. Vergeßt die Geschichte. Lebt euer Leben wie bisher. Wenn Patrick die Story ein paar Leuten erzählt – was macht das? Wenn er sie nicht untermauern kann, werden alle sehr schnell das Interesse daran verlieren, und wenn wir mit der Gleichgültigkeit reagieren, die sie verdient, wird sie sich totlaufen.«

Christine antwortete nicht. Sie konnte den Standpunkt ihrer Schwiegermutter begreifen. Colette hatte ja nichts zu verlieren. Ob Patrick die Wahrheit sagte oder nicht, änderte nichts daran, daß sie Rowlands Mutter war. Aber für sie, Christine, und für Julian lagen die Dinge anders. Sie wußte nicht, wie sie es ertragen sollte, sich den Rest ihres Lebens zu fragen, ob sie Rowlands Frau gewesen war oder nur »eine von vielen«. Wenn sie unter anderen Umständen geheiratet hätten, wenn er ihr wenigstens ein einziges Mal gesagt hätte, daß er sie liebte, wenn er bei ihr geblieben wäre, weil er ohne sie nicht leben konnte, dann hätte die Beantwortung dieser Frage keine Rolle gespielt. So jedoch konnte sie sich nur an die Hoffnung klammern, daß er ihre Ehe für wichtig genug gehalten hatte, um sie nicht zu beenden – nicht einmal wegen Faith Malyon. Die Alternative war unschön: daß er an der Ehe festgehalten hatte, weil er sonst möglicherweise schlafende Hunde geweckt hätte. Wie auch immer – sie mußte die Wahrheit herausfinden. Das gleiche galt sicher für Julian. Er mußte wissen, ob Mallerby ihm gehörte oder seinem Neffen, den er von Herzen verabscheute. Ein Mann wie ihr Schwager, ein Mensch mit starken religiösen Grundsätzen, wurde besonders von seiner Antipathie, die er für Patrick empfand, dazu getrieben, die Wahrheit ergründen zu wollen: Er wünschte sich sehnlichst, seinen

Neffen als Lügner entlarven zu können, um seine Abneigung gerechtfertigt zu sehen.

Es mußte etwas geschehen. Und zwar schnell.

»Ich fahre morgen nach London zurück«, eröffnete sie Colette.

Die Ältere warf die Arme in die Höhe und verdrehte die Augen. »Wir sind doch gerade erst hier angekommen. Ich bin kein Jojo, chérie.«

Christine lachte. »Du kannst ja hierbleiben. Mrs. James wird dich mit Begeisterung verwöhnen. Sie liebt es, wenn jemand da ist, den sie umsorgen kann, selbst, wenn sie Marie und Françoise in Kauf nehmen muß. Ich will unbedingt noch einmal mit Pat sprechen. Vielleicht fällt ihm etwas ein, das er mir bisher nicht erzählt hat.«

»Er verbreitet die Story überall«, erregte Julian sich. »Die Klatschspalten sind voll von Gerüchten und Spekulationen. Wo immer ich hinkomme, merke ich, daß die Leute tuscheln.«

Christine hielt das für eine starke Übertreibung und sagte es auch. »Ignorier die Andeutungen einfach – wenn es überhaupt welche gibt. Zeig den Leuten, daß die Geschichte dich nicht berührt. Klatsch ist nicht langlebig. Wir müssen hinter die Wahrheit kommen«, fügte sie hinzu. »Unter allen Umständen. Was immer du für zweckmäßig hältst – ich werde dich unterstützen.«

Julian lächelte sie dankbar an und stand auf, um sich noch einen Whisky einzugießen. Er wohnte immer noch im Dachgeschoß von Inglebatch House – und war immer noch mit Sophie verheiratet. Sein katholischer Glaube verbot ihm, sich scheiden zu lassen, und sie hatte kein Interesse daran. Ihr war nur wichtig, daß sie getrennte Wege gingen.

»Ich habe mich bereits mit Seamus Barrett in Verbindung gesetzt«, berichtete er. »Er hat Verbindung zu Detekteien in ganz Europa. Wenn jemand Lucy Brennan finden kann, dann er. Ich habe ihm gesagt, die Kosten spielen keine Rolle.«

Christine zog verwundert die Brauen hoch, war jedoch zu müde, um sich auf eine Diskussion einzulassen. Sie hatte eine lange heiße Fahrt hinter sich und wollte früh essen und nach einer kühlen Dusche gleich ins Bett gehen. Als sie am frühen Nachmittag angekommen war, hatte sie zu ihrer Überraschung Julian zu Hause vorgefunden. Gewöhnlich verbrachte er die Sonntage in seinem Club. Als sie ihn danach fragte, erklärte er ihr, daß er seine gesellschaftlichen Aktivitäten etwas eingeschränkt habe. Dann erzählte er ihr von Patricks Tratschereien, und sie erkannte, daß er dringend einen Menschen brauchte, mit dem er reden konnte. Also beschloß sie, die Koffer später auszupacken.
Julian kehrte zu seinem Sessel zurück. Er hatte wegen der Sonne die Vorhänge zugezogen, und es war dämmrig und still im Salon. Christine, die auf dem Sofa saß, zog die Füße unter sich. Ihre rostrotes Baumwollkleid machte sich auf dem rubinroten Samtbezug nicht besonders gut, aber das störte sie nicht.
»Warum bist du so früh zurückgekommen?« fragte Julian, als habe er ihre Ankunft soeben erst registriert. »Ich dachte, du bist nach Mallerby gefahren, um nachzudenken.«
Christine lachte. »Das habe ich auch getan – aber ich konnte keine Antwort finden. Ich bin wieder hier, weil ich noch mal mit Pat sprechen will. Ich muß herausfinden, ob ich ihm beim zweiten Mal auch noch glaube.«
Ihr Schwager schnaubte. »Der Bursche ist ein infamer Lügner. Seine Geschichte ist von A bis Z erstunken und erlogen.«
Christine sah ihn erstaunt an. »Aber wenn du davon überzeugt bist – warum läßt du Lucy Brennan dann suchen?«
»Das ist doch klar: um *beweisen* zu können, daß ihr Sprößling ein Betrüger ist.«
Sie leerte ihr Glas und stellte es neben sich auf den Teppich. »Ich wünschte, ich wäre ebenso sicher wie du.«
»Du meinst, du hältst es für möglich, daß dieser Strolch die

Wahrheit sagt und Rowe ein Krimineller war?« fragte Julian aufgebracht.

Christine bemühte sich um Gelassenheit. »Rowe ist nicht hier, um sich dazu zu äußern – und er hat mir auch nie versichert, daß er kein Bigamist sei.« Spöttisch fügte sie hinzu: »Das Thema hat sich nie ergeben.« Sie sah Julian an, daß er auf ihre Bemerkung reagieren würde wie seine Mutter, und fuhr hastig fort: »Tatsache ist, daß ich nicht das Gefühl hatte, daß Patrick log – so gern ich es auch gehabt hätte. Er hat das Wappen auf der englischen Heiratsurkunde ziemlich genau beschrieben.«

»Das ist doch kein Beweis!« Julian holte sich noch einen Whisky. Christine vermutete, daß er schon vor ihrem Eintreffen angefangen hatte zu trinken. Er wurde von Minute zu Minute aggressiver. »Jeder Mensch kann herausfinden, wie eine Heiratsurkunde aussieht.«

»Weiß ich auch. Es war nur... oh, verdammt – etwas an der Art und Weise, wie er es erzählte, hat mich überzeugt.«

»Wie kannst du das sagen?« Er gestikulierte wild in der Gegend herum, und sein Drink schwappte über. »Wie kannst du auch nur eine Sekunde lang den Gedanken akzeptieren, daß Rowland etwas so Mieses getan haben könnte? Großer Gott, du hast zwanzig Jahre mit ihm gelebt!«

»Und ich habe zwanzig Jahre seine Affären ertragen!« Christine war aufgesprungen und stand zornbebend da. »Siehst du nicht, daß ich Patrick nicht glauben will? Daß ich Rowe von ganzem Herzen geliebt habe? Daß ich ihn lieben werde, so lange ich lebe? Aber er war nicht der Ritter ohne Furcht und Tadel, den Colette und du jetzt aus ihm machen wollt. Er war ein Mann mit vielen Fehlern, von denen der größte seine Schwäche für die Frauen war. Als ich Patricks Geschichte zum ersten Mal hörte, fand ich sie ungeheuerlich und völlig abwegig, aber seitdem habe ich viel nachgedacht. Ich habe meine Erinnerungen durchforstet – mit dem nötigen Abstand – und Bilanz gezogen. Und endlich war ich nach fast fünfundzwanzig Jahren in der Lage, Rowe nüchtern zu betrachten. Um ehrlich zu sein, Julian – ich bin heute nicht mehr sicher, wozu er fähig war und wozu nicht.«

Ihr Schwager sah sie mit leicht verhangenem Blick an, und als er sprach, bereitete ihm das Artikulieren ein wenig Schwierigkeiten: »Du hast dich verändert. Ich habe dich noch nie so reden hören.«

Sie schüttelte den Kopf. »Ich glaube nicht, daß ich mich verändert habe. Aber, wie ich schon sagte, ich habe Bilanz gezogen und mir eingestanden, daß ich in all den Jahren immer den Weg des geringsten Widerstandes gegangen bin. Heute könnte ich ich selbst sein – wenn da nicht Patricks Behauptung wäre. Und deshalb ist die Wahrheit für mich so wichtig.«

»Und wenn wir Lucy Brennan nicht finden?«

»Dann muß ich lernen, mit der Ungewißheit zu leben.« Sie war froh, daß er die logisch folgende Frage nicht stellte: Und was, wenn Lucy die Geschichte ihres Sohnes bestätigt? Sie hätte sie nicht beantworten können.

Christine zog sich einen Sessel neben ihren Schwager, setzte sich und nahm Julian das Glas aus der Hand. Ohne sich um seinen Protest zu kümmern, fuhr sie fort: »Hör mir bitte zu. Was ich dir sagen will, liegt mir sehr am Herzen. Jetzt, da Rowe tot ist, gibt es eine freie Stelle im Direktorium der Bank. Ich möchte, daß du deinen Einfluß dazu benutzt, um sie mir zu verschaffen.«

Er sah sie entgeistert an. »Dir?« fragte er ungalant.

»Ja, mir.« Sie atmete tief durch. »Warum nicht? Ich halte die meisten Anteile, denn ich habe ja auch die von Rowe. Ich glaube nicht, daß die anderen Direktoren ernsthafte Einwände hätten.«

»Aber du hast keine Ahnung vom Bankgeschäft«, wandte Julian ein. Er griff wieder nach seinem Glas, das sie auf den Couchtisch gestellt hatte.

Christine lachte. »Wenn du denkst, daß ich zwanzig Jahre im

Kreise der Saxelbys und Bérengers gelebt habe, ohne etwas mitzubekommen, mußt du mich für sehr dumm halten. Außerdem habe ich nicht vor, mich aufzuspielen. Ich werde mich lange Zeit darauf beschränken, zuzuhören und zu lernen. Aber ich brauche eine Aufgabe, Julian. Ich habe lange genug getrauert, und das ist genau die Tätigkeit, die mir vorschwebt.«

»In Ordnung«, gab ihr Schwager bereitwilliger nach, als sie erwartet hatte. »Du hast recht. Warum nicht? Wenn bei der nächsten Aufsichtsratssitzung über die Neubesetzung der Position gesprochen wird, werde ich dich vorschlagen. Maman ist ja nach wie vor ebenfalls Mitglied der Geschäftsleitung – auch wenn sie kaum noch erscheint. Sie wird sicher für dich stimmen, wenn du sie darum bittest.«

»Das werde ich tun.« Christine stand auf. »Und jetzt mache ich uns was zu essen. Morgen suche ich mit deinem Einverständnis Patrick in der Bank auf. Vielleicht möchtest du bei dem Gespräch dabeisein.«

Julian räusperte sich unbehaglich. »Das hat keinen Sinn«, sagte er. »In die Bank zu kommen, meine ich. Er wird nicht da sein.«

»Warum nicht?« fragte sie verwundert. »Ist er krank?«

Er schüttelte den Kopf und ging zur Bar.

»Nun?«

Julian füllte sein Glas und drehte sich zu ihr um. Sein ganzer Körper drückte Trotz aus: »Pat arbeitet nicht mehr bei uns – ich habe ihn rausgeworfen.«

36

Er hat *was* getan?« Colettes Stimme überschlug sich. »Nicht einmal Julian kann so schwachsinnig sein!«

Christine seufzte und legte sich bequemer zurecht. »Ich fürchte doch. Jedenfalls hat er mir das gesagt, und ich habe keinen Grund, daran zu zweifeln.«

Sie hatte für sich und ihren Schwager Rühreier gemacht, die sie in fast völligem Schweigen in der Küche verzehrten, Julian reagierte auf ihre Mißbilligung mit Schmollen. Als Christine dann ausgepackt und geduscht hatte, rief sie ihre Schwiegermutter in Hinton Malsherbes an. Auch diese war bereits im Bett und erzählte ihrer Schwiegertochter, daß heute ein Tag gewesen sei, an dem sie tatsächlich ihr Alter gespürt habe. Ihre Hüfte habe ihr beträchtliche Schwierigkeiten bereitet. Widerwillig und zögernd brachte Christine ihr die Neuigkeit bei.

Colettes Reaktion war voraussehbar. Sie war ebenso entgeistert wie Christine. »Was hat Julian sich bloß dabei gedacht?« sagte sie. »Sieht er denn nicht, daß der Rausschmiß Patrick zu einem gefährlichen Gegner macht und den Gerüchten, die überall herumschwirren, neue Nahrung gibt? O mein Gott – was ist er doch für ein Idiot! Ich komme morgen nach London und werde versuchen, ihn zur Vernunft zu bringen und dazu zu bewegen, Patrick wieder einzustellen.«

»Das würde nichts nutzen«, informierte Christine sie bedauernd. »Vorhin habe ich Patrick angerufen, um mich für morgen mit ihm zu verabreden. Er ist wütend über die Entlassung – aber als ich ihm anbot, seinetwegen mit Julian zu reden, erklärte er, daß er auf keinen Fall zu Saxelby's zurückkäme. Er geht nach Paris. Offenbar hat Giles ihm nicht nur eine Position bei Bérenger angeboten, sondern diese auch noch mit reizvollen Konditionen verbunden.«

Colette stieß einen Schwall französischer Flüche aus, bevor sie wieder zum Englischen zurückkehrte. »Natürlich ergreift er diese Gelegenheit«, sagte sie bitter.

»Natürlich«, bestätigte Christine. Sie legte die freie Hand auf die Stirn, hinter der sich ein schmerzhafter Druck aufgebaut hatte. »Es wäre ja dumm von ihm, es nicht zu tun. Und wie du sagst: Die Geschichte wird das Gerücht untermauern, daß er Rowlands legitimer Sohn ist.«

Als sie wieder sprach, hörte sich Colette kleinlaut an. »Es hat also noch keine Fortschritte bei der Suche nach Lucy Brennan gegeben?«

»Es ist noch viel zu früh«, gab Christine zu bedenken. »Sie kann weiß Gott wo sein. Aber ich werde morgen noch einmal mit Patrick sprechen, um festzustellen, ob sich mein Eindruck hält, daß er die Wahrheit sagt. Ich erzähle dir alles, wenn du kommst. Wann wird das sein?«

»So gegen fünf. Marie und Françoise werden mich begleiten. Sag Mrs. Johnson bitte, sie möchte die Betten der Mädchen beziehen.«

»Mache ich. Aber warum bleibst du nicht auf Mallerby? Du kannst hier nichts tun.«

»Ich komme trotzdem«, erwiderte Colette grimmig. »Gute Nacht, chérie – und sorg dich nicht zu sehr.«

Christine lachte leise. »Ich sorge mich nicht mehr als du. Bonne nuit, Colette. A demain.«

Als Christine mit einer Kaffeetasse in der Hand in einem Sessel saß und sich umschaute, fiel ihr auf, daß die Wohnung in der Half Moon Street nicht so unordentlich war wie bei ihrem ersten Besuch. Die Illustrierten steckten im Zeitungsständer, es stand kein schmutziges Geschirr herum, und die Glasplatte des Couchtischs war offensichtlich geputzt worden. Die Kaffeekanne, die einem Worchester-Royal-Service entstammte, paßte nicht zu den Crown-Derby-Tassen, und Zuckerdosen und Milchkännchen sahen aus wie Sonderangebote eines Kaufhauses, aber der Gesamteindruck war recht erfreulich, und Christine gestand ihrem Stiefsohn zu, daß er sich diesmal bemüht hatte. Ohne sich unnötig mit Förmlichkeiten aufzuhalten, sagte sie: »Ich möchte deine Geschichte noch mal mit dir durchgehen. Ich will sicher sein, daß ich alles richtig verstanden habe.«

»Okay.« Er nickte bereitwillig. »Aber sie wird sich auch heute nicht anders anhören.«

»Wir werden sehen. Du scheinst dich ziemlich genau an das Wappen auf der Heiratsurkunde zu erinnern. Was fällt dir noch ein? Irgendwelche Namen auf dem Dokument, oder wo die Hochzeit stattfand?«

Er schüttelte den Kopf. »Ich habe es dir doch schon erklärt: Ich war ein kleines Kind, das hat mich alles gar nicht interessiert. Die Geschichte, die meine Mutter mir über das Motto erzählte, hat mich bedeutend mehr fasziniert. Du weißt schon – über Edward den Dritten und Joanna von Kent. Ist wahrscheinlich von vorn bis hinten erfunden, aber sie hörte sich gut an. Schmeckt der Kaffee?«

»Ja, danke.« Christine sah ihn stirnrunzelnd an. »Hast du Lucy später noch einmal nach der Urkunde gefragt?«

»Nein. Warum sollte ich? Bis Ma mich in Paris verließ – was für mich ein ebensolcher Schock war wie für alle anderen Beteiligten – und Rowland auftauchte, hatte ich mir nie Gedanken über meinen Vater gemacht. Ich war noch zu klein, um mich zu fragen, wer er wohl sein könnte. Damals genügte mir meine Mutter vollkommen. Ich habe Jahre gebraucht, um zu verkraften, daß sie mich im Stich gelassen hat. Und die Sache im Zug fiel mir erst viel später ein, als ich mich an mein neues Leben gewöhnt und es zu genießen begonnen hatte. Wie Ma mir die Tasche gab, weil ich mich langweilte. Wie ich den Inhalt auf den Boden schüttete und untersuchte – und dann die Urkunde auseinanderfaltete und fragte, was das sei. Wie sie antwortete: ›Das ist der Beweis für meine Heirat mit deinem Vater.‹ Wie ich das Motto entzifferte: ›Honi soit qui mal y pense‹. Wie sie mir erklärte, was es bedeutete und die besagte Geschichte erzählte. Aber das habe ich dir ja alles schon gesagt.«

Christine nickte. Ihr Blick lag auf dem Georges Seurat-Gemälde an der gegenüberliegenden Wand, doch vor ihrem geistigen Auge erschienen statt dessen die Klippen von Devon, wo Lucy Brennan vor so vielen Jahren den Inhalt ihrer Tasche ins Gras geleert hatte: Schmuck, alte Fahrkarten und verschiedene Papiere. Eines davon war vom Wind erfaßt und davongeweht worden, und Rowland hatte es zurückgeholt und Lucy gegeben. »Das solltest du vielleicht aufheben«, sagte er lachend. »Es ist der Mietvertrag für den Wagen.« Lucy hatte einen Blick darauf geworfen und es zu dem übrigen gestopft. Genauso lebhaft erinnerte sich Patrick offenbar an die Episode im Zug.

»Noch Kaffee?« fragte er. Sie merkte, daß ihre Geistesabwesenheit ihn neugierig gemacht hatte.

»Nein, danke.« Sie stellte die Tasse ab. »Bist du sicher, daß du mir sonst nichts sagen kannst? Ist dir gar nichts mehr eingefallen?«

»Nein – und ich habe ein gutes Gedächtnis.«

Christine sah ihn entmutigt an. »Deine Großmutter kommt heute aus Mallerby zurück. Wenn sie und ich Julian überreden können, dich wieder einzustellen, würdest du Saxelby's dann vielleicht doch noch eine Chance geben? Es muß doch in deinem Interesse liegen, hierzubleiben – zumindest, bis wir die Wahrheit kennen.«

Zornesröte stieg in Patricks Gesicht. »Ich würde für Julian nicht einmal mehr arbeiten, wenn er mich auf Knien darum bitten und mir das dreifache Gehalt bieten würde. Ich habe ihn seit der Sache mit Vivien damals nicht mehr gemocht – und ich bin sicher, daß er mich von Anfang an nicht ausstehen konnte. Genau betrachtet hat er mir sogar einen Gefallen getan. Bei Giles bin ich viel besser dran.«

Christine dachte unbehaglich an das Aktienpaket, das ihr Stiefsohn besaß. Sie wollte ihn schon fragen, was er damit vorhabe, doch dann ließ sie es. Einen weiteren Tiefschlag hätte sie im Augenblick nicht verkraftet. »Ich muß gehen.« Sie stand auf. »Danke für den Kaffee – und dafür, daß du dir Zeit für mich genommen hast.« Sie ging auf die Tür zu, blieb dann aber stehen. »Du weißt, daß Julian die Suche nach deiner Mutter in die Wege geleitet hat?«

»Nein, aber ich dachte es mir.« Auch Patrick war aufgestanden. »Giles wird dasselbe tun.«

»Giles?« fragte sie befremdet.

»Ja. Da ich für ihn arbeiten werde, nimmt er Anteil an meinem Leben. Er hat sich erboten, das erforderliche Geld bereitzustellen. Ist doch nett von ihm, findest du nicht?«

»Sehr nett. Und so selbstlos.«

Patrick schien den Sarkasmus nicht mitzubekommen. Sie waren in den kleinen Flur hinausgetreten, und Pat öffnete ihr die Wohnungstür. »Wann gehst du nach Paris?« fragte Christine. »Oder steht das noch nicht fest?«

»Doch, doch – wir haben alles letzten Freitag besprochen«, antwortete er fröhlich und beugte sich vor, um sie auf die Wange zu küssen. »Die Wohnung ist bereits einem Makler übergeben worden. Ich fliege Ende der Woche.«

»Nun?« fragte Colette gespannt. »Wie ist es gelaufen?«

Sie hatte sich nicht einmal die Zeit genommen, ihre cremefarbene Seidenjacke auszuziehen, sondern sich sofort nach ihrer Ankunft in Inglebatch House auf die Suche nach Christine gemacht. Es war Teezeit, und ihre Schwiegertochter saß im Salon und wartete darauf, daß Mrs. Johnson mit dem Tablett

kam. »Du hast doch heute früh mit Patrick gesprochen.« Colette setzte sich so unvermittelt, als sei ihr ein plötzlicher Schmerz in die Knochen gefahren. »Sag mir, was es Neues gibt.«
Christine lächelte sie an. »Wie wär's denn erst mal mit einem ›Hallo‹?« zog sie sie auf. »Und willst du dich nicht frisch machen?«
»Spann mich nicht auf die Folter!« rief Colette. »Das halten meine Nerven nicht aus. Hast du etwas von Patrick erfahren?«
Christine wurde ernst. Sie schüttelte den Kopf »Nichts. Und ich glaube immer noch nicht, daß er lügt. Wie ich dir am Samstag erzählte, prahlte er als Junge einmal damit, ein großes Geheimnis zu haben – aber was mich am meisten an seine Geschichte glauben läßt, ist die Tatsache, daß er Giles erlaubt, ebenfalls nach Lucy zu suchen. Das würde er doch nicht tun, wenn er seiner Sache nicht sicher wäre.«
»Giles sucht Lucy?« Colette sah sie verblüfft an. »Was hat der denn damit zu tun?«
In diesem Augenblick kam Mrs. Johnson mit dem Tee und erkundigte sich mit leidender Stimme, was sie »diesen beiden Mädchen« zum Tee geben solle. Nachdem sie den Tisch gedeckt und entsprechende Anweisungen erhalten hatte, entfernte sie sich mißbilligend schniefend. Die Abneigung gegen Au-pair-Mädchen war bei Haushälterinnen weit verbreitet.
»Was hat Giles damit zu tun?« wiederholte Colette verärgert.
»Es wundert mich, daß du das fragst.« Christine schenkte den blassen chinesischen Tee in die zarten Porzellantassen und schob ihrer Schwiegermutter eine davon hin. »Das ist doch ganz offensichtlich.«
Ihre Schwiegermutter biß in eines der frisch gebackenen Hörnchen und sagte mit vollem Mund: »Für mich nicht.« Als Christine nicht antwortete, schluckte sie herunter und fragte: »Glaubst du wirklich, daß mein Neffe die Bank meines Sohnes vereinnahmen will?«
»Jedenfalls schmeichelt er sich ganz entschieden bei Pat ein.

Zweifellos will er ihn dazu bringen, ihm seine Anteile zu verkaufen. Sein Vater hat schon versucht, die Kontrolle über Saxelby's zu gewinnen – und der Sohn ist entschlossen, es zu schaffen. Julian stellt leider keinen ernstzunehmenden Gegner dar; es scheint, als sei das Schicksal auf Giles' Seite.«

Christine erwartete eine Flut von Verwünschungen, doch es kam keine. Schweigend nahm Colette ein zweites Hörnchen und knabberte nachdenklich daran herum. Offenbar lagen wieder einmal ihre mütterlichen und praktischen Instinkte im Streit miteinander. Giles war nicht nur ein Bérenger – also von ihrem Fleisch und Blut –, sondern er tat genau das, was jeder gewiefte Geschäftsmann tat, wenn sich die Gelegenheit bot. Und wenn es ums Geschäft ging, war kein Platz für Rücksichtnahme – nicht einmal innerhalb der Familie. Das hatte Christine im Lauf der Jahre begreifen gelernt. Nein, der Zorn ihrer Schwiegermutter richtete sich nicht gegen ihren Neffen, sondern gegen Patrick, den Verräter und, wie sie überzeugt war, dreisten Lügner – und gegen Julian, den »unfähigen Idioten«.

Nach einer Weile zuckte Colette mit den Schultern. »Na ja, je mehr Leute diese Frau suchen, um so größer ist die Chance, die Sache zu klären.« Sie nippte an ihrem Tee und fügte hinzu: »Ich sehe die Tatsache, daß Patrick Giles nach Lucy suchen läßt, übrigens nicht als Beweis seiner Glaubwürdigkeit. Es kann genauso gut ein kluger Schachzug sein, falls er darauf baut, daß sie nicht gefunden wird.«

»Ich wüßte nicht, wie er darauf bauen könnte«, widersprach Christine. »Aber wie auch immer – wir müssen jetzt unbedingt Julian den Rücken stärken.« Sie atmete tief durch und setzte hinzu: »Colette, ich hoffe, du hältst mich nicht für anmaßend. Ich habe ihn gebeten, seinen Einfluß zu benutzen, um mir Rowes Platz im Aufsichtsrat zu verschaffen. Ich weiß, du denkst, ich hätte keine Erfahrung...«

»Du hast keine Ahnung, was ich denke«, unterbrach ihre Schwiegermutter sie. »Leute werden aus allen möglichen

Gründen in Aufsichtsräte gewählt – manchmal nur, weil sie einen Titel haben und ihr Name sich gut auf dem Briefkopf macht. Ich kann mir niemand Geeigneteren auf Rowlands Platz vorstellen als seine Frau. Außerdem wird die Arbeit dir guttun. Du brauchst eine Aufgabe, einen neuen Anfang. Meine Stimme ist dir sicher.«

Christine sprang auf, kniete sich neben Colette, schlang die Arme um sie und küßte sie auf die Wange. »Danke!« sagte sie mit zittriger Stimme. »Es bedeutet mir sehr viel, dich auf meiner Seite zu wissen.«

Dieser unerwartete Ausbruch erstaunte Colette, doch sie ließ es sich nicht anmerken: Die Engländer hatten Schwierigkeiten, ihre Gefühle zu zeigen und fühlten sich schnell zurückgestoßen – also erwiderte sie die Umarmung und küßte Christine auf beide Wangen. »Ich bin froh, daß wir Freundinnen sind«, sagte sie herzlich. Sie erkannte, daß ihre Schwiegertochter sich ihrer Überschwenglichkeit bereits schämte, und wechselte schnell das Thema. »Du solltest dich wirklich allmählich daranmachen, Rowlands Schränke auszuräumen. Wenn du meine Hilfe brauchst oder ich mit ›Oxfam‹ oder einer der anderen Organisationen Verbindung aufnehmen soll, mußt du es mir nur sagen.«

Christine kramte ein Taschentuch heraus und putzte sich die Nase. »Ich danke dir. Es ist wahrscheinlich albern, aber ich möchte es noch nicht tun. Wenn ich seine Anzüge hier und auf Mallerby im Schrank hängen sehe, fühle ich mich ihm ein bißchen näher. Er ist dann nicht so . . . nicht so tot.« Sie lächelte schwach. »Nein – mach dir keine Sorgen. Ich habe seinen Tod akzeptiert. Das Bilanzziehen über unser gemeinsames Leben hat mir dabei geholfen. Ich sehe Rowe jetzt mit mehr Abstand. Trotzdem brauche ich immer noch ab und zu das Gefühl seiner Gegenwart – und das vermittelt mir die Berührung seiner Sachen. Sie sind mir so vertraut, und deshalb werde ich sie noch eine Weile behalten.«

Ihre Schwiegermutter nickte. Sie verstand Christine besser als diese ahnte. Sie selbst hatte Noels Sachen nach dessen Tod noch jahrelang aufbewahrt – aus demselben Grund. Nicht zum ersten Mal fiel Colette auf, wieviel sie und Rowlands Frau verband, viel mehr, als sie früher für möglich gehalten hatte. Sie trank ihren Tee aus, stand auf, beugte sich zu Christine hinunter, um sie zu küssen, beschränkte sich diesmal jedoch darauf, ihre Stirn mit den Lippen zu streifen. »Ich muß auspacken.« Und grimmig fügte sie hinzu: »Sobald Julian nach Hause kommt, sag ihm, daß ich ihn sprechen will. In meinem Salon.«

»Ich werd es ausrichten«, versprach Christine. Doch als sie allein war, drückte ihre Miene Zweifel aus. So gerne sie ihre Schwiegermutter hatte – sie hielt es gelinde gesagt für unklug, daß Colette Julian nach wie vor wie einen Schuljungen behandelte. Das hatte Rowland auch immer getan, und wahrscheinlich war das der Hauptgrund dafür, daß Julian so lebensuntüchtig war.

37

Als Christine an diesem Abend im Bett lag, fiel ihr plötzlich etwas Seltsames auf: In ihrem Gespräch mit Colette hatte keine von ihnen die Tatsache erwähnt, daß Giles Julians Schwiegersohn war und Vivien seine Tochter. Sie drehte sich auf den Rücken und starrte zur Decke hinauf, an die das Licht der Straßenlaterne ein verschwommenes Muster malte. Waren sie nicht darauf zu sprechen gekommen, weil es keine Rolle spielte? Aber konnte nicht Viviens Abneigung gegen ihren Vater ihren Mann vielleicht in dem Ehrgeiz bestärkt haben, Julian zu ruinieren? Nein, nein – das war wohl doch zu weit hergeholt. Allerdings machte sich Christine keine Hoffnung, daß ihre Nichte versuchen würde, Giles umzustimmen.

Das Telefon auf dem Nachttisch läutete. Sie machte Licht und nahm hastig den Hörer ab, damit das Klingeln des Apparates in Colettes Wohnzimmer diese nicht weckte. Ein Blick auf den Wecker zeigte ihr, daß es schon nach Mitternacht war. Wer rief denn um eine solche Zeit an – und aus welchem Grund?

»Hallo?« meldete sie sich zögernd.

»Hallo, Christine!« Patrick. Seine Stimme klang aufgeregt.

»Was ist los?« fragte sie. »Weißt du, wie spät es ist?«

»Ja. Tut mir leid. Mir ist was eingefallen, und ich dachte, du solltest es gleich erfahren. Es geht um die Heiratsurkunde. Ich weiß das Datum. Na ja – nicht genau. Dezember neunzehnhundertsechzig.«

Sie schluckte. »Und wie bist du so plötzlich darauf gekommen?«

»Weil ich mir den ganzen Tag den Kopf zermartert habe«,

erklärte er ungeduldig. »Und dann hatte ich es auf einmal – vor fünf Minuten. Ich wollte gerade ins Bett, und da war es!«

»Wo stand es?«

»Wo stand was?«

»Das Datum. Wo auf der Urkunde?«

»Oh! Unten. Es war eine punktierte Linie da, und die Neunzehn von neunzehnhundertsechzig war vorgedruckt. Überzeugt dich das nicht?«

»Pat«, erwiderte sie müde, »du kannst überall gesehen haben, wo das Datum steht. Sicher sind einige deiner Freunde verheiratet. Schon gut, schon gut, erspar mir deinen Protest«, setzte sie hinzu, als sie hörte, wie er Luft holte. Sie konnte im Augenblick nicht zugeben, daß sie ihm glaubte. Damit würde sie eingestehen, daß sie stark daran zweifelte, Rowlands Frau gewesen zu sein – und das wollte sie unter keinen Umständen.

»Ich danke dir, daß du es mich hast wissen lassen«, fuhr sie in freundlicherem Ton fort, »aber soweit es mich betrifft, ändert sich dadurch nichts. Der einzige Weg, die Wahrheit festzustellen, ist, deine Mutter zu finden. Gute Nacht. Ich hoffe, du findest in Frankreich, was du dir erhoffst.« Und mit dieser leicht bissigen Bemerkung legte sie auf.

Sie machte die Nachttischlampe aus. Dezember 1960. Wie lange würde es dauern, bis Patrick die nächste Einzelheit einfiel? Ihre Lider wurden schwer, ihre Gedanken versickerten... Sie schlief ein.

Im Spätherbst war sie Mitglied des Aufsichtsrates und hatte bereits ihre erste Konferenz hinter sich. Vor Weihnachten, das die Familie wie immer in Hinton Malsherbes verbrachte, gab sie erstmals ihre Stimme ab und äußerte schüchtern ihre Meinung. Es wurde Frühling, bis sie es wagte, mit mehr Nachdruck aufzutreten. Die ganze Zeit über lernte sie mit Feuereifer und bemerkte zu ihrer Überraschung, daß es ihr leichtfiel. Im Sommer 1986, als die Welt noch unter der

Katastrophe von Tschernobyl litt und ein junger deutscher Tennisspieler namens Boris Becker sich bis nach Wimbledon hochkämpfte, war sie soweit, bei Aufsichtsratssitzungen mit gefestigtem Selbstvertrauen ihren Standpunkt zu vertreten, und stellte erfreut fest, daß die Mitdirektoren sich häufiger an sie um Rat wandten als an den Vorsitzenden.

Sie vermutete, daß das daran lag, daß sie das einzige stets präsente Familienmitglied des Aufsichtsrates war. Ihre Schwiegermutter erschien nur noch, wenn sie ihre Stimme abgeben mußte, und nach dem Einsetzen eines neuen Hüftgelenks ging sie längere Zeit nach Frankreich, um sich zu erholen. Julian war zwar körperlich anwesend, geistig jedoch zunehmend abwesend, und im Lauf der Monate wurde immer deutlicher, daß er der Aufgabe als Leiter der Bank und Vorsitzender des Aufsichtsrates nicht gewachsen war. Anstatt zu Ostern nach Hinton Malsherbes zu fahren, zog er sich in ein Kloster zurück – nicht zum ersten Mal. Ende Juni stellte er beim Vatikan den Antrag, seine Ehe zu annulieren.

»Warum denn jetzt, nach all der Zeit?« jammerte Sophie, als sie mit Christine im »Le Gavroche« zu Mittag aß. »Und welche Gründe kann er für eine Annullierung anführen?«

Die Zeit war nicht gerade gnädig mit ihr umgegangen. Seit Christine sie das letztemal gesehen hatte – bei Viviens Hochzeit –, war sie dramatisch gealtert. Die blonden Haare verdankte sie jetzt ihrem Friseur, und die wallende Mähne war für eine Frau von achtundvierzig unangemessen jugendlich. Ihre einst aufsehenerregende Figur war unter beträchtlichem Übergewicht verschwunden. Die hautengen Kleider, die sie nach wie vor trug, ließen sie eher vulgär als sexy wirken, und ihr Gesicht war aufgeschwemmt.

Christine schüttelte den Kopf und nippte an ihrem Aperitif. »Keine Ahnung. Ich bin genausowenig katholisch wie du. Vielleicht wird eine standesamtliche Trauung vom Papst nicht anerkannt. Jedenfalls kannst du nichts dagegen tun.«

»Aber was ist mit meinem Unterhalt?« empörte sich Sophie. Offenbar hatte sie das Gefühl, übervorteilt zu werden. »Ich kann schließlich nicht von der Luft leben. Bitte sag ihm das.«
Christine schluckte die Erwiderung hinunter, daß ihre Schwägerin lange Jahre Unsummen kassiert und mit Julians Geld sogar andere Männer ausgehalten habe. Die Zukunft konnte für Sophie tatsächlich ziemlich unerfreulich werden. »Ich bin sicher, Julian wird in angemessenem Rahmen für dich sorgen«, versuchte sie sie zu beruhigen.

»Was zum Teufel ist nur in ihn gefahren?« ereiferte sich Sophie und brach mit ihren langen Fingern, deren Nägel scharlachrot leuchteten, eine Hummerschere auf.

Christine zögerte. »Na ja«, meinte sie dann, »wenn du meine Ansicht hören willst – und ich betone, daß es *meine* Ansicht ist, Julian hat mit mir nicht darüber gesprochen: Ich denke, daß er vorhat, ins Kloster zu gehen.«

Fassungslos ließ Sophie die Hummerschere sinken. »Du meinst... als Mönch?«

Ihr Gesichtsausdruck und ihr Tonfall hätten Christine um ein Haar laut loslachen lassen, doch sie beherrschte sich und bat: »Erzähl um Gottes willen niemandem davon! Ich habe dir ja gesagt, daß es nur eine Vermutung ist.«

»Aber weshalb?« Sophie sah sie verständnislos an. »Ich weiß, er hat sein Herz für die Religion entdeckt und ist zum Katholizismus übergetreten – aber es läuft doch alles fabelhaft für ihn: Er ist der Chef von Saxelby's, das Oberhaupt der Familie, der Besitzer von Mallerby. Warum sollte er all das aufgeben wollen?«

»Weil er es nicht bewältigt.« Der zweite Gang wurde serviert: Ente in Rotweinsauce und Waldpilze mit Äpfeln. »Meine Güte, Sophie, du hast doch lange genug mit ihm gelebt, um zu wissen, daß er der geborene ›zweite Mann‹ ist. Er hatte nie genug Selbstvertrauen, um selbständig Entscheidungen zu fällen. Das liegt an seiner Erziehung. Er war immer abhängig

von Rowe – und Colette ist eine außerordentlich willensstarke Persönlichkeit. Zwischen den beiden hatte Julian nie eine Chance, und die Geschichte mit Patrick hat ihn noch zusätzlich verunsichert.«
»Stimmt, ja.« Sophie spießte einen Pilz auf die Gabel. »Wie ist denn der aktuelle Stand? Die Gerüchteküche war ja mächtig am Brodeln.«
»Das kann man wohl sagen«, antwortete Christine trocken. »Aber seit Patrick in Paris ist, hat es nachgelassen. Die Leute verlieren allmählich das Interesse an der Story, und da seine Mutter immer noch nicht gefunden worden ist, gibt es nach wie vor keine Klarheit darüber, ob er die Wahrheit sagt oder nicht. Noch sechs Monate, und die Öffentlichkeit hat die ganze Sache vergessen. Julian und ich werden sie allerdings nicht vergessen. Uns betrifft sie am meisten.«
»Aber seine Position in der Bank ist dadurch doch nicht beeinträchtigt.« Sophies Doppelkinn wabbelte, als sie heftig nickte.
»Aber sein Glaube daran, der Besitzer von Mallerby zu sein und das Oberhaupt der Familie – und damit seine Fähigkeiten allgemein. Und eine Unterminierung seines ohnehin schwachen Selbstbewußtseins ist das letzte, was er im Augenblick brauchen kann.«
»Er drückt sich also, er haut einfach ab!« Sophies Stimme war voller Verachtung. »Das sieht ihm ähnlich. Er hat nie Rückgrat besessen. Wenn ich's mir recht überlege – das Zölibat paßt zu ihm. Er ist ein jämmerlicher Liebhaber.«
Christine seufzte. Sie wünschte, sie hätte ihrer Schwägerin nichts von ihrer Annahme erzählt. Für Sophie war es sofort Tatsache.
Um Viertel nach zwei traten die beiden Frauen auf die sonnige Lower Sloane Street hinaus, verabschiedeten sich voneinander und gingen ihrer Wege: Sophie zu ihrem derzeitigen Freund, einem leicht angejahrten Mitglied eines verarmten Adelsge-

schlechts, und Christine zu einem Einkaufsbummel. Sie und Julian hatten sich für vier Uhr mit Seamus Barrett, dem Chef der Detektei, in dessen Büro verabredet, und sie würde die Zeit bis dahin dazu nutzen, ein Geburtstagsgeschenk für ihre Patentochter zu suchen.

Als sie schließlich am Buckingham Palace in ein Taxi stieg, dachte sie daran, daß sie Lois und deren Familie in letzter Zeit nur sehr selten gesehen hatte. Colette hatte Christine vorgeschlagen, Lois' Einladung anzunehmen, die Osterferien in Shaftesbury zu verbringen, doch sie hatte abgelehnt. Sie wußte, daß ihre Schwiegermutter sich wegen der bevorstehenden Operation Sorgen machte, und beschloß deshalb, in London zu bleiben und sie so gut wie möglich von ihren Ängsten abzulenken. Doch jetzt bereute sie diese Entscheidung ein wenig. Sie hätte Cheryl gerne wiedergesehen, die inzwischen neunzehn war und – wie sie von Lois wußte – bereits Verlobungspläne schmiedete.

»Er ist ein netter Junge«, hatte Lois am Telefon erzählt. »Studiert Pharmacie. Wie es scheint, ist unsere Familie auf diesen Berufszweig festgelegt.«

Voller Wärme dachte Christine an ihre Freundin, mit der sie trotz der unterschiedlichen Entwicklung, die sie beide mitgemacht hatten, noch immer eine innige Beziehung verband. Gedankenverloren schaute sie aus dem Fenster – und plötzlich sah sie Russell Jennings, der mit schnellen Schritten den Bürgersteig entlangging. Er drängte sich durch eine Gruppe von Wartenden an einer Bushaltestelle und blickte nicht nach links und nicht nach rechts. Christine kurbelte das Fenster herunter und rief seinen Namen, aber er hörte sie nicht. Und dann war er verschwunden, und ihr fiel wieder einmal auf, wie groß London war. Hier konnte man jahrelang wohnen, ohne einander zu begegnen...

Russell Jennings. Einen Sekundenbruchteil blitzte eine Erinnerung in ihrem Kopf auf – dann war sie wieder weg. Was war es

nur, was sich ihrem Zugriff immer wieder entzog? Hatte es mit Russ zu tun oder war das eben Zufall gewesen?
Das Taxi hielt am Straßenrand, und der Fahrer drehte sich zu ihr herum, um ihr zu sagen, daß sie am Ziel seien. Sie stieg aus und bezahlte. Aus der offenen Tür des Plattengeschäfts, vor dem sie stand, klang Klaviermusik heraus: ein Oldie aus den späten Fünfzigern. Christine glaubte sich zu erinnern, daß es »Side Saddle« hieß.

»Dann haben Sie also nichts Neues für uns?« unterbrach Julian brüsk Seamus Barretts Strom von Entschuldigungen und Erklärungen.
Der Leiter der Detektei sah ihn unbehaglich an. »Nein.« Und dann fügte er hastig hinzu: »Aber ich versichere Ihnen, daß das nicht an mangelnden Bemühungen liegt. Meine Kontaktleute in Europa und Amerika sind unermüdlich auf der Suche – aber die Lady war bisher einfach nicht zu finden.« Er zuckte unglücklich mit den Schultern. »Natürlich werden wir unsere Anstrengungen fortsetzen, wenn Sie es wünschen.«
»Ja, machen Sie weiter.« Julian wandte sich Christine zu. »Bist du einverstanden?«
Sie zögerte. »Ich halte es für ziemlich aussichtslos«, meinte sie und hielt das insgeheim für eine typisch englische Untertreibung, »aber ich teile deine Ansicht. Wir müssen noch eine Weile durchhalten – sonst haben wir später das Gefühl, nicht alles versucht zu haben.«
Seamus Barrett hob die Brauen, als sei er der Meinung, daß bereits alles Menschenmögliche unternommen worden sei, doch er sagte: »Ich glaube, Sie sollten wissen, daß ich erfahren habe, daß andere Detekteien ebenfalls beauftragt wurden, Miss Brennan zu suchen.«
Julian nickte. »Das ist uns bekannt. Mr. Patrick Brennan und sein derzeitiger Arbeitgeber, Monsieur de Bérenger vom

Bankhaus Bérenger in Paris, bemühen sich ebenfalls, Mr. Brennans Mutter zu finden.«

Christine fiel auf, daß er von Patrick nicht als »mein Neffe« und von Giles nicht als »mein Schwiegersohn« sprach. »Und Sie sind ganz sicher, daß Lucy Brennan sich nicht in Paris aufhält?« fragte sie den Detektiv.

Seamus Barretts tiefliegende Augen blickten vorwurfsvoll drein. »Meine liebe Mrs. Saxelby – nachdem sie mir erzählt hatten, daß Sie glauben, sie vor vier Jahren dort gesehen zu haben, ist diese Stadt einer der Orte gewesen, die wir am gründlichsten durchforstet haben. Ihrer Beschreibung nach hat Miss Brennan ja eine sehr unstete Natur; es ist also kaum damit zu rechnen, daß sie lange geblieben ist. Aber wir werden auch weiterhin Augen und Ohren offenhalten.«

»Gut. Ich danke Ihnen, Mr. Barrett.« Christine sah ihren Schwager an. »Julian – hast du noch Fragen?«

Er schüttelte den Kopf. Die Angelegenheit schien ihn nicht mehr so brennend zu interessieren wie noch vor einem Jahr, und diese Veränderung bestärkte Christine in ihrer Vermutung, was seine Zukunftspläne betraf. Sie nahm ihre Handtasche von Seamus Barretts Schreibtisch und stand auf. Auch Julian erhob sich. Sie schüttelten dem kleinen runden Detektiv die Hand und verließen sein Büro.

Draußen auf der Straße legte Christine Julian die Hand auf den Arm. »Hör mal«, sagte sie. »Ich fliege morgen für ein paar Tage nach Paris, um Colette zu besuchen. Sie und Madame wohnen zur Zeit bei Vivien und Giles. Hast du nicht Lust, mitzukommen? Du kennst den kleinen Lucien noch überhaupt nicht. Wie du auch zu Giles und seinem Vater stehen magst – du kannst doch nicht deine Tochter und deinen Enkel ignorieren.«

Julians Gesicht drückte wieder einmal den für ihn typischen, kindlichen Trotz aus. Heute trug er zu seinem dunkelgrauen Anzug und dem weißen Hemd eine besonders grelle gelbe

Krawatte. »Vivien weiß, wo sie mich findet, wenn sie mir das Kind zeigen will«, antwortete er. »Ich möchte unter keinen Umständen Patrick begegnen.«
»Darf ich sie dann wenigstens von dir grüßen?«
»Wenn du unbedingt willst«, gestattete ihr Schwager widerwillig.
»Gut – dann werde ich das tun. Übrigens mußt du Pat zugute halten, daß er seine Anteile bisher noch nicht an Giles verkauft hat. Wir haben ihn falsch eingeschätzt.«
Julian schnaubte verächtlich. »Keineswegs. Diesen durchtriebenen Mistkerl kann man gar nicht falsch einschätzen. Daß er bis jetzt nicht verkauft hat, zeigt lediglich, daß Giles ihm noch nicht genug geboten hat.«
Christine mußte widerstrebend zugeben, daß diese Überlegung nicht von der Hand zu weisen war und beschloß, das Thema zu wechseln. »Fährst du zurück in die Bank?«
»Nach der Beichte. Ich werde die Abkürzung durch den St. James Park nehmen und zum Ashley Place hinuntergehen. Die Bewegung wird mir guttun. Und was ist mit dir?«
»Ich nehme ein Taxi. Ich habe Mrs. Johnson gesagt, ich würde zur Teezeit zurück sein. Julian – erinnerst du dich zufällig an eine alte Melodie mit dem Titel ›Side Saddle‹ oder so ähnlich?«
Er sah sie verblüfft an und überlegte dann. »Klavier«, sagte er schließlich. »War neunundfünfzig auf Platz eins. Ich habe mir die Platte damals gekauft. Spielte ein Bursche namens Russ Conway.«

38

Mrs. Johnson war schon lange fort und Julian noch nicht da. Wenn er auftauchte, würde er sich bestimmt wie üblich sofort in seine Wohnung zurückziehen; er hatte begonnen, eine Mauer um sich zu errichten, damit die grausame Welt ihn nicht mehr verletzen konnte.

Christine vermißte Colette. Sie fühlte sich schrecklich einsam. Die Stille in Inglebatch House lastete auf ihr, und sie wanderte ruhelos von Zimmer zu Zimmer, schaltete zuerst den Fernseher ein und dann das Radio, zog aufs Geratewohl Schallplatten aus dem Regal im Salon und stellte sie gleich wieder zurück, nahm ein Buch, eine Illustrierte, die Morgen- und die Abendzeitungen zur Hand, kam jedoch nie über den ersten Artikel hinaus. In ihrem Kopf wirbelten die Erinnerungen an Rowland durcheinander. Wenn sie die Augen schloß, war ihr, als spüre sie seine Gegenwart. Sie wußte nicht, was sie mehr schmerzte – ihre Liebe zu ihm oder das Wissen, daß er sie nie geliebt hatte. Sympathie, freundschaftliche Zuneigung, das war nicht genug. Kummervoll dachte sie daran, daß er in der letzten Nacht seines Lebens darauf bestanden hatte, an Faith Malyon zu schreiben...

Das mußte aufhören! Entschlossen stand sie von dem Sofa auf, auf dem sie sich schließlich niedergelassen hatte, und durchsuchte die Plattensammlung nach etwas Fröhlichem. Kein Rameau und Lully heute abend – nichts, was mit Rowland in Verbindung stand! Sie fand den Soundtrack des Musicals »Kiss me Kate«, und Sekunden später füllte Ann Millers Stimme den Raum mit »Too Darn Hot«. Christine drehte die Lautstärke

etwas herunter und wählte Lois' Nummer. Sie hoffte inständig, daß ihre Freundin zu Hause wäre.
Judith nahm den Hörer ab. »Hallo, Tante Chris! Ma ist in der Küche und kocht Erdbeermarmelade ein. Ich werde sehen, ob sie weg kann.«
Marmelade einzukochen paßte zu Lois. Christine konnte sie sich lebhaft vorstellen, wie sie mit der vinylbeschichteten Schürze mit der Freiheitsstatue darauf, die sie zu solchen Gelegenheiten trug, Früchte und Zucker abwog, zu den Mädchen ins Wohnzimmer hinüberrief, daß der Fernseher zu laut sei, und Barry befahl, seine Schuhe auszuziehen, bevor er vom Umgraben aus dem Garten hereinkam. Ein normales, harmonisches, ruhiges Familienleben.
»Chris!« rief Lois fröhlich in ihr Ohr. »Ich fürchte, ich kann dir nicht viel Zeit bieten: Die Marmelade hat grade das kritische Stadium erreicht. Ich habe Judith dazu verdonnert, umzurühren, aber sie kann es kaum erwarten, wieder vor den Fernseher zu kommen. Wie geht's dir, Liebes?«
Sie tauschten die üblichen Freundlichkeiten und dann sagte Christine: »Heute nachmittag habe ich Russ Jennings gesehen. Vom Taxi aus. Zufällig dachte ich da gerade an dich. Und kurz danach hörte ich die Melodie ›Side Saddle‹ von Russ Conway, und die geht mir seitdem nicht mehr aus dem Kopf. Kannst du dir einen Reim darauf machen?«
»Beim besten Willen nicht. Ist es wichtig für dich?«
»Kann ich nicht sagen – aber ich bin irgendwie unruhig.«
»Weil du nicht weißt, was Russell Jennings mit Russ Conway zu tun hat?« Lois lachte.
»Nein, weil ich das Gefühl habe, daß ich mich an irgend etwas erinnern müßte, das mit Russell zusammenhängt. Du weißt ja, daß nach wie vor Patricks Behauptung im Raum steht, Rowes legitimer Sohn zu sein...«
»Und warum fällt dir dazu Russell ein?« fragte Lois verständnislos.

»Wenn ich das wüßte!«

»O Gott – Judy flucht in der Küche. Ich glaube, die Marmelade ist übergekocht. Bis bald, Liebes.« Lois warf den Hörer auf die Gabel.

Howard Keel sang »Were Thine That Special Face«, während Christine versuchte, eine Antwort auf Lucys letzte Frage zu finden. Russell hatte, wie er sagte, Lucy Brennan im Herbst 1960 im Lake District wiedergetroffen und von da an jahrelang Postkarten von ihr bekommen. War *sie* vielleicht der Grund dafür, daß er allein geblieben war? Bestand die Möglichkeit, daß *Russ Jennings* Lucy Brennans Ehemann war? Hatte er aus Verbitterung darüber, von ihr, Christine, zurückgewiesen worden zu sein, Lucy einen Antrag gemacht? War es überhaupt denkbar, daß die Nomadin Lucy ihn angenommen hatte?

Die erste Seite der Schallplatte war zu Ende, und Christine stand auf, um sie umzudrehen. In diesem Augenblick ging die Tür auf, und Julian streckte den Kopf herein.

»Hallo«, sagte er. »Ich gehe gleich rauf in meine Wohnung. Bist du okay? Was machst du denn?«

Sie lachte freudlos. »Ich höre Musik und suche Strohhalme, an die ich mich klammern kann.«

Er sah sie verwirrt an. »Ich verstehe nicht.«

Christine schüttelte den Kopf. »Ich verstehe es ja selbst nicht. Falls wir uns morgen früh nicht mehr sehen – soll ich Vivien nun von dir grüßen oder nicht?«

»Du läßt dich ja doch nicht davon abhalten.« Seine Gesichtsmuskeln verzogen sich zu etwas, das notfalls als Lächeln durchgehen konnte. »Doch – tu es. Viv . . . sie soll den Kleinen mal herbringen – aber bald.«

»Warum die Eile?« fragte Christine.

Julian senkte unbehaglich den Blick. »Na ja, du hast doch selbst gesagt, daß es Zeit wird. Also, ich gehe jetzt. Gute Fahrt. Wie lange wirst du weg sein?«

»Nur drei Tage. Ich denke, deine Mutter wird mit mir zurückkommen. Am Wochenende.«

»Gut. Sie müßte sich inzwischen von ihrer Operation erholt haben – und es gibt einiges, das ich mit ihr besprechen möchte.«

»Zum Beispiel?« fragte sie. »Ich meine... ich will nicht neugierig erscheinen... aber kann ich irgendwie helfen?«

»Danke dir – nein. Sag Maman, daß ich mich darauf freue, sie wiederzusehen.« Leise schloß er die Tür hinter sich.

Christine entschied sich dagegen, die zweite Seite der Platte auch noch anzuhören, und stellte sie ins Regal zurück. Ihre Gedanken wanderten wieder zu Russell und Lucy. Plötzlich erschienen ihr ihre Spekulationen aberwitzig. Russell war kein Mann, der eine Frau heiratete, die von einem anderen ein Kind erwartete. Sie hatte wirklich nur nach Strohhalmen gesucht. Und doch... es konnte nicht schaden, wenn sie noch einmal mit Russ sprach. Ja, sie würde ihn anrufen: Samstag früh – gleich nach der Rückkehr aus Paris.

»Als ich klein war«, sagte Vivien, »dachte ich, ›Café de Deux Magots‹ bedeutete ›Café of the Two Maggots‹ – ›Café zu den zwei Maden‹ – und habe mich immer geschüttelt vor Grausen. Heute weiß ich natürlich längst, daß es ›Café zu den zwei Affen‹ heißt, aber ich kann meine ursprüngliche Vorstellung nicht aus dem Kopf kriegen.«

»Dummes Mädchen«, sagte Colette liebevoll. »Aber ich weiß, was du meinst: Frühkindliche Eindrücke halten sich außerordentlich hartnäckig.«

Sie, Vivien und Christine, die den kleinen Lucien auf dem Schoß hatte, saßen im vormittäglichen Sonnenschein vor dem Café, das Jean Paul Sartre und andere Existentialisten nach dem Zweiten Weltkrieg berühmt gemacht hatten. Schräg gegenüber ragte die Kirche von Saint-Germain-des-Prés in den beinahe wolkenlosen Himmel. Während sie ihren Kaffee trank und Lucien auf den Knien schaukelte, dachte Christine darüber nach, wie absurd es gewesen war, Lucy Brennan mit Russell Jennings in Verbindung zu bringen. Ihre Phantasie war mit ihr durchgegangen. Erstens hätte Russell, sobald er aus den Zeitungen von Patricks Behauptung erfahren hätte, sofort protestiert – und außerdem mußte erst einmal bewiesen werden, daß überhaupt eine Heiratsurkunde existierte. Es war eine gute Idee gewesen, London zu verlassen – wenn auch nur für Tage. Sie hatte Abstand gewonnen und konnte wieder vernünftiger denken.

Doch auch der Parisbesuch war kein unbeschwerter Genuß. Vivien und Giles waren wie immer vollendete Gastgeber und vermittelten Christine das Gefühl, herzlich willkommen zu sein – aber sie spürte einen gewissen Vorbehalt. Giles und Patrick – wenn er da war – vermieden es geflissentlich, in ihrer Gegenwart über Geschäfte zu sprechen. Sie mußten sich darüber klar sein, mit welchen Schwierigkeiten Saxelby's derzeit zu kämpfen hatte – der Kundenabwanderung, dem sinkenden Aktienkurs und dem schwindenden Vertrauen in Julian als Leiter der Bank –, erwähnten diese Punkte jedoch mit keinem Wort. Sie erinnerten Christine unangenehm an zwei lauernde Aasgeier.

Patrick hatte zwar ein Apartment in der Avenue Kléber, verbrachte aber den Großteil seiner Freizeit bei Giles und Vivien in der Villa Dauphine, die Lucien und Solange den beiden überlassen hatten, als sie aufs Land zogen. Er war ständiger Dinnergast, ebenso wie Martine Didier, eine Cousine mütterlicherseits von Giles, die vor kurzem aus ihrem Heimatort in der Champagne in die Hauptstadt gekommen war, um an der Sorbonne Englisch und Wirtschaftswissenschaften zu studieren. Colette hatte ihrer Schwiegertochter gleich nach deren Ankunft anvertraut, sie glaube, daß Patrick »Absichten in Richtung Martine« habe...

Viviens Stimme riß Christine aus ihren Gedanken. »Du bist so

still, Tante Chris. Und gerade warst du meilenweit weg. Du hast bestimmt nicht mitbekommen, worüber wir gesprochen haben.«
»Doch – habe ich: Du sagtest etwas über ...« Über was? Ach ja: »... deinen Irrtum bezüglich des Namens dieses Cafés. Keine übermäßig appetitliche Vorstellung.« Sie begann, Hoppe-hoppe-Reiter mit Lucien zu spielen. Er juchzte vor Vergnügen und ruderte mit den Ärmchen in der Luft herum.
Alle lachten, und Vivien beugte sich herüber, um ihn wieder in sein Stühlchen zu heben, wo er vergnügt sitzen blieb, mit den Fersen gegen die Querstrebe schlug, auf die er eigentlich die Füße stellen sollte, und die Gäste an den anderen Tischen betrachtete. Er war ein fröhliches Kind, das kaum jemals weinte.
Plötzlich hörte Christine neben sich eine etwas atemlose französiche Stimme, und als sie aufschaute, erkannte sie Martine Didier. Gerade noch hatte sie an sie gedacht! Sie war sehr hübsch, groß und schlank, mit riesigen dunklen Augen, hohen Backenknochen und einer Flut brauner Locken, die sie im Nacken zu einem lockeren Knoten gebändigt hatte. Sie besaß nicht die Hochnäsigkeit der Pariserinnen, sondern war eher schüchtern, was sie sehr liebenswert machte. Christine konnte verstehen, daß Patrick sich zu diesem Mädchen hingezogen fühlte.
Martine, die einen Stoß Bücher unter dem Arm trug, erklärte, daß sie eine Pause zwischen zwei Vorlesungen habe und mit Freunden hergekommen sei, um Kaffee zu trinken. Sie deutete auf ein Pärchen, das in einiger Entfernung geduldig auf sie wartete. Sie habe sich sehr gefreut, sie alle zu sehen – ein Extralächeln für Christine –, aber jetzt müsse sie gehen.
»Vergiß nicht, daß du morgen bei uns zum Dinner bist«, ermahnte Vivien sie. »Pat sagte mir, er werde dich gegen sieben abholen.«
Christine streckte dem Schwarm ihres Stiefsohnes die Hand

hin: »Ich fürchte, ich bin dann nicht mehr da. Colette und ich fliegen schon morgen nach London zurück.«

Am nächsten Tag sagte Christine zu ihrer Schwiegermutter: »Wenn du recht hast mit Patricks Sympathie für Martine, dann wird aus den beiden sicher ein Paar. Ihre Augen leuchteten ja geradezu auf, als sein Name fiel. Ist dir klar, daß Pat, falls er sie heiratet, seine Bindung an Giles und Vivien noch weiter festigt? Es wundert mich übrigens, daß er seine Anteile bisher nicht verkauft hat. Giles ist doch bestimmt nach wie vor scharf darauf.«

Sie saß mit Colette in der Frühmaschine nach London, und sie konnten offen sprechen. Colette dachte eine Weile nach und sagte dann: »Das denke ich auch. Wie ich Pat kenne, will er den Preis hinauftreiben.«

»Oder warten, bis er beweisen kann, daß er Rowlands legitimer Sohn ist.«

Ihre Schwiegermutter hob die Augenbrauen. »Du hältst das immer noch für möglich?« Sie seufzte. »Ich verstehe dich nicht. Wie du all die Jahre mit Rowland gelebt haben und ihm ein solches Vergehen zutrauen kannst, ist mir unfaßbar.« Als Christine nicht antwortete, lehnte Colette sich theatralisch zurück und schloß die Augen: Nach jedem längeren Aufenthalt in ihrer Heimat trat ihre französische Seite stärker zutage, allerdings nur vorübergehend. »Wie auch immer«, sagte sie schließlich und schlug die Lider mit den langen dunklen Wimpern wieder auf. »Julian sollte etwas unternehmen, um Patrick zur Raison zu bringen. Dieses Damoklesschwert ist schlecht für die Moral der Angestellten und für Saxelby's Ansehen.«

Christine sah auf den grauen Kanal hinunter, unter dem bald ein Tunnel hindurchführen würde. Europa rückte näher zusammen – ob es den Briten gefiel oder nicht. Übernahmen englischer Firmen durch Gesellschaften vom Kontinent waren an der Tagesordnung. Selbst wenn Patrick seine Anteile nicht an Giles verkaufte, sagte sich Christine, würde dieser sein Ziel erreichen – auf einem anderen Weg eben. Sie überlegte, ob sie Colette von ihrer Vermutung bezüglich Julians Zukunftsplänen erzählen sollte, entschied sich dann aber dagegen. Falls ihr Schwager tatsächlich beabsichtigte, ins Kloster zu gehen, würde seine Mutter es früh genug erfahren. Es wäre nicht gut, wenn sie sich da einmischte.

Colette lehnte das Angebot der Stewardeß ab, ihr einen zweiten Drink zu bringen, und fragte anklagend: »Was treibt dieser Seamus Barrett eigentlich? Bisher hat er nur kassiert!«

»Die Welt ist groß«, erwiderte Christine nüchtern. »Und Lucy ist nie lange an einem Ort geblieben.«

»Aber sie wird doch auch älter«, gab Colette zu bedenken. »Sie muß mindestens so alt sein wie du. Na schön, sechsundvierzig gilt heutzutage noch als jung, aber einmal erwacht doch wohl in jeder Frau der Wunsch, irgendwo Wurzeln zu schlagen. Andererseits kann man sie nicht mit gängigen Maßstäben messen. Welche normale Mutter würde ihr Kind abstellen wie einen alten Koffer und spurlos verschwinden?«

»Sie wußte, daß Pat bei Rowe gut aufgehoben wäre, und sie war wirklich anders als alle Frauen, die ich je kennengelernt habe. Heute würde ich sie als ›Freigeist‹ bezeichnen.«

Der Kommentar ihrer Schwiegermutter beschränkte sich auf ein verächtliches Schnauben.

Das Flugzeug setzte zur Landung an.

Als sie später am Gepäckband standen und Christine den Blick herumwandern ließ, entdeckte sie Faith Malyon, die nur wenige Meter entfernt ebenfalls auf ihre Koffer wartete. Die seidigen, blonden Haare und die zerbrechliche Gestalt waren auch im Profil gesehen unverkennbar, und sie vermittelte nach wie vor den Eindruck kindlicher Verletzlichkeit. Sie trug ein nostalgisches Baumwollkleid mit weitem, langem Rock, Puffärmeln und Spitzenstehkragen. Ein bißchen jugendlich, fand Christine; Faith ging auf die Dreißig zu. Mein Gott, sie waren in derselben Maschine gewesen! Ein Glück, daß ich das nicht wußte, dachte Christine, es hätte mir den ganzen Flug verdorben!

Colettes und Christines Koffer kamen in Sicht, und Christine lud sie auf einen Karren. Als sie fertig war und aufschaute, wurde Faith gerade von einem Angehörigen des Bodenpersonals zur VIP-Lounge geleitet. Einem Impuls folgend, rief Christine: »Faith!«

An dem Zögern, mit dem die junge Frau sich umdrehte, erkannte sie, daß diese sie absichtlich übersehen hatte. Christine ging mit ausgestreckter Hand auf sie zu. »Ich bin Christine Saxelby.« Und mit leicht spöttischem Ton fügte sie hinzu: »Sie kannten meinen Mann.«

Rote Flecken erschienen auf Faiths Wangen, und ihre kornblumenblauen Augen blickten wie die eines in die Enge getriebenen Rehs. Doch die Gegenwart des Flugplatzangestellten hinderte sie an der Flucht. »Ja, ich erinnere mich«, flötete sie mit ihrer hohen Kinderstimme.

»Ich wollte Sie nur fragen«, hörte Christine sich zu ihrer eigenen Überraschung sagen, »ob Sie den Brief erhalten haben, den Rowland in der Nacht vor seinem Tod an Sie schrieb.«

Faith Malyon blinzelte verwirrt und sah Christine zum ersten Mal wirklich an. »Ich habe nie einen Brief von Rowe bekommen«, antwortete sie. »Wenn er wirklich einen geschrieben hat, muß er vergessen haben, ihn abzuschicken.«

39

Hier ist der Anschluß Russell Jennings«, sagte der Anrufbeantworter. Ich bin bis Ende Juli auf Urlaub in Amerika. Bitte hinterlassen Sie Ihren Namen und Ihre Rufnummer, ich melde mich so bald wie möglich bei Ihnen.«
Christine legte den Hörer auf und sah nachdenklich auf die regennasse, verlassen daliegende Straße hinaus. Ende Juli – das war in drei Wochen. Genaugenommen war sie erleichtert, daß sie ihn nicht erreichen konnte. Ihre Idee erschien ihr inzwischen nicht nur lächerlich, sondern auch peinlich – dennoch hatte der letzte Rest eines Verdachts sie veranlaßt, heute morgen bei ihm anzurufen. Im Augenblick beschäftigte sie allerdings mehr die Frage, ob Faith Malyon die Wahrheit gesagt hatte – und falls ja, an wen der Brief dann gerichtet und warum er so wichtig gewesen war, daß Rowland ihn nachts um eins schreiben mußte.
War es vielleicht etwas Geschäftliches, und hatte er ihn Marcia Corby am Morgen zum Abschicken gegeben? Kaum. Offizielle Briefe schrieb er nicht mit der Hand. Und was war mit dieser Brosche, die Rowe bestellt hatte – dem Liebesknoten mit Saphiren und Diamanten –, die sie bei Garrad's bezahlt und zu dem anderen Schmuck in den Safe gelegt hatte? Die Brosche, die Rowland ihr zur Hochzeit geschenkt hatte, fiel ihr ein: Das stilisierte Wappen der Chandos. Machte ein Mann einer Frau ein so liebevoll ausgedachtes Geschenk, wenn er bereits mit einer anderen verheiratet war? Hatte er auch damit sein Gewissen beruhigen wollen – wie mit all den vielen Schmuckstücken später? Sie wußte nicht mehr, was sie glauben sollte.

Ihre Gedanken kehrten zu der Begegnung mit Faith Malyon zurück. Die Situation war für sie beide merkwürdig gewesen. Christine hatte die Frage schon gestellt, bevor ihr überhaupt klar war, daß sie sie im Kopf gehabt hatte. Es war weder die Zeit noch der Ort für eine Konfrontation. Sie erinnerte sich an das unsichere Lächeln auf dem Gesicht des Flughafenangestellten, der nicht recht wußte, ob er eine Szene fürchten oder begrüßen sollte.

Die Tür des Salons öffnete sich, und Colette kam herein. Obwohl es schon später Vormittag war, trug sie noch ihren hellblauen Morgenmantel. Der Flug am vorangegangenen Tag hatte sie so angestrengt, daß sie sich früh zurückgezogen und lange geschlafen hatte. Christine hatte nach dem Aufstehen leise zu ihr hineingeschaut und beschlossen, sie nicht zu wecken. Im Schlaf wirkte Colette plötzlich alt und verwundbar.

»Du hättest mich wecken sollen«, beschwerte sich Colette. »Du weißt doch, wie schrecklich ich mich fühle, wenn ich zu lange geschlafen habe. Ich gehe in die Küche hinunter und mache Kaffee. Willst du auch welchen?«

»Du bleibst hier«, ordnete Christine an. »Ich bringe ihn dir rauf. Und nachher führt uns Julian zum Essen aus.« Sie war schon an der Tür, als das Telefon klingelte. Sie kam zurück und nahm den Hörer ab.

Patrick ließ ihr kaum Zeit, ihren Namen auszusprechen. »Chris! Ich wollte dir und Großmutter nur schnell Bescheid sagen: Martine und ich haben uns gestern abend verlobt!«

Dadurch wird er endgültig an das Haus Bérenger gebunden, war Christines erster Gedanke. Jetzt ist die Frage nicht mehr, *ob* er seine Anteile an Giles verkauft, sondern nur noch wie bald.

Als Colette und sie Anfang September zur Hochzeit nach Paris kamen – Julian war ausdrücklich nicht eingeladen worden –, gewann Christine den Eindruck, daß der Ehrgeiz ihres Stiefsohnes, sich als Rowlands legitimer Sohn auszuweisen, nach-

gelassen hatte. Durch die Heirat mit Giles' Cousine gewann er eine Sicherheit und ein Zugehörigkeitsgefühl, die ihm bis dahin gefehlt hatten.
Sowohl Vivien als auch ihr Mann mochten ihn, und falls Giles je erfahren hatte, welche Umstände zu Viviens »Verbannung« nach Frankreich geführt hatten, so schien ihm die alte Geschichte keinerlei Kopfzerbrechen zu bereiten. Christine war sicher, daß Patrick in kurzer Zeit eines der verlockenden Angebote annehmen würde, die Giles ihm zweifellos machte.
Im Herbst 1986 erlitt Saxelby's mehrere Rückschläge, und der Aktienkurs sank dramatisch. Zwei Firmen aus der riskanten Immobilienbranche, in die die Bank beträchtliche Summen investiert hatte, gingen bankrott. Ein Militärputsch in einem Land der Dritten Welt, das kurz nach Rowlands Tod einen umfangreichen Kredit bei Saxelby's aufgenommen hatte, tat ein übriges. Und so überraschte es Christine nicht, vor Weihnachten zu erfahren, daß Patrick nun doch an Giles verkauft hatte und Bérenger den englischen Rivalen schlucken würde.
»Ich verstehe Julian nicht«, klagte Colette ihrer Schwiegertochter ihr Leid, als sie ein paar Tage vor Heiligabend nach Hinton Malsherbes fuhren. »Er tut, als ginge ihn das alles überhaupt nichts an. Bei der Aufsichtsratssitzung letzte Woche, als helle Aufregung herrschte, wirkte er völlig geistesabwesend. Wir müssen in den Ferien versuchen, ihn zur Vernunft zu bringen. Es ist noch nicht zu spät, den Kampf aufzunehmen – zumindest um sein Recht, Leiter der Bank zu bleiben.«
»Ich fürchte, wir werden keinen Erfolg haben«, meinte Christine. »Ich glaube, Julian hat eigene Pläne – und jetzt, da Giles die Kontrolle über Saxelby's hat, kann er sie verwirklichen.«
Bei dieser Andeutung ließ sie es bewenden, und Colette hakte nicht nach. Christine kam der Verdacht, daß ihre Schwiegermutter die Absichten ihres Sohnes längst durchschaut hatte.
Als sie hinter Andover die A303 erreichten, fragte Colette

plötzlich: »Wann werdet ihr endlich diese unsinnige Suche nach Lucy Brennan abblasen? Seamus Barrett hat den Auftrag vor achtzehn Monaten bekommen und noch nicht den geringsten Hinweis finden können.«

»Bald«, antwortete Christine.

Colette schnalzte ungeduldig mit der Zunge. »Ist dir die Sache denn noch so wichtig?«

»Sie wird mir immer wichtig sein. Aber du hast recht, wir können nicht ewig weitermachen. Und sowohl Julian als auch Patrick scheinen an der Wahrheit nicht mehr so interessiert zu sein wie früher.« Sie zögerte einen Moment und fuhr dann fort: »Ich dachte einmal, ich hätte die Lösung des Rätsels gefunden, aber es war ein Irrtum.«

Colette sah sie neugierig an. »Erzähle!«

Christine schüttelte den Kopf. »Es gibt nichts zu erzählen. Ich bin zu dem Schluß gekommen, daß ich falsch kombiniert habe, der Gedanke war einfach absurd.«

War es nachlässig von ihr gewesen, sich nach seiner Rückkehr Ende Juli nicht mehr mit Russ in Verbindung zu setzen? Sie war inzwischen so überzeugt gewesen, daß sie sich unsäglich lächerlich machen würde – und außerdem hatte sie immer noch ein schlechtes Gewissen wegen ihres Verhaltens in seiner Wohnung.

Die Weihnachtsstimmung ließ zu wünschen übrig. Julian kam zwar am Heiligen Abend nach Mallerby, strahlte jedoch nicht die dem Anlaß angemessene Fröhlichkeit aus, was allerdings weder Colette noch Christine überraschte. Doch sie hätten es eher nachfühlen können, wenn er besorgt oder zornig gewesen wäre – seine Teilnahmslosigkeit erfüllte sie mit Unbehagen.

Und dann, am zweiten Feiertag, als die beiden Frauen den Fernseher ausschalteten und ins Bett gehen wollten, sagte er plötzlich, er habe ihnen etwas mitzuteilen. Sie setzten sich wieder hin und sahen ihn erwartungsvoll an. Er hatte kurz vor der Abfahrt aus London die Nachricht erhalten, daß die Annullierung seiner Ehe mit Sophie endlich vollzogen worden sei – ohne jedoch Viviens Status als eheliches Kind zu berühren. Deshalb werde er sich jetzt, wie er es schon lange vorgehabt habe, um Aufnahme in die Buckfast Abbey bemühen; er fühle sich sehr zu den Benediktinern hingezogen.

Tiefes Schweigen folgte. Schließlich sagte Colette bissig: »Nun – damit wissen wir es offiziell. Ich hatte mich schon gefragt, wann du endlich den Mut aufbringen würdest, es uns zu erzählen.«

»Du hast es erraten?« Julian war enttäuscht, daß seine Eröffnung keine größere Wirkung zeigte.

»Wir haben es beide vermutet«, erklärte Christine ihm. Sie legte den Arm um ihre Schwiegermutter und fuhr fort: »Wenn du das wirklich willst, dann wünschen wir dir viel Glück dazu.«

»Ich nicht!« widersprach Colette wütend, schüttelte Christines Arm ab, stand auf und klopfte mit dem Spazierstock, den sie immer noch brauchte, heftig auf den Boden. »Er entzieht sich seiner Verantwortung. Rowland hätte das nie getan, da hätten die Dinge noch so schlecht stehen können! Er war ein Kämpfer!« Damit drehte sie sich auf dem Absatz um und marschierte mit kerzengeradem Rücken aus dem Zimmer.

»Selbstverständlich«, erklärte Giles bei seiner ersten Sitzung als Aufsichtsratsvorsitzender, »wird der Name Saxelby's beibehalten. Es werden einige Veränderungen notwendig sein, aber wir werden sie so gering wie möglich halten. Das wichtigste ist zunächst, daß wir das Steuer herumwerfen und diese Bank wieder zu dem Wirtschaftsfaktor machen, der sie zu Zeiten meines Onkels und Cousins war.«

Christine fiel wieder einmal auf, wie ausgezeichnet er Englisch sprach – besser als die anderen, dessen war sie sicher, das Französische beherrschten. Und wenn ihm tatsächlich einmal ein Wort fehlte, half Colette ihm sofort. Trotz ihrer Empörung und obwohl sie eine Saxelby war, konnte sie nicht umhin, stolz auf ihren Neffen zu sein. Schließlich war sie zur Hälfte auch eine Bérenger.

Hinter den Fenstern des Konferenzraumes lag die Gresham Street im Frühlingssonnenschein. Es war der erste schöne Tag seit dem offiziellen Winterende vor vier Wochen. Allgemeiner Optimismus herrschte – und Erleichterung darüber, daß die Spekulationen nun ein Ende hatten und Nägel mit Köpfen gemacht wurden. Seit Julians Ausscheiden Ende Januar und der Übernahme durch Bérenger begannen die Saxelby-Aktien erstmals wieder zu steigen, und das Vertrauen der Bevölkerung in die Bank war so groß wie nie seit Rowlands Tod und den Zeitungsberichten über Patricks Behauptung.

Nach der Besprechung bat Giles Christine, noch kurz dazubleiben. Als sie schließlich allein in dem großen Raum mit den in dunkler Eiche getäfelten Wänden, dem Refektoriumstisch und den Ledersesseln waren, goß er ihnen beiden einen Whisky mit Wasser ein. Die Bar war neben dem Eckfenster in einem neutral aussehenden Schrank verborgen.

Er hob sein Glas. »Santé!«

Sie tat es ihm nach. »Cheers.«

»Chris«, fuhr er ernst fort, »ich möchte, daß du ein Büro hier beziehst – so wie Tante Colette es früher hatte – und dich in größerem Umfang um die laufenden Geschäfte kümmerst.«

»Aber ich bin ein Laie«, protestierte sie. »Ich habe nicht die entsprechenden Voraussetzungen.«

»Du hast einen gesunden Menschenverstand und einen kühlen Kopf«, antwortete er. »Und ich sehe, daß die anderen Direktoren etwas auf dein Urteil geben. Du machst deine – wie heißt das Wort – ach ja, Hausaufgaben, wenn eine wichtige Entscheidung ansteht. Ich habe mich über dich erkundigt. Du hast mehrfach gegen Julian gestimmt, wenn andere unglücklicherweise bereit waren, ihm seinen Willen zu lassen. Und – das ist das Entscheidende – du bist eine Saxelby. Rowlands«, ein winziges Zögern, »Witwe. Es ist für mich sehr wichtig, ein

Mitglied der Familie hier in der Gresham Street sitzen zu haben.«

»Nicht Patrick?«

Giles tat, als habe er die Spitze nicht bemerkt. »Ich brauche ihn in Paris. Außerdem will meine Cousine Martine nicht in England leben, und er würde wohl kaum ohne sie herkommen.« Er lächelte sie an, und in den Winkeln seiner dunklen Augen bildeten sich kleine Fältchen. »Seit meiner Kindheit habe ich dich für eine intelligente Frau gehalten – und jetzt kannst du mir beweisen, daß ich nicht all die Jahre in einem Irrtum befangen war. Wirst du es tun? Ich erwarte ja nicht, daß du jeden Tag von morgens bis abends da bist – so viel möchte ich gar nicht von deiner Zeit beanspruchen.«

»Einverstanden. Wer könnte einer solchen Schmeichelei widerstehen? Aber du mußt mein Arbeitsgebiet klar umreißen – und ich will nur ein leistungsbezogenes Gehalt. Keine Sonderbehandlung.«

»Das werden wir später besprechen. Im Augenblick wollte ich dich nur herumkriegen – ist das der richtige Ausdruck?«

Christine lachte. »Das kann man wohl sagen. Dein Englisch ist ausgezeichnet.« Sie stellte ihr leeres Glas auf den Tisch. »Wir erwarten dich in Inglebatch House zum Mittagessen. Mußt du wirklich gleich danach zurückfliegen?«

»Leider ja. Ach – noch etwas.« Er machte eine kleine Pause und fuhr dann fort: »Ich habe die Suche nach Lucy Brennan eingestellt. Wenn du klug bist, tust du das auch. Wir haben alles versucht – ohne Resultat. Da kein Beweis für Patricks Behauptung beizubringen ist, meine ich, man sollte die Sache zu den Akten legen. Wir können nichts mehr tun.«

Klar, dachte sie – jetzt hast du ja auch, was du wolltest. Patrick hat seinen Zweck für dich erfüllt, und Julian ist aus dem Weg. Allerdings war ihr Schwager nicht nur kampflos, sondern mit Freuden gewichen. Er führte jetzt das Leben, nach dem er sich schon lange gesehnt hatte. Und Giles hatte recht. Es war wirklich Zeit, das »Unternehmen Lucy« abzubrechen. Sie und Julian hatten alles versucht – sie brauchten sich keine Vorwürfe zu machen. »Ja«, sie nickte. »Ich werde Seamus Barrett heute nachmittag anrufen und ihm mitteilen, daß wir seine Dienste nicht länger benötigen.«

Doch Seamus Barrett kam ihr zuvor.

Christine, Colette und Giles hatten gerade die von Mrs. Johnson zubereitete und servierte Mahlzeit beendet, als das Telefon in der Halle läutete. Gleich darauf steckte die Haushälterin den Kopf zur Tür herein: »Es ist für Mrs. Saxelby junior.«

Christine ging hinaus. Sie hatte sich kaum gemeldet, als Seamus Barretts Stimme atemlos sagte: »Wir haben sie gefunden, Mrs. Saxelby! Wir haben sie!«

»Gefunden?« wiederholte Christine verdattert. »Sie meinen... Lucy Brennan?«

Sein Triumph machte Barrett übermütig. Er lachte. »Haben Sie mich beauftragt, noch jemand anderen zu suchen? Natürlich meine ich Miss Brennan.«

Christine wurde schwindlig. Sie mußte sich an dem Telefontischchen festhalten. »Wo... wo ist sie?«

»Wo Sie sie damals gesehen haben: in Paris. Im arabischen Viertel. Sie hat ein Zimmer in der Rue Myrha. Unser Kontaktmann sagt, sie sei erst ein paar Tage da. Einer meiner Männer beobachtet seit heute früh das Haus – aber wenn Sie sie noch immer sprechen wollen, würde ich Ihnen raten, sich zu beeilen, denn wie Sie mir sagten, bleibt sie nie lange an einem Ort.«

»Ja. Ja, danke. Ich nehme die nächste Maschine. Können Sie mir die genaue Adresse geben?«

Wie betäubt kehrte sie ins Speisezimmer zurück und setzte sich auf ihren Platz. Es dauerte eine Weile, bis Colettes und Giles' besorgte Fragen zu ihr durchdrangen. Doch schließlich gab Christine sich einen Ruck und berichtete, was sie soeben

erfahren hatte. Zum Schluß wandte sie sich an Giles. »Ich packe nur schnell ein paar Sachen – ich fliege mit dir.«
»Und ich begleite dich dorthin«, antwortete er entschieden. »Das ›Goutte d'Or‹ ist keine Gegend, in der eine Frau allein unterwegs sein sollte: lauter Gesindel – aus allen möglichen Ländern.«
»Wirst du es Patrick sagen?« fragte Colette.
Christine schüttelte den Kopf. »Vorerst nicht. Ich will vorher mit Lucy sprechen.«
Ihre Schwiegermutter nickte. »Das finde ich sehr gescheit – sonst ist er vielleicht noch vor dir da und impft sie entsprechend. Sie soll die wahre Geschichte erzählen.«
Christine ging hinauf, packte die nötigen Dinge für eine Übernachtung in die Reisetasche, die Rowland früher für diesen Zweck benutzt hatte, und setzte sich dann aufs Bett. Ihr Herz schlug unregelmäßig, und sie hatte das Gefühl, ein immer enger werdender eiserner Ring spanne sich um ihren Kopf. In wenigen Stunden würde sie wissen, ob sie Rowlands Frau gewesen war oder nur »eine von vielen« – und ob Julian der rechtmäßige Eigentümer von Mallerby war oder Patrick. Und dabei hatte sie heute die Suche abblasen wollen! Dann hätte es niemanden mehr gekümmert, wo Lucy sich aufhielt. Wäre sie besser dran gewesen, wenn sie weiter mit der Ungewißheit gelebt hätte? War es immer klug, die Wahrheit kennen zu wollen?
Nun – es war zu spät, sich darüber Gedanken zu machen. Sie atmete tief durch, stand auf und trug die Reisetasche nach unten. Giles' Taxi war für halb zwei bestellt. Ihre Schwiegermutter und er erwarteten sie in der Halle. Colette kam auf sie zu, schloß sie in die Arme, küßte sie und drückte sie ermutigend an sich. Christine erwiderte die Umarmung und lächelte. »Du hast mich gewarnt.«
»Ich weiß, ich weiß – aber ich bin nicht sicher, ob ich es ernst gemeint habe. Kopf hoch, chérie. Giles wird aufpassen, daß dir

nichts passiert; er hat mir gesagt, wie sehr er dich in der Bank braucht.«

»Da habe ich es schon wieder mit einem Rätsel zu tun.«

Christines Lachen brach mittendrin ab, als es klingelte. »Das wird das Taxi sein.«

Der Fahrer verstaute das Gepäck im Kofferraum. Colette umarmte Christine noch einmal. »Versprich mir, sofort anzurufen, sobald du Bescheid weißt. Ich habe keine Ruhe, bis ich es erfahre.«

Als Christine in das blasse, angespannte Gesicht ihrer Schwiegermutter blickte, wurde ihr klar, daß auch sie unter Streß stand: Jetzt, da der Augenblick der Wahrheit unmittelbar bevorstand, war Colette von Rowlands Unschuld nicht mehr so überzeugt, wie sie es sich bisher eingeredet hatte.

»Natürlich.« Christine stieg in den Fond des Taxis, und Giles folgte ihr. Als der Wagen um die Ecke bog, sah Christine, daß Colette immer noch auf der Straße stand und ihnen nachschaute.

40

Giles hatte vor der Abreise aus London sein Büro angerufen, und als sie in Paris aus dem Flughafengebäude traten, wurden sie von einem Wagen mit Chauffeur erwartet. Christine musterte den bulligen Mann mit einigem Unbehagen. »Wäre es nicht besser, wenn ich allein zu Lucy ginge?« fragte sie leise. »Sie erschrickt ja zu Tode.«

»Christophe und ich werden im Wagen warten«, beruhigte Giles sie. »Aber wir fahren dich hin.«

Als der Citroën später den Boulevard Rochechouart entlangrollte, und die europäischen und amerikanischen Touristen allmählich von algerischen Straßenbanden und exotisch gekleideten Berbern abgelöst wurden, und sie an einer Grünen Minna vorbeifuhren, sah Christine ein, daß Giles recht gehabt hatte. Es wäre ein Unding gewesen, wenn sie sich allein hierher gewagt hätte. Drei der Beamten aus dem Polizeiwagen durchsuchten eine Gruppe von Jugendlichen nach Waffen, während ein vierter daneben stand. Seine Blicke schossen nervös hin und her, damit ihm kein Anzeichen von Aufruhr entging.

Die Farbe der Fassaden blätterte ab, das Mauerwerk bröckelte – der ganze Bezirk atmete baulichen und sozialen Verfall, wie häufig in den älteren Vierteln großer Städte, die zur Sammelstelle für menschliches Treibgut werden.

Der Chauffeur bog in die Rue Clignancourt ein und dann rechts in die Rue Myrha und hielt schließlich vor einem dreistöckigen Gebäude, in dessen Erdgeschoß ein Laden lag, über dem in verblaßten roten Buchstaben *Boulangerie et Patisserie* stand. Ein kleiner Mann kam aus dem angrenzenden Durchgang angelaufen und klopfte an Christines Fenster. »Sie ist oben«, berichtete er atemlos, als sie die Tür öffnete. Er verbeugte sich. »Ich bin Stan Hitchins – ich arbeite für Seamus Barrett. Das Objekt ging um die Mittagszeit für eine Weile aus, kam vor einer Stunde zurück und hat sein Quartier seitdem nicht mehr verlassen.«

Der Dienstjargon und Mr. Hitchins' ernsthafter Eifer reizten Christine zum Lachen, doch sie beherrschte sich. Sie stieg aus und schüttelte ihm herzlich die Hand. »Sie haben gute Arbeit geleistet, Mr. Hitchins. Ich werde Mr. Barrett sagen, daß ich sehr beeindruckt bin. Wo ist Miss Brennans Wohnung?«

»Ganz oben.« Er strahlte; das Lob hatte ihm sichtlich gutgetan. »Da an der Seite ist die Haustür, und wenn Sie die Treppe ganz hinaufgehen, kommen Sie direkt zu Miss Brennans Unterkunft.«

Christine drehte sich zu Giles um, der ebenfalls ausgestiegen war und ihr nun doch anbot, sie zu begleiten. Sie lehnte dankend ab. Wieder wandte sie sich an den kleinen Detektiv: »Sie ist doch allein, oder?«

»Sie meinen, ob sie vielleicht einen Mann bei sich hat? Davon ist mir nichts bekannt. Jedenfalls war keiner bei ihr, als sie vorhin wegging.«

Nach dieser vagen Auskunft zögerte Christine einen Moment – doch es gab keine andere Möglichkeit, die Wahrheit herauszufinden, als hinaufzugehen. Wenn Lucy nicht allein war, konnte sie es auch nicht ändern. Sie gab sich einen Ruck. »Na, dann los.«

Das Treppenhaus war düster und stank nach Urin. Auf dem ersten Absatz fiel ein schwacher Lichtschein durch eine schmutzverklebte Fensterscheibe und zeigte ihr den Weg zum zweiten Stock. Diese Stufen waren noch wackeliger als die unteren. Christine verwünschte ihre hochhackigen Pumps und machte sich vorsichtig an den Aufstieg. Oben angekommen, fand sie sich vor einer, wie an den wenigen Farbresten zu erkennen war, ursprünglich gelb gestrichenen Tür. Das in die Mauer eingelassene Fenster ließ etwas mehr Licht durch.

Christine umklammerte mit einer Hand den Knauf des Geländers. Ihr Herz raste – aber nicht vom Treppensteigen. Sie war am Ziel. Es brachte nichts, draußen stehenzubleiben und sich zu ängstigen. Je eher sie es hinter sich brachte, um so besser. Sie trat einen Schritt vor, hob die Hand und klopfte.

Das Zimmer war klein und sehr schmal, mit einer Dachluke als einziger Licht- und Luftquelle. In einer Ecke stand ein ungemachtes Bett. Laken und Überdecke lagen in einem Knäuel am Fußende, so wie Lucy sie am Morgen beim Aufstehen zurückgeschlagen hatte. Das übrige Mobiliar bestand aus einem Sessel, aus dessen zerrissenem Bezug die Füllung hervorquoll, einem roh zusammengezimmerten Holztisch, einem Stuhl mit hoher Lehne, an der mehrere Querstreben fehlten, einem Schrank und einem Gaskocher.

Das alles nahm Christine mit einem Blick wahr, bevor sie sich Lucy zuwandte. Sie sah schwerkrank aus – bis auf die Knochen abgemagert und mit schwarzen Ringen unter den Augen. Obwohl der April ziemlich kühl war, trug sie nur ein Baumwollfähnchen und Riemchensandalen. Christine hatte zwar keine Erfahrung auf diesem Gebiet, aber sie vermutete, daß Lucy drogensüchtig war, und das schon seit längerem. Deshalb hatte sie wohl auch in diesem Viertel Quartier bezogen: Hier gab es sicher keine Nachschubschwierigkeiten.

Lucy war bei ihrem Eintreten aufgesprungen und hatte sie entgeistert angestarrt. Doch sie erholte sich erstaunlich schnell von dem Schock und bot Christine sogar den Sessel an. Dann ließ sie sich aufs Bett fallen. »Paß auf«, warnte sie. »Das eine Bein ist angeknackst.«

Christine setzte sich vorsichtig und von unheilvollem Knarzen

begleitet auf die Kante des hinfälligen Möbels und stellte ihre Handtasche neben sich auf den Boden. »Du bist bestimmt überrascht, mich zu sehen.«
»Wie geht's Pat?« fragte Lucy statt einer Antwort.
»Sehr gut. Er ist mit einer Französin verheiratet, und sie leben hier in Paris.« Als keine Reaktion erfolgte, fuhr sie fort: »Er arbeitet für das Bankhaus Bérenger. Giles Bérenger ist Rowes Cousin und natürlich auch mit Pat verwandt.«
Lucy stieß ein bellendes Lachen aus, das in Husten überging. Als sie wieder sprechen konnte, sagte sie: »Das ist nicht raus.«
»Was meinst du damit?« fragte Christine stirnrunzelnd.
»Daß ich nicht weiß, ob Pat Rowlands Sohn ist – oder Russells.«
Christine sah sie fassungslos an. »Aber wie sollte denn Russell der Vater sein? Du hattest doch nie Gelegenheit, mit ihm zu ... zu schlafen.«
Wieder lachte und hustete Lucy. »Was für eine rührend spießige Ausdrucksweise! Wenn du meinst, daß Russell nie eine Chance hatte, mich zu ficken, warum sagst du es dann nicht? Aber ich muß dich berichtigen: Du bist damals in den Ferien eines Tages mit Rowland spazieren gegangen, weißt du noch? Und da ist es passiert.«
Christine saß wie versteinert da. Das war es, was sich ihrem gedanklichen Zugriff so beharrlich entzogen hatte! Der Spaziergang nach Slapton, wo sie Sir Guy de Brians Gedenkstätte besichtigt hatten, und dann weiter nach Torcross... Als sie zurückkamen, wirkte Russell äußerst selbstzufrieden und ganz und gar nicht beleidigt, wie sie erwartet hatte. Lucy war nicht da – er sagte, sie sei nach Plymouth gefahren –, aber die beiden hatten mehr als genug Zeit füreinander gehabt. Immerhin waren Rowland und sie drei Stunden unterwegs gewesen. Im Unterbewußtsein hatte sie also die ganze Zeit geahnt, was in ihrer Abwesenheit geschehen war!
Langsam sagte sie: »Und als du Russ wiedersahst – im Herbst,

im Lake District – hast du ihm erzählt, daß du von ihm schwanger bist, stimmt's? Es muß dir irgendwie gelungen sein, ihn davon zu überzeugen, und so bot er dir an, dich zu heiraten – und aus einem Grund, den ich nicht kenne, hast du seinen Antrag angenommen. Ihr habt im Dezember geheiratet.«

»Du bist ja bestens informiert«, bemerkte Lucy spöttisch. Dann lehnte sie sich zurück und trat das Bettzeug auf den Boden hinunter. »Du hast recht. Russ hat mir einen Antrag gemacht – und angenommen habe ich ihn, weil... na ja, ich langweilte mich und dachte, heiraten wäre vielleicht eine amüsante Abwechslung. Eine neue Erfahrung. Natürlich wollte ich aus dieser Verbindung keinen Dauerzustand machen.«

»Armer Russell! Wie lange bist du bei ihm geblieben? Und warum wußte niemand von eurer Hochzeit – seine Eltern und Freunde beispielsweise? Weshalb lief er offiziell weiter als Junggeselle herum?«

»Das war eine der Bedingungen für meine Einwilligung – daß er niemandem etwas erzählte, bis ich ihm grünes Licht geben würde. Er war nicht schwer zu überreden. Ich glaube, er wußte tief im Innern, daß er einen schrecklichen Fehler beging – um deine erste Frage zu beantworten: ich verließ ihn nach vier Wochen –, und hatte einen Horror davor, sich ein zweites Mal lächerlich zu machen. Es war ja noch nicht lange her, daß du ihm den Laufpaß gegeben hattest, wenn du dich erinnerst, nachdem alle gedacht hatten, ihr wärt so gut wie verlobt. Durch seinen Antrag an mich wollte er sich beweisen, daß es eine Frau gab, die ihn anziehend genug fand, um ihn zu heiraten, und das Baby war ein hervorragender Vorwand. Aber, wie ich gerade schon sagte, insgeheim wußte er, wie ich war und daß er einen Riesenfehler machte, doch sein kostbares männliches Ego war so angeschlagen, daß er nicht klar denken konnte.« Lucy schlug die Beine übereinander. »Und jetzt wüßte ich gern, welchem Umstand ich deinen Besuch verdanke.«

Christine erklärte es ihr. Als sie geendet hatte, sagte Lucy:

»Das tut mir leid. Ich weiß gar nicht mehr, daß ich Pat die Urkunde gezeigt habe, und ich wäre nie darauf gekommen, daß sie einen so nachhaltigen Eindruck bei ihm hinterlassen würde. Daß er sich das all die Jahre über gemerkt hat ...« Für einen Moment glomm so etwas wie mütterlicher Stolz in den tiefliegenden Augen auf. »Da hat er dieses Geheimnis die ganze Zeit bewahrt und auf eine Gelegenheit gewartet, es nutzbringend einzusetzen. Dieser kleine Bastard! Er hatte schon immer etwas Gerissenes. Ich habe mich früher oft gefragt, von wem er das wohl hat – von Russell oder Rowland.«

»Und zu welchem Schluß bist du gekommen?«

»Oh – ich denke, es ist Russells Erbteil, meinst du nicht auch?« Sie lachte schrill. Ihre Hände zuckten nervös.

Christine antwortete nicht und fragte statt dessen: »Wie ging es weiter, nachdem ihr geheiratet hattet?«

»Er wollte mich nach Weston mitnehmen und seinen Eltern vorführen«, berichtete Lucy sarkastisch. »Schließlich hatte er eine reiche Frau an Land gezogen und würde Vater werden. Aber in Wahrheit wollte er nicht seine Eltern beeindrucken – sondern über Rowland triumphieren; er wollte zeigen, daß er Erfolg gehabt hatte, wo Rowe abgeblitzt war. Nur hat Rowland mir nie einen Antrag gemacht.«

»Und dann?«

»Ich hielt ihn hin. Ich hatte damals eine Wohnung in Paddington. Sie war nur für ein paar Monate gemietet, doch das sagte ich ihm nicht. Einen Monat lang kam er jedes Wochenende zu Besuch. Er richtete es sogar so ein, daß er über Weihnachten da sein konnte, und er schmiedete Pläne für unsere gemeinsame Zukunft. Er machte sich sogar auf die Suche nach einem Haus für uns. Mit der Zeit wurde er natürlich immer ungeduldiger, und schließlich kündigte er an, seinen Eltern und den Kollegen im Büro zu erzählen, daß wir verheiratet seien. Ich bat ihn um eine weitere Woche

Geduld, aber mir war längst klar, daß ich meine ursprüngliche Absicht nicht in die Tat umsetzen konnte...«

»Und welche war das?« fragte Christine in Lucys nachdenkliches Schweigen.

»Was? Oh... ich sagte dir ja schon, daß ich mich langweilte. Anfangs dachte ich, eine Ehe wäre vielleicht ganz lustig – so für ein, zwei Jahre, bis das Kind groß genug wäre, daß ich es bei Russell lassen könnte. Ich wollte es auf keinen Fall mit mir herumschleppen. Männer interessieren sich nicht für eine Frau mit Kind. Doch nach diesen vier Wochen mit Russell wußte ich, daß ich verrückt würde, wenn ich die brave Ehefrau spielen müßte – und sei es auch nur für ein paar Monate. Später, als Pat geboren war, schrieb ich ihm die Wahrheit: daß ich nicht wisse, wer Patricks Vater sei. Ich schlug ihm vor, sich von mir scheiden zu lassen, aber er meinte, es halte ihn sowieso jeder für einen Junggesellen und soweit es ihn angehe, könnten wir alles beim alten lassen. Er sei fertig mit den Frauen. Ich fürchte, wir beide haben ihn auf dem Gewissen.«

Christine versuchte, Ordnung in ihre Gedanken zu bringen. Schließlich sagte sie: »Und als du Patrick loswerden wolltest, wandtest du dich an den zweiten potentiellen Vater.«

»War doch das beste, was ich tun konnte.« Lucys Stimme klang plötzlich schwach – als habe das Gespräch ihre Kräfte aufgebraucht. Ihre Augen schlossen sich halb, und auf ihrer Stirn erschienen kleine Schweißperlen. »Er konnte Pat bedeutend mehr bieten als der arme Russell. Und dann warst ja auch noch du da – kinderlos und unglücklich.« Die Lider hoben sich ein wenig, und Christine sah Spott in den ehemals leuchtenden Augen blitzen. »Ich hatte mich die ganzen Jahre über dich und Rowland auf dem laufenden gehalten.« Sie sank in sich zusammen. Als sie wieder sprach, waren ihre Worte kaum zu verstehen. »Aber ich wußte nichts von dem Wirbel, den Patrick verursacht hat. Ich war lange Zeit in Indien und Pakistan – und dann wurde ich irgendwann in Tibet verhaftet und eingesperrt...« Ihre Stimme drohte zu versagen, doch sie raffte sich noch einmal auf.« Du kannst dir die Heiratsurkunde ansehen, wenn du willst. Du kannst sie auch mitnehmen – ich habe keine Verwendung dafür. Sie ist in dem Sack da drüben in der Ecke.« Sie nickte ein.

Christine stand leise auf. Der Segeltuchbeutel sah genauso mitgenommen aus wie der Schulranzen, den Lucy damals in Devon dabeigehabt hatte. Er enthielt ein wüstes Durcheinander von Papieren, schmutzigen Kleidungsstücken, unechtem Schmuck – der deprimierende Beweis von Lucys Nomadendasein. Die Urkunde lag fast ganz unten, speckig und zerknittert. Die Tintenschrift war verblaßt, aber noch lesbar und besagte, daß im Dezember 1960 Russell Bertram Jennings und Lucy Maeve Bridget Brennan in den heiligen Stand der Ehe getreten waren. Christine faltete sie zusammen und steckte sie in die Handtasche. Dann trat sie zum Bett und rüttelte Lucy leicht an der Schulter. »Lucy! Ich schicke dir die Urkunde so bald wie möglich zurück. Es gibt einige Leute, denen ich sie zeigen muß, und deshalb werde ich sie fotokopieren lassen. Du hast ja gesagt, ich dürfe sie mitnehmen.«

»Behalt sie«, murmelte Lucy. »Ich brauch sie nicht...«

»Du bekommst sie trotzdem wieder.« Und nach kurzem Zögern fuhr Christine fort: »Kann ich irgendwas für dich tun? Soll ich etwas für dich besorgen? Meinst du nicht... solltest du nicht zum Arzt gehen?«

Lucys Lider hoben sich flatternd. »Hau ab«, flüsterte sie. »Laß mich in Frieden.«

Christine richtete sich auf. »Okay«, sagte sie. »Wenn du es so willst. Adieu, Lucy.«

Sie bekam keine Antwort. Auf Zehenspitzen verließ sie das Zimmer und zog die Tür hinter sich zu.

»Das muß ja eine merkwürdige Frau sein«, meinte Vivien.

Sie, Christine und Giles saßen nach dem Abendessen am

Kamin im Blauen Salon der Villa Dauphine, die Heiratsurkunde lag vor ihnen auf dem Couchtisch. Im Laufe der Jahre waren aus den Knicken Risse geworden, und Giles hatte sie von hinten mit Klebeband zusammengeflickt. »Ich lasse sie gleich morgen früh kopieren«, sagte er.

»Und was machen wir mit Patrick?« fragte seine Frau nach einer Pause. »Sagen wir ihm die Wahrheit? Die ganze Wahrheit, meine ich? Daß er vielleicht nicht Onkel Rowlands Sohn ist?«

Christine nippte an ihrem Kaffee und streckte die Füße zum Feuer. Sie fühlte sich unendlich müde – aber es war keine unangenehme Müdigkeit. Sie war entspannter als seit Jahren. »Ich glaube nicht, daß wir ihm das erzählen sollten.« Sie sah die beiden anderen an. »Und auch sonst niemandem. Ich möchte nicht, daß Colette für den Rest ihres Lebens von Zweifeln geplagt wird, ob er ihr Enkel ist oder nicht – er kann es ja nach wie vor sein. Wir wissen es nicht, und wir werden es auch nie erfahren. Wenn Lucy selbst nicht sicher ist...«

Vivien stimmte zu. »Ich bin deiner Meinung. Dieser Teil der Wahrheit bleibt unter uns dreien. Aber wie steht es mit Lucys Äußerung gegenüber Pat, die Heiratsurkunde sei der Beweis für ihre Ehe mit seinem Vater? Das war doch der Angelpunkt seiner Geschichte. Wie erklären wir ihm das?«

Die Frauen sahen Giles hilfesuchend an.

Er zuckte mit den Schultern. »Sie hat ihn angelogen. Bei einer Frau wie ihr ist das doch keine Überraschung.«

Christine nickte langsam. »Sie hat ihn ja tatsächlich angelogen. Sie hat eine bloße Vermutung als Tatsache hingestellt. Du hast recht, – so ist es am besten. Patrick ist bestimmt lieber Rowlands unehelicher als Russell Jennings' legitimer Sohn.«

»Mit Sicherheit.« Vivien goß sich Kaffee nach. »Und außerdem sieht er aus wie Rowland.«

»Die Ähnlichkeit mit Russell ist ebenso groß«, antwortete Christine trocken. »Er und Rowe hatten vieles gemeinsam –

nur war ich natürlich früher davon überzeugt, daß Pat Rowlands Sohn und die Ähnlichkeit mit Russ reiner Zufall sei. Und jetzt stellt sich heraus, daß er von beiden sein könnte.«
»Na, wenn schon«, sagte Vivien wegwerfend. »Wir werden ihn und Martine morgen zum Dinner einladen und ihm alles erzählen. Fast alles. Ich denke, er wird nicht allzu enttäuscht sein.« Plötzlich fiel ihr etwas ein. »Meint ihr, er wird seine Mutter besuchen wollen?«
»Wenn er das will oder sich dazu verpflichtet fühlt, dann versucht alles, um es ihm auszureden«, bat Christine. »Es wäre nicht gut für ihn, wenn er sie so sähe – und ich fürchte, Lucy wäre überhaupt nicht begeistert.« Sie lächelte erschöpft. »Und jetzt werde ich nach oben gehen, wenn ihr nichts dagegen habt. Es scheint mir, als läge die Aufsichtsratssitzung von heute früh Lichtjahre zurück – und ich muß noch Colette anrufen.« Sie stand auf.
Giles begleitete sie zur Tür, wo er sich verbeugte und ihr galant die Hand küßte. »Bonne nuit«, sagte er. »Schlaf gut.«
»Oh, das werde ich«, erwiderte Christine. »Ich werde den Schlaf der Gerechten schlafen – jetzt, da ich endlich weiß, wer ich bin: Christine Saxelby.«

41

Es war Mitte Juni, doch die Sonnentage waren 1988 dünn gesät und lagen weit auseinander. Alle waren sich einig, daß es einer der schlimmsten Sommer war, an die man sich erinnern konnte – obwohl, wie Colette zu bedenken gab, die Engländer das fast jedes Jahr sagten –, und so hatte eine kurze Schönwetterperiode Christine und ihre Schwiegermutter veranlaßt, zu einem verlängerten Wochenende nach Hinton Malsherbes zu fahren. Der getreue Claud Laing war zu ihrer Begleitung abkommandiert worden, aber da er den Reizen der Natur nichts abgewinnen konnte, nutzte er diesen herrlichen Samstagnachmittag, den die beiden Frauen in Liegestühlen auf der Terrasse verbrachten, zu einem Streifzug durch die Buchhandlungen von Yeovil.

»Bring mir was Hübsches mit«, hatte Colette ihm befohlen.

Er antwortete mit einem altmodischen Kratzfuß. »Aber gewiß doch, Schönste der Schönen.« Er lächelte galant.

»Ich wundere mich, daß er sich das gefallen läßt«, sagte Christine, als sie nebeneinander in der Sonne lagen. »Monatelang sieht er dich überhaupt nicht – und wenn dir einfällt, daß du ihn gerade brauchst, muß er alles fallenlassen und Gewehr bei Fuß stehen. Wirst du ihn jemals heiraten?«

»Selbstverständlich nicht«, erwiderte Colette entschieden, und dann fügte sie mit einem kleinen glucksenden Lachen hinzu: »Der bloße Gedanke würde ihn zu Tode erschrecken. Er ist ein eingeschworener Junggeselle. Niemals würde er seine gemütliche Wohnung aufgeben, um sich der Mühe zu unterziehen, ein Haus in London und einen großen Besitz auf dem Land zu führen.« Und nach kurzem Schweigen seufzte sie: »Du hättest auch nicht soviel Arbeit damit, wenn Julian nicht einfach ins Kloster verschwunden wäre...«

»Er ist glücklich.« Christine verschränkte die Hände hinter dem Kopf und starrte in den fast wolkenlosen Himmel hinauf. »Und das ist das einzig wichtige. Es hat mir nicht das geringste ausgemacht, seine Aufgaben zu übernehmen. Nein – es gefällt mir sogar. Das und mein Job bei der Bank hat mir ein Jahr beschert, das ich mehr genossen habe, als ich sagen kann. Ich habe herausgefunden, daß ich Dinge tun kann, die ich mir nie zugetraut hätte. Ich fühle mich... ausgefüllt.«

Colette sah sie von der Seite an. »Ausgefüllt? Vollkommen? Du hast viel Liebe in dir – das hast du in der Ehe mit Rowland bewiesen. Wie steht es mit deiner Erfüllung als Frau?«

Ein Schwarm Saatkrähen stieg aus einem Baum auf und flog krächzend davon. Christine sah den Vögeln nach, bis sie nur noch als schwarze Punkte zu erkennen waren. »Ich möchte nicht wieder verletzt werden«, sagte sie nach einer Weile. »Und außerdem liebe ich Rowe noch immer.«

Jene, die wahrhaft lieben, kann auch der Tod nicht trennen – er ist wie eine Reise übers Meer, jenseits dessen sie sich wiederfinden. Und bis dahin leben sie ineinander weiter. William Penns Worte, an die sie sich immer wieder erinnerte, galten für sie wie eh und je. Doch sie war sich klar darüber, daß Rowlands Unfähigkeit, ihr die gleichen Gefühle entgegenzubringen, eine Wunde verursacht hatte, die nie ganz vernarben würde und vielleicht verhinderte, daß sie sich jemals wieder verliebte. Es fehlte etwas, aber sie hatte sich daran gewöhnt – und in jeder anderen Hinsicht genoß sie das Leben wirklich.

Sharon Coombs erschien. »Mrs. Renshaw meinte, Sie möchten vielleicht was Kaltes trinken.« Sie stellte ein Tablett auf der breiten Steinbalustrade ab. »Eisgekühlte Limonade.« Sie reichte den beiden Frauen je ein hohes Glas.

Christine setzte sich auf. »Das ist aber nett von ihr. Sagen Sie ihr vielen Dank.« Sie bemerkte den Ring an der linken Hand des Hausmädchens. »Ist das der Verlobungsring? Darf ich ihn mal anschauen?« Sie wandte sich an Colette: »Sharon und Phil Pollard, Geoff Pollards Sohn, heiraten nächstes Frühjahr. Das haben sie mir erzählt, als ich letzten Monat wegen des neuen Zaunes hier war.«

Colette beglückwünschte die junge Frau, und als Sharon gegangen war, lächelte sie. »Du machst dich ausgezeichnet als Gutsherrin. Julian hätte das nie gekonnt. Vielleicht ist doch alles für etwas gut. Man muß nur auf den lieben Gott vertrauen.«

Christine lachte und nippte an ihrer Limonade. Dann sagte sie unvermittelt: »Ich habe im vergangenen Jahr Russell Jennings besucht, als ich aus Paris zurückkam. Ich glaube, das habe ich dir nicht erzählt.«

»Nein – hast du nicht.« Sie hätte gern gefragt, warum ihre Schwiegertochter es ihr *heute* erzählte, doch sie ließ es. Mit einundsiebzig wußte sie, daß es richtige und falsche Zeitpunkte für Geständnisse gab. »Und weshalb warst du bei ihm?« fragte sie statt dessen.

Christine trank ihre Limonade aus und stellte das leere Glas neben sich auf den Boden. »Ich wollte wissen, warum er mir nicht gesagt hatte, daß er mit Lucy verheiratet ist – schließlich mußte er von Patricks Behauptung erfahren haben. Es stand ja genug darüber in den Zeitungen. Er gab zu, es gelesen zu haben.«

»Und? Was brachte er als Entschuldigung vor?«

»Er entschuldigte sich überhaupt nicht – er warf mir nur haßerfüllte Bemerkungen an den Kopf.« Christine atmete tief durch. »Ich hatte nicht realisiert, wie sehr er mich verabscheut. Sein Haß auf Rowland war noch größer. Er hat ihm nie verziehen, daß er mich ihm weggenommen hat – jedenfalls sieht er es so. Stell dir das vor: All die Jahre hat er diese Wut in sich lebendig gehalten! Wenn ich zu ihm zurückgegangen wäre, hätte meine Beziehung zu Rowland ihn nicht gestört – dann hätte er sich als Sieger gefühlt. Vor ein paar Jahren hätte ich um ein Haar etwas mit ihm angefangen, aber in letzter Sekunde bin ich davongelaufen. Ich liebte Rowland immer noch zu sehr. Ich ging damals zu Russell in die Wohnung, und bin geflüchtet, als es ernst wurde. Ich gebe zu, ich habe ihn schlecht behandelt. Er hatte allen Grund, wütend auf mich zu sein und sich zu rächen. Wahrscheinlich empfand er Patricks Behauptung als ein Geschenk des Himmels und hat nichts dagegen gesagt.«

Auch Colette stellte ihr leeres Glas auf den Boden und lehnte sich wieder bequem zurück. »Es ist nie schön, zu entdecken, daß uns jemand nicht mag«, sagte sie, »aber das gehört nun mal zum Leben. Nimm es als Trost, daß nur Menschen ohne Persönlichkeit keine Feinde haben. Du mußt jetzt versuchen, das alles hinter dir zu lassen. Arbeite weiter an dem neuen Leben, das du dir seit dem letzten Jahr zu schaffen begonnen hast.« Sie streckte einen dünnen Arm aus, an dem die Adern dunkelblau hervortraten, und griff nach Christines Hand. »Und öffne dein Herz. Verschließe es nicht für immer – nur aus Angst, noch einmal verletzt zu werden.«

Christine erwiderte den Händedruck. Nach langem Schweigen sagte sie: »Du und Claud werdet morgen den Tag für euch haben: Ich habe mich bei Lois angekündigt, bevor wir aus London abgefahren sind.«

»Ach ja«, murmelte Colette schläfrig. »Wegen der Pläne für die Hochzeit deiner Patentochter.«

»Das ist ein Grund für den Besuch, aber ich habe noch einen zweiten. Lois hat sich sehr beim örtlichen Roten Kreuz engagiert. Unter anderem sammelt die Organisation, wie du weißt, Kleider, die dann in Katastrophengebiete geschickt werden – und offenbar besteht ein chronischer Mangel an Männerkleidung. Es wird dich vielleicht freuen – ich habe mich schließlich dazu durchgerungen, Rowlands Sachen wegzugeben. Ich fühle

mich jetzt stark genug. Zwei große Koffer voll habe ich aus London mitgebracht, und den Schrank oben werde ich noch heute leermachen. Mrs. Renshaw wird mir sicher helfen.«
Colette nickte. »Ich freue mich wirklich, das zu hören – und ich werde dir auch helfen. Wir dürfen nicht vergessen, die Taschen durchzusehen.«
Christine lächelte sie an. »Ein Hoch auf deinen französischen gesunden Menschenverstand: Das wäre mir nie eingefallen.«

Und so fand sie den Brief.
Als sie mit Mrs. Renshaws Hilfe den Schrank im Schlafzimmer ausgeräumt, jedes einzelne Stück sorgfältig durchsucht und dann ordentlich zusammengelegt hatten, bestand Colette darauf, auch die beiden Koffer aus London noch einmal zu öffnen. »Und jetzt vergewissere dich, daß nichts in den Taschen ist«, wies sie Christine an.
Es war eine langweilige Suche, die lediglich eine Pfundnote, eine Theaterkarte, einen Füller und zwei Kugelschreiber erbrachte. Und dann kam sie zu dem dunkelblauen Morgenmantel, den Rowland in seiner letzten Nacht in der Küche getragen hatte. Nach seinem Tod hatte sie ihn in die hinterste Schrankecke verbannt, weil sie den Anblick nicht ertragen konnte. Sogar jetzt, drei Jahre danach, stiegen ihr die Tränen in die Augen, als sie ihn berührte. In der linken Tasche raschelte Papier, und gleich darauf ertasteten Christines Finger die steifen Kanten eines Kuverts. Der Brief an Faith Malyon!
Plötzlich war es sehr still im Raum. Als hätten Colette und die Haushälterin gespürt, daß etwas Gravierendes geschehen war, hatten sie aufgehört, sich zu unterhalten, verharrten regungslos und starrten Christine an.
»Chérie?« sagte Colette sanft. »Geht es dir gut? Du bist plötzlich so blaß. Was ist los?«
»Ich habe einen Brief gefunden«, antwortete Christine schleppend. »Er ist von Rowe – und er ist an *mich*!« Sie schaute auf

das Wort *Christine* hinunter, das Rowland in seiner schwungvollen Schrift über die ganze Breite des Umschlags geschrieben hatte. »In der Nacht damals hat er nicht an Faith geschrieben – er hat *an mich* geschrieben!«

Colette setzte sich neben sie auf die Bettkante und legte ihr tröstend den Arm um die Schultern. Tränen glänzten in ihren Augen. »Lies ihn in Ruhe«, sagte sie. »Geh in den Salon – da bist du allein. Claud sitzt mit seiner Pfeife in der Bibliothek, und wenn ich hier fertig bin, werde ich ihn zu einem Spaziergang durch den Garten zwingen. Die Rosen duften so schön. Und Mrs. Renshaw wird dafür sorgen, daß du nicht gestört wirst.« Sie gab Christine einen zarten Schubs. »Sitz nicht länger hier herum – es könnte sehr wichtig sein.«

Christines Finger schlossen sich um das Kuvert, und sie sah ihre Schwiegermutter an, als habe sie gar nicht gehört, was diese gesagt hatte, doch nach einer Weile nickte sie. »Du hast recht: Es hat keinen Sinn, es hinauszuschieben. Dann gehe ich jetzt.« Sie stand auf, beugte sich hinunter und küßte Colette auf die Stirn. »Vielleicht wäre es klüger, den Brief ungeöffnet zu verbrennen – aber das bringe ich nicht über mich.«

Die Nachmittagssonne schien in den stillen Salon. Der Wetterbericht hatte für den nächsten Tag eine Regenfront angesagt, doch heute zeigte sich der Sommer noch von seiner besten Seite. Die Fenstertüren zur Terrasse standen offen, und irgendwo trällerte ein Vogel sein Lied in die windstille Luft. Christine legte eine von Rowlands Lieblingsplatten auf: »La Princesse de Navarre« von Jean Philippe Rameau. Dann setzte sie sich in einen Sessel und öffnete das Kuvert.

Meine Liebste, ich hatte schon sehr lange vor, Dir zu sagen, wie meine Gefühle für Dich im Lauf der Jahre gewachsen sind – und heute nacht, hier in der Küche, muß ich mir eingestehen, daß ich es tief im Herzen schon immer gewußt

habe: Ich liebe Dich. Du bist meine Vergangenheit, meine Gegenwart und meine Zukunft. Ich habe bei Garrad's einen Liebesknoten bestellt – mit Saphiren und Diamanten. Sie haben mir zugesagt, daß er morgen fertig sein wird, und dann bekommst Du ihn mit diesem Brief.
Warum sage ich Dir das alles nicht, sondern nehme Zuflucht zu einem Brief? Die Wahrheit ist: Ich habe nicht den Mut. Und weshalb habe ich ihn nicht? Weil ich in diesem Fall Dein sonst so geliebtes spöttisches Lächeln fürchte. Ich habe Dich unsäglich behandelt. Ich wollte mich unter keinen Umständen an eine Frau binden, weil ich Angst hatte, wie mein Vater zu werden, dessen übergroße Leidenschaft für meine Mutter ihn in jeder anderen Hinsicht schwächte.
Wie unverzeihlich dumm bin ich gewesen! Du bist nicht meine Mutter – Du gibst Liebe, ohne etwas dafür zu fordern. Keine andere Frau hat mir je wirklich etwas bedeutet – obwohl ich mir eine Zeitlang vormachte, Faith Malyon zu brauchen. Aber ich habe sie nicht gebraucht. Niemals! Das weiß ich jetzt. Ich werde den Rest meines Lebens mit dem Versuch zubringen, wiedergutzumachen, was ich Dir angetan habe.
Du siehst, daß ich mit Deiner Großmut rechne. Bin ich damit zu optimistisch? Da ich Deine Liebe und Deine Großzügigkeit kenne, glaube ich das nicht – und ich bete zu Gott, daß ich mich nicht irre. Wenn Du diesen Brief gelesen hast, dann komm zu mir und sag mir, daß ich recht habe.
Es ist sehr spät, und ich bin müde – und außerdem habe ich einen unangenehmen Schmerz in der Brust, der sich bis in den linken Arm hineinzieht. Ich denke, ich bin überarbeitet. Das muß aufhören. Ich will viel mehr Zeit mit Dir verbringen. Wir werden in unser geliebtes Frankreich fliegen – nur Du und ich. Ich werde Großmutter sagen, daß wir das Schloß für uns allein brauchen. Sie wird es verstehen.
Ich gehe jetzt ins Bett. Gute Nacht, mein Liebling. Ich liebe Dich.

Rowe

Langsam, sehr langsam, ließ Christine den Brief sinken, lehnte sich zurück, schloß die Augen und ließ sich von der Musik überfluten. Die Tränen, die über ihr Gesicht liefen, waren ein Zeichen der Genesung. Des Friedens. Plötzlich lag das Leben voller Erwartungen und Hoffnungen vor ihr. Endlich war sie eine vollwertige Frau.